Wankling 著
宇戸優美子 訳
Lovely
Writer 下
ラブリーライター
HAPPY
U-NEXT

装丁　コガモデザイン

Lovely Writer
下

contents

人物紹介

ジーン

小説家。
ナップシップが昔から
自分を好きだったと知って
困惑中。

ナップシップ

人気モデルで大学生。
行動の基準が
すべてジーンになるほど
独占欲強め。

タム

ナップシップのマネージャーで
ジーンの友人。

ヒン

出版社の編集アシスタント。

ウーイ

BLドラマの受け役で、
ナップシップを好きだったはずが……？

カウント20

部屋に戻ってきて僕が最初にしたことは、シャワーを浴びることだった。

ドラマを観たりなにかをしたりする気にはならなかった。睡眠不足だったのと、さっきのことでイライラしていた。

しかし一人になったことで、気持ちもすこしずつおちつき始めていた。僕は布団の中にもぐり込み、エアコンの効いた部屋で、ナップシップとウーイくんのことをしばらく考えていた。けれどあまりに眠かったせいで、いつの間にか眠りに落ちていた。

次に目が覚めたときに窓の外を見ると、もう空が暗くなっていた。時計が午後七時過ぎであることを知らせている。

僕は空気を入れ換えるため、ベランダに出るガラス戸を開けて、網戸だけを閉めた状態にしておいた。そしてキッチンでママーを茹《ゆ》でて、それを一人静かに食べた。

スマホを手に取ると、ナップシップからラインが来ているのがわかった。

ナップシップ：ちゃんとごはん食べてくださいね　ママーはダメですよ
ナップシップ：あとすこしで帰ります

メッセージは三十分前に届いていた。彼は僕がだいたいこれくらいの時間に起きると予想していたのだろう。

僕は小さくため息をつきながら、返信を打ち込んだ。

ジーン：もうママーを食べた　下に買いにいくのが面倒くさい

ナップシップは僕のことを心配してくれている。それは僕もわかっている。さっき口論になったのは、ただイライラしていたからにすぎない。

ナップシップがウーイくんと話すのを見ていて、僕は嫌な気分になったのだ。さらにそれが僕に関することだと知って、ますます苛立《いらだ》ってしまった。

ナップシップがウーイくんのことを好きなわけでもなく、関心を持っているわけでもないことはわかっている。だが……。

〝ウーイがジーンさんに気があるからですよ〟

「そんなわけない……」

ナップシップの言葉を思い出して、僕は首を横に振った。

まったく。あんなに知恵が働くくせに、どうしてそんな的外れな考えになってしまうのか。

僕だって顔合わせの日からウーイくんのことを知っているが、彼が変な態度を示したり、僕に気があるようなそぶりを見せたりしたことはまったくなかった。恋愛経験が皆無に等しい僕だって、そのくらいはわかる。

ピンコン♪　ピンコン♪

静かに考えごとをしていたところでスマホが突然鳴り、僕はびくっとした。

ナップシップが返事をしてきたのだろうと思った。ところがスマホを手に取って見ると、思っていたのとは違う名前が画面に表示されていた。

ウーイ：(スタンプ)
ウーイ：ジーン兄さん

登録していないアカウントから、かわいいスタンプと僕の名前を呼ぶメッセージが送られてきていた。プロフィール写真はかわいらしい顔の口元部分で、赤い唇にフォーカスした写真だ。

ウーイ：僕がだれなのか当ててみてください
ジーン：ウーイくん
ウーイ：(スタンプ)
ウーイ：正解

「…………」

僕は明るく楽しげなメッセージを見て、訝《いぶか》しんだ。

さっき僕らはトイレの前で揉《も》めていたはずだ。ウーイくんの態度の変化に、僕はまるでついていけなかった。

ジーン：僕のラインどうして知ってるの？

ウーイ：監督がやりとりしてるのをちらっと見て　メモしておいたんです

ウーイ：いまから会いましょう

ウーイ：さっきの話がまだ終わってません

ウーイ：いまWホテルの地下にいます

ジーン：パーティーには行っていないの？

ウーイ：最初から行かないって言ってあります　いま一人です　どうしたんですか　会いにくる勇気がないんですか？

ウーイ：（写真を送信）

ウーイ：さっきの話　僕はすごくムカついてます

ジーン：隣にいるのはだれ？

僕はウーイくんが送ってきた写真を見た。飲みもののグラスと彼の細い手首のほかに、だれかの太い腕と横顔が彼の近くに写っていた。僕は眉をひそめながら質問を打ち込んだ。

ウーイ：ほんとにやきもちやきですね　シップじゃありませんよ

ジーン：違う　別にナップシップだと思ったわけじゃないよ

ウーイ：笑　知らない人です　ただ飲みものをおごってくれただけです　飲みたければここに来てくださいね　ジーン兄さんには僕がおごります
ジーン：見つからなかったらラインで電話するよ

僕はスマホをいったん伏せた。立ち上がって、食べ終わったどんぶりをキッチンのシンクに持っていった。それから急いで服を着替えて身支度をする。部屋を出るときに髪を適当に梳《と》かしたが、コンタクトを入れたりはしなかった。

今日の件でウーイくんに腹が立っていたのは事実だ。だが、彼はさっき一人でいると言っていたが、写真には知らない人物が写っていたこともあって、心配になった。

僕はウーイくんの保護者ではないが、そのまま放っておくわけにはいかない。

ウーイくんが言っていたホテルは簡単に見つかった。そこは外国人観光客がかなり多い場所で、道路の両側にフットマッサージ店とタイ式マッサージ店が点在していた。

車を駐めてから、ホテルの守衛に場所を訊《き》くと、すぐにホテル内のダイニングルームの位置を教えてくれた。ダイニングルームのドアの隣に、地下へ続くドアがあった。

下の階はバーになっていた。スナックに似た内装で、長いカウンターがある。バーテンダーのうしろには棚があり、いろんな酒のボトルがぎっしり並んでいる。

あまり混んでいなかったこともあって、さっと見渡しただけで、すぐにウーイくんを見つけることができた。

写真に写っていた男はもういないようだったので、安心した。おそらくほんとうに一杯おごっただけだったのだろう。

「…………」

僕は彼の隣の丸い椅子に静かに腰かけた。ウーイくんが驚いた様子を見せたので、僕はしばらく黙っていた。

ウーイくんは眉を上げた。僕だと気づくと、目を大きく見開いた。

「めがねかけてる」

「…………」

「ほんとに来たんだ」

「…………」

僕が顔をしかめてなにも答えずにいると、ウーイくんが続けた。

「なにが飲みたいですか？　僕おごるって言いましたよね」

「いらないよ。会計して。送っていってあげるから。なにかあるなら車の中で話そう」

「そんなに急がないで。せっかくこうやって来てくれたんですから」

ウーイくんは笑った。それから僕の方を指さしながらバーテンダーに向かって言った。

「モヒートを一杯、スペシャルなのをお願いします」

僕は小さくため息をついた。けれど、もう動き始めてしまったバーテンダーの手をとめるわけにもいかない。

「僕に会いにきて、シップはなにも言わないんですか？」

「…………」

ウーイくんにそう言われて初めて、僕はそのことに気づいた。

たしかに。すっかり忘れていた。

ウーイくんのことやほかのことで頭がいっぱいだったし、さっきラインを返したのにまだナップシップから返事が来ていなかったので、きっと彼はパーティーに参加している偉い人たちと話していてスマホを見る余裕がないんだろうと思っていた。

ウーイくんに言われて、僕は慌《あわ》ててズボンのポケットに手を突っ込んだ。

ガシッ！

「いまから連絡する必要はないですよ」

僕がまだスマホに触れていないうちに、ウーイくんが手を伸ばして僕の手をつかんだ。

「僕たちだけで話した方がいいんじゃないですか。さっきは途中で邪魔されちゃいましたし、ジーン兄さんもさっきみたいにシップに邪魔してほしくないんじゃないですか？」

それを聞いて、僕は動きをとめた。

「……わかった。じゃあ話が終わったら急いで帰ろう」

「えっと、それでどこまで話してたんでしたっけ」

ウーイくんはそうつぶやきながら、悩ましげな顔をした。

「ジーン兄さんがシップを好きっていう話からにしましょう。ほんとにシップのことが好きなんですか？」

「………」

僕は彼の顔を見たが、すぐには答えなかった。

ウーイくんは頬杖をついた。その瞬間、ちょうどバーテンダーがモヒートのグラスを置いていった。ウーイくんがそのグラスを僕の方にすべらせる。

「僕にはもうわかってます。シップもジーン兄さんのことが好きですよ」

彼はゆっくりそう言いながら、自分の前にあるグラスを持ち上げて口をつけた。

ウーイくんの顔がすこし暗くなった。トイレの前での言い合いから比べると、彼はだいぶおちついたようだ。それを見て、僕も口を開かざるを得なかった。

「ウーイくんはゲイなの？」

「そうです。僕は女の子が好きじゃないんです。うるさくて。それに……僕は女の子よりかわいいんで」

「…………」

「ちょっと、ジーン兄さん、すごい変な顔」

「いったいどれだけ飲んだの？」

「そんなに飲んでませんよ」

ウーイくんは、もうすっかりできあがっているようだった。

彼に会うまでは、トイレの前であったように話がうやむやで終わることはないだろうと思っていた。だが、ウーイくんが酒に酔っているせいで話があちこちに飛んで、僕の予想は大きく外れた。

彼は、なぜ自分が男を好きなのかについて話したり、大学での自分とナップシップについての話をしたりした。

僕は、酔っ払いの聞き役に徹することになった。

一時間ほど経って、僕はウーイくんをバーテンダーに任せ、トイレに立った。用を足してから戻る途中、ボーイに水を一杯頼んだ。ところがカウンターに戻ってみると、ウーイくんはまた新しい酒を注文していた。

「ウーイくん、飲みすぎだ」

「大丈夫、僕はお酒強いから。こんなのほろ酔いだよ」

ウーイくんはカクテルグラスを動かして、僕に早くそれを飲むよう促した。

「僕が頼んだモヒート、まだ全然飲んでない」

「飲まな……」

「またそんなかわいい顔して」

僕は目をぱちくりさせた。

「かわいいのはウーイくんの方だろ。さっき自分でそう言ってたけど」

「ジーン兄さんがかわいくなかったら、シップは好きになんかならないよ」

また僕のせいか。僕はため息をつき、向き直って水のグラスを手に取った。そのあいだも、彼はつぶやくように言った。

「僕なんか、愛してくれる人もいない。親でさえ……」

「………」

「僕はジーン兄さんがうらやましい。憎たらしい。嫌いになりたい……でもどうしたって嫌いになれない。バカ正直で、なのに優しい。僕にわざわざ会いにきてくれたのだって、僕が一人で飲んでるのが心配だったからでしょ?」

「ウーイく……ちょっと！」

隣に座っていたウーイくんが突然身を乗り出してきた。

僕は突然のことに驚きの声を上げた。空《あ》いていた方の手で、彼の細い肩をとっさに押し返す。あとほんのすこしで僕らの唇は触れ合うところだった。

「ジーン兄さん」

「なに？　ちょっと、とりあえず離れて。支えられないから」

「ジーン兄さんみたいに優しい人は、僕のことを嫌いにならないよね？」

「えっ⁉」

「シップのことを好きになるのはやめて、僕のことを好きになってよ」

「…………」

「僕だってかわいいでしょ。それに、あっちもうまいよ」

「ウーイくん、冗談はやめて水飲んで。もうそろそろ帰るから」

「帰らなくていいよ」

ウーイくんは手を伸ばして僕の頬を挟むようにつかんだ。薄《うす》ら笑いをしながら言った。

「今夜は僕と一緒にいて。ね？」

「ウ……ウーイ……ウーイくん」

僕は顔をそむけて彼を振り払おうとした。血の気が引いた。彼が大きな目で僕の唇をじっと見つめている。

「ストップ、ストップ」

これはいったいなんの冗談なんだ。

ウーイくんは酔っているせいでおかしくなっているに違いない。

ウーイくんが体を預けてきたので、僕は二人揃って椅子から倒れないように彼の体を支えなければならなかった。そのせいでウーイくんを押し戻すことができないし、僕の頬をつかんで離さない彼の手を振り払うこともできない。

彼が無理矢理僕の顔を引き寄せ、僕らの唇が重なりそうなほどに近づく。

「……！」

冗談⁉　冗談なのかこれは。僕は焦《あせ》って目を大きく見開いた。

「僕ら……」

バッ！

その瞬間、だれかの大きな手のひらが伸びてきて、僕の口をふさいだ。

顔が至近距離にあった僕とウーイくんは、二人同時に固まった。だれかに邪魔されたのだと気づくと、ウーイくんの表情はすぐに変わり、大きな声で罵倒《ばとう》した。

「なんなんだよ、クソったれ……シップ⁉」

「……」

「…………」

僕のうしろに立っていたのは、ナップシップだった。彼の整った美しい顔には、表情がなかった。視線は恐ろしいほど冷たく、僕は体を動かすことができなくなった。ナップシップの顔を見たウーイくんも、僕と同じように固まっていた。

しばらくしてから、ナップシップがもう一方の手でウーイくんの手を引っ張ったので、僕の頬をつかんでいたウーイくんの手がようやく離れた。ウーイくんの顔にはまだ驚きと疑問がはっきりと浮かんでいる。

「なんでここがわかったの」

彼は小さな声でつぶやいた。

僕の方も驚いていた。ただしそれは、ナップシップが来たことについてではない。さっきトイレに行ったときに、僕は自分がどこにいてなにをしているか、彼に電話で伝えていたからだ。

それよりも、急にウーイくんが自分のことを好きになってほしいと言って、キスしようとしてきたことの方に驚いていた。

「…………」

ナップシップはウーイくんの質問に答えなかった。

「おまえ、またやらかしたな」

ウーイくんはうしろを振り返って目を見張った。僕も同じようにそちらを見ると、予想外の人物がそこに立っていた。

「モーク」

ナップシップ一人ではなく、サーイモークくんが一緒にいたのだ。サーイモークくんはスーツに身を包んでいた。きっと彼もいままでパーティーに行っていたのだろう。

サーイモークくんは状況を把握すると、呆《あき》れたようにため息をついた。それからウーイくんの細い肩に手を伸ばして、その体を僕から引き離した。

「なにすんだよ!!」

ウーイくんは苛立ちをぶつけるように声を荒らげた。

ウーイくんが僕の方に向き直った。僕と目が合うと、彼の表情は寂《さび》しげなものになった。

「ジーン兄さんが呼んだんですか。なんで呼んだの？　ただ一緒に飲むのもダメなんですか？」

まだ頭が混乱していた僕は、眉を寄せて瞬きをした。ウーイくんはサーイモークくんの手を振り払うために肩を揺すった。それから責めるような顔で僕を見た。

「ほら、僕がおごったお酒もジーン兄さんはまだ飲んでない」

「僕は……」

「ウーイ」

僕が口を開けて答えようとしたとき、サーイモークくんが割り込むようにウーイくんの名前を呼んだ。ウーイくんは深く息を吸い込んでから、むしゃくしゃしたように大きくため息をついた。

「引っ張るなよ。もうわかったから。帰ればいいんだろ！」

ウーイくんが立ち上がった。手を伸ばして自分の財布を手に取ってから、上に続く階段に向かってふらふらとよろめきながら歩いていった。

サーイモークくんが僕とナップシップの方に視線を向ける。そして肩をすくめてから、ウーイくんを追いかけるように階段を上がっていった。

僕はまだ腑に落ちない顔で二人の背中を見つめていた。頭を大きなハンマーで殴られて星がチカチカ光っている、そんな感覚だった。

「………」

ナップシップの方を振り向くと、彼が僕を見ていたことに気づいた。僕はなにか言おうとして開けた口をふたたび閉じた。

僕は彼とそのまま目を合わせていられず、バーカウンターの方に視線をそらした。

一時間前にウーイくんが注文したモヒートのグラスが、口をつけていない状態で残っていた。その隣には千バーツ紙幣が二、三枚置かれている。おごると言っていたウーイくんが置いていったのだろう。

僕はだんだん彼が可哀想《かわいそう》に思えてきた。それにこの高い酒の代金ももったいない。

僕は手を伸ばしてグラスをつかんだ。ところがモヒートに口をつける前に、大きな手が伸びてきてそのグラスを引き抜いた。ナップシップがまるで僕の心を読んだかのように、代わりにそれを飲んでいた。

「…………」

「これでもう帰れますか」

彼は低い声で言った。抑揚がなく感情のこもっていない声だったが、僕はその声でナップシップがさっきまでのことに不満を持っているのがわかった。

「あ……うん」

彼が先に階段に向かってまっすぐ歩いていった。僕はその広い背中を見つめてから、立ち上がって距離を保ったまま彼のあとを追った。

すると突然ナップシップが立ち止まった。

彼は振り向いて、鋭い目で僕をじっと見つめてくる。

彼はなにも言わなかったが、さっき僕の口をふさいだ大きな手を僕に差し出した。僕はそのときうまく言いあらわせない気持ちだったが、その温かい手を取ってしっかりと握った。

さっきトイレに立ったとき、僕はそこでスマホをチェックした。ナップシップからのメッセージと不在着信が残っているのを見て、僕はすぐに電話をかけた。

ナップシップは僕がどこにいるかを尋ねてきた。彼の反応はシンプルだった。僕から場所を聞き出すと、彼はどこにも行かずに待っているようにと言って電話を切った。

なので、僕は彼が来ることはわかっていた。だが、まさかあんなハプニングの最中に来るとは思っていなかった。

「………」

高級車に乗り込むまで、ナップシップはなにも言わなかった。僕は隣にいる彼を何度も横目で見た。ナップシップは車のエンジンをかけた。エアコンが動き始めてからも、彼はまだアクセルを踏まなかった。

「ジーンさん」

「なに……んっ！」

名前を呼ばれて顔を向けたとたん、ナップシップの大きな手がすばやく伸びてきて僕の首のうしろをつかんだ。あっという間に彼のハンサムな顔が近づいてきて、彼の唇が僕の唇に押し当てられた。

激しいキスに僕はしびれるような感覚を覚えたが、下唇を噛むように挟まれたとき、かすかな痛みを感じた。

「僕はジーンさんをどうすればいいんですか……」

「………」

「どうしてそんなにほかの人にも優しいの……？」

ナップシップは僕と唇を重ねながら、そっとささやいた。

彼にそう言われて、僕はなにも言えなかった。

僕が黙っているのを見て、彼は体を離した。ナップシップの顔には不満がにじんでいたが、彼はその感情を抑えようとしているようだった。

僕は彼の顔をちらっと見てから、自分の太ももに視線を落とした。

「自分がなんの間違いを犯したのか、わかってますか」

「………」

「いや、僕は別に……」

僕は唇を引き結んだ。

「はい？」

「間違って……たのかも」

ナップシップはゆっくりとうなずいて、ハンサムな顔を僕に向けた。

「どこが間違ってたか、言ってもらえますか」

「きみがウーイくんには関わるなって言ってたのに、彼と話をするために会いにいったことが間違ってた」

「違います」

「………」

「間違ってたのは、僕を心配させたことです」

「………」

僕はそのまま黙っていることしかできなかった。

「連絡がつかなかったとき、僕がどれだけ心配したかわかりますか」

「うん。でも……」

僕は最初はうなずいた。しかしナップシップが濃い眉を寄せているのを見て、僕は彼の心配を解くためにすこし説明することにした。

「僕はただ外に出てただけだよ。用事が済んだらすぐに帰ろうと思ってたんだ。ウーイくんはきみの友達だし。僕は大人なんだから、きみがそんなに心配する必要はないよ」

「大人かどうかは関係ないって、言いましたよね」

「………」

「大事な人だから、心配なんです」

「………」

「………」

心配……。

「……ごめん」

僕は小さな声で言い、視線を下に向けた。

やがて黙っていたナップシップがそっと息を吐いた。それから手を伸ばして僕の頬に触れた。僕が顔を上げた瞬間、ナップシップは自分の唇を僕の口の端にそっと押し当てた。それから彼は体を離した。

「次はもう今回みたいに忘れたりしないでくださいね」

「わかった。もう忘れないよ」

彼は満足したようにうなずいた。けれど僕の方は、まだすこし気がかりなことがあった。

「でも……僕がウーイくんと話をするために会いにいったこと」

「はい？」

「きみはそれを不満に思ってるわけじゃないんだよね？」

「不満ですよ」

僕はそれを聞いて沈黙した。嫉妬《しっと》心のようなものが湧き上がってくるのを、自分ではとめられなかった。

「ジーンさんがほかの人に触られたことが不満です」

ナップシップの鋭い目が、ふたたび僕の目をとらえた。それからその視線は僕の頬へと移っていった。彼は指先で僕の頬をつんつんと押した。

「この柔《やわ》らかいほっぺを、ウーイに触らせましたよね？」

「…………」

「心配だけじゃなくて、嫉妬もしてます」

ナップシップはまた僕を沈黙させた。僕の心の中にあった気詰まりが、すべて吹き飛んでいった。そのままではしゃべりづらかったので、僕は彼の手を自分の頬から引き離した。

「僕はただ……きみが、僕がウーイくんに文句を言いにいくのが嫌なのかと思って、それでちょっとイライラしてたんだ」

「いま言ったこと、どういう意味かわかりますか？」

形のいい唇から発せられたその質問に、僕は困惑《こんわく》したまま彼の方をちらっと見た。

「どういう意味って、だから……僕が不満だったたってことだよ」

「そうです。それはつまり、ジーンさんもやきもちをやいてたってことです」

「………」

僕はなにも言わずに、そっぽを向いてそれを否定しなかった。自分でもその自覚があったからだ。恥ずかしかったので、僕はごまかすように話を変えた。

「ウーイくんがあんなことをするなんて思ってなかった」

実際、いまだに僕はウーイくんの態度に混乱していた。

ウーイくんは僕に気があるのだとシップは言っていた。そしてウーイくん本人も、自分のことを好きになってほしいと言っていた。僕はそれでもまだ彼がほんとうに僕に好意を持っているとは思えなかった。

しかし一つたしかなことは、ウーイくんが苛立った感情を露《あらわ》にして、乱暴な言葉遣いをしていたことだ。あれがウーイくんの本性だったのだろうか。

これまで見ていた、きちんとしていてかわいらしい、いつもの彼とは違っていた。

改めて考えると、ウーイくんはいままでずっと、きちんとした子のふりをしていただけなのかもしれない。そう思うと鳥肌が立った。

ナップシップにしても……ウーイくんにしても、最近の子はいったいどうなってるんだ。

そんなふうに考えて、僕はナップシップの手をパッと離した。彼がわずかに眉を上げげた。

「………」

「えっと……」

しかし彼が僕の唇を見つめ、こちらに近づいてきていたので、僕はまた彼の手をしっかり握らなければならなかった。

それだけで十分、僕の心臓はとまりそうだった。

「お互いに言いましょう」

「え？」

「これからは、どこかへ行くときは僕は必ずジーンさんに言います。ジーンさんも忘れずに僕に言ってください。いいですね？」

「わかった。僕も言うよ」

僕がうなずいてはっきりと答えたのを見て、彼の表情が変わった。ナップシップの口角は上がり、彼がまとっていた怖いオーラも消えていった。

僕は隣にいる彼のハンサムな顔を見て、それからまた別の方向に視線をそらした。僕は、まだ心の中にひっかかっていることを訊かずにはいられなかった。

「ねえ、ウーイくんのことを訊いてもいい？」

「浮気するつもりじゃなければ、訊いてください」

僕は彼の冗談めかした答えに、むせてしまいそうになった。

「ウーイくんとサーイモークくんは親しいの？」

「サーイモークは、ウーイのお姉さんの友達なんです」

「お姉さんの友達?」

僕はすぐに混乱した顔になった。

「撮影現場にいるときは、全然知り合いみたいに見えなかったけど」

「それは……二人のあいだのことですから」

僕はまだ眉を寄せていたが、その答えを聞くかぎり、それは彼らの個人的な問題なのだろう。僕はそれ以上首を突っ込まないことにした。

「あと、ウーイくんは……ほんとにゲイなの?」

「はい」

ナップシップはうなずいたが、驚いているような様子はなかった。

「だから彼は僕にあんなことを……」

「ウーイは攻めですよ」

「…………」

はあ⁉

ハンドルの前に座っている彼に、僕は唖然《あぜん》とした顔を向けた。彼はさらに僕の混乱を大きくした。

「それに僕のことが好きなわけじゃないですよ」

「…………」

「僕はウーイと特別な関係にあるわけじゃありません。ただ、僕とウーイは好みが似ているということは認めます」

ウーイくんのことを話すとき、ナップシップの鋭い目にはとくになんの感情もあらわれていなかった。

「なぜなら僕はジーンさんのことが好きだからです。わかりますよね？」

シップは僕のことが好き。そしてウーイくんは似たような好みを持っている……。だからナップシップは、ウーイくんが僕に気があるって言ったのか？

「ほんとに？」

僕は怪訝《けげん》な顔をした。ここまできてもまだ、僕には信じられなかった。

「でも、ウーイくんは僕にきみのことが好きだって言ってたんだよ。それにきみたちが一緒に食事に行った日も、ウーイくんがキスを……」

「あのときはウーイの方があとずさりして体を離したって言ったら、ジーンさんは信じてくれますか？」

「………」

それはつまり、ナップシップはウーイくんの本心をわかっていたということだ。だからあのとき駐車場で、ナップシップはあとずさりしなかったのだろうか？

「でもまさか、あのときあそこにジーンさんがいたとは思いませんでした」

そう言いながら彼は濃い眉をわずかに寄せたが、すぐ元の顔に戻った。

僕は彼の言葉を聞いて、それから考えた。よくよく考えてから、僕はうなずいた。

「でも……やっぱりウーイくんが僕に気があるっていうのはありえないよ」

「どうしてですか」

「いや、だってなんで僕なんかに興味を持つわけ？　僕はハンサムでもないし、お金持ちでもないんだよ」

　それに……ウーイくんからそういう気持ちを向けられていると感じたことはまったくない。

「ええ。でもジーンさんはかわいいです」

「…………」

「いまのところ、ウーイはただ興味を持っているだけかもしれません。でもこの先、ジーンさんのことを本気で好きにならない保証はありません」

　僕が困惑した顔をすると、ナップシップはふふっと笑った。

「だって僕はジーンさんのことが好きなんですよ。たとえジーンさんが、自分のことをハンサムでもお金持ちでもないと思っていたとしてもです。僕がジーンさんのことを好きになるんだから、ほかの人がジーンさんのことを好きになることだってあるでしょう」

「それは……」

　僕は二の句が継げなかった。

　どうしてナップシップは、好きだという言葉をこんなに恥ずかしげもなく口にできるのだろう。

　彼の言葉を聞いて、僕は顔をそむけた。炎に向けていたのかと思うくらい顔が熱くなっていた。

　僕はなにも口にしなかったが、胸がすっとすると同時に、明らかにホッとした気持ちになっていた。

　しばらくして、僕はこれ以上この雰囲気が長く続くとおちつかなくなるような気がしたので、ゆっくりと手を離した。そして小さな声で言った。

「僕、そろそろ帰りたい」

「はい。帰りましょう」

ナップシップはうなずいたが、まだアクセルを踏まなかった。

彼はスマホを取り出して、だれかに電話をかけた。どうやら電話の相手に、僕の車を取りにくるように言っているようだった。そのとき彼が僕の方を向いて手を広げたので、僕はなにも言わずにポケットから車の鍵を取り出し、彼に手渡した。

ナップシップはほほえんだ。彼は顔を近づけて僕の頰にキスをし、さらに僕の頭を撫《な》でた。それからドアを開けて車から降りていった。

彼は低く柔らかい声で、ホテルの住所と僕の車の特徴を伝えていた。

「…………」

僕は彼の背中をすこしだけ見やった。

それから大きく息を吐いてアストンマーティンの優雅なレザーシートのカーブに体を合わせるように、背中を預けた。

ぼんやりと窓の外をながめてホッとしたのもつかの間、ズボンのポケットに入れたスマホが振動した。

ピンコン♪　ピンコン♪

ウーイ：ジーン兄さん　ごめんなさい
ウーイ：イライラしてて　別れの挨拶《あいさつ》もできなかった
ウーイくん……。

たった五分前に安堵《あんど》したばかりの僕の心が、ふたたびざわめく。
僕はまずウィンドウ越しに外を見た。ナップシップがこちらを振り向くのではないかと思ったが、彼はまだ電話で話している。僕は座り直して、スマホの画面に視線を戻した。

ウーイ：今度改めてお酒をおごります

細切《こまぎ》れに送られてきたメッセージをすべて読んだ。最初は返信しないつもりだったが、なにをするにもはっきりとさせるべきだと思って、返事をすることにした。

ジーン：大丈夫　全部飲んだから
ウーイ：全部飲んだ？　シップが飲ませたんですか？
ウーイ：嘘じゃないですよね
ジーン：僕はお酒が飲めないんだ　だからシップが全部飲んでくれた

僕は、ウーイくんをがっかりさせないためにすこしだけ嘘を織り交ぜて答えた。それだけ送ると、すぐにアプリを閉じてポケットにしまった。

ウーイ：シップが飲んだ？　ほんとに？
ウーイ：ジーン兄さん

ウーイ：僕はシップに怒ってます　モークとなにを話したのか訊いてください
ウーイ：ジーン兄さん　無視ですか？
ウーイ：わかりました

スマホがまた何度も鳴るので、ミュートにするためにポケットから取り出した。しかし画面に表示された最後のメッセージを見て、僕は固まった。

ウーイ：僕はあのグラスの中に薬を混ぜたんですよ
ウーイ：もう飲んじゃったなら　シップを一晩中冷たい水に漬けといてください　あれは効果が強いから

スマホが手からすべり落ちそうになった。
薬？　媚薬《びやく》ってことか⁉
嘘だろ⁉
どうしよう……。

カウント21

僕は、息を切らしながら走ってきた男性にジーンの車の鍵を手渡した。

問題がないことを確認するために、ジーンの車がホテルの敷地から出ていくのを見届けてから、僕は自分の車に戻った。

ドアを開けて乗り込むと、どこから見てもかわいいジーンが座ったまま固まっていた。

僕は眉を上げた。手を伸ばして丸く柔《やわ》らかい頬に触れると、彼はビクッとした。

「……シップ」

「どうしました?」

「ど……どうもしないよ別に」

彼の妙な様子が気になった。さっきちゃんと話をしたので、もうなにも問題はないはずだ。

僕の隣にいる人は、考えないときはまったくなにも考えていないが、一度なにかを考え始めると心が疲れてしまうくらいにあれこれ考えて、想像を膨らませてしまう。

「そんな顔して、なにを考えてるんですか? ウーイのことですか?」

僕はかまをかけるようにそう訊《き》いた。その名前を出したとたん、彼は明らかに不自然な反応を見せた。くりっとした目を大きく見開き、僕を見ると心配そうな顔をした。

「さっききみが飲んだ……」

「はい？」

「いや、なんでもない」

「………」

僕は探るような目でジーンを見た。なにかあるのは間違いないが、直接訊いたとしてもおそらく答えは得られないだろう。仕方がないので、僕はそれ以上なにも訊かないことにした。

手を伸ばして彼のシートベルトを締めた。それから前を向いてエンジンをかけ、シフトレバーに手を伸ばしてギアチェンジをした。

広い道路を走っているあいだずっと、隣に座るジーンは妙にそわそわした様子で、何度もちらちらと僕の方を見ていた。

なにか言いたそうな雰囲気で、だけどなにも言わない。

交差点の信号を待つあいだに、僕はスマホを取り出してサーイモークにメッセージを送ることにした。するとすぐに相手から返事が届いた。

ウーイが問題を抱えていることは僕も知っていた。

ただ、友達とはいえ、僕らはそこまで親しくはなかったし、それに……ウーイ自身、その問題のことを人に知られたり首を突っ込まれたりしたくないようだった。

いま彼のことを一番よく理解しているのは……サーイモークだ。

〝訊いたけど答えない　ジーン兄さんには話したって言ってる〟

画面上のそのメッセージを読んで、それからスマホをポケットに戻した。

僕がジーンの方を向くと、彼は急いで顔をそらしてなんでもないふうを装った。

そのわざとらしい振る舞いがかわいくて、僕は笑うのをこらえた。

「暑いですか？　エアコン強くしましょうか？」

彼はすぐに僕の方を振り返った。

「ううん。きみは暑いの？」

「うーん……」

「きみ、暑いんだろ。すごく暑い？　しんどい？」

「すこしだけ」

「大変だ。急いで帰らないと」

彼は色白な手を振って、僕を急かすように言った。信号が青に変わったので、僕は彼の言葉どおり、スピードを上げるためにアクセルを踏んだ。

コンドミニアムに戻ると、ジーンはすぐにドアを開けて車から降りた。僕がエンジンを切るあいだに、彼は僕の方にまわり込んで、ドアを開けてくれた。彼は視線をそらすことなく、僕の顔をじっと見つめてくる。

なぜか一緒に僕の部屋に入ってきたジーンは、一向に自分の部屋に戻ろうとはしなかった。

「きみ、とりあえずシャワー浴びなよ。冷たいシャワーがいいよ。電気代の節約にもなるし」

「大丈夫ですよ。電気代はほんのすこししかかかりません」

「車の中で暑いって言ってただろ。冷たい水を浴びた方がいいって」

「…………」

「肌も乾燥しないし」

「…………」

「脂肪の燃焼にも役立つし」

僕は笑った。

「はいはい。冷たい水で浴びますよ」

僕がそう言うとジーンは満足そうに笑った。そして僕がバスルームに入ってドアを閉めるまで、僕の一挙手一投足《いっきょしゅいっとうそく》を見ていた。

彼を待たせたくなかったので、僕はすぐにオーバーヘッドシャワーの下に立った。ただし、頭からつま先までかかるシャワーの温度は、ジーンが言ったような冷水ではなく、ほどよい温水に設定した。

「冷たい水、気持ちいい？　すこしすっきりした？」

心配そうに尋ねる声がして、僕はドアの方を振り返った。ドアの向こうで行ったり来たりしている人の影が見える。

なんてかわいいのだろう……。

「はい。いい感じです」

「そっか。ならよかった」

シャワーを浴び終わると、僕はタオルを取って腰に巻いた。バスルームの外に出ると、ジーンがベッドの端に座っているのが目に入った。

彼は真面目な顔でスマホの中のなにかを読んでいた。ドアが開く音を聞くと、彼は慌《あわ》ててスマホを置いた。そしてパッと立ち上がって僕の方に近寄ってきた。

それを見て、僕はほほえんだ。

「ジーンさんもシャワーどうぞ。クローゼットに新しいタオルがあるので、自分の部屋に取りにいかなくても大丈夫ですよ」

「ありがとう。それで……きみ、さっぱりできた？」

「はい。とても」

ジーンの表情が柔らかくなった。

彼はうなずいてから、クローゼットの方に歩いていき、洗剤の香りがするタオルを手に取った。さらに着替えのシャツとパンツを探すため、上半身をかがめて中をごそごそしている。

こちらからは臀部《でんぶ》と足だけが見える状態で、まるで茶碗の中でヒマワリの種をつかみ取る小さなハムスターのようだ。

そのあまりの愛くるしさに僕は笑った。

そして僕に断りなく服を探していることについても、僕はなにも文句を言わなかった。

ジーンがバスルームに入っていってから、僕はベッドの上にある彼のスマホをちらっと見た。画面はまだ光っていて、グーグルのアプリを開いたままの状態になっていた。

スマホの持ち主が検索した単語を見て、僕は自然と口角が上がった。

〝媚薬《びやく》　実際にあるのか〟

「ナップシップ！」

閉まったばかりのバスルームのドアが、ふたたび開いた。

「はい？」

「きみ、冷たい水で浴びなかっただろ。まだ湯気が残ってる！」

ドアのすき間からひょこっと出ている彼のしかめっ面を見て、僕はわざとらしく眉を上げ、同情を誘うような声で言った。

「水だと冷たすぎて、凍《こご》えちゃいます」

「この、頑固者！」

ドアが勢いよく閉まってから、シャワーが床に当たる音が聞こえてきた。彼がシャワーを浴びているあいだに僕は服を着て、ベッドのヘッドボードに寄りかかるように座った。

片手で自分のスマホを持ち、画面をスクロールさせながらいろんなアプリをチェックした。もう一方の手はジーンのスマホを持ったまま、それをくるくるまわしていた。

媚薬……ウーイだな。

ガチャッ！

バスルームのドアがふたたび開いた。見慣れた人物が、僕と同じ石けんの匂いを漂わせながら出てきた。

僕のTシャツと短パンは、ジーンが着るとややぶかぶかだった。それがさらに彼を小動物のように見せた。実際、ジーンは一般的には小柄なわけではない。しかし僕と比べると、やはり身長や体格が大きく違っていた。

まるで全身が僕のものになったかのような彼の姿にドキッとしたが、ぐっと歯を食いしばってこらえる。

手のひらを動かさないよう、感情のままに彼を引き寄せて強く抱きしめたりしないよう、僕は自分を抑えた。

結局僕ができたのは、彼を見てほほえむことだけだった。

「ジーンさん、今日は僕の部屋で寝ますか?」

「うん」

彼が僕の方に近づいてきた。そのあいだも、彼はまだ僕のことを観察するように見ていた。

「なんだか変ですよ」

「なにが変なの。だってしょうがないだろ。きみがそんなふうだと僕は心配……あ、いや」

彼は柔らかい唇をすぐに閉じた。

「そんなふう、ってどういうことですか?」

「なんでもないよ。寝よう」

「わかりました」

ジーンはまだ気がかりだという表情で、僕のことをずっと見ている。彼は柔らかい布団をめくり上げ、僕の隣に体をすべり込ませた。このキングサイズのベッドが大きすぎるせいで、僕らのあいだにはぽっかりとスペースが空《あ》いていた。

僕は彼に近づいたりはしなかった。いまいる場所にとどまったまま、ただ彼の方を向いて寝ることにした。

ジーンも僕の方に顔を向けていた。くりっとした目が、暗闇の中で明らかに僕のことを見つめていた。僕がその目を見つめ返しても、彼はいつものように視線をそらしたりはしなかった。

「…………」

「…………」

彼のその様子を見て、僕は小さくため息をつかずにはいられなかった。

「なに？　どうかした？」

「僕なんだか……暑くなってきたような気がします」

「えっ⁉　ほんとに⁉」

「…………」

自分が好きな相手が横にいて自分のことを見つめているというだけで、暑いふりをしなくても、僕の体は勝手に熱を帯びてくる。

隣に寝ていた彼は肘をついて体を起こし、片手を伸ばして僕の額に当てようとした。だが額に触れる前に、彼は手を引っ込めた。眉間《みけん》に皺《しわ》を寄せて、そっとつぶやいた。

「ほんとに……？」

「…………」

「病院に行こう」

ジーンは起き上がった。ベッドサイドのランプを点《つ》けてから、両手を伸ばして僕の腕をつかんだ。

彼に引っ張られてバランスを崩した僕は、彼の足のあたりにかぶさるようにしてうつ伏せに倒れた。

僕の顔は、ちょうど彼の柔らかいおなかに着地した。

僕はまだなにもしていないにもかかわらず、ジーンは僕の腕と肩を叩いた。

「なにしてんの⁉」

僕は眉を上げて、理不尽だというような顔をした。

「ジーンさんのせいじゃないですか」

「僕はきみを心配してるんだよ。起きて、早く医者に行こう」

「え？　なんで医者に行くんですか？」

「だってきみが暑いって言ったから」

「暑かったら医者に行かないといけないんですか？」

「………」

「ねえ？」

彼が答えようとしなかったので、僕は怪訝《けげん》な顔をしつつ体をすこし動かした。体の残りの部分を覆っていた布団を手で取っ払った。そのとき、ジーンが小さな声で話し始めた。

「だからその……」

「はい？」

「僕の代わりにきみが飲んだモヒートだよ。ウーイくんがあれに媚薬を入れたって言うから……」

そう言ったとき、彼は自分の罪を告白するかのように、頭を下げてうつむいた。もうすでにそのことを知っていたが、僕はわざと驚いたような声で言った。

「媚薬？」

「そうだよ」

「ありえませんよ。ウーイがどこで媚薬なんか手に入れるんですか」

「ほんとに？」

「はい。それにもし怪しいと思ったら、僕だって飲んだりしませんよ」

僕は笑いながら片方の手を伸ばして、まだ僕の腕をつかんでいる彼の手を取ってそっと離した。それから体を起こした。僕が眉を寄せると、僕のことをずっと見ている彼も困惑《こんわく》した顔をした。

「嘘だ。もし薬が入ってなかったなら、なんできみはそんなふうに変なの？」

「どこが変なんですか？」

「だって普段のきみとは様子が違うだろ。今日は僕と一緒に寝てるのに、きみはまだ僕を抱きしめてもこないし」

それを聞いたとき、思わず噴き出しそうになった。なんの薬も盛られていなかったが、あまりのかわいさに彼の柔らかい唇をふさいでしまいたい衝動に襲われた。

「僕に抱きしめてほしいんですか？」

自分が言ったことの意味に気づいたとき、彼は動揺し始めた。

「そうじゃない！　いつものきみだったらそうするだろってことだよ」

「わかりました。じゃああとでしっかり抱きしめてあげますよ」

ジーンは訝《いぶか》しげに目を細めた。

「なんでいま抱きしめないの？」

「…………」

「それはつまり、きみはいまムラムラしてるってことだろ？　いい人のふりをする必要はないから、はっきり言ってよ」

「…………」

「ナップシップ！」

イライラしながら詰め寄ってくる彼の言葉を聞いて、一方では彼を可哀想《かわいそう》に思い、慰めたい気持ちになったが、また一方で僕はそんなふうに怒る彼のかわいい顔をもうすこし見ていたいとも思った。

僕はジーンの顔をじっと見つめ、それから表情を和らげた。

「僕、ちょっとバスルームに行ってきます」

「シャワー浴びるの？　さっきもう浴びたよね。それでも熱が冷めてないなら、またシャワー浴びてもあんまり変わらないかも。ウーイくんが、あれは効果が強いって言ってたし」

「………」

「医者に行かないなら、自分で処理するつもり？　そうじゃなかったら……」

「大丈夫です。ジーンさんは寝ててください」

「なに言ってんの。きみがそんななのに僕は……」

「なにも入ってなかったって言いましたよね。ジーンさんはウーイに騙《だま》されただけ……」

ベッドの上に座っていた彼が突然動いて、僕の腕をつかんでベッドに引き戻した。僕は驚いて目を大きく見開いた。

僕がベッドに背中から倒れると、ジーンは僕の上にまたがった状態になって両手を僕の耳の近くに置いた。

彼はどぎまぎしながら、声を荒らげて言った。

「なんできみは僕の言うことを聞かないの！」

「僕は……」

「なにも言わなくていい」

大胆になった彼は僕をじっと見つめた。それから胸が上下するのがはっきりわかるくらい、大きく深呼吸をした。

「僕が手伝う」

「………」

僕は固まった。

ジーンの方から仕掛けてくるのはこれが二度目だ。

彼は見た目は大人だが、恥ずかしがり屋で、とくに愛情表現についてはそうだった。

そんな恥ずかしがり屋の彼から仕掛けてきたのだから、僕は当然驚かずにはいられなかった。

広い部屋が一瞬静まりかえった。

決意を固めたかのような彼の表情に、僕はついからかいたくなってしまう。

「いいんですか？　僕に騙されてるとは思わないんですか？」

「もしきみが僕を騙すつもりなら、とっくにきみから手伝ってほしいって言ってるはずだ。バスルームに駆け込んだりはしない」

「………」

僕は手を伸ばして彼の頰に触れ、肌を優しくなぞるように指を動かした。

かわいい。優しい……そして正直。

「しなくて大丈夫ですよ」

彼はすぐに眉をぎゅっと寄せた。

「なんで？」

「ジーンさんが僕のためになにかを無理してやる必要はありません」

「別に無理してない。だって……その、ただ手を使うだけだろ」

それを言うだけでも、ジーンは恥ずかしそうだった。彼は一度口を結んで、それを解いてから続けた。

「僕だってほかの人にはこんなことしないよ。ただ、あのときぎみが代わりにお酒を飲まなかったら、媚薬を飲んでたのは僕だったんだ。だから手伝うだけだよ」

「ジーンさんが無事でよかったです」

「ヒーローぶるな」

僕はゆっくりと首を横に振った。

「それでも……ジーンさんはまだ僕の告白にオーケーしてくれていません。これだと、僕だけが得をしてしまうことになります」

「別にきみが得するわけじゃない。僕は自分で手伝うって言ってるんだから」

「…………」

「きみって奴は……」

僕がなにも言わないのを見て、彼はますます拗《す》ねたように頬を膨らませた。

四《よ》つん這《ば》いの状態から、彼は上半身を起こして僕のおなかの上に乗っかるように座った。無意識に誘っているような、彼の大胆な動きのせいで、僕は歯を噛みしめなければならなくなった。

「きみは……僕がどう思ってるか、もう知ってるだろ」

僕は理性でもって自分を抑えなければならず、相手がささやくように言った言葉もほとんど耳に入ってこなかった。

視線を動かすと、先に僕のことを見つめていた彼の大きな目が慌てて視線をそらした。

さっきまで暗かった部屋にランプが柔らかなオレンジ色の光を放ち、それが二人の影をつくり出していた。

すでに赤くなっていた彼の頬は、追い詰められれば追い詰められるほどさらに赤く染まっていく。

ジーンの手は行き場をなくしたように短パンの裾《すそ》をつかんでいて、それが彼の緊張をよくあらわしていた。

そんな彼を見ていると、僕の心は燃えて溶けていく蝋燭《ろうそく》のような状態になった。僕はかすれた声で言った。

「どう思ってるんですか？」

「だから、きみはもう知ってるだろ」

「僕はちゃんと聞きたいんです。忘れちゃったんですか？」

「…………」

「ジーンさんは前に、そのときが来たら僕のことを抱きしめて、ちゃんと言うって言ってくれましたよね？」

「死ぬほど恥ずかしいんだけど」

ジーンは顔をしかめながらつぶやいた。しかしそのあと彼は、僕が実際にはやってくれないだろうと思っていたことをやってくれた。

彼は僕の方に近づいてきて、両腕を僕の首にまわしてぎゅっと抱きしめ、小さな声で言った。それはほとんどささやきに近かった。

「好きだ」

「…………」

「好きだ」

彼のかわいい声がすこしだけ大きくなった。

「…………」

「好きだ……って、おい！　聞いてんの？」

彼は顔をすこし上げて僕を見た。すると最初は困惑していた彼の顔が、すぐに不機嫌な表情に変わった。彼はすぐに僕を抱きしめていた腕をほどいた。

「このクソガキ！　聞こえてるなら答えろよ。なんで人に何回も同じこと言わせて笑ってんだよ」

「すみません。ちょっと嬉しすぎて」

僕は笑いながら言った。

「……バカじゃないの」

彼のかわいい姿を見て、僕はさっきよりもさらに顔をほころばせて笑った。それはいまの僕の気持ちがあふれたほんとうの笑顔だったに違いない。

ジーンはきっと、さっきの短い言葉が、僕の心をこんなにも満たしてくれたなんてわからないだろう。

僕の目に映っているのは、彼の姿、ただそれだけ。

あのときも、いまも、いつだって、僕には彼しか見えていない。

彼のことを思い続けていた何年ものあいだ、ほかの人が視界に入らなくなるくらい、ジーンのことだけを考えていた。

そしていま、自分がずっと思いを寄せていたその人が、僕のことを同じように好きだと言ってくれた。

それは僕ら二人のあいだの小さな出来事にすぎなかったが、僕はまるでこの世界のすべてを手に入れたかのような気持ちになった。

そして僕の世界のすべては、いま僕の目の前に、僕のすぐそばにあった。

僕はまだ自分の胸の上に置いてあった彼の手を握った。それから顔を近づけて、彼にそっと口づけをした。

「ジーンさんが自分で言ったんだから、気が変わったりしないでくださいよ」

「うん、わかってるよ。それで……」

「はい?」

「きみはまだ大丈夫なの?」

「…………」

まだそのことを心配していたのか……。

僕の上に覆いかぶさっている彼の表情は、最初恥ずかしそうだったが、だんだん心配そうな表情に変わっていく。彼の頬はまだ赤かったが、くりっとした目がちらちらと動いた。

「その、きみのあれが……」

「ああ、それは別に薬のせいじゃありませんよ。ただジーンさんがかわいいからです」

「…………」

二本の眉がくっついてしまいそうなほど彼は眉を寄せた。明らかに僕を疑っているような表情だ。

しかしそのあとすぐに、彼は僕の短パンのウエストのところに手を伸ばしながら言った。

「さっき掲示板《パンティップ》サイトで調べた。ある種の媚薬は、抜かないかぎり熱が冷めないんだって。きみが医者に行くのは嫌だって言うなら、僕が手伝ってあげる」

「ジーンさん、ちょっと待ってください……」

僕は彼の手をどかそうと思って手を動かした。

「………」

まったく話を聞いていない。僕の手を振り払うと、彼はさらに下の方に移動して座り直した。

その無意識に欲情を煽《あお》るような動きが、僕を熱く、そして苦しくさせた。僕は歯を食いしばりながら言った。

「前に言いましたよね？　次のチャンスがあれば、もう気が変わることはないからって」

ジーンはそれでも聞こうとしなかった。彼が純粋に心配してくれている気持ちを利用したくないと思っていた。だが、一定のリズムで僕の硬い屹立《きつりつ》を刺激する熱い手と指先が、僕の頭の中のすべてを燃やしてしまった。

気づけば頭より先に体が動いていた。僕は彼の細い手首をつかんで、自分の方に引っ張って体をひっくり返し、彼をベッドに押し倒した。そして短パンから伸びる彼の細い足の上にまたがるように、自分の両膝をついた。

僕は着ていたTシャツを脱いだ。

「ナップシップ……」

僕は知らないうちに笑顔になっていた。

「わかりました。手伝いたいんですよね？」

「……………」

「それなら激しくなるよう手伝ってください」

「なにを……んっ⁉」

ジーンの体が固まった。彼は柔らかい唇を開けてなにかを言おうとしていたが、その前に僕は顔を寄せ、唇を重ねて舌を入れた。

彼がうめき声を出し始めたので、僕は唇を離して、今度はこめかみの方に移動してキスを続けた。片方の手をジーンのTシャツの下にすべり込ませ、熱くてなめらかな肌をゆっくりと撫《な》でる。

僕は自分の下にいる彼のTシャツを脱がせた。襟《えり》ぐりから頭を抜いたとき、彼は戸惑《とまど》ったような顔で頬を赤く染めていた。

彼のほっそりした色白の足のあいだに、僕は自分の体を割り込ませた。僕が自分の太ももを相手の体のまんなかにこすりつけるように押し当てると、彼は体を震《ふる》わせた。

ぼうっとし始めた彼の瞳を見て、僕はほほえんだ。

「あっ、ナップ……シップ」

「……………」

僕は逃げ出したそうに身をよじる彼を見ていた。彼は足を折り曲げるようにして膝をくっつけ、なんとか閉じようとしていた。

「きみ……なにしてるの。僕はただ手伝うって……」

「これじゃあまるで……あっ」

僕は手を下に動かした。彼が穿《は》いている短パンのゴムの部分に指をかけ、引き下ろした。ジーンは寝間着の下に下着を穿いていなかった。さっきの刺激のせいで、彼のかわいらしい体の一部が硬くなっていた。

「ええ、そうです」

ジーンの体のありとあらゆる部分が愛らしかった。硬くなっているその部分は、薄紅色だった。

僕がまだその熱いみなぎりに触れていないうちに、彼は足を閉じてそこを隠した。そしてたったいま意識を取り戻したかのように震えた声で言った。

「ちょっと……ちょっと待って。なんで僕の短パンを脱がせるの……」

「ジーンさんに手伝ってもらうためです」

「なら僕がやる方でしょ。きみじゃなくて」

「ジーンさんも、もう感じてるんじゃないですか？」

僕は彼の足を開くために、小さな膝を手のひらでつかみながら言った。

しかし彼も精一杯抵抗しようと柔らかい唇をぎゅっと噛んでいた。

僕は自分の鼻先を彼の一方の膝頭にこすりつけて、舌先で膝を舐《な》めた。そして太ももを撫でてから、手をうしろにまわして柔らかい臀部《でんぶ》を揉《も》むように撫でさすった。

「恥ずかしがらなくていいんですよ。僕らはもう恋人同士なんですから」

「ぼ……僕らはついさっき……」

僕はほほえんだ。彼を慰めるように、手のひらをゆっくりと動かした。

「ジーンさんは僕を手伝うって言いましたよね。でも僕だけがそれをやってもらうのは嫌なんです」

「………」

「わかってくれますか」

「僕は……んっ」

僕が体を寄せて彼の耳元に近づくと、彼は声を震わせ、首をすくめた。その反応を見て、僕はこらえきれず彼の頬に何度もキスをし、手のひらで彼の頬を優しく撫でた。

それは彼をリラックスさせて足を開かせ、僕が隅々までくまなく調べられるようにするためだ。

「待って。ナップ……ナップシップ」

「なんですか？」

「その……ほんとにするの？」

「………」

その瞬間、ジーンの心臓がバクバクと激しく鼓動する音が聞こえた。

彼の上目遣いと赤く火照《ほて》った顔が、まるで僕を深淵《しんえん》に引きずり込んでいくかのような力を放っている。

僕の体の中心はますますいきり立って疼《うず》き、ジーンの温かい体内にいますぐこれを埋めてしまいたいと思った。

「しますよ」

「………」

「さっき言ったとおり、激しくしましょう」

彼の大きな目がさらに大きく開かれた。

「きみ……んんっ」

僕は自分の唇で彼の口をふさいだ。

その機会に乗じて、力が抜けた彼の足を押し開いて、隠されていた部分をふたたび露《あらわ》にした。ただし、彼を怖がらせてしまわないように、先を急いだりはしなかった。

相手に考える余裕を与えないよう、僕はふたたび彼に口づけをした。

ゆっくりと愛撫《あいぶ》するようにキスをしてから、唇を離す。顔を下の方にずらしていくと、同じ石けんの匂いがまだ肌に残っているのがわかった。

胸の突起は、その持ち主と同じように小さくて愛らしい。そこを口に含んで吸うと、彼はかすかなうめき声を上げた。

「ああっ、ナップ……」

ジーンの手は、僕の肩をつかんで離さなかった。胸の頂《いただき》を何度も吸い立て、舌先で円を描くように転がすと、彼は僕の肩に爪を立てた。

僕は片方の手のひらをもう一方の突起に伸ばして、そっと愛撫した。僕が指先で乳首をつまんだり転がしたりすると、彼の体はピクピクと反応した。

「前よりも感じてませんか?」

「…………」

「ねえ」

「…………」

彼は答えなかった。声を出さないように唇を噛み、目をぎゅっと閉じている。感覚器官をどれか一つ閉じると、ほかの感覚器官がますます鋭敏になってしまうことを知らないんだろう。経験不足な彼の様子を見て、僕はクスッと笑った。そして自分の短パンを脱いだ。

ジーンは目をつぶったまま、皺ができるほどの強さでシーツを握り込んでいる。

そんなふうにして僕の動きを見ていなかったので、僕が彼の体の中心に近づいたときも、彼はそれに気づかなかった。

熱いみなぎりに指を優しく這《は》わせると、彼はビクンとのけぞった。

彼はふたたび僕から逃れるために足を動かそうとしていたが、僕は自分の肩を使ってそれを阻《はば》んだ。彼の色白な足の片方を持ち上げて肩に乗せた。

僕は焦らずゆっくりと、熱い塊《かたまり》を上下にしごいた。先走りの露《つゆ》がにじみ出るまで、彼の愛らしい先端を親指でこすった。

「やあっ……」

僕は手のひらを柔らかなお尻へとすべらせた。体の中心の屹立をいじられているせいか、ジーンはすっかり力が抜けてしまったようだった。

彼のうしろの蕾《つぼみ》が見えた。そこもまたかわいらしく、鮮やかな色をしていた。僕はそこに顔を近づけ、蕾のまわりに優しく口づけをした。それからキスマークをつけるように甘噛みした。

「ちょ……ちょっと、なにしてるの！」

ジーンは僕が吹きかけた吐息を感じて、気づいたのだろう。

しかし彼の足は僕の肩の上に乗っているため、彼は足を閉じることができなかった。

「………」

「ナップシップ！　やめて。そこはきたな……あっ」

僕はなにも言わなかった。嫌悪感は一切なかった。硬く閉ざされたすぼまりが収縮していた。

「きみ……クソッ、ひあっ」

ジーンは泣くような喘《あえ》ぎ声を上げた。それは切迫感と羞恥心でどうしようもなくなったような声だった。

両腕を交差して顔を隠す彼を見て、僕は仕方なく舌を引っ込めた。

さっきようやく僕の恋人になったジーンの体を、隅から隅まで調べ上げたかったのだが、これ以上時間をかけていると、僕の方が耐えられなくなって、うっかり彼を傷つけてしまうかもしれない。

僕はそこから顔を離し、ベッドサイドの引き出しを開け、ローションのボトルを取り出した。

手のひらにローションを出して、そそり立った自分のものに塗ってから、彼の細い足のあいだの、まだひくついているすぼまりにも塗りつけた。その液体が割れ目に沿って流れ落ちるのを見ていた。

その卑猥《ひわい》な光景にもう我慢できなくなりそうになったが、なんとか自分を抑えた。

「うあっ……」

「ジーンさん、力抜いて」

うしろの蕾は、中に侵入する前に入り口をなぞっている指さえも、きつく締めつけてきた。

「ダメ……ダメだって」

彼の震えた声を聞いて、僕はしばらく動きをとめた。円を描くようにゆっくりと揉みほぐすことにした。

「大丈夫、すぐに慣れます」

きつく締めつける力がだんだんと緩んで、指がすこし入るようになってから、手のひらを上に向けて優しく撫でさすったあと、指を曲げて中に挿入した。横になっている彼は痛みを感じたようで、体がわずかに震えた。

「やっ」

指が柔らかいところに当たるのを感じ、そこで手を引いた。僕は体を伸ばして、彼の唇にもう一度口づけをした。できるかぎりリラックスできるよう、優しくゆっくりとキスをする。

そして彼の腰を引き寄せ、腰の下に手を入れて支えるようにしてから、自分の硬い屹立をくぼみにあてがい、彼の呼吸に合わせてすこしずつ挿入した。

灼《や》けるような熱さと、吸いつくような締めつけを感じた。

まだ先端だけだったが、ジーンは僕の肩に痛いほど指を食い込ませてきた。

「痛い……シップ」

「すこしだけ我慢して」

「痛い」

「うん。わかってる……わかってる」

彼の濡れたまつげと目の端ににじむ涙を見て、不憫《ふびん》に思い、僕はいったんすべての動きをとめた。空いている方の手のひらで、彼の顔の輪郭を優しく撫でる。

キスをしてから、彼の涙を舐め取った。ジーンの激しい呼吸も、徐々におちついてきたようだ。

どんなに可哀想でも、初めての場合に、まったく痛みを感じさせないようにする方法を僕は知らない。

僕はローションをさらに注いだ。先に進みながら、彼が苦しい思いをしていると思うと、僕もまた苦しくなった。

ついに根本まで入れることができた。彼のうしろの蕾が収縮して、僕の熱い塊と同じ形になっているのだと思うと、ほほえまずにはいられなかった。

そのまま激しく突き上げたいという本能に負けないよう、必死に自分を抑えた。

苦しそうに細められた彼の大きな目の中にわずかに僕を咎《とが》めるような気配があったので、僕はかすれた声で言った。

「全部入りましたよ」

「…………」

「わかる?」

「…………」

彼は唇を固く結んでいた。

僕はしばらくそのままじっとしていた。それからゆっくりと腰を動かした。中はきつくて、ジーンは苦しげに顔をしかめていたが、すこしずつ時間が経って体が慣れてくると、徐々に中もほぐれてきた。

「あ……ああっ」

僕は辛抱強くゆっくりと動き、それから徐々にスピードを上げていった。

「ジーン……ジーンさん」

突き上げる衝撃を吸収するために、僕は手で彼の臀部を支えた。

自分の声に混じって、ジーンの嬌声《きょうせい》が聞こえた。彼は感じていることを隠したがっているようだった。

二人の肌がぶつかるときのローションの音が卑猥に響き渡った。しかしその音が聞こえれば聞こえるほど、ますます体が熱くなる。

「シップ、やっ……大きすぎる」

「……………」

「ゆっくり……ひあっ」

僕が深いところをこすり上げた瞬間、彼は甲高《かんだか》い喘ぎを漏らした。僕はギリギリまで引き抜いてから、ふたたび深く押し込んだ。そして低い声で言った。

「だれがそんなやらしい言葉を教えたんですか」

「僕……ダメ」

かすかな明かりのおかげで、ジーンを見下ろすように覆いかぶさっている僕は、彼のすべてを見ることができた。顔と体は赤く火照り、目には涙がにじんできらきらと光っている。

僕は両手を動かして彼の腰を押さえた。腰を激しく振って深いところを突き上げながら、僕は我を忘れたかのように、彼の体が揺さぶられるのを見つめた。

すべてが露《あらわ》になっているジーンの顔をじっと見つめ、それを頭の中に焼きつけた。

「ジーンさん……僕がこの日をどれほど待ちわびていたか、わかりますか」

「んっ……」

「僕の名前を呼んでください。僕がいまジーンさんを抱いてるって、教えてください」

「…………」

「ねえ、いまジーンさんを抱いてるのはだれ？」

「あうっ……シップ」

「…………」

「ナップシップ……」

聞き慣れたジーンの声が脳に響くように聞こえた。僕はいまずっと思い続けてきた人に触れていて、その人の中にいて、その人とつながっていると思うと、より一層高ぶるのを感じた。

僕は彼の体をきつく抱きしめた。ジーンが僕のことを抱きしめ返してくれたとき、彼のつま先が痙《けい》攣《れん》した。

僕の耳元で、彼は小さく泣くような喘ぎ声を何度も上げた。

それから僕は最後に、奥深く交わるよう激しく腰を打ちつけた。

一つに溶け合いそうなほど深く入り込んだ僕のそれが、目の前の人物がほんとうに僕のものになったのだということを実感させてくれた。

カウント22

重い……。

僕は、腰のあたりになにかが乗っているような感じがして、目を覚ました。

眉をわずかに寄せ、ゆっくりとまぶたを開ける。

最初に目に入ったのは、ベランダに出るためのガラス戸だった。明るい太陽の光が、カーテンのすき間から差し込んでいた。

僕の部屋のカーテンはこんな色ではない。部屋の中にある家具も、明らかに僕の部屋のものではない。僕は自分の腰のあたりに視線を向けた。たくましい腕が僕の腰を抱きしめている。

「………」

後頭部に、一定のリズムで熱い吐息がかかっている。

うしろに寝ている人物の体温が、昨日の記憶をよみがえらせ、僕の顔は熱を帯びた。

昨夜……。

僕は唇をぎゅっと引き結んだ。今回はちゃんと覚えていたので、それほど驚きはない。ただ、とにかく恥ずかしかった。

昨日、僕はナップシップに好きだと伝えた。妙なタイミングと状況ではあったが、僕はたしかに彼に気持ちを伝えた。僕が面と向かって自分の気持ちを伝えたときの、ナップシップの表情をしっかり覚えている。

あまりに恋愛と縁遠すぎて考えたことすらなかったけれど、いままでのいろんなことを思い返すと、おそらく……僕はすこし前からナップシップのことが好きだったのだろう。

実際、僕はたしかにBL小説を書いているが、まさか自分が男を好きになるとは思っていなかった。無論、もし男と付き合ってベッドに入ることになったときに、自分が攻めになるか受けになるかなど考えたこともなかった。

昨夜僕は、ウーイくんの好意を無下《むげ》にしたくなくて、彼が僕におごってくれた酒を飲もうと思っていた。

ただ、まさか彼がその中に媚薬《びやく》を混ぜるなんて大それたことをやるとは思わなかった。

結局僕の代わりにそれを飲んだナップシップが、僕に代わって大変な目に遭《あ》うことになってしまった。

僕の注意が足りなかったのか……。

媚薬のことを知った瞬間、僕は腹が立ってウーイくんに電話で延々と文句を言ってやりたくなった。しかしそれよりもナップシップのことが心配で、どうすればいいのかわからないまま慌《あわ》てふためいてしまった。

だからナップシップがあんなふうになったのを見たとき、罪悪感に駆られてつい自分から手伝うなどと言ってしまったのだった。

そしてその結果、この状態になっていた。それでも僕は後悔していない。

「うあっ……。クソッ」

体を動かした瞬間、筋肉痛とうしろのすぼまりの痛みに突然襲われた。

僕はトイレに行くために、ナップシップの腕を振りほどこうとした。体が痛くてイライラしていたこともあって、最初はさっさとその腕を振り払おうと思っていた。

だが僕は、自分がまだ彼と顔を合わせられる状態ではないと思い、彼を起こさないようにそっと腕をどけることにした。

ところが、僕が体を動かす前に、彼のたくましい腕が僕をきつく抱きしめてきた。

「……!?」

「どこ行くんですか」

眠気混じりの低く柔《やわ》らかい声が、僕の耳元でささやいた。

「ナップ……」

「もうすこし寝ましょうよ」

「僕……」

そのあとの言葉がなにも出てこなかった。彼はなにもしていないのに、僕の顔は勝手に赤くなっていく。

「まだ朝早いですよ」

「きみ……大学行かないの?」

「ジーンさん」

「うん?」

「今日は日曜日」

「…………」

すっかり失念していた……。

彼は僕の背中側にいたので、幸いまぬけ面を見られずに済んだ。

「撮影もありません。一日中ジーンさんといられます」

……僕はいま一人になりたいんだけど。

昨日の夜あんなことをしたばかりで、その相手と面と向かって話すなんてできるわけがない。

「僕……シャワー浴びたい」

「あとでいいですよ」

そう言いながら、彼は大きな手のひらを動かして、僕のおなかを優しく撫《な》でた。

「寝る前に、僕が体を拭《ふ》きました。中も全部搔《か》き出しましたから」

「…………」

「全身きれいですよ」

「ナップシップ！」

このクソガキめ！

僕は、まとわりつくようにしてしゃべる彼のハンサムな顔を手で押しやった。彼の言葉を聞いて、内心顔から火が出そうなくらい恥ずかしくなった。

彼はクスクス笑ったかと思うと、僕の手を取って優しくキスをした。

クソッ、どこまでも憎たらしい。

「シャワーは夕方で大丈夫です」

「でもいまトイレに行きたいんだよ」

そう言うと、ナップシップはうめくような声を出した。彼は体を起こし、たくましい腕で僕の体を持ち上げた。

「ひゃっ⁉」

僕はとっさに彼の首に腕を巻きつけた。体から布団がすべり落ちて、エアコンの冷気に晒《さら》されたとき、僕は自分が裸のままだということにようやく気づいた。僕は足を閉じて自分のモノを隠そうとしたが、後孔の鈍《にぶ》い痛みと背中の筋肉痛で、思わず声を上げた。

「いっ」

「恥ずかしいかもしれませんけど、無理に動くと痛いですよ」

「だれのせいだよ」

ナップシップは鋭い目で僕を見下ろした。

「なら薬を塗ってあげましょうか」

「いらない！」

ナップシップは目を細めて笑った。

彼は、清潔な白い便器の前で僕を下ろしてくれた。足が床に触れたとき、僕はわずかに身震《みぶる》いした。体に痛みが走ったが、歯を食いしばって我慢した。手でドアを指さし、彼にさっさと出ていくよう促した。

ナップシップがいなくなると、僕はようやくスムーズに息ができるようになった。

立ったまま用を足しながら、僕は顔をしかめて体の痛みに耐えた。

無事に終わると、亀のような歩みで洗面台へ向かった。自分の体に残っている無数の赤い跡《あと》はなるべく見ないようにした。腰のところに残っている大きな手のひらの跡だけは、血流がよくなって早く赤みが薄まることを願って手でこすった。

僕はバスルームのドアを開け、頭だけを出して言った。

「シップ、なにか服貸して」

「わかりました」

ナップシップはクローゼットへと歩いていって、清潔な白いシャツと短パンを取ってきてくれた。それを着てバスルームから出ると、ナップシップが訊《き》いた。

「もう寝ないんですか?」

「目が覚めたし、もう眠くない」

「それならなにか食べて、念のため鎮痛薬を飲んでください」

ナップシップが僕をリビングに連れていって、上質なソファセットに座って待つように言った。

彼は、家の固定電話でだれかに電話をかけてから、しばらく後でカードキーを手に取って下に降りていった。おそらく朝食を買ってきてもらうように頼んだのだろう。

部屋に戻ってきたとき、彼はおかゆと揚げパン《パートンコー》の入った袋を手に持っていた。それらのいい匂いが部屋全体に漂う。

彼はなにも言わずに、また僕を抱きかかえて、ダイニングキッチンのテーブルの椅子に座らせた。

自分で歩かずにどこへ行くにも抱えてもらうというのは、最初はすこし気が引けたが、何度かそうしているうちに、慣れてなんとも思わなくなった。

運びたいなら運べばいい。ただ彼につかまるだけだから、その方が僕も楽だ。

「薬です」

「ありがとう……ところで、きみはもう大丈夫なんだよね？」

僕は鎮痛薬に目を落とし、それを水と一緒に飲み込んでから、別の種類の薬のことを思い出した。

「大丈夫って、なにがですか？」

「だから……昨日飲まされた薬だよ」

「………」

最初、ナップシップは返事をしなかった。彼は小さく息を吐いた。そして首を横に振ってほほえんだ。

「大丈夫です」

彼からそう聞いて、すこしホッとした。

昨日、ああいうことが終わってから、いつ眠りに就いたのか僕は覚えておらず、あのおかしな媚薬の効果がまだ残っているかどうかもわからなかった。

僕が知っている小説やドラマでは、媚薬を盛られると一回行為をしただけでは収まらないというような設定になっていた。

しかし現実とフィクションは別ものだ。いままで僕は、媚薬のような薬がほんとうにこの世に存在するのだろうかと思っていた。

そういう小説を書いていることもあって、そういった類《たぐい》の話を調べることはままあった。以前どこかで読んだが、媚薬というのはただ意識をぼんやりさせて抵抗する気力をなくすものであって、性的な感情とは関係がないものだという説もある。

だが、昨日の様子からすると、ナップシップはほんとうにつらそうだったし、それになにより、それを入れたウーイくんが薬の効果は強いと言っていたのだ。

「ジーン」

「………」

「ジーン」

「え？」

僕は一方の頬を軽くつねられたことに気づき、すこしびっくりした。

「なに」

「ジーンは……」

「ちょっと待って」

僕は手を上げてストップした。

「きみ、僕のことをジーンって呼んだ？」

彼は眉をわずかに上げて、驚いたような顔をした。

「そうです。だってジーンの名前はジーンでしょう？」

「そうじゃなくて！　だれが呼び捨てにしていいって言ったの」

「だれも言ってません。僕がそう呼んでるだけです」

「………」

僕は手に持っていたコップを置いた。腹立たしかったので、彼がいつも僕にするように、僕も手を伸ばして彼の頬をつねり返してやった。

それからゆっくり、はっきり言った。

「僕はきみと同い年じゃないだろ?」

しかしナップシップは僕の手を自分の頬から引き離して、優しくほほえみながら、空中でその手に指を絡ませた。僕はクラクラした。

「わかりました。ジーンって呼ぶのが嫌なら……」

「恋人だとしても、僕の方が年上なんだから、呼び捨てはちょっと……」

「はい。でも僕の恋人です」

「……?」

「妻って呼ぶのとハニーって呼ぶの、どっちがいいですか?」

僕はすぐに手を離した。

「ジーンでいい!」

向かい側に座る彼がクスクス笑うのが聞こえた。それからまだ僕の準備ができていないうちに、ナップシップが突然身をかがめて僕の体をふたたび持ち上げたので、僕は彼の首に腕をまわしてしがみつくしかなかった。

どこへ行くのかと訊く前に、ナップシップは僕を寝室へ連れていった。

「いまはとりあえず、もうすこし休んでください」

僕はベッドのヘッドボードに寄りかかりながら座った。ナップシップも僕のすぐ隣、ベッドの端のところに腰を下ろした。目が合うと、彼は柔らかい声で言った。

「いまは友達としてここにいますから」

僕の顔はこわばっていて、うまく口角を上げられなかった。

「ああ……」


空が明るくなった。

僕は目をこすりながら寝室を出て、なるべく静かにドアを閉めた。

リビングのガラス戸のカーテンが開いていた。外から朝日が差し込んでいたので、電気を点《つ》ける必要はなかった。

僕は自分の部屋にはないエスプレッソメーカーの方へまっすぐ歩いていって、それでコーヒーを沸かした。

そのあいだに顔を洗って、目を覚ます。それからキッチンの上の棚を開けて、食パンを取り出した。ナップシップの部屋には食べものがなんでも揃っていた。彼が自分で買いにいかなくても、専門の家事代行業者のメイドが代わりに買ってきてくれているようだ。

先日、寝室のドアを開けてリビングに出た僕は、初めて彼女らと顔を合わせてびっくりした。彼女らは僕の方を振り返ると、丁寧に挨拶《あいさつ》をしてくれた。そして礼儀正しく僕のことをジーンさんと呼び、ほかになにかしてほしいことはないかと訊いてきた。そのとき、僕はナップシップが彼女らに家事を依頼したのだと気づいた。

ナップシップはもはや本物の王子のようだった。

……ほんとうに、持って生まれた徳には敵《かな》わない。

チュッ!

「うわっ!」

僕は突然のことに驚いて手に持っていたバターナイフを落としそうになった。

ちょうどパンにジャムを塗っていたところで、だれかが僕の頬に鼻を押しつけた。

「シップ! なにふざけてる。僕がきみをナイフで刺したらどうするんだよ」

彼は気にしていないようだ。僕のこめかみの近くで、柔らかい声でささやいた。

「どうして今日はこんなに早くから起きてるんですか?」

僕は視線をさまよわせた。

「昨日は九時に寝たから。きみはいつ帰ってきたの?」

「十一時くらいです」

「聞こえないって、ねえっ! 離れてよ。うっとうしい」

それでもナップシップは動かなかった。彼は両手をカウンターについて、僕の肩にあごを乗せた。彼はまだすこし眠たそうな声で言った。

「今日はまた一日中部屋で執筆ですか?」

「僕は毎日そうなんだよ」

「じゃあ今日は僕を待っててください。外に食事に行きましょう」

僕はすこし考えてから、最後にうなずいた。

「わかった」

彼とああいうことをした日から、もう一週間以上が経っていた。

あの日ナップシップの部屋に泊まってからというもの、そのあとも僕は自分の部屋には戻っていない。

ナップシップがなんて言って僕を説得したのかよく覚えていないが、僕はなぜか自分でもわからないうちに彼の言うとおりにしてしまっていた。

ずっと一人でいることに慣れていた。しかし、ナップシップが僕を騙《だま》して僕の部屋に居候《いそうろう》するようになってから、僕は彼と一緒にいることになじんでしまった。

ナップシップと暮らすのは居心地がよかった。そしてこの部屋の家具や家電も、非常に使いやすかった。

「きみ、今日は何時から撮影？」

「三時です」

「そっか」

僕はうなずきながら、パンの袋の口を結んだ。だが僕が上の棚を開けてパンの袋を戻そうとしたとき、ナップシップが片手を伸ばして僕の代わりにやってくれた。

それから彼はもう片方の手を僕の肩にまわし、僕のあごをつかんで自分の方に向けさせた。

彼の形のいい唇が、突然僕の唇に押し当てられた。そして熱い舌先が口の中に侵入してきた。口を開けて息継ぎをしたとき、歯磨き粉の爽やかなミントの匂いがした。僕が顔をそむけても、シップは僕の口角に熱っぽくキスをした。

僕は手で慌てて彼の顔を押しのけた。

「シップ、起きたばっかりでこういうことするのはやめろ」

朝っぱらから、心臓に悪いだろ。この悪ガキめ。

「モーニングキスですよ。小説の中で読んだことありませんか?」

「………」

彼はからかうようにそう言った。僕は恥ずかしくなって、彼をにらみつけた。僕は腰のあたりを撫でているナップシップの手を引き剝《は》がして、テーブルを指さした。

「いまコーヒー沸かしてるから。朝食を食べたいなら、おとなしく座ってて」

僕自身は、熱いコーヒーとジャムを塗った食パンだけで十分だった。だがナップシップは大学に行かなければならないので、僕は野菜とハムと卵とサラダドレッシングを冷蔵庫から取り出した。僕は料理ができないので、ナップシップに出せるのはシンプルなサンドイッチだけだ。

それから一時間後にナップシップは出発していった。

僕はベッドに横になりながら、ＭａｃＢｏｏｋの画面を見つめていた。彼の見送りのために玄関に出たりはしなかった。またこの前みたいに、一日をがんばるための応援とかいう口実で頰にキスをさせられたらたまったものではない。

朝早く起きたおかげで、頭がすっきりしていた。僕は昨夜書き上げた一番新しいシーンと、それからセックスシーンを読み直した。

それは、この前僕が一度削ったあとで、編集長に盛り上がるところだから書いた方がいいと言われた箇所だった。あれから僕はずっとその部分を放置してしまっていた。まだうまく書けそうにはなかったからだ。

しかし昨夜、僕はついにそのシーンを片付けた。書き上げるのに数時間かかったが、これまでのように描写に悩んで筆がとまったりすることはなかった。

僕は座ったり横になったりしながら、何時間も画面とにらめっこしていた。画面の右下の時刻を見ると、もうすぐ午後三時になるところだった。

ナップシップは三時に撮影現場に行くはず……。僕はそのことを思い出して、ベッドから起き上がった。

しばらく現場に行っていないし、たまには顔を出した方がいいだろう。

今日はナップシップが外に食事に行こうと言っていたので、僕は自分の車を運転していく代わりに、タクシーを呼ぶことにした。

撮影現場に到着したのは午後三時四十分だった。

今日の撮影場所は、大学の中の小さな池のそばの庭だった。灼熱の太陽が水面に反射して、キラキラと光っている。この場所で撮影ということは、受けと攻めが正直に気持ちを伝え合うシーンまできたということだ。

監督は、十二月上旬にオンエアになると言っていた。それまでもうあと二週間……。

「あれっ、ジーンさん」

「こんにちは」

僕は声をかけてくれたスタッフに挨拶のワイをした。

彼女は僕を大きなパラソルが設置されている場所まで案内してくれた。その横には大きな扇風機があった。ただしその場所は、監督たちがいるテントからはかなり離れていた。

ナップシップが、キンの友人役を演じるほかのキャストたちと撮影をしているのが見えた。

演技をしている彼も相変わらずかっこよかったが、その姿を見ているうちに、僕が毎日一緒にいるほんとうのナップシップの方がずっとかっこいいなんて思ってしまった。

っておい……なにバカなこと考えてるんだ。

長時間そこで立ったまま見ていると、だんだん暑さに耐えられなくなってきた。パラソルはあっても、熱がこもるし、扇風機から送られてくる風も涼風ではなくむしろ地獄のような熱風だった。

結局僕は近くで仕事をしていたさっきのスタッフに声をかけて、恥を忍んで、どこか座れる場所はないかと尋ねた。彼女はすこし笑ってから、近くの建物の下の部屋に案内してくれた。そこは今日更衣室として使われている部屋だった。

「ありがとうございます。あの……今日はナップシップのマネージャーは来てますか？」

「タムさんですか？　今日はまだ見てませんね」

「そうですか。ありがとうございます」

涼しいエアコンの効いた部屋で一息つくと、僕はすこしずつ元気になってきた。背中をつたっていた汗も次第に引いていく。普段あまり外に出ていないせいで、僕はとくに暑さに弱くなっていた。

そのとき、ドアが開く音がした。

「クソッ、暑すぎだろ……ジーン兄さん!?」

「ウーイくん？」

この部屋はドアが二つある正方形の部屋で、僕は前方のドアの近くにいた。部屋のまんなかにはスタッフが並べたテーブルと椅子があり、それが部屋を二つのエリアに分ける仕切りになっていた。いま開けられたのはうしろの方のドアだった。小柄でかわいらしいウーイくんがこっちに近づいてくるのを見て、僕は固まった。

テーブルが並べられたところまで来ると、ウーイくんはそれを軽々と飛び越えた。

「ジーン兄さん、今日は……」

ウーイくんは一瞬とまった。彼はまわりを見回し、だれもいないことを確認すると、にっこり笑った。

「来てたんですか。もうジーン兄さんには会えないかと思ってました。シップが来るように言ったんですか？」

僕は黙っていたが、この前彼がしたことを思い出して、眉根をぎゅっと寄せた。

「なんでそんな顔をしてるんですか？」

「……………」

「ラインも返してくれないし。怒ってるんですか？」

僕は答えなかった。ウーイくんと言葉を交わしたくないほど、僕はまだ腹が立っていた。

ただ、僕はこの前のことを直接口に出して非難してやりたい気持ちもあった。

ウーイくんだって大人なんだから、していいことと悪いことの判断くらいつくだろう。あんな薬は危険すぎる。もしほかの人にあんなことをしたら、間違いなく訴えられて捕まってしまうはずだ。

僕はもうこれ以上ウーイくんと関わって余計なことに巻き込まれたくなかった。ナップシップが言ったように、最初から首を突っ込むべきではなかったのだ。

「ジーン兄さんが返信をくれなかったから、嘘をついただけですよ。あのとき僕はいろいろあってむしゃくしゃしてたんです」

「嘘をついた？」

「え？　だから薬は……」

まるで一時停止ボタンを押したかのように、彼のかわいらしい声が突然とまった。僕は訝《いぶか》しむように眉を上げた。すると彼が眉をひそめた。彼は僕をしばらく見つめたあと、悪態をつくように言った。

「クソったれ」

僕はそれにびっくりした。

「な……なにが？」

このあいだも見たとはいえ、正直僕はまだウーイくんのそういう態度に慣れていなかった。

「シップの奴め」

彼はつぶやいた。下を向いたまま、苛立《いらだ》った様子でさらに粗野《そや》な言葉を口にしていた。

「人のことは困らせておいて、自分はちゃっかりおいしいとこ取りかよ」

「……？」

僕はまだ意味がわからず、目の前にいるウーイくんをただ見つめていた。

今日のウーイくんは、あの日のように酔ってはいない。

彼がなにに心を悩ませていたのかはよくわからなかったが、あのときの彼は本心を吐露《とろ》していたのだろうと僕は思っていた。

「ジーン兄さん、僕は薬は入れてませんよ」

「は？」

僕はしばらくぽかんとしていた。我に返ると、彼が苛立った態度ではなく真剣な面持ちで僕を見つめていた。

「僕がああいうふうにラインしたのは、ただ単にシップの奴を一晩中冷たい水に浸《つ》けてやりたくて、ジーン兄さんがそうしてくれればいいと思ったからです」

薬を入れてない？

「………」

「ほんとですよ」

ウーイくんは僕が眉を寄せているのを見て、はっきりした口調でそう言った。

「僕が悪かったです。あのとき、僕は腹が立ってて、シップに仕返しがしたかったんです」

「ほんとに？」

「誓います。ジーン兄さんは優しい人だって、僕は前に言いましたよね。そんな優しい人を騙したら、一生うしろめたくなります」

「………」

僕の意識は宇宙空間に放り出されたかのような状態になった。

ウーイくんのことを百パーセント信じるわけではないとしても、もし彼が言ったことがほんとうだとしたら、僕のことを騙したのは目の前の小柄な彼ではなく、ナップシップのクソガキの方だということになる。

「ほんとにごめんなさい」

ウーイくんは許しを請うような声で言った。彼は申し訳なさそうな顔をしていた。

僕はしばらく彼のことを見つめ、彼が言ったことが嘘かどうか見極めようとした。それからとうとう口を開いた。

「実際は薬を入れてなかったとしても、あんなふうに人を騙すのはよくないよ。もし僕が本気で警察に訴えたりしたら、厄介《やっかい》なことになってたはずだ」

「………」

僕の言葉を聞きながら、ウーイくんはさっきよりもさらにうなだれて黙っていた。

なにも言い返してこない彼を見ていると、僕はなんとも言えない気持ちになった。心の中ではまだ怒りが収まっていなかったし、あのときのことを思い返すと、まだ不愉快な気持ちも残っている。

しかし、僕はなるべくそれを忘れるようにした。

お互いが黙り込むと、僕がなにかを言う前に、ウーイくんが小さな声でつぶやいた。

「ジーン兄さんは僕のことが嫌いですか」

僕は困惑《こんわく》した。

「……?」

「みんな僕のことが嫌いなんです……。でも僕は、ジーン兄さんにだけは嫌われたくないんです」

「ちょっと待って。僕はウーイくんのことが嫌いなわけじゃないよ」

「………」

「もしウーイくんのことが嫌いだったら、こんなふうに話したりはしないよ」

僕がそう言うと、うつむいていた彼が顔を上げてほほえんだ。その瞬間、彼の瞳の中でなにかが震《ふる》えるのが見えた。

「ありがとうございます」

そのとき僕は、ウーイくんのほんとうの気持ちを感じ取ることができた気がした。

酔っ払って彼が両親のことを口にしたときもそうだった。だが僕らはそこまで親しい間柄《あいだがら》ではなかったし、それにウーイくんはあのとき酔っていて自分のことをはっきりとは明かさなかったので、僕は彼の個人的な話に口を挟むべきではないと思っていた。

僕は、もしウーイくんがこれからは誠意を見せて、もう二度と嘘をついたりあんなことをしたりしなければ、僕も彼に誠意を返そうと思った。

ウーイくんはみんなが自分のことを嫌いなんだと言っていた。でもウーイくんが僕のことを嫌っているわけではないのに、なぜ僕がウーイくんのことを嫌いにならなければいけないのか。

「なんで僕はシップより先にジーン兄さんに会えなかったのかな……」

「え？」

「もうシップと恋人同士になりましたか？」

ウーイくんは自分の気持ちを立て直そうとするかのように、話題を変えた。

「もう付き合ってるんですよね？」

「……うん」

すこし間があってから、僕はそう答えた。

「つまり、ジーン兄さんはシップのことが好きなんですよね？」

僕はふたたびその質問をぶつけられて、固まった。

それはサイアム・パラゴンのトイレで会ったときとまったく同じ状況で、僕はあのときのことを思い出した。

ナップシップが、ウーイくんは自分のことを好きなわけではないと言っていたし、いまのウーイくんの態度を見ても、彼がシップのことを好きなようには見えない。

だが、ほんとうの気持ちは本人以外にはだれにもわからない。感情はコントロールできるものではないのだから。

だからこそ僕は、自分が思っていることを彼に伝えようと思った。

僕はうなずいて、正々堂々と答えることにした。視線をそらさず、目の前の相手を見つめる。

「そうだよ。僕はシップのことが好きだ」

ウーイくんはしばらく僕の顔をじっと見つめていた。それから突然、彼は明るい声で笑い出した。

「あははっ。ちょっと待って……ジーン兄さん」

「……？」

「ジーン兄さんは、まさか僕がほんとにシップのことを好きだと思ってたんですか？」

彼が手で涙を拭《ぬぐ》いながら笑っているのを見て、僕は混乱した。さっきまでしょんぼりしていたのに、なんで普通に笑ってるんだ？

「ふふっ。ジーン兄さんはなんでそんなにかわいいんですか」

「………」

「もう、ダメだ。かわいい」

彼は心底おかしそうに笑っていたが、僕は眉間《みけん》の皺《しわ》を深くした。

「もう笑うのはやめてくれるかな。ウーイくんがなにを考えてるのかよくわからない。きみは最初シップのことを好きだって言ってたのに、いまはそんなふうに言ってて、僕にはさっぱり意味がわからないよ」

ナップシップもウーイくんも、本心とは正反対の態度を示していたので、僕はなにが真実なのかわからなくなった。最近の子がみんなこんな性格だとしたら、僕はもう家から一歩も出たくない。

「ほんとは……オーディションの前に、僕はシップのスマホでジーン兄さんの写真を見たんです」

ウーイくんはほほえんでいた。僕の言葉に怒ったりはしなかった。彼の笑い声は収まりつつあったが、まだ口角は上がっていた。

「………」

僕の写真……？

「シップみたいに他人に興味のないようなタイプが、スマホの中にだれかの写真を保存してるってことは、間違いなくシップはその人のことが好きなんだろうと思いました。実際に会ってから、ますますそうだと確信しました」

ウーイくんは、からかったり嘘をついたりしているわけではなさそうだった。

「僕がシップにくっついてオーディションに行ったっていうのは、間違いありません。でもそれは、僕がシップのことを好きだからじゃありません。急にお金を用立てないといけなくなって、それでオーディションに行ったんです」

「じゃあどうして僕にシップが好きだなんて言ったの？　あの日撮影現場で……」

「僕はただちょっとシップにムカついてた、っていうか」

ウーイくんはうまく説明できないようで、一瞬口を閉じた。

「僕はジーン兄さんのことがうらやましいんです。シップみたいに心から愛してくれる人がいて。でもそれは、僕がやきもちをやいてるっていう意味じゃありません。僕らはただの友達です。そこまで親しくはありません。正直、ジーン兄さんがこんなにいい人じゃなかったら、僕はとっくに嫌いになってたと思います。でもジーン兄さんは優しい人だから。僕にあんなふうに騙されても、それでも僕のことを嫌いにならないでいてくれる」

「………」

「ジーン兄さんが困った顔をしていると、いじめたくなって、僕はつい我を忘れてしまうんです……」

「………」

僕はなにも言葉が出てこなかった。

「僕がほんとはシップのことを好きじゃないってわかったんだから、もう僕を避ける必要はなくなりましたよね？」

ウーイくんはこちらに近づくと、首をすこしかしげて、かわいらしい上目遣いで僕を見た。彼は口をすぼめてから、笑い声を漏らし、小さくため息をつきながら言った。

「はあ。恋人になってくれないなら、しょうがないですね。僕はシップとは揉《も》めたくないんで、これからは花婿付添人として仲良くしてください」

花婿付添人ってなんだよ……。

僕は彼のかわいい顔を観察した。その結果、彼がいま言ったことは彼の本心だろうと思った。それで僕はゆっくりうなずいた。

「でも……」

「はい?」

「もう二度と騙したりしないでよ」

彼は目を瞬かせてから、ふたたび笑った。


僕とウーイくんの話は、そこで終わった。

わだかまりが解けるまで話をしたあと、ウーイくんは、さっき撮影が終わったからこの部屋に来たのだと言った。彼は着替えてメイクを落とす作業に入ったので、僕は部屋を出てナップシップを待ち伏せしようと思った。

さっきラインは送っておいたが、ナップシップはまだそれを読んでいないようだった。

電話をかけるためにスマホを取り出しながら、もう一方の手でドアノブをまわしてドアを開けた。しかしスマホの画面から顔を上げた瞬間、長身の人物が目の前に立っているのを見て、僕はびっくりした。

「ナッ……ナップシップ?」

「………」

ナップシップは僕の顔を見て、ほほえんだ。ドアはまだ完全には閉まっていなかった。彼の鋭い目が僕のうしろをちらっと見たので、いま僕が部屋の中でだれと話していたのか、彼にはわかったはずだ。

僕はすこし慌てた。

「きみ、いつからいたの？　えっと、もう着替え終わったんだ……」

「………」

「僕さっきラインしたんだけど、読んだ？　あそこは暑かったから、スタッフにお願いしてここで待たせてもらってたんだ」

ナップシップは僕が予想したように怒ったりはしなかった。彼は手を伸ばして、僕が説明しながら振っていた手をつかんだ。そして僕をおちつかせるように柔らかい声で言った。

「知ってますよ。大丈夫です」

「ウーイくんとはもうなにも問題なくなったよ。彼と話して、いろいろわかったし」

「そうですか。それならよかったです」

ナップシップの態度はいつもどおりだったので、僕はすこしホッとした。おなかがグルグルと鳴り始めたので、僕はなにか食べにいこうと彼を誘いかけた。だが口を開く前に、脳がある種の警告を発していた。

「そうだ。ウーイくんが、モヒートにはなにも入れてないって言ってた」

そう言いながら僕は顔をしかめた。

「結局、薬は入ってなかったんだ」

「モヒート？」

ナップシップは濃い眉を上げた。

「なんのモヒートですか？」

「忘れたふりしなくていいから。まだ一週間しか経ってないだろ。あの日、きみが僕の代わりに飲んだモヒートだよ」

「ああ！」

「きみは知ってたの？」

「…………」

ナップシップは押し黙った。それを見て、僕はすぐに理解した。無意識のうちに目の前の彼を指さしていた。

「クソッ。僕を騙したな！」

「ジーン」

「あのとき、僕はきみのことを心配してたのに……」

「僕は何度も、薬は盛られてないって言いましたよ。覚えてないんですか？」

「…………」

〝ありえませんよ。ウーイがどこで媚薬なんか手に入れるんですか〟

〝それにもし怪しいと思ったら、僕だって飲んだりしませんよ〟

〝なにも入ってなかったって言いましたよね。ジーンさんはウーイに騙されただけ……〟

もう……いますぐ消えてしまいたい。何回恥をかけばいいんだ僕は！

カウント23

日曜日の夕方、僕はナップシップの部屋のリビングにある大きなソファに横になりながらスマホでドラマを観ていた。目の前の小さなテーブルには、いつものＭａｃＢｏｏｋが開いたままになっている。

さっきシーンを一つ書き終えたので、体を伸ばして休憩しようと思い、ソファに横になったのだった。

新作の原稿は終わりに近づいていた。本編があと一章、それからざっくりと考えている番外編を残すだけとなった。

それらがすべて終われば、一カ月以上の休みを取ることができる。そのあいだに、もともと書いていたファンタジーやホラー小説を書く時間を取れるだろう。

一度に一つの物語しか書けないのが残念だ。頭の中を分割して同時に複数の物語を書くことができれば、その分収入も多く得られるのに。

ギーッ。

ドアが開く音がして、僕はそちらを振り返った。

腰にバスタオルを巻いただけのナップシップが部屋から出てきた。均整の取れた体には大小の水滴がついていて、それが光を反射してキラキラしていた。黒い髪もまだ濡れている。

ナップシップは僕の方を見て、いつものように優しくほほえんだ。それと同時に、耳に当てたスマホでだれかと話をしていた。話の内容を聞くかぎり、電話の相手はマネージャーのタムのようだ。ナップシップから笑顔を向けられた僕は、慌《あわ》てて視線を元に戻した。その直後、ソファの座面が重みで沈み込むのを感じた。

「シップ?」

彼は僕にくっつくようにソファに腰を下ろした。僕は仕方なく体を起こして、彼のためにスペースを空《あ》けた。

ナップシップはそのままでいいというように首を横に振った。彼はタムと電話をしながらも、空いている方の手を伸ばして僕の手を取った。ぎゅっと握るのではなくそっと撫《な》でるような触れ方だ。親指を僕の手のひらに沿わせて、優しく揉《も》みほぐした。気持ちがいいような、体が火照《ほて》るような、よくわからない感覚に襲われる。

「ええ。夏のコンセプトですか? 海?」

「………」

僕は彼を観察するために顔を近づけた。濃い眉がすこし上がり、彼はさらに口角を上げた。

ナップシップは僕に顔を寄せて、冗談めかして片方の頬を差し出した。僕は驚いて、ハンサムな顔を手で押し返した。彼はクスクス笑った。

「え? はい、聞いてますよ。なにもおかしくありません……了解です」

「………」

僕はナップシップの髪の毛を指さして、それから丸い水滴のしみができているソファを指さした。

「濡れてるよ」

ナップシップはただほほえむだけだった。その様子を見て僕は仕方なく立ち上がり、部屋からタオルを取ってきた。そしてソファには座らず、ナップシップのうしろに立って彼の頭の上に乾いたタオルをかぶせた。

彼がまだ通話中なのを見て、僕は親切に彼の髪を拭《ふ》いてあげた。

男性用シャンプーの清涼感のある匂いがする。自分の頭と同じ匂いがするのを感じて、僕はすこし変な気持ちになった。

いやいや、なにもおかしくない。僕だってナップシップのシャンプーを使ってるんだから……。

髪が乾きかけたところで、ナップシップがちょうど電話を切った。

「今日はすごく優しいですね」

「僕は毎日優しいだろ」

僕は手に持っていたタオルを彼の肩にかけながら、適当に言った。それからまわり込んでソファの元の位置に腰を下ろした。

「そうですか。じゃあ毎日僕の髪を拭いてくれますか？」

「一カ月もしないうちに、きみは自分じゃなにもできなくなるだろ」

「………」

彼はなにも答えなかったが、さっきと同じようにほほえんでいた。

「さっきの電話はタムから？」

「はい。来年の夏に出る雑誌の撮影についてでした」

「そっか」

僕はうなずいたが、それ以上はとくに訊《き》かなかった。ドラマの続きを観るために、ふたたびスマホを手に取った。しかし隣の彼がまだ同じ場所に座ったままくつろいでいたので、僕はちらっと彼の方を見た。

僕は今日も朝起きてからずっと、いつもと同じように過ごしていた。

食事をしたりドラマを観たりもしていたが、基本的に一日中原稿を書くのが僕の生活だ。食料さえあれば一週間はこもっていられる。

ときおり新しいインスピレーションが必要になったときに、外に遊びにいったりすることもあるが、たいていは一人で部屋にこもって過ごす。

僕はその生活に慣れていたが、問題はナップシップだ……。

これまで彼がどんなふうに生活していたのかはわからないが、今日は休日であるにもかかわらず、彼は一日中僕と一緒に部屋にこもっていた。

「きみ、退屈じゃないの？」

僕は彼に服を着てくるように言うつもりだったのだが、代わりに口をついて出たのはそんな質問だった。

「退屈？」

「一日中部屋にいるからさ。もし退屈だったら、友達と遊びにいったりしていいんだからね」

彼は驚いたようだったが、そのあとおちついた声で言った。

「いいえ。僕はそれよりジーンと一緒にいたいです」

「でも僕はずっと部屋にこもってるから……きみが退屈じゃないかなと思って」

「ジーンがいれば、僕は退屈なんかしません」

「……………」

「どこにいても、なにをしていても、ただ一緒にいるだけで僕は十分です」

彼の黒い瞳と視線が交わった。彼がそう言った瞬間、僕は胸がいっぱいになった。嬉しくて思わず口元がゆるんでしまったが、それを見られるのが恥ずかしくて顔をそらした。

「まあ、僕も退屈しないよ」

「……………」

「だから！　きみがいると退屈しないってこと！」

僕が自分が思っていることを正直に伝えてからふたたび顔を上げると、彼の顔が近づいてきていた。僕がなにかを考えるより先に、唇に温かいものが押し当てられた。

僕は逃げたり嫌がったりはせず、ナップシップの体のぬくもりに身を任せた。

彼の大きな手が僕のあごのラインに沿って耳のうしろへとまわり、髪の毛の中へと入った。二人が密着するように、彼は僕の体を引き寄せた。

下唇を強く吸われた僕はしびれるような感覚を覚えた。さらに唇を噛まれて、痛みが走った。

「いっ」

僕は顔をしかめた。

「シップ、噛むなって……」

「だって噛みたくなるんですよ」

彼は笑い混じりにそう言って、鼻と口を僕の頬に強く押し当てた。

それから彼は僕の耳に顔を寄せ、優しいキスを落とした。僕はビクンと震《ふる》えた。

彼の手が僕のシャツのボタンのすき間からゆっくりと入ってくる。ボタンを外す手が上までくると、肌と肌が触れ合った。僕はいつの間にかソファに横たわっていた。

「んっ」

彼の舌先が僕の喉から鎖骨へと下りていった。肌を強く吸われたとき、僕は彼の背中にまわしていた指先に力を込めた。

「シ……シップ」

「はい？」

「す……するの？」

その質問をしたとき、僕は湯気が出そうなくらい顔が赤くなっていた。

「してもいいですか？」

「えっと……」

コンコン！

「……！」

僕はビクッとした。すぐに自分に覆いかぶさっている彼の肩を手で押し返した。

そういうことをしている最中だったからだろうが、心臓がバクバクした。

「だ……だれだろう」

ナップシップは眉根をぎゅっと寄せた。

「わかりません」

「僕が出るよ。きみは……服を着てきて」

「………」

彼は小さくため息をついた。彼の体が離れてから、前がはだけたシャツのボタンを留《と》めた。

「じゃあ続きはまた今夜ですね」

固まった僕をよそに、彼は寝室へ歩いていってしまった。

とりあえず平静でいられるよう意識を集中させ、玄関へと向かう。かがんでドアスコープをのぞきながら、僕は返事をしようと口を開きかけた。

「はい、どちらさ……」

嘘だろ！

僕はすぐに手で口をふさいだ。いま集めたばかりの平常心がどこかへ飛んでいってしまった。

ドアの前に立っている人を見たとき、僕はあまりの驚きに目玉が落ちそうになった。玄関に来たばかりにもかかわらず、すぐに部屋の中に引き返した。たとえナップシップがまだ全裸だったとしても、もはやどうでもよかった。僕は慌てて寝室に駆け込んだ。

「シップ！」

すでにズボンを穿《は》いていたナップシップは、驚いたように振り返った。だが、彼はお構いなしに腕を伸ばして僕を抱きしめようとした。

「オーンおばさんだ！」

「はい？」

「オーンおばさんだよ。きみの母さん。きみの母さんが来てる」

彼も明らかに予想外のことにびっくりしたようだ。しかし彼の態度はおちついていて、動転している僕とは正反対だった。僕があわあわと同じことを何度も言うほど、彼の表情は柔《やわ》らかくなっていった。

「ああ」

「ああ？　ああじゃないだろ。きみの母さんが来たんだって」

「わかりました。とりあえずリビングで待っててもらってください。すぐにシャツを着ますから」

僕は顔をしかめた。

「まだ玄関のドアを開けてない」

ナップシップは一瞬黙ったが、すぐに笑いながら言った。

「どうして母さんを待たせとくんですか？」

「だってきみが開けにいくべきだろ」

「僕はまだシャツを着てません」

「なら急いで着ろ！」

「ジーンが開けてください。僕もすぐに行きますから」

「バカなの？　僕が開けられるわけないだろ」

「どうして開けられないんですか？」

僕は顔をしかめた。ナップシップはその理由をわかっているはずなのに、わざと知らんぷりをしているとしか思えない。

「ここがきみの部屋だからだよ。僕が開けにいったら、オーンおばさんはなんで僕がここにいるのか不思議に思うだろ。いいからさっさときみが出ろよ。僕はここにいるから」

「もし母さんが寝室に入ってきたらどうするんですか？」

「そしたら……クローゼットの中に隠れる」

ナップシップは首を振りながら笑った。

「なんで隠れるんですか」

「だってオーンおばさんはまだ知らない……」

コンコンコン！

寝室のドアを開けたままにしていたので、玄関ドアをノックする大きな音がはっきり聞こえた。

僕とナップシップは、たしかに恋人同士になった。けれど、お互いの両親にそんな簡単に打ち明けられるわけがない。

もし僕とナップシップのどちらかが女だったら、なんの問題もなかっただろう。

だけど、たとえ小さいころから家族同士の付き合いがあったとしても、そしてオーンおばさんが僕のことを気に入ってくれていたとしても、僕が息子の恋人になることを受け入れてくれる保証はなかった。

ヌン兄さんは大丈夫だと言ってくれたけど……。

僕はまだ不安だったし、心の準備ができていなかった。

不意に襲ってきた不安と、いまオーンおばさんをドアの前で待たせてしまっている罪悪感で、僕の中に焦《あせ》りが募る。

そばに立っているナップシップの方をもう一度振り返った。しかし僕が口を開く前に、彼が先に言った。

「大丈夫。ジーンは隣の部屋に住んでるんだから、母さんもそれを知れば、一緒に暮らしてるだなんて思いませんよ」

彼は笑顔を見せて、慌てふためく僕をおちつかせた。

「心配しなくて大丈夫ですよ」

「………」

「だから、僕の代わりに玄関のドアを開けにいってもらえませんか？」

「……わかった」

僕はそう言って、彼の腕から手を離した。

「きみは早くシャツを着てよ」

「はい」

僕は寝室から出て、ふたたび玄関へと向かった。ドアハンドルに手を伸ばしながらも、まだためらう気持ちが捨てきれずに一瞬手がとまった。それでもさっきのナップシップの言葉を思い出して、僕は勇気を出してゆっくりとドアを開けた。

「シップ、どれだけ母さんを待たせるの。なんでさっさと開けない……」

僕は笑顔をつくった。

「わっ、オーンおばさん」

「ジーンくん!?」

オーンおばさんは目を大きく見開いて、手を胸に当てた。僕はどんな顔をすればいいかわからなかったが、恐る恐る手を合わせてワイをしながら、小さめの声で挨拶《あいさつ》をした。不安と緊張で心臓が早鐘を打っていた。

「こんにちは」

僕はオーンおばさんを迎え入れるためにドアを大きく開けた。

「なんでここにいるの？」

「えっと……その、実はこの隣が僕の部屋なんです」

「ええっ、そうなの⁉　ジーンくんもこのコンドミニアムに住んでるの？」

オーンおばさんは驚いた様子だったが、すぐに嬉しそうな笑顔に変わった。

「シップもここに住んでるから、それで偶然会ったのね？」

「はい、そ……そんな感じです。どうぞ中に入ってください。シップはいま着替えてます」

おばさんはうなずいた。さっきよりもさらに嬉しそうに笑った。ドアを閉めると、彼女は僕の腕に自分の腕を絡ませた。

おばさんを部屋の中へ連れていき、リビングのまんなかのソファセットのところに案内してから、僕はキッチンへ向かった。

オーンおばさんは息子の住居を観察するように部屋の中をキョロキョロと見回している。

僕は冷たい水をソファの前のテーブルに置いた。それから腰を下ろそうとすると、オーンおばさんは自分の隣の座面をポンポンと叩いた。

「こっちに座って、ほら。それにしてもすごい運命ねえ。おばさんもね、ジーンくんがシップとヌンに会いにこられる日はないかなって思ってたのよ。だからさっきジーンくんがドアを開けたとき、びっくりしたわ」

「……………」

僕は苦笑いした。

「シップが引っ越したってヌンから聞いたから、ちょっと様子を見にきたの。二人はこれからどこかに行くつもりだったの？」

「いいえ。ただ日曜日でひまだったので、ちょっと遊びにきただけです」

「よかったわ。何年も会ってなかったのにまだこうして仲良くしてくれてて、おばさんも嬉しい」

オーンおばさんは僕にさらにいくつか質問をした。ナップシップはいつまで着替えてるのか、もしかして新しいシャツでも縫っているんじゃないかと僕が苛立《いらだ》っていると、ちょうど寝室のドアが開いた。

バカみたいに着替えに時間がかかった彼は、すっかりきれいな格好になっていた。さっき僕が拭いてあげた髪の毛も、完全に乾いている。

ナップシップは自分の母親にワイをした。

「さっき電話したのに、なんで出なかったの？　ねえ？　部屋にいないかと思ったわよ。下で身分証を見せてドアを開けてもらったから、玄関の前まで来られたけど、そうじゃなかったら母さん帰ってたわよ。時間を無駄にするところだったじゃない」

「シャワーを浴びてたんです」

ナップシップが答えた。そして彼は僕の左側が空いているのを見て近づいてきた。だが彼が腰を下ろす前に、僕はそこに座らせないよう彼をにらんだ。ナップシップは仕方なく向かい側のソファに腰を下ろした。

親子二人で話ができるように、僕はなにかおやつを探してくると言ってキッチンに向かった。

「ここに引っ越したのね」

「はい。ここの方が便利なんです」

「前の部屋の方が大学に近かったんじゃない？」

「たしかにそうです。でもこっちの方が寂《さび》しくないので」

シンクの上にある棚を開けようとしていた僕は、ドキッとして額を棚の縁にぶつけてしまった。キッチンとリビングは分かれていたが、そのあいだに仕切りはなかったので、リビングの会話はすべて筒抜けだった。

僕は唇を強く嚙んだ。いますぐリビングに行って、ナップシップの胴をホールドしてうしろに反り投げをしてやりたくなった。

あの悪ガキめ。

「子供のときみたいにまたジーンくんにくっついてるのね。ほんとに変わらないわね」

オーンおばさんは続けた。

「そうだ。今晩はうちに帰ってらっしゃいよ。二、三日うちに泊まったらいいわ。授業がある日に自分で運転したくないなら、トットおじさんに送り迎えを頼めばいいから。ジーンくんも一緒に。ねえ、ジーンくん」

「はい？」

オーンおばさんに呼ばれた僕は、お菓子をのせた陶器の皿を持ってリビングに戻った。僕はなるべくなんでもないふうを装い、向かい側のソファに座っているナップシップの方を見ないようにした。オーンおばさんは、さっきと同じように自分の隣に座らせようとして僕の手を引いた。

「今晩、ジーンくんもうちにいらっしゃいな」

「えっと……」

そう言われた僕は、必然的にナップシップの方に顔を向けざるを得なかった。

「でもシップは授業もありますし、撮影にも行かないといけませんから」

「明日は撮影はありません。授業だけです」

「なら明日は僕が起こしてあげるよ」

「起きられますか?」

「たぶん。ダメだったらきみが起こしにきてよ」

ナップシップはほほえんだ。

「今日はほんとうに優しいですね」

「きみがいい子にしてたら、僕はいつだって優しいんだよ」

ナップシップがクスクス笑うのを見て、僕はさらに言い返すつもりだったが、その前にオーンおばさんの笑い声が聞こえた。

「二人がそんなふうに仲良くしてるのを見ると、昔のことを思い出すわ」

「………」

僕は押し黙り、不機嫌な顔を引っ込めた。向かい側に座っているナップシップとの会話に夢中になって、オーンおばさんがいることを忘れていた。

とくに怪しまれるようなことは口走っていないはずだ……。

「それで、結局どうする？　今晩はうちに来る？　来るならいまから電話して食事を用意させておくけど」

「じゃあ……そうします」

僕がナップシップに意見を求めるように視線を向けると、彼はあなた次第だと言うように小さくうなずいた。いつもかわいがってくれるオーンおばさんの提案を断ることはできなかった。

オーンおばさんが嬉しそうに笑うのを見て、僕もつられて笑った。

「よかった。二、三日泊まっていきなさいよ。ジーンくんもうちに一晩泊まってから、実家に帰ったらいいわ」

「わかりました」

「じゃあ、今日はおばさんと一緒に帰りましょう」

僕もナップシップも反対せず、そんなふうに話がまとまると、オーンおばさんは僕らに自分はソファに座って待っているから、荷物を準備するように言った。

服は実家にもあるので問題なかったが、クリームやコンタクトなどの日用品は持っていく必要があった。

僕はワードローブの上の収納部分からかばんを引っ張り出した。それはナップシップのものだったが、それを使わせてもらうことにした。

荷造りをしているあいだ、僕は頭の中でいろんなことを考えずにはいられなかった。

実家に帰ることは普通のことのはずなのに、なにかやましいことがあるかのように、僕は心の中でびくびくしていた。

僕はナップシップと恋人になった。

もうここまでくれば、僕だってナップシップのことを好きで、彼と一緒にいたいと思っていることを認めている。けれど、親がそのことを知ったときに、彼らが不満に思うのではないかという懸念はある。

愛は本人たちの問題だとよく言われる。それはたしかにそうだ。でも、僕もナップシップも天涯孤独な人間ではない。僕らには家族がいる。

もし両親が反対したり、理解してくれなかったりしたら、僕はなんて言えばいいのか。なんて説明したら理解してもらえるだろう。理解するつもりはないと言われたら、どうすればいいのだろうか。

「ジーン」

「わっ！」

僕はびっくりして手をパッと上げた。だがその手を下ろす前に、大きな手が僕の手首をつかんだ。

それがナップシップだとわかると、僕はすこしずつおちついていった。

「なにを考えてるんです？　さっきから呼んでたんですよ」

「きみ、なんでわざわざ近くでささやくんだよ。頭をかち割ってやろうか」

「ハムスターみたいな小さな手で、そんなに強い力が出せますか？」

「なんだと、こら」

ナップシップはクスクス笑った。

「それで、どうしてそんな顔をしてるんですか。なにを心配してるんです？」

「わかってるだろ」

「心配する必要はありませんよ」

「心配するだろ」

僕は眉を寄せた。ナップシップは僕の手首から手を離して、改めて僕の手を握った。

「大丈夫です。僕らは恋人同士です。僕はジーンのことが好きです……」

「………」

「ジーンは僕のことが好きですか？」

「なんだよ。なにを言わせたいんだよ」

「僕のことを愛してますか？」

好きから愛してるに格上げしやがった……。

「まあ……そうだよ」

彼の口角が上がって笑顔になった。

「それだけで十分です。両親は話のわからない人たちじゃありません。ジーンと僕の気持ちが同じだったら、それだけでもう十分です。なにも問題はありません」

「………」

「だから、心配しないでください」

「わかった」

高級な欧州車が住宅地の中に入っていった。

豪邸に向かう途中で、僕は実家に寄って母さんに挨拶しておきたいとオーンおばさんに伝えた。そして僕の家の前で車を停めてもらった。

オーンおばさんはナップシップも一緒に行かせようとしたが、彼が乗り気になる前に僕は慌ててそれを断った。荷物をナップシップに任せて、僕は一人で実家に入っていった。

ところがカームおじさんが出てきて、彼は驚いた顔をしながら、僕の両親は不在だと教えてくれた。父さんと母さんは金曜の夜から地方に行っていて、明日の夕方に戻ってくるということだった。

残っているのはジェップ兄さんだけだったが、両親が不在の休日なので、兄さんも恋人のところに泊まりにいってしまっていた。

僕はしばらく唖然《あぜん》としていたが、そのあと部屋に行って自分の服を二日分取ってきた。なにも言わずに来たから仕方ない……。

服を持って実家をあとにしながら、スマホを開いて家族のライングループにオーンおばさんの家に泊まると送った。

「ジーン」

僕は足をとめた。聞き慣れたナップシップの声が聞こえて、スマホから顔を上げた。

「えっ、なんでいるの」

「迎えにきました。母さんから、ランおばさんとティープおじさんも食事に誘うように言われました」

「ああ。でもそれはまた別の日だね。父さんと母さんはいま地方に行ってるんだ。ジェップ兄さんも今日は帰ってこないみたい」

ナップシップはわずかに眉を上げた。

「いつ帰ってくるんですか?」

「月曜の夕方かな」

「じゃあ、ランおばさんとティープおじさんが帰ってくるまで、ジーンは僕の家にいてください」

「うん。そうするよ」

そう言うと、ナップシップは満足そうにほほえんだ。僕が服を入れていた手提げに手を伸ばし、僕の代わりにそれを持ってくれた。

家に着いて、僕はナップシップに説明したのと同じことをオーンおばさんに言った。彼女は小さく驚きの声を上げた。

「ああ、そうだった。この前ランがたしかにそう言ってた。おばさん忘れちゃってたわ。歳を取るとどんどんもの忘れが進むのよ」

おばさんはやれやれというように首を横に振った。

「でもそれならちょうどいいわ。ジーンくんもシップと一緒にうちに泊まっていきなさい。ランとティープさんが戻ってきたら、また改めておばさんが食事に誘うから」

「はい」

「荷物はもう二階に運んでもらってあるから。シップ、部屋に案内してあげて。すこし休んでて。ワットとヌンも、食事ができあがるころに帰ってくるはずだから」

僕はおばさんの言葉にうなずいた。

タナーキットパイサーン家の豪邸は二階建てだったが、家の中は広々としていて、幼稚園児がかくれんぼをして遊べるくらいには大きな家だった。ゲストルームもあり余るほどある。

ナップシップは僕を家の左棟の方に連れていき、ある部屋の前で立ち止まった。ドアを開けると、そこには走り回ってからベッドに飛び乗りたくなるような広い空間が広がっていた。

オールドローズの色合いの部屋は見た目にも美しかった。ナップシップから借りて荷物を入れてきたかばんが、ソファの隣の小さなテーブルの上に置かれていた。

「いかがですか？　ほかの部屋がいいですか？」

「いいや、大丈夫。僕はクレーマーじゃないからね。それよりきみはどこで寝るの？　昔の部屋？」

彼の濃い眉の片方が上がった。口元には笑みが浮かんでいた。

「一緒に寝たいんですか？」

「ただ聞いただけだろ」

「昔と同じ部屋です。向こうの廊下の突き当たりです」

「え？」

それを聞いて、僕は思わず驚いた顔をしてしまった。

ナップシップの部屋は、どうせ僕が泊まる部屋の近くだろうと思っていた。別にうぬぼれていたわけではない。

けれど、付き合い始めてから僕とナップシップはずっと一緒にいたので、自然とそう思っていた。逆にもしナップシップが僕の家に泊まりにくることがあれば、僕は彼を自分の近くに寝させるんじゃないかという気がしていたのだ。

「どうしました?」

「いや……別に」

僕が顔をそむける前に、すべてお見通しだというような彼の視線とぶつかった。彼は変わらず笑顔だったが、幸い僕をそれ以上恥ずかしくさせるようなことはなにも言わなかった。


二時間後。

ワットおじさんとヌン兄さんが夕食の時間に合わせて帰ってくると、オーンおばさんが僕らのことを呼んだ。僕とナップシップが階下に降りていくと、みんなもうすでに食卓についていた。

僕はワットおじさんにワイをして挨拶した。それから長男であるヌン兄さんにも挨拶した。

ワットおじさんは食卓の短辺にあたる上座に座っていた。オーンおばさんは手招きして自分の隣に僕を座らせた。ナップシップは必然的にヌン兄さんの隣に座ることになった。

「ジーン、ほんとに久しぶりだな」

僕はワットおじさんの挨拶に笑顔でうなずいた。

ワットおじさんは背の高い人だった。彼を見れば、ヌン兄さんとナップシップのスタイルがだれに似たのかはすぐにわかるくらいだ。髪の毛には白髪も交じっていたが、若いころハンサムだった面影がまだ残っている。おじさんは仕事相手や他人の前では厳しく怖い雰囲気があるが、家族や僕のような隣人の前では気さくで親しみやすい人だった。

　おじさんはオーンおばさんの方を見ながら言った。

「母さんから聞いたけど、ナップシップと同じコンドミニアムにいるんだって？」

「はい。部屋が隣同士なんです」

「そうか」

　ワットおじさんはさほど表情を変えず、うなずいた。

「それなら息子のことを頼むよ。頑固で言うことを聞かないときは、叩いてやってくれ」

「それは無理じゃない、父さん。どっちがでかいか一目瞭然《いちもくりょうぜん》だし」

　ヌン兄さんが言った。

「シップはジーンより年下だろ。だからシップが生意気なことを言ったりしたら、ちゃんと指導してやってくれ。私がスタンガンを買ってあげるから」

「ええと、それはちょっと……」

　ワットおじさんとヌン兄さんの話を聞きながら、僕は苦笑いした。どんな顔をすればいいかわからない。隣に座っているオーンおばさんは楽しそうに笑っていた。

　一方、話題に上がっている張本人はまったくなにも気にしていないようだ。

　そのとき突然、僕の皿の上にタマリンドソースのかかったエビが置かれた。聞き慣れた柔らかい声がした。

「剝《む》けますか？」

「…………」

僕が口をあんぐりと開けているあいだに、ナップシップが言った。

「僕が剝きましょうか」

「いい、いい。自分で剝けるから」

僕は急いで彼の手を払いのけ、舌がもつれそうになりながら言った。

「そんなに僕の世話なんかしなくていいって。自分の分をゆっくり食べなよ。僕は自分でやるから。どうもありがとう」

僕は警告を与えるために、食卓の下で彼の長い脚を蹴った。彼が僕と二人で食事をすることに慣れてしまったせいかもしれないが、彼の行動に僕は心臓が飛び出そうになった。

だがとくにだれも気にしていないようだったので、僕はホッとした。

「そういえば、きみの父さんからジェップが結婚するって聞いたけど、ほんとか？」

「はい。去年の年末くらいからその話をしてて、来年には結婚するみたいです」

ワットおじさんはわかりやすくうらやましそうな顔をした。

「そしたらそのうち孫を抱けるんだろうな。こっちはまだ当分先になりそうだよ。ヌンは付き合っては別れての繰り返しで、気に入った子が見つかってないし、シップはまだ学生だし。ちなみに、ジーンはどうなんだ？」

「えっと、僕は……」

僕はへらへらと笑ったが、うまく答えられなかった。

「ジーンはいつも部屋にこもってばかりいるって、ティープが文句言ってたぞ。私がだれか紹介してあげようか？」

「父さん、ジーンにはもう恋人がいるんだよ。だれか女の子を紹介したいんだったら、こっちに紹介してよ」

ヌン兄さんは笑いながらそう言ったが、彼のその言葉に僕は目を丸くした。

「恋人？　ジーンくん、恋人がいるの？」

いままでずっと静かに話を聞いていたオーンおばさんが、パッと僕の方を向いた。ワットおじさんも驚いたように僕を見ている。オーンおばさんの質問で、ヌン兄さんもようやく失言に気づいたのか、彼は眉を上げげた。

「あ、口がすべった……悪い」

「………」

ヌン兄のクソったれ！

彼は肩をすくめて謝っていたが、悪いと思っているようには見えなかった。

「ほんとなの？　ジーンくん」

「えっと……その……」

僕はすぐに答えられなかった。僕がそれを認めれば、おじさんとおばさんは間違いなく恋人がどんな人なのかを訊いてくるはずだ。そのとき僕はなんと答えればいいのか。

嘘はつきたくない。

どうしていいかわからず、僕は向かい側に座っているナップシップをちらっと見た。

彼の鋭い目はすでに僕を見ていた。彼はうなずいた。彼が僕を励まそうとしてくれているのだとわかった。そのおかげで、僕はなんとか早鐘を打っている心臓をおちつかせることができた。

「そうです」

「全然知らなかったわ。ご両親はもう知ってるの？」

「まだ付き合い始めたばかりなので、話す機会がなかったんです」

「やだ、じゃあおばさんたちの方が先に聞いちゃったのね。それで、相手の写真は？　オーンおばさんにも見せて」

「写真……」

僕はつぶやいた。

「顔はどんな感じ？　ご実家は？　美人さん？」

「…………」

やっぱり……。絶対にこういう質問が来ると思った。

オーンおばさんが相手の顔を見たいのなら、向かい側を見ればいい。そうすれば僕の恋人がどんな顔なのかすぐにわかる。しかしそんなふうに答えるわけにもいかず、ますますどう答えればいいかわからなくなってしまった。

おばさんから飛んでくる質問はどんどん増えていくにもかかわらず、僕は答えに窮し、長い沈黙ができてしまった。そのとき……。

僕の皿にもう一匹エビがのせられた。

「ジーンのために剝きました」

「あ……ありがとう」

ナップシップは僕を助けてくれた。彼が優しくほほえんでいるのを見て、僕も彼にほほえみ返した。

「ナップシップ！」

オーンおばさんが尖《とが》った声で息子の名前を呼んだ。僕はビクッとした。

「はい？」

「母さんはあなたをそんな礼儀知らずな子に育てた覚えはないわ。なんでジーンくんのことをジーンなんて呼び捨てにするの」

「………」

僕の表情は一瞬で変わった。

「彼はあなたより年上なんだから、兄《ピー》さんって呼ぶべきでしょう。母さんが礼儀を教えなかったなんて言われるようなことはしないで」

オーンおばさんはナップシップを注意した。

おばさんが話を持っていったので、結果として僕の恋人の話は途中で終わった。

僕はオーンおばさんが怒っている顔を横目で見てから、怒られているナップシップを見た。

頑固な彼のことだから、僕のことを兄さんとは絶対に呼ばないだろうと思った。

なので僕は、おばさんに大丈夫ですよと言うつもりだった。けれどそのあと聞こえた言葉に、僕は固まってしまった。

「はい。ジーン兄さん……」

僕は、いままで彼に自分のことを兄さんと呼ぶように本気で言ったことはなかった。

彼がそう呼ぶ声を聞いたとき、僕はあごが胸にくっつきそうになるくらい顔をうつむけた。

表情の変化をだれにも見られたくなかった。

カウント24

シャワーを浴びて、ベッドにもぐり込むころにはもう十一時になっていた。

食事のあと、オーンおばさんが自家製の豆乳を出してくれたので、それを飲みながらドラマを観たりしていた。

幸いにも、あれから厄介《やっかい》な質問をされることはなかった。そして時計の針が十時をまわったころ、オーンおばさんはみんなに解散を促し、それぞれ自分の部屋で休むように言った。僕もシャワーを浴びたかったので、その提案に従った。

ゲストルームのベッドは、高級そうな見た目のとおりふかふかだった。

僕は寝っ転がったまま、天井の照明の明かりをぼんやり見つめていた。肌に当たるエアコンの冷気が、ひんやりとして気持ちいい。

……ナップシップは心配する必要はないと言っていた。けれど僕らはいつそれぞれの家族にそれを伝えるのか、まだ決めていなかった。

ヌン兄さんと話をしたあのときから、僕はいつかはそのことを言わなければならないとわかっていた。ただ、こんなに早くそのときが来るとは思っていなかった。

「…………」

しばらくのあいだ、僕は仰向《あおむ》けのままじっと考えていた。それから小さくため息をついて、サイドテーブルの充電器に挿しておいたスマホを手に取り、来ていたラインをチェックする。タムとヒン、それにウーイくんも、みんな僕らと同じドラマを観ていたようだった。

そのとき、小さくドアをノックする音が聞こえた。

僕は頭を動かしてそちらを見た。すぐにベッドから降りて、ドアのロックを外した。

「シップ」

目の前に立っている人物を見て、僕は目を細めた。

おなじみの彼の姿に、とくに驚きはなかった。ナップシップはTシャツにゆるっとしたズボンという格好だった。乾かしたばかりの前髪が額に落ちて目にかかっているせいで、彼の切れ長の目はほんのわずかしか見えなかった。

「なに？　なにかあった？」

「一緒に寝ようと思って来ました」

彼はおちついた声でそう言ったが、僕は目を丸くした。慌《あわ》てて手を上げて彼を制止した。

「ダメだよ。今日は自分の部屋で寝て」

「どうしてですか？」

……またそんなわざとらしくすっとぼけやがって。

「いま僕らはきみの実家にいるんだよ」

「だれも見てませんよ。朝になったら自分の部屋に戻ります」

「ダメだ」

それじゃまるで逢《あ》い引《び》きだろ……。

「今日は一日中優しかったじゃないですか。最後まで優しくしてくださいよ」

「ダメ」

「…………」

「ほら、戻って」

「…………」

「意地張らないで」

彼は拗《す》ねた子供のように黙り込んで、なにも言わずにまっすぐ僕を見つめた。僕らはしばらく見つめ合った。とうとう僕はため息をつき、組んでいた腕を緩めた。

「わかったよ。じゃあ友達として、一緒に下に行って水でも飲もう」

僕がそう言うと、彼は驚いたようにわずかに眉を上げた。しかし僕がナップシップの上腕を押しながら階段の方へ歩くよう促すと、ナップシップも結局は足を動かした。

この誘いにとくに深い意味はなにもない。ただ僕がほだされて、友達としてもうすこし一緒にいようと思っただけのことだった。

家の電気はすべて消えていた。みんなすでにそれぞれの寝室に戻って、休んでいるのだろう。いくつかの小さな電球だけが一晩中点《つ》けっぱなしの明かりとして残っていた。

僕らはキッチンに入った。ナップシップは、レンジフードがついた壁側のライトのスイッチを入れた。喉が渇いているわけではなかったが、せっかく下に降りてきたのだから、なにかすこし飲もうと思った。ナップシップが自家製の豆乳が残っている鍋の蓋《ふた》を開けて見せたので、僕はまたその甘い豆乳を飲みたくなった。

「温め直しますから、ちょっと待ってくださいね」

「うん」

僕は椅子を引いて、キッチンのまんなかにあるアイランドカウンターのところに座った。ナップシップもカウンターに寄りかかるようにして近くに立った。

キッチンは静かで、ＩＨコンロの稼働音だけがしていた。お互い黙っていたが、気まずさはまったくなかった。話がしたくなって、僕は口を開いた。

「きみ、もうすぐ試験じゃないの。学期もそろそろ終わりだろ？」

「はい。あと一週間ちょっとです」

「そっか。がんばって」

「僕を遊びに誘ってくれるんですか？」

僕は怪訝《けげん》な顔をした。

「まだなにも言ってないだろ」

「じゃあ僕から誘いますよ」

彼は小さく笑った。

「一緒に遊びにいきましょうね」

そう言われた僕も、彼につられて口角が上がった。

「……わかったよ」

鍋からぐつぐつと音がして、僕はパッと立ち上がった。下向きに置いてあったコップを二つ手に取ったが、鍋の前に立っているナップシップは一つだけ受け取った。それに豆乳を注いで、僕に差し出した。

「熱いから気をつけて」

「ありがとう」

今日二杯目の豆乳をすすると、僕のおなかも温かくなった。

僕はそれを飲みながら、しばらくキッチンでナップシップとおしゃべりをした。

豆乳を飲み終えると、僕はコップを洗って片付け、上に戻ろうと彼に声をかけた。キッチンのライトを消すと、明かりは階段のところの小さな電球だけになった。

僕は暗さに慣れず、ナップシップの腕をつかんだ。そして彼に先に歩いてもらうようにした。ナップシップは僕の手を覆うように自分の手のひらを重ねた。まわりも暗くて静かだったので、僕はなにも文句を言わなかった。

「もう眠いですか？」

「まだ眠くない。そのうち眠くなると思うけど」

「じゃあ、もうすこし一緒にいさせてください」

彼はそう言って、ドアを開けて平然とした顔でゲストルームに一緒に入ってきた。

僕は彼の背中を見ながら目をぱちくりさせた。左右を見回してだれにも見られなかったか確認した。

なにか言うのも面倒になり、僕は部屋に入ってさっきと同じようにベッドに体を預けた。

腕を伸ばして柔《やわ》らかい布団をめくり上げ、その下に入った。ナップシップは僕の近くに腰を下ろす。

「眠いならさっさと寝なよ。明日は授業があるんだろ。そうだ。明日、僕を起こしにきてよ。そうしないときみが家を出るまでに起きられないから」

「大変だったら無理に起きなくていいんですよ」

「大丈夫。いつもの店にお菓子買いにいくつもりだし。もし僕が起きなかったら、激しめに揺すって起こして」

「わかりました。激しめにキスします」

「揺すってって言ってんの」

「じゃあ起きられたら、ごほうびにキスしてあげますね」

「もういい。なにもしなくていい。自分で目覚ましかけるから」

「ほんとにケチなんだから」

「きみのせいだろ」

僕は小さな声で答えながら、見慣れた彼の顔が近づいてくるのを見ていた。


コンコン！

「………」

ドアをノックする音に僕は眉をひそめた。それがうるさくて、僕は隣にいる彼の胸に顔を埋めるようにした。

コンコンコン！

ふたたびノックの音が聞こえた。今度は長身の彼の体がすこし動いたような気がした。僕の腰のあたりに乗っていたものが取り払われた。まだ眠かったので、僕はまぶたを閉じたままささやくような声で言った。

「シップ……ドア開けて」

「いま行きます」

「はやく」

僕はつぶやくように言った。もうすこし寝ていたかった。

隣にあったぬくもりが消えてしまったことで寒くなり、僕は反対側に寝返りを打った。手で布団を引っ張って丸め、それを抱きしめる。ちょうどいいポジションが見つかると、僕はまた眠りの続きに入ろうとした。

ふたたび眠りに落ちようとしていたところで、耳に入ってきた会話が僕の意識を現実に引き戻した。

〝一晩中いた〟とか〝昨日は部屋に戻らなかった〟といった言葉が聞こえてきた。

僕はすこしずつ目を開けた。最初に目に入ったのは、部屋の色にマッチしたダークブラウンのカーテンだった。そのカーテンは、ガラス戸から入るまぶしい日差しを遮《さえぎ》っている。

僕は目を細めて、それからしかめっ面をドアの方へ向けた……。

その瞬間、僕の寝ぼけ眼《まなこ》は大きく見開かれた。

「それ以上なにもなくてよかった」

僕はパッと飛び起きた。

「ワ……ワットおじさん」

ドアのところに立っているナップシップの向かいには、仕事用のスーツを着ているワットおじさんがいた。そのときのおじさんの表情と視線は、静かでおちついたものだった。彼は僕の顔を見てから、自分の息子に視線を移した。

その瞬間、僕は手が冷たくなるのを感じた。

「顔を洗ったら降りてきて。下で話そう」

「………」

ドアがそっと閉まる音が聞こえたとき、僕はゾクッとした。

ワットおじさんは一階に降りていった。一方僕は、固まったままドアを見つめた。

温かい手が頬に触れたのを感じたとき、ナップシップのハンサムな顔が僕の視線と同じ高さにあった。すべてを閉ざすドアの代わりに、僕の目の前に現れたかのようだった。

彼と目が合うと、鼓動が速くなっていた僕の心臓がおちつき始めた。

「僕……きみ……違う。ワットおじさんはどうしてわかったんだろう」

僕は疑問を言葉にすることすらままならなかった。ただわかるのは、自分の声が弱々しくなっていることだけだ。

ワットおじさんは怒ったり直接言及したりはしなかったが、もう気づいていると僕は感じた。圧のある静かな表情は、怒りを露《あらわ》にして非難されるよりもずっと恐ろしかった。

「昨日の夜からかもしれません」

「……昨日の夜」

昨夜、ナップシップは一晩中この部屋にいた……。

自分の部屋に戻らなかったナップシップのせいだと言うつもりはなかった。

昨晩、僕らは遅くまでおしゃべりをしていた。僕は留学のことや友達のこと、仕事のことなど、ナップシップにいろんな質問をしていた。その結果、いつ眠りに就いたのかもわからなかった。ナップシップも僕と同じようにそのまま寝入ってしまったのだろう。

気づかれてしまったのは二人の不注意の結果だとわかっていたので、彼を責めるつもりはない。

「大丈夫です。僕の父さんが話の通じる人だということは、ジーンも知ってますよね」

「どうかな。僕……」

「大丈夫」

ナップシップは同じ言葉を繰り返した。

彼の手のひらが僕の頬を優しく撫《な》で、それから額にかかる前髪を撫でた。彼はさらに近づいてきて僕を抱きしめた。それから、僕の腰にまわしている両腕に力を込めて僕を持ち上げ、立ち上がらせた。

「顔を洗って歯を磨いてきてください。すこし話すだけですよ。それ以上はなにもありません」

「…………」

「僕はずっとジーンと一緒にいます。心配しないでください」

「うん」

僕がバスルームに入っていくと、ナップシップも身支度を整えるために自分の部屋に戻っていった。

僕は鏡に映る自分の顔を見た。目には不安がにじんでいた。けれど、心はさっきよりもおちついていた。

こうなったことをどう感じているのか、自分でもよくわからない。

不安な気持ちは間違いなくあった。でも一方で、これでよかったんじゃないかと思っている部分もあった。おじさんたちに言ってしまえば、それで話は終わりだ。もうこれからはなにも心配しなくてよくなる。

もしかしたら、心配しているような深刻なことにはならないかもしれない。

僕は頭を軽く振って、歯ブラシに手を伸ばした。


ワットおじさんは、壁に大きなテレビが掛かっているもう一つのリビングの方で待っていた。そこは正面の客間よりもプライベートで静かな部屋だった。

足を踏み入れてすぐに、長いソファに座っているのがワットおじさんだけではないことに気づいた。オーンおばさんもその隣に座っていたのだ。僕は一瞬体が硬直し、足がとまりそうになった。しかし、両手でワイをしたとき二人が軽くうなずいたのを見て、僕は向かい側のソファに歩いていって腰を下ろした。

ワットおじさんの表情は、がっかりしているという感じではなかったが、眉間《みけん》に皺《しわ》を寄せていた。

「いつから付き合ってるんだ?」

ワットおじさんは単刀直入に切り出した。彼は座ったまま、部屋に入ってからずっと、僕らの立ち居振る舞いを観察していた。

「二週間前からです」

ナップシップが答えた。

「はっきり訊《き》くけど、シップ、おまえはゲイなのか?」

「違います」

「ジーンは?」

「僕も違います」

僕は小さく首を横に振った。

ワットおじさんはしばらく黙っていた。彼は表情をすこしも変えずに、膝の上に置いていた手を持ち上げて腕を組んだ。

「最初は二人とも男が好きなわけじゃなかったんだな? じゃあどういう経緯で付き合うことになったのか、父さんに聞かせてくれないか」

そう言われて、僕はナップシップの方をちらっと見た。彼は優しいほほえみを僕に向けた。

「子供のころ、僕は隣の家の兄さんと遊ぶのが好きでした。彼の優しいところと、一緒にいると退屈しないところが好きでした。そのあとジーンは引っ越していって、僕もアメリカに留学することになりました。でも、向こうでは勉強以外になにも特別なことはありませんでした。恋人がいたこともありましたが、付き合っては別れての繰り返しでした。そのころ……」

彼はまるで遠い昔の話を思い返すかのように、一度言葉を切った。

「中学三年生くらいのころに、ジェップ兄さんがフェイスブックに写真をアップしたのを見ました。その写真を見てすぐに、そこに写っているのがジーンだとわかりました……」

「………」

「あのころから、父さんは僕にどうして恋人がいないんだと訊きましたよね」

「ずっとジーンのことが好きだったって言いたいのか？」

「そうです」

ナップシップが話し始めてからずっと、僕は彼のことを見ていた。彼はすべてを詳細に語ったわけではなかったが、聞き手がそのときの気持ちを想像できるような話しぶりだった。

彼が僕についてそんなふうに語るのを聞いたのは、今日が初めてだった。

ナップシップは、僕がうらやましくなるほど迷いなくすべてを話していた。

それからワットおじさんが僕の方を向いた。

「ジーンはどうなんだ？　どうして付き合うことになったのか、聞かせてくれるか」

「はい……」

僕は体をもぞもぞと動かした。太ももに置いていた手で、穿《は》いているズボンを軽くこすった。そのとき、ナップシップがこっそり僕の背中をさすってくれた。それで僕はやっと話し始めることができた。

「実は、僕はシップのことを覚えていませんでした。シップが芸能の仕事をしていたことも知りませんでした。ただ、彼のマネージャーがタムという男なんですが、タムは僕の大学時代の友人なんです。僕はタムから、シップの面倒を見てほしいと頼まれたんです」

「………」

ワットおじさんはうなずいた。

「それで……ナップシップはいい子でした。いろんな面で僕のことを助けてくれました。一緒にいる中で僕は……シップのことを好きになりました」

そう口に出したとき、心臓の鼓動が激しくなった。自分の気持ちを隠さず率直に言ったが、おじさんたちが受け入れてくれず、反対されるのではないかと思った。

客間は一瞬沈黙に包まれた。

「付き合ってるなら、どうして父さんと母さんに言わなかったんだ?」

その質問がきたとき、僕はナップシップが答えるの待たずに、すぐに答えた。

「僕……僕は自分から言い出す勇気がなかったんです」

「…………」

「僕がナップシップと付き合うことを、ワットおじさんとオーンおばさんがどう思うかわからなくて……」

「反対されるのが怖かった?」

「はい……」

「正直に言えば、おじさんは賛成はしてない」

「…………」

僕は手を固く握りしめた。

「うちの家族は事業をしていて、取引先がいる。成功するためには、イメージと信用の両方が重要なんだ。もし私の息子が男と付き合っていることを知ったら、仕事相手の人たちはどう思うかな」

ワットおじさんの一言一言に、僕は唇を強く噛むことしかできなかった。彼の言葉は事実であり、年長者の視点に立った見方で、僕はそれを否定することができなかった。

「僕……」

「でも昨日の夕食のあと、おじさんとおばさんは話をした」

ワットおじさんは続けて言った。彼は隣に座る妻の方に顔を向けた。

僕の表情はふたたび変わった。

夕食のあと……?

それはつまり、二人はすでに知っていたということなのか?

「ワットおじさんとオーンおばさんは知って……」

「知ってたよ。シップが突然ジーンの隣の部屋に引っ越すって言い出して、何年も会ってなかったのにまだこんなに親しくしてるし、食事のときだってやりすぎなくらい世話をやいてたし。それで私たちが気づかないわけないだろ。シップの態度でわかる。私たちの息子だからね。わからないようだったら、本物の親じゃないよ」

ワットおじさんの声は相変わらずおちついていた。

しかし僕の方は、脳が一時停止してしまった。

しばらくして、おじさんが小さく息を吐いた。

「おまえたちのことを、小さいころ見ていた子供の二人だとは思ってないよ。すっかり大きくなって、自分の考えを持って、こうして話しにきてくれた」

僕は唇を噛んだ。なにか言おうと思ったが、結局なにも言えなかった。

「…………」

「シップは父さんの息子だ。ジーンも息子と同じようにかわいがってきた。だから、あまり余計なことは言いたくない。うるさく言っても、子供は聞きたくないだろう。やめろと言っても、ケンカになるだけだろう。父さんだって、なにかを強制されるのは好きじゃないんだ」

ワットおじさんは話しているあいだずっと、僕とナップシップのことを見ていた。

「ただ、イメージというのは重要だ。いまシップがやってる芸能の仕事と同じだよ。父さんがどうしてそういう仕事を許可してるかは、わかるよな？」

「…………」

「ビジネスには取引先がある。交渉したり、関わったりしなければいけない相手が大勢いる。そういう中では、息子も一つの顔のようなものだ。興味を持つ人もいるし、まったく興味を持たない人もいるだろう。ただいつかは必ず、父さんにもそういうものをおまえたちに引き継いで、手放さなければならなくなる日が来る。いつ死ぬかはわからない。明日かもしれない。死んだら、父さんはもうそういうあれこれを世話することはなくなる。だからおまえたちが決めたことなら、父さんと母さんとしては……」

僕は頬の内側を噛んだ。ワットおじさんが言葉を切った瞬間、たった一秒が一分にも感じられた。

「この先のことは、自分たちで責任を持ちなさい。父さんと母さんをがっかりさせたりしなければ、それで十分だ」

「…………」

緊張していた肩の力が抜けた。ワットおじさんの方を見ると、僕が恐れていたようなものとは違う表情をしていた。そこには怒りや不満といったものは見えない。ただ、決断を下した人の強い視線があるだけだった。その中にわずかに心配する気持ちがにじんでいた。

ずっとなにも言わず静かに聞いていたオーンおばさんがほほえんだ。

僕は二人を見つめた。うまく言葉にできない気持ちで、胸がいっぱいになった。

嬉しさや安心、感激、感謝、そして申し訳なさを含めて、さまざまな感情が入り混じっていた。

あまりに胸がいっぱいになりすぎて、僕は言葉が出てこなかった。

ナップシップがありがとうございますと言うのを聞いて、僕も慌てて二人にワイをした。そばに座っているナップシップの方を見ると、彼もそのときちょうど僕の方を向いた。

まだ僕の背中にあった彼の右手が、ふたたび僕を優しくさすった。

「だから大丈夫って言ったでしょう?」

「…………」

僕は彼を見たが、なにも言わなかった。

だが、ナップシップの声がワットおじさんの耳に届いたようだった。おじさんが代わりに口を開いた。

「なんだ。もし父さんが許さないと言ったら、どうするつもりだったんだ?」

おじさんの目を見るかぎり、真剣にその質問をしているわけではなさそうだったが、相手を試そうとするような雰囲気があった。

「どうなんだ、シップ。もし父さんと母さんが反対してたら、どうするつもり……」

「パッタナーカーンの空き地の話」

「…………」

ナップシップがそう言ったとたん、ワットおじさんは突然口をつぐみ、驚いたように目を見開いた。

さっきまでの厳格な空気はどこかへ行ってしまった。

「商談がうまくまとまらなかったんじゃないですか?」

「父さんがそれを欲しがってるって、だれから聞いた?　ヌンか?」

ワットおじさんは膝を叩いた。

「さすがだ！　商談に行って、相手が売ってくれるように話をまとめてくれれば、父さんはおまえたちのことを許さないわけにはいかないからな」

「話が早いですね」

ナップシップはそう言った。僕は唖然《あぜん》としたまま、ナップシップとワットおじさんの顔を交互に見た。二人とも口角が上がっていた。

「じゃあ、もしティープおじさんに反対されたら、父さんから話してくださいね。その代わりお金を預けておいてもらえれば、僕があの土地の権利書をもらっておきますから」

ワットおじさんはふたたび黙り込んだ。彼は自分の息子を見て、それから妻の方を向いた。

「……シップのこの性格はだれ譲りだ？」

オーンおばさんが笑ったとき、張り詰めた空気が緩んだ。僕もつられて笑った。心に乗っかっていた二つの重い石のうち、一つが取り除かれたような気持ちだった。

まだもう一つ重くのしかかって不安を残している石があるが、ナップシップの両親のおかげで、その重さはだいぶ軽減されていた。

ワットおじさんは会社に行く前に最後に僕らにこう言った。

私たちはもうわかった、でもジーンの両親にも同じようにちゃんと話さなければいけないよ、と。

そう言われた僕は、ゆっくりうなずいた。それ以上はなにも言わなかった。

おじさんとおばさんが出ていって、リビングには僕とナップシップだけが残った。

広い部屋にある美しい柱時計が、九時を指していた……。

「ジーン……」

「ありがとう」

僕は先に言った。

「はい？」

「ただ言いたかっただけ」

僕の言葉を聞いてナップシップはほほえんだが、彼はそれ以上なにも訊かなかった。ただ次のように言った。

「今日は僕と一緒に出かける必要はありませんからね。ジーンはもうすこし上で寝ててください。なにか欲しいお菓子があればリストアップしておいてください。だれかに買ってきてもらいますから」

「僕も行くよ」

「ここで寝てた方がいいです。僕が帰ってくるのを待っててください」

「……じゃあそうする。で、きみは何時ごろ帰ってくるの？」

「たぶん三時くらいだと思います」

ナップシップは立ち上がりながらそう言った。彼が手を差し伸べたので、その手を取って僕も立ち上がった。

起きてすぐワットおじさんに下に降りてくるよう言われたので、僕もナップシップもまだ洗顔と歯磨きをしただけだ。僕はもう一眠りすることができるが、彼の方は大学に行く前にシャワーを浴びたりしなければならない。

ナップシップは部屋の前まで僕を送ってくれた。彼が行ってしまう前に、僕は心を決めて彼を呼び止めた。

「シップ」

「はい?」

「僕の両親に話す件だけど……」

僕はそこで言葉を切った。

「僕から話したいんだ」

「………」

「僕の親だから、話すなら、僕が自分で話したい」

彼は一瞬黙って、それからうなずいた。

「わかりました。ジーンが話したいときに話してください。僕はジーンの判断に任せます」

その答えを聞いて、僕は彼にほほえみながらお礼を言った。しかし、彼がかがんで僕の頰にキスをしてきたので、僕の笑顔はすぐに消え去った。

「いい夢を」

実家でこういうことをするなと僕が文句を言う前に、ナップシップはドアを閉めた。

僕はしばらくドアを見つめながら、その場に立っていた。

一人になると、僕の頭の中は自分の両親のことと、僕とナップシップのこととのあいだを行ったり来たりした。

両親はきっとわかってくれる。

僕は何度もそう自分に言い聞かせた……。

カウント25

僕はそんなふうに考えていた。けれど、ものごとは思うようにはいかないものだ。

次の日の夜、帰ってきた両親の疲れが取れたころに、僕は決心を固めて、二人に話したいことがあると伝えた。

最初、僕は一人でその話をするつもりだったが、ナップシップが同席すると言って聞かなかった。付き合っていることは二人の問題なのだから、自分が一緒にいなかったらジーンの両親は真剣な交際だと思わないかもしれないと言って、僕を説き伏せた。

そうして夕食のあと、僕はすべてを打ち明けた。

母さんはわかりやすく驚いた反応を見せた。父さんの方は……急に表情が変わった。

「シップと付き合ってる？」

父さんが訊《き》いてきた。

「はい」

一瞬沈黙したあと、父さんが口を開いた。その言葉に、僕は手足の先が震《ふる》えた。

「おまえがそういう小説を書いてるって父さんに話したとき、おまえは男が好きなわけじゃないって言ったよな？」

「僕は……」

「父さんはそれを信じてた。なのに結局、やっぱりゲイだって言いにきたのか？」

「父さん、僕はそうじゃな……」

父さんはじっと僕を見た。

「前に言ったことと矛盾してるだろ？」

「違うよ！　ナップシップと付き合ってるからって、それで僕がゲイだっていうわけじゃない」

「おまえがいま男と付き合っているなら、それは同じことだろ」

「父さん、僕は……！」

隣に座っていたナップシップが手を伸ばして、僕の腕に触れた。

彼の温かい手が、カッとなって声が大きくなった僕を静めた。彼に励まされた僕は唇を一度結んでから、ふたたび口を開いた。

「僕はナップシップとしか付き合わない。ナップシップじゃなかったら、僕はほかのだれとも付き合ったりなんかしない」

「…………」

「父さん……」

父さんは僕の腕に触れているナップシップの手を見ていた。それから抑揚のない声で言った。

「二階に上がりなさい」

「まだ話が……」

「二階に上がりなさいと言ったんだ」

「…………」

不満がにじんだ重々しい声に、僕は黙るしかなかった。どう話すか考えて準備していたいろんな言葉が、父さんの視線と態度ですべて無駄になってしまった。

父さんがこんなふうに怒ったり感情を露《あらわ》にしたりするのを、久しく見ていなかった。

子供のころに一度、同じようなことがあったときは、意地を張って父さんに反抗したせいでさらに事態が悪化してしまったのを覚えている。

ナップシップの方を見ると、彼はうなずいた。

「…………」

仕方なく僕は一人で階段を上がっていった。

自分の部屋に入って電気を点《つ》ける。

僕は深くため息をついた。

父さんが僕の言葉を聞こうとしてくれなかったことは腹立たしかった。でもそれ以上に、悲しい気持ちと悔しい気持ちがこみ上げてきた。

ワットおじさんと話したときのことを思い出し、ナップシップの父親があんなふうに息子を理解していることをうらやましく思った。

でもほかにも方法はあるはずだ。僕はナップシップのことが好きで、彼と一緒にいたいと思っている。ただそれだけなのだから。

一方で、不安に思う気持ちもまだ拭《ぬぐ》えない。あらゆる方法を試しても父さんが理解してくれなかったら、そのとき僕はどうすればいいのだろう。

さっき玄関のドアが閉まる音とだれかが外を歩く足音がした。きっとナップシップが家に帰ったのだろう。

僕はスマホを取り出した。ナップシップに電話がしたかった。

しかしすべてが中途半端でまだ結論を出せていない。なんとか自分で解決策を見つけなければ。

彼に電話したい気持ちを抑えて、代わりにラインを送ることにした。

ジーン：シップ

ナップシップはラインに気づいていないようだった。僕はしばらく返事を待ってスマホの画面を見つめていたが、結局ベッドの上に放った。

僕はベッドの近くに座り込んで、ゆっくりと深呼吸した。

しばらく考えたあと、やっぱりもう一度父さんと話をしてみようと思った。自分のすべきことが見つかると、心がすこしおちついた。

バスタオルと着替えを持ってバスルームへと向かった。頭をすっきりさせるためにも、シャワーを浴びたかった。

僕はいつもより時間をかけてシャワーを浴びた。

服を着てから部屋を出て、僕の部屋の向こう側にある父さんの書斎にまっすぐ向かった。この時間、父さんは毎日書斎にいる。

ドアの前で一瞬ためらったが、結局僕はドアをノックした。

コンコン！

「父さん、ここにいる？」

「なんだ」

中から声が聞こえたので、僕はドアノブをまわした。

父さんはいつもと同じように、大きなパソコンモニターが置かれた仕事机の前に座っていた。開いているガラス戸から入る風が風鈴を鳴らす音と、つけっぱなしのテレビの音が聞こえた。

「話がしたいんだ」

「もう話しただろ」

「まだ話は終わってないよ。僕は父さんにわかってもらえるように説明したいんだ」

「説明しなくていい。ジーンが考えていることは、父さんには全部わかってる」

「父さん！　父さんはわかって……」

「わかってる」

父さんは同じ言葉を繰り返してから、僕をちらっと見た。

「………」

「これからも交際を続けるのか、それとも別れるのか、よく考えなさい。もし付き合い続けたらどうなるのか、そしてもし別れたらどうなるのか、考えてみなさい。今日はもう遅いから、また別の日に話そう」

父さんはそう言って話を切り上げたけれど、僕は諦《あきら》めたくなくてその場から動かずにいた。

父さんはなにも言わず僕のことを無視して、目の前にあるパソコンの画面だけを見つめていた。

それは、今日はもう話さないと決めた父さんの間接的な意思表示だった。僕は苛立《いらだ》ちを抑えきれず、つい舌打ちをしてしまった。

最初は不安な気持ちだったのが、だんだん腹立たしさに変わっていく。

よく考えろと言われたことよりも、父さんが僕の話に耳を貸そうとしないことに腹が立っていた。

僕はしかめっ面のままで書斎をあとにした。だが、廊下の角を曲がったところでちょうど階段を上がってきた母さんに出くわした。

「ジーン」

僕は立ち止まり、表情を元に戻した。

「母さん……」

僕とナップシップのことを話したあと、父さんが僕を二階に上がらせてから、僕はまだ母さんとなにも話をしていなかった。

母さんも父さんと同じように不満に思っているのか、それとも別の考えを持っているのか、わからない。

「父さんのところに行ってきたの？」

「うん、そう」

僕がうなずくと、母さんは小さく息を吐いた。

「母さんとお茶でもしましょう。ほら」

母さんは手招きした。

僕が近づいていくと、母さんは手を伸ばして僕の腕をつかんだ。多く言葉を交わしたわけではないのに、僕はなぜか子供のころの気持ちを思い出した。人から悪者にされても、母さんだけは僕のことをわかってくれて、いつも頭を撫《な》でながら慰めてくれた。

僕は母さんがつかんでいる腕にぎゅっと力を込めた。

「僕がやるよ」

キッチンに入ると、僕は母さんに座っているように言った。棚からガラス瓶を手に取って、そこからティーバッグを取り出す。

「父さんはなんて？」

電気ケトルをつかもうとしていた手がとまった。

「なにもないよ。ただ、よく考えろって言われた。それからまた別の日に話そうって」

「………」

「母さん。つまり父さんは、僕にシップと付き合ってほしくないっていうことだよね？」

「母さんにはわからないわ」

「父さんは、僕の考えてることは全部わかってるって言ったけど、僕の話をちっとも聞いてくれなかった。それでどうしてわかるっていうわけ？」

僕は不満をこぼすように言った。

「僕は父さんにわかってもらえるように話がしたかったんだ。もし父さんが僕にシップと付き合ってほしくないっていうなら、僕はその理由をちゃんと知りたかった」

「ジーンちゃん……」

母さんが口を開いた。小さいときの呼び方で呼ばれたとき、僕は慰められているような気持ちになり、平静を取り戻した。

「………」

「父さんには父さんなりの理由があるのよ」

「父さんに理由がないとは思ってないよ。ただ僕は、父さんが僕と話そうともしなかったことに腹が立ってるんだ」

「父さんはきっと、すこし時間を置いてからあなたと話すつもりなんだと思う。また別の日に話そうって言われたんでしょう?」

「それはそうだけど……」

僕は焦《あせ》っていた。こんなふうに宙ぶらりんのままで、この先どうなるかわからない状態にされると、心にしこりのようなものが残る。なにをしていても集中できず、そのことばかりを考えてしまう。

「そんなに考えすぎなくていいんじゃない? とりあえず座ってお茶を飲みましょう」

「母さんはどうなの?」

「え?」

「僕がシップを好きになったこと、母さんは怒ってる?」

僕がさっきよりも声を落としてそう訊くと、母さんは笑った。母さんは立ち上がって僕の手からケトルを取り、お湯を自分のカップに注いだ。ティーバッグが浸《ひた》る高さまでお湯が入ると、ジャスミンのいい香りが漂った。

「オーンおばさんはあなたに怒ったの? 母さんの予想だと、おばさんは怒らなかった。そうじゃない?」

「うん」

「なら、母さんも怒らない。怒ったらオーンおばさんとケンカになって、母さん、エアロビに行く友達がいなくなっちゃうもの」

「…………」

本気で言ってるのか？

僕が怪訝《けげん》な顔をしていると、母さんは手を伸ばして僕の頬をつまみ、左右に引っ張った。思いのほか力が強くて、僕はうめいた。

「つねりたくなるのよね。このほっぺを見ると」

「…………」

僕はまだ怪訝な顔をしていた。

「母さんは怒ってないわ。ジーンがしたいようにすればいい。高校に上がるとき、あなたは自分の好きなコースを選択した。大学に入るときも、あなたは自分の好きな大学、好きな学部を選んだでしょう。好きなことを選んで、あなたはちゃんとやってきた。母さんにはそれで十分よ」

母さんは僕の顔を見ずに言った。それから手を伸ばして横の引き出しを開け、ティースプーンを取り出した。

僕は母さんをじっと見つめてから、勢いよく抱きしめた。

母さんは驚いて大きな声を上げたけれど、僕の背を優しく抱きしめ返してくれた。

翌朝。

僕は母さんのノックで起こされ、下に降りていって朝食を食べた。

食事のあいだじゅう黙ったままで、父さんの方を見なかった。食べ終わると、そばに置いていたスマホを手に取って、世間の動向をチェックした。

それから家の小さな庭に出て、いつものハンモックに乗った。そこは僕が実家に帰ってきたときの定位置だ。

今日はとても天気がよくてまぶしかったので、サングラスをかけた。

カームおじさんが走っていって門扉《もんぴ》を開ける音が聞こえた。振り向くと、父さんの車が出ていくところだった。

僕はまたスマホの画面に視線を戻して、ラインを開いた。ナップシップから二件の新着メッセージがあるという通知が出ていた。

僕は彼とのトーク画面を開いた。そして、上にスクロールしながら昨夜のやりとりをもう一度読み返した。

ジーン：僕が二階に上がってから父さんはきみと話したんだよね？
ナップシップ：はい
ジーン：父さんはきみを罵《ののし》った？
ナップシップ：いいえ　ただすこし話しただけです
ジーン：すこしってなにを話したの？

ナップシップ：帰ってよく考えなさいと言われました　そのあいだはなるべく二人で話さないようにって
ジーン：なんで父さんは僕にきみと話をさせたくないんだろう？
ジーン：わからない
ナップシップ：ジーンに自分で考えてほしいってティープおじさんは言ってました
ナップシップ：（スタンプ）
ナップシップ：いまむすっとしてますね？
ナップシップ：既読でも返事はくれませんか？
ジーン：きみは僕と話をするつもりはないの？
ナップシップ：どこで話すんですか？　いまここで話してますよ
ナップシップ：ジーンが不安なのはわかります　僕と話さないともっと不安になりますよね？
ナップシップ：僕らのことをもう一度よく考えてもらって構いません　でもどんな結論でもジーンは僕の恋人ですから
ジーン：………
ジーン：僕の考えが変わることはないよ
ナップシップ：（スタンプ）
ナップシップ：僕もジーンをティープおじさんに返すつもりはありませんよ

最後のメッセージと一緒に送られてきた、オレンジ色のアライグマが親指を立てているスタンプを見て、僕は安堵《あんど》の息を吐いた。彼が僕を元気づけようとしてくれているのだとわかる。

自分でもわからないが……とにかくいろんな意味で安心した。

すくなくともナップシップのメッセージを見るかぎり、僕は自分一人で彼と一緒にいる方法を探さなくてもいいんだと思うことができた。

それに加えて、ナップシップがほんとうに僕のことを好きなのだとも感じられた。

心がほんのりと温かくなって、口角がわずかに上がる。

僕は彼が送ってきた最後のメッセージに返事をした。

ナップシップからのメッセージは何時間も前のものだったので、僕が返事をしてもすぐには反応がなかった。授業に撮影に、ナップシップは毎日やらなければいけないことがたくさんあって忙しいのだろう。

僕はイヤホンを耳に入れ、音楽の再生ボタンを押してからスマホを自分の胸の上に置いた。

もうしばらくここで風に当たろう。

十一時。

だんだん暑くなってきたので、ハンモックのまわりをうろうろしていたサーイマイを連れて自分の部屋に戻って横になった。

それからは一日中部屋の中でドラマを観ていた。なにかほかのことをする気にはならなかった。もしなにも観るものがなければ、またいろいろと厄介《やっかい》なことを考え始めていただろう。

夕食の時間になると、イムおばさんがドアをノックして僕を呼んだ。一階からテレビの音と母さんの話し声が聞こえてきた。すこし疲れていて億劫《おっくう》だったので、僕はあとで食べると言った。イムおばさんは眠たげな僕の顔を見て、おかずに蓋《ふた》をしてキッチンのテーブルに置いておくから、おなかが空《す》いたらチンして食べなさいと言ってくれた。

僕はふたたびベッドに体を倒した。マットレスが沈んでベッドが軋《きし》むと、気持ちよさそうに寝ていた母さんの最愛のサーイマイが目を覚ました。

「ほら、ベッドの上に来てもいいよ。ちょっと、それはやめなさい。こら」

サーイマイが僕に顔をくっつけようとするので、手を伸ばしてそれを制した。

サーイマイが濡れた舌で舐《な》めたせいで、僕の手のひらは濡れてしまった。

「やめろって。全部汚れる……」

サーイマイと戯《たわむ》れていたら、動画アプリを開いたままにしていたスマホの画面が、ライン電話の着信を知らせてきた。人物の写真と名前を見て、僕はすぐに指をスライドさせてその電話に出た。

「ジーン」

聞き慣れたナップシップの低い声が、スピーカー越しに聞こえてきた。

「ああ」

「すぐに出るなんて、僕が恋しかったんですね」

「スマホが近くにあっただけだよ……」

「僕はジーンが恋しかったです」

「………」

正直すぎるナップシップの言葉に、僕は反応に困ってしまった。けれど、サーイマイにリュウガンの種のような丸い目で興味津々《きょうみしんしん》に見つめられて、僕は恥ずかしくなり、なるべく笑わないようにした。

ふふっと笑う声が電話越しに聞こえた。それから彼は言った。

「いまはなにをしてましたか？」

「部屋で寝っ転がってドラマ観てた」

「もうごはんは食べましたか？」

「まだ。おなか空いてないから」

僕はそう答えた。

でもほんとうは自分でもわかっていた。みんなと一緒に食事をすれば、どうしても父さんと顔を合わせることになる。僕はまだモヤモヤした気持ちを抱えていた。

ジェップ兄さんは外泊が続いていてまだ家に帰ってきていないし、母さんは家にいたが、僕と父さんが揉《も》めているせいで、母さんも気まずそうにしていた。実際、今朝の食卓はかつてないほど静かで、食器の当たる音だけが響いていた。

「おなかが空いたら、ちゃんと食べてくださいね。食べないのはダメですよ」

「うん、わかってる。きみの方はもう食べた？　いま家に着いたの？」

「いま着いたばっかりです。まだ食べてません」

「今日の撮影はどうだった？」

「いつもと同じですよ。でももうすぐオンエアになります」

「ああ。タムもラインで教えてくれた」

撮影は順調に進んでいるようで、クランクアップも予定より早くなるかもしれないということだった。

「クランクアップになったら、きみは次の作品……」

コンコン！

ドアをノックする音が響いた。

僕はとっさに眉を寄せた。電話の相手に小さな声で言った。

「ちょっと待っててくれる？　だれかがノックしてるから」

僕は返事を待たずにスマホをベッドの上に置いた。毛布をめくってベッドから降り、急いでドアを開けにいった。きっとイムおばさんがおかずを残してあることをまた言いにきてくれたのだろう。

ところが、目の前に現れた人物を見て僕は身を硬くした。

「父さん？」

いきなりのことに心の準備ができていなかった。目の前に立っている人物を見て、僕は顔をしかめた。

「父さんだからそんな顔してるのか？」

父さんはいつもどおりのおちついた声で言った。

僕は眉をピクピクさせた。

「いえ、別に……」

「なんで食事に降りてこなかった？」

「まだおなかが空いてないから」

「おなかが空いてないのか、それとも父さんの顔が見たくないのか、どっちなんだ？」

僕は父さんの顔をちらっと見た。そして正直に答えることにした。

「おなかが空いてないのと、下に降りていくと気まずいから。どっちもです」

父さんはすこしのあいだ黙っていた。

「父さんはおまえが子供のころに甘やかしすぎたかもしれないな」

「…………」

「座って話そう」

「話す?」

僕はまだついていけず、小さくつぶやいた。すると父さんがふたたび口を開いた。

「話がしたかったんだろ?」

父さんは呆然《ぼうぜん》としている僕を見て埒《らち》が明かないと思ったのか、勝手に部屋の中に入ってきて、ベッドの足元にある小さなソファに向かった。

ベッドの上に寝そべっていたサーイマイがぴょんと飛び降りて、父さんの方へ近づいていった。父さんがソファに腰かけると、サーイマイもソファに飛び乗り、楽しげに挨拶《あいさつ》するように尻尾を振った。

それを見たとき、僕は一瞬ドキッとした。まだ通話中の状態でベッドに置いてあるスマホをちらっと見る。いまは画面も真っ暗でなにも声はしなかったが、さっきまで僕がナップシップと話していたことを父さんが知ったら、父さんの不満はさらに大きくなるかもしれない。

その瞬間、もしかしたら父さんは僕とナップシップが話していたことを知っているのではないかという考えがよぎった。なぜなら、いままで父さんは僕に理由を話そうとしてくれなかったのに今日は様子が違ったからだ。

しかし、僕はそんな考えをすべて払いのけた。

僕とナップシップが大人の言うことを聞かないことを非難しにきた可能性も考えられる。僕がどう言おうとも、父さんが僕の〝父親〟であり〝保護者〟の立場にある人であることは間違いないのだから。

「どうした。父さんが話そうって言ってるのに、まだ突っ立ってるつもりか？」

父さんの声がもう一度聞こえて、僕は急いでドアを閉めた。机の椅子を引っ張っていって、父さんの向かい側に座った。

スマホの通話を切る余裕はなかったので、そのまま放置するしかない。幸い画面はロックされていて、スピーカーもオフになっていた。電話の相手の声が聞こえてくることもないだろう。

「…………」

椅子に腰を下ろしてから、父さんの顔を見た。

父さんはサーイマイの頭を撫でながら言った。

「父さんはおまえに考えるように言ったけど、ちゃんと考えたか？」

「そのことなら……考える必要はないよ。こんなふうになる前に、僕だって考えたんだ」

「なにを考えたんだ？」

「だから、僕は彼のことが好きだってことを」

「それだけか？」

「じゃあ、父さんにとってはほかになにがあるの？」

「ジーン、父さんの話を聞いてくれ」

父さんは僕の顔を見た。

「二人のあいだの問題は、好きとか愛してるという言葉だけじゃ不十分なんだ。おまえだって、愛し合っていても結局別れてしまうカップルをたくさん見てきただろう。それは、愛だけじゃなくて、ほかにもたくさん考えなければいけないことがあるからだよ。おまえにもナップシップにも仕事上での役割があるし、他人からの視線もある。おまえたちが付き合っていることが知られたら、批判的な言葉を浴びることもあるだろう」

「………」

「だから父さんは、もし付き合い続けたらどうなるのか、もし別れたらどうなるのか、それを考えてみなさいと言ったんだ」

「………」

「ナップシップの方は、父さんはなにも心配してない。彼にとっては、お互いに好きという気持ちがあれば十分なんだろう。ナップシップは賢い子だから、いろんなことにうまく対応できると思う。けど、おまえはどうだ。そういうことに直面したときに、耐えられるか？」

「………」

父さんに言われたことを考えているうちに、僕は目の焦点が合わなくなってきた。

これが……父さんなりの考えだったのか？

僕はそこまで深く考えていなかった。

父さんの考えを聞きながら、僕は心の中でたしかにそのとおりだと思った。

自分は小説家で、ものを書いているにもかかわらず、どうしてそんなふうに深く考えられなかったのかと、僕は自分が情けなくなってしまった。

あるいはほんとうはわかっていたのに、都合の悪いことから目をそらして、それについて真剣に考えようとしなかっただけなのかもしれない。

僕は、一般的な男性の同性愛者のように男性が好きなわけではない。性的マイノリティの人たちは、人々が普通だと定めたものから外れることでなにが起きるのかをよく知っている。

人の意見や考え方は、一人一人違うものだ。

本来なら男性同士の交際だって、ナップシップが言ったように愛という言葉だけで十分なはずだ。

タイでは、同性愛の自由も、第三の性を選ぶ自由もある。でも実際には、その自由の中には、まだ差別が根強く残っていると言われている。

この先ナップシップと付き合っていく中で、差別的な視線を向けられたり、批判的な言葉を浴びたりすることがあるかもしれない。そういうときに、父さんが言ったような、耐えられる心の強さがなければ……。

この世界にいるかぎり……そういう交際を続けたければ、ほんとうに強い心を持たなければならない。

「…………」

そう考えると、僕はますますなにも言えなくなってしまった。

「父さんは小さいころからおまえを見てきた。おまえの考えてることはわかってるって言ったけど、それは別に父さんの方が人生経験が豊富だからという意味で言ったんじゃない。おまえが父さんの息子だから、父さんはおまえのことがわかるんだ」

「僕は……」

そのあとの言葉が続かず、僕は唇を噛んだ。

僕が父さんの息子だから父さんは僕のことがわかる、という言葉が頭の中で何度も繰り返された。それから僕は深くうつむいた。いまこの瞬間、マスクかサングラスでもあれば情けない顔を隠せるのにと思った。

「僕……ごめんなさい」

いままで僕は父さんがわかっていないと思い込んで勝手に苛立ちを募らせていた。だからこそ、いまはその言葉しか出てこなかった。

父さんは黙っていた。僕は、父さんが目をそらさずに僕のことを見つめているような気がした。しばらくして、父さんが言った。

「父さんはおまえの謝罪を受け入れるよ。二十五歳にもなって、まだ子供みたいに拗《す》ねて黙り込むこともな」

「……………」

「おまえはぱっと見は素直だが、近しい間柄《あいだがら》の人間に対しては頑固だよな。父さんも母さんも、小さいころからおまえの面倒を見てきた。だから大きくなっても、おまえが父さんと母さんに対してだけ頑固で意地っ張りだとしても、別に驚いたりはしないさ。それにがっかりしてるわけでもない。子供みたいなところもあるけど、でもちゃんと大人としていまみたいに謝れるんだから、それでいい」

父さんはそう言ってから、姿勢を崩した。ソファに背をもたせかけて、リラックスした体勢になった。

「子供のころ、おまえはいまよりもっと頑固だった。そのせいで山ほどいろんなことをやらかしたな。ハンガーを持った母さんから逃げるために、叫びながら家中走り回ってたこともあったな。でも今回はハンガーはないし、おまえは走って逃げたりもしなかった。父さんのところにやってきて、話がしたいと言った。だから父さんも、これからどうするのか考えてみなさいと正直に言ったんだ」

僕はうなずいた。父さんの目をのぞくと、〝もう決心はついたか〟という質問を投げかけられているのだとわかった。

「僕……父さんに言われたとおり、これからどうするのか考えてみた。もし別れなかったら、僕とシップのことを理解してくれる人もいるだろうし、理解してくれない人もいると思う。もしかしたらそのあと僕らのあいだでケンカになるかもしれない。でももし今日別れたとしたら、間違いなく僕は明日悲しくなる。明後日も悲しくなる。その悲しみはいつまでもずっと続くかもしれない。それに、ナップシップが悲しむと思うと、僕も悲しくなる……」

「………」

「僕は……そんなふうに悲しみたくないんだ」

真剣な気持ちが伝わるように父さんの目を見て言った。クサい台詞《せりふ》を口にするのは心底恥ずかしかったが、そんなことを気にしていたら僕の気持ちは伝わらない。

「僕はシップと付き合い続けたい」

「………」

部屋の中が沈黙に包まれた。サーイマイさえも父さんの膝の上で行儀よくじっと座って、僕のことを見ていた。僕はまだ父さんの顔を見つめていた。しかし五秒もしないうちに、かすかなため息が聞こえた。

「ほんとはこの前、父さんはいまと同じことをナップシップにも話した。そのあと彼から話を聞いて、おまえたちが付き合うことについて一つ不満に感じたことがあった」

「………」

僕は固まった。

「ナップシップは、もしおまえが十分に強い心を持っていなかったとしても、それでも大丈夫だって父さんに言ったんだ。自分に任せてくれればいいって。とにかくどんなことがあっても、おまえと別れるつもりはないからってな」

父さんはサーイマイの頭を撫でた。

「彼がそんなふうにおまえの面倒を見るなら、三十歳になってもきっとおまえはまだ甘やかされた子供のままだろうなと思ったんだ。そのままでいいのか、そこをよく考えなさい」

「………」

話題が違う方向に変わって、僕はまたさっきのようにうつむいた。しかし今度は、自己嫌悪に陥《おちい》った顔を隠したかったわけではなく、どんどん赤くなる顔を隠したかったからだった。

父さんは膝の上に乗っているサーイマイを抱き上げて、ソファの隣の座面に下ろした。それから立ち上がってドアの方へ歩いていった。

父さんがドアノブをまわしたところで、ようやく僕はハッとして立ち上がった。父さんは部屋を出ていく前に、振り返ってもう一度僕を見た。

父さんの表情は変わっていた。いつもと同じように冷静でおちついた顔だったが、僕には変化が感じ取れた。

「話したければ話せばいい」

父さんはベッドの上のスマホをちらっと見た。

「でも今晩は自分の家で寝なさい。それから、サーイマイは一階に降ろしておきなさい。あんまり長くベッドの上に乗らせるな。一緒に寝るとサーイマイの毛が鼻と口に入るぞ」

父さんは強い語気でそう言って部屋を出ていった。父さんは、僕の部屋の反対側にある書斎へと歩いていった。

僕は慌《あわ》ててドアのすき間から頭を出して、呆然としたままその背中を目で追った。父さんが書斎の中に入ってしまう前に、僕は家中に響き渡るような声でありがとうと叫んだ。

……そしてそれは自分の心にも反響した。


僕の心に重くのしかかっていた石が、これでようやくすべて取り払われた。ずっと自分の中にあったプレッシャーも、もう残っていなかった。

僕は部屋の中に戻って、ドアを閉めた。サーイマイがソファから飛び降りて、床にペタッとくっつくように伏せた。そのかわいらしい動きを見て、僕は笑顔になった。たとえサーイマイが部屋の中で粗相をしたとしても、僕は同じようににこにこしただろう。

ベッドに飛び込んで、スマホを手に取って画面を開いた。そこで目に入ったのは、まだ通話中になっているラインの画面だった。通話時間を示す数字が、一秒ずつ増えていた。それを見て、僕は慌ててスマホを耳に当てて言った。

「シップ、きみまだ……」

「ジーン」

僕の声は彼に遮《さえぎ》られてしまった。

「うん？」

「いまジーンの家の前にいます。出てきてもらえませんか？」

「えっ⁉　僕の家の前に？　いま？」

「はい」

僕は困惑《こんわく》して眉を寄せたが、それから目を見開いて言った。

「ちょっと待ってて」

僕はそれだけ言うと、急いで部屋のドアを開けて一階に降りていった。ただしできるかぎり音を立てないよう静かに動いた。

父さんは、話したければ話せばいい、でも自分の家で寝なさいと言っていた。だから家の前で会って話すだけなら、外泊にはならないからセーフのはずだ。

さっき父さんは僕の部屋のドアをノックする前に、おそらく僕がシップと会話しているのが聞こえていたのだろう。けれど父さんはそれについてなにも言わなかった。

スマホを耳に当てたままサンダルを履《は》いて家の外に出て、柵のところまで走っていった。見慣れた長身の彼がその向こうに立っていた。

暗闇のせいであまりはっきり見えなかったが、ナップシップはまだ制服を着ているようだった。

彼も僕と同じように、スマホを耳に当てていた。彼の表情ははっきりしなかったが、僕の心臓は高鳴った。

僕は通話を切った。門扉の鍵を外しながら、僕は言った。

「なんで突然来たの？」

「ジーンを抱きしめたくて」

「はあ⁉」

僕はうまく言葉を返すことができなかった。

その瞬間、ちょうど門扉が開いた。遮るものがなくなったところで、ナップシップは僕の腕を引いて抱き寄せ、きつく抱きしめてきた。

片方の耳のあたりに温かい吐息を感じた。彼が体重をかけるように全力で僕を抱きしめてくる。

僕は目をぱちくりさせた。

「ちょっと、なにしてんの。ここは実家だって」

「僕が悲しむと思うと、ジーンも悲しくなる……」

「……！」

僕の体は硬直した。

彼はさっき僕が言った言葉をささやいた。それを聞いて、僕はショートしたロボットのように動かなくなった。

「それを聞いて、いてもたってもいられなくなってここに来ました」

「きみ……聞いてたの？」

「はい。聞いてました」

「………」

「すごく嬉しかったです」

僕は頬の内側を軽く噛んだ。だが顔はどうしようもなく赤くなった。

「僕は……ただ……ほんとのことを言っただけで」

「わかってます。だから嬉しかったんですよ」

彼は僕のすぐそばでささやいた。ナップシップの気持ちがしっかり伝わってきた。

僕は口を閉じる代わりに、腕をまわして彼を抱きしめ返した。

「キスしたいけ……」

「ダメ」

「まだ言い終わってませんが」

彼が体をすこしうしろにそらしたので、僕らは互いの顔を見ることができた。彼は嬉しそうに笑っていた。彼はからかうような目で僕のことを見つめた。

「キスしたいけど、ジーンの実家でするわけにはいかないので、おあずけですね。帰ったらまたしましょうね、って言おうとしたのに」

僕は彼の家の方向を指さした。

「さっさと自分の家に帰れ」

ナップシップはクスクス笑った。彼が笑うのを見ていると、僕もしかめっ面を続けることができなくなった。

「ティープおじさんと話してたから、まだ食事してないんじゃないですか？」

「うん。でもおかずがキッチンに残ってる」

食事の話をしたとたん、空腹を感じ始めた。

「僕にも分けてもらえるくらい残ってますか？」

「自分の家にも残ってるだろ。なんでそっちを食べないの」

口ではそう返したが、彼がついてくるのを拒否しなかった。ナップシップの腕の中から抜け出して、彼と一緒に家の正面のテラスを通る代わりに庭を突っ切った。

キッチンには裏庭につながる勝手口がある。そっちから入る方が手っ取り早い。

キッチンは真っ暗だった。イムおばさんもカームおじさんももう寝てしまったようだった。

明かりを点けると、テーブルのまんなかに竹編みの蓋をかぶせたおかずが四、五種類あるのが見えた。それぞれ半分ほど残っていた。父さんと母さんが僕のために残しておいてくれたのだろう。

僕はなにも言わずにしばらく立ったままそれを見つめ、それから温め直すために電子レンジに運んだ。ナップシップもなにも言わずにそれを手伝ってくれた。レンジで温め終わると、おいしそうな匂いが漂った。

「明日、帰りますか？」

「僕はあと一泊か二泊していくよ。もうすこし父さんや母さんといたいから。きみは先に帰っててていいよ。大学と実家の往復は遠くて大変だろ」

「僕はジーンと一緒に帰ります。大丈夫です」

「……それでいいなら」

「ティープおじさんはもう反対したりしませんでしたよね？」

「うん。きみも聞いてたとおりだよ」

「………」

ナップシップはほほえんだ。僕はそのハンサムな顔を見てから、ごはんをすくって口に入れた。彼が黙っているあいだに、今度は僕の方から質問を投げた。

「もしどうがんばっても父さんが認めてくれなかったら、きみはどうするつもりだったの？」

「ティープおじさんは話の通じる人です。僕はおじさんならきっと理解してくれるだろうと思ってました」

「もし、だよ。もしどうしても理解してくれなかったら、っていう話。きみはまたどこかの権利書を手に入れてきて、僕の父さんとも交渉するつもりだった？」

この前ワットおじさんと話をしたとき、僕はナップシップがそういうものを交渉材料として持っていくことを考えていたのだと知った。だから、彼が僕の父さんと交渉するための準備もなにかしていたのではないかと思った。

けれど、それを聞いたナップシップは笑いながら首を横に振った。

「いいえ。ティープおじさんは僕の父さんじゃありませんから」

「え？」

「僕がなにかを持っていっても、ティープおじさんは自分の息子をほかのなにかと交換したりするようなことはしないと思います」

「…………」

「僕もティープおじさんと同じ考えです」

「…………」

「ジーンはほかのなによりも大切な存在ですから」

カウント26

「ジーン」

「……………」

「ジーン」

「……………」

チュッ！

「起きないなら、勝手に部屋まで抱っこしていって襲っちゃいますよ」

「ううん……」

僕は頰を強く押されるのを感じて、小さな声を出した。まぶたをゆっくり開けると、雨粒で濡れた車のフロントガラスが目に入った。顔を右側に向けると、見慣れたハンサムな顔がいつものように優しい笑みをこちらに向けている。

僕は恥ずかしさから顔をしかめて、手で彼の広い肩を押しやった。

「着いたの？」

「はい。下でなにか買っていきますか？　さっきお菓子が食べたいって言ってましたよね」

そういえばそうだったと思い出し、僕はすぐにうなずいた。

「買う買う」

ナップシップは僕の頭に手を置いてから、エンジンを切り、財布を手に取って車を降りた。僕も急いでそのあとを追う。

雨足が強まっていて、地面や屋根に叩きつけるように雨が降っていた。実家から運転してきたナップシップの高級車も車全体が濡れていたが、駐車場もマックスバリュもコンドミニアムの建物内にあったので、幸い雨に濡れずに済んだ。

僕は結局一週間ほど実家にいた。

いままでで一番長い滞在で、最後には母さんが文句を言い始めるほどだった。それで今日夕食を食べ終わってから、僕はナップシップと一緒にコンドミニアムに帰ることにしたのだ。

大学と撮影現場と実家を行ったり来たりしていた彼の方が、僕よりもずっと疲れていたと思う。

僕の両親もシップの両親も、もうだれも僕らの関係に口を出したりはしなかった。

シップが僕の家に寄って、そばに座って話したり僕の部屋に上がったりしたときに、父さんに見られたこともあったが、父さんはなにも言わなかった。

最後に僕らのことを知ったジェップ兄さんは、すこし眉を寄せてから、僕に向かってうなずいた。驚いた様子はなかった。

ただ兄さんはシップに会うたびに、どうしてアホな弟を好きになったのかと訊《き》き続けていたが……。

バカ兄貴め。

ナップシップが僕のためにドラマに出ることにしたのだという部分については、もはやだれも驚いていなかった。おそらく、僕がナップシップと付き合うことになったという話の方がよっぽど衝撃的だったからだろう。

「ジーン、買いすぎですよ」

「大丈夫だよ。お金はあるし。これも欲しい」

僕はキャラメル味のポップコーンを手に取って、ナップシップが持つ買いものかごに追加した。

「それで最後です。これだけでもほっぺがパンパンに膨らみますよ」

「僕のほっぺがパンパンになってても別にきみに関係ないだろ。うるさいこと言うな」

僕は口を尖《とが》らせた。

すると彼はしっかり僕の頬を引っ張った。

大量のお菓子の袋を抱えて部屋に戻ると、僕は急いで靴を脱いで中に入った。すぐにソファに腰を下ろして、興奮したようにリモコンのボタンを押してテレビをつけた。もう一方の手でお菓子を取り出し、それを開けた。

「どうしてそんなに急ぐんですか。まだあと三十分ありますよ。先にシャワーを浴びた方がいいんじゃないですか」

「……そうだね」

僕はすこし考えてからうなずき、急いでバスタオルをつかんでバスルームへ向かう。興奮していたせいか、十分もしないうちにシャワーを終えてバスルームから出てきた。

パジャマに着替えてすっかり準備を整えた僕は、さっきと同じ場所に腰を下ろした。開けっぱなしになっている寝室のドアの向こうから、シャワーの流れる音が聞こえてきた。ナップシップが僕のあとに入ったのだろう。

今日は……ドラマの初回が放送される日だ。

僕はドキドキしていた。ツイッターをのぞくと、同じように待機している人がたくさんいた。僕は袋の中からお菓子をつまみながらそれをチェックした。

前の番組が終わって、視聴の年齢制限に関する案内が流れると、僕は急いでスマホを持ち上げて動画を撮る準備をした。

オープニング曲とともに、ドラマの中から切り抜かれたシーンが流れていく。えんじ色の工学部のシャツを着たナップシップ演じるキンを見て、僕はほほえんだ。さらに、かわいらしく笑うウーイくんのカットを見て、僕はまたふふっと笑った。

「ジーン」

「ちょっと待って」

僕はパッと振り向いて小さな声で言った。彼の声が入ってしまうのを恐れて、僕は録画の停止ボタンを押した。

「なんでちゃんと髪の毛を拭《ふ》かないんですか」

「自然に乾くから大丈夫。それより早く観にきて。もう始まってるよ」

ナップシップはうなずいたが、あまり興味がなさそうだった。彼は寝室に戻っていってしまったので、僕は視線をふたたびスマホの画面に戻した。インスタグラムを開き、いま撮った短い動画をアップする。

Gene_1418［動画］始まったー

いいね　89人

コメント35件をすべて表示

投稿してから一分も経たないうちに、コメントがついていた。僕の視線はテレビとスマホの画面を行ったり来たりしていた。コメントしてくれる人がたくさんいたので、それに返信せずにはいられなかった。

fern_felicatustus　いま観てます　ドキドキするー　シップがほんとにイケメンですね　ジーン先生

（返信）Gene_1418　原作者もイケメンですよ

Erdg____14　ジーン先生なんで笑ってるんですか笑

（返信）Gene_1418　キャストの子たちがかわいかったから笑

BrinBbBo　ジーン先生もかわいいですよー　匂いを嗅がせてほしいです　激しくキスしたいです

（返信）Gene_1418　まだ自分の写真は載せてないけど

Prawalee.nungning　ジーンって呼ぶ声が小さく聞こえるよね？　おなじみの声で　違うかな？　聞こえた人いない？

（返信）SupakitTT　聞こえるね　でも二人は部屋が隣同士なんだからそんなに不思議じゃないでしょ

（返信）jamesiri364 @son_99　違うよー　これ幽霊の声じゃないの　ジーンって呼び捨てにしてるし

最後のコメントまで来たところで、僕はどう返信すればいいかわからなくなった。返信を入力する欄を押してから、しばらく手がとまってしまった。上から順に全員に返信していたので、そのコメントだけ返信せずに飛ばすのは感じが悪いだろうと思った。

〝あの悪ガキ〟のせいだ。なんでわざわざあのタイミングで名前を呼ぶかな……。やっぱりみんな気づいてるし。

僕が返信の文言を考えていると、突然僕の頭の上に柔《やわ》らかいタオルがかぶせられた。そして大きな手がそのタオルを動かして僕の髪の毛を拭き始めた。

顔を上げると、うしろに立って僕のことを見下ろしている長身のナップシップと目が合った。彼は片方の口角を上げて笑っていた。そんなふうに見つめられた僕は、気まずくなって唇を結んだ。

「テレビを観るのかスマホをいじるのか、どっちにするんですか？」

「テレビを観る」

僕がそう言ったとき、ちょうどオープニング曲が終わった。そして大学の風景のあとにナムチャーの顔が映ると、僕はすぐに画面を指さした。

「ウーイくんだよ、きみの友達だよ」

彼は小さく笑った。

「知ってますよ」

「このあとキンが出てきて、そいつがものすごく悪い奴だってことは、だれも知らないだろ」

そう言って、僕は彼の方に顔を向けた。相手を言い負かしたような気分で僕は得意げに笑ったが、相手の方がよっぽど厚かましい性格であることを忘れていた。

「そうですね。だれが書いたのかも知らないでしょうね」

「…………」

悪ガキめ。

「ほっぺが膨れてますよ」

僕は大きくため息をついて、テレビの方に向き直り、お菓子を食べ始めた。もうナップシップのことは気にしないことにした。彼が僕の髪を拭くのもそのままにしておいた。

僕は夢中でドラマを観たが、ナップシップはそれほど興味がないようだった。

僕の髪を乾かし終えると、彼は寝室へ戻っていった。

ふたたび寝室から出てきたのは、僕の隣に置いてあった彼のスマホが振動して、画面にタムの名前が表示されたのを見た僕が彼を呼んだときだった。それから彼はまた寝室に戻って、長いあいだ電話で仕事の話をしていた。

彼がもう一度ソファに座ったときには、エンディング曲と一緒に次回のエピソードの予告が流れていた。

「全然興味なさそうだったけど、もう一回観る?」

ナップシップは首を横に振った。

「なんでよ。自分が出てるのに、なんで観ないの」

「僕の恋人が出るといいんですけどね。そしたら僕は一瞬も目を離さずに観ますよ」

「きみの恋人って……」

僕は眉を上げて目を瞬かせた。

それは僕だろ。

「バカじゃないの」

彼は笑った。それから手を伸ばして僕の手を握り、引っ張るようにして僕を立ち上がらせた。

「もう遅いです。抱き合いながら一緒に寝ましょう」

「寝るけど、抱き合わないよ」

ジーン：四時に終わるんだよね？
ジーン：終わったら教えて　いまからヒンに会いにいくから
ジーン：（写真を送信）

僕は車のエンジンを切る前に、写真と一緒にナップシップにラインを送った。そしてドアを開けて車から降りた。エアコンの涼しい風がなくなるとすぐに、肌が熱気を感じ始めた。

僕は外のまぶしさに思わず目を細め、サングラスをかけた。そして電柱やビルの影に隠れながら早足で歩き、目の前のスイーツショップ兼カフェへと急いだ。

ドアを開けると、ドアベルが鳴った。ヒンが手を振っているのを見つけて、僕は奴の方へ歩いていった。

「今日の待ち合わせ場所はずいぶん遠くないですか」

僕はサングラスを外した。

「悪かったよ。このあと別の用事があって」

「用事っていうのは、僕の最愛のナップシップに会いにいくことなんでしょうね？」

メニューを取ろうとしていた僕の手がとまった。ヒンの顔を見ると、奴は下唇を突き出して僕を探るように見ていた。

「ふんっ。その顔は図星ですね」

「なんで知ってる？」

……ヒンはまだそのことを知らないはずだ。

昨日寝る前にベッドでスマホをいじりながらうとうとしているときに、ヒンから明日会えないかと連絡がきたのだ。

ヒンは、ほんとうなら編集長から直接僕に連絡がいくはずだったが、たまたま編集長が数日急な休みを取っていたので、間に合わなくなることを心配して、助手である自分が代わりに担当することになったのだと教えてくれた。

話というのはおそらく、いま書いている原稿とブックフェアのことだろう。

僕はヒンのことを、作品の担当編集者というよりも後輩として見ていた。だから普段なら奴を自分の部屋に来させるところだが、いま僕はナップシップの部屋に住んでいて、身の回りのものを自分の部屋に移動させるのが面倒だったので、代わりに外のスイーツショップで会うことにしたのだ。

この店ならナップシップの大学からもそう遠くない。

昨日ナップシップが、明日は午前中に撮影があり、午後は夕方四時まで授業があると言っていた。僕はそれを聞いて、朝はタムに迎えにきてもらって、帰りは僕がヒンとの打ち合わせを終えたあとに迎えにいくから、どこかで食事でもしようと提案したのだ。

「だって僕は、ナップシップのインスタも先生のインスタもフォローしてるんですよ」

「だから？」

「ほかの人はただ部屋が隣同士だと思うだけでしょうけど、僕は二人がそういう関係なんだってこと、わかってますよ」

ヒンは手を伸ばして僕の胸をトントンと叩いた。

「……………」

「ジーン先生、よくも僕のナップシップを‼」

「だったらおまえが奪ってみろよ」

「そんなこと言って、ほんとに僕が奪っても後悔しないでくださいよ。ちゃんと聞きましたからね」

「おまえはほんとにうるさいな」

僕はそう言うとメニューを開き、スタッフを呼んで注文を伝えた。ヒンは、僕が予想したような反応を示さなかったのを見て、ふてくされた顔をした。

「もう、仕方ないから本題に入りましょう。ジーン先生の作品の件です。本編の部分はもう書き終わったんですよね？」

「ああ」

僕の二作目となるＢＬ小説は、すでに本編を書き終えていた。とはいえ、まだ番外編の執筆が残っていたので、僕は解放感に浸《ひた》れていなかった。番外編を書き終えていないということは、その作品はまだ完成していないということだ。

僕はいままさに、番外編を何章書くべきか悩んでいた。

「先生は番外編を何章書く予定ですか？」

ヒンはちょうどいま僕が考えていたことを尋ねてきた。

「おまえだったら、あと何章読みたいと思う？」

「五章か六章くらいがいいんじゃないですかね。それか一つのエピソードを分割するとか。番外編にはセックスシーンもないとダメですから、それを二章か三章に分けて書くのはどうですか？」

「セックスシーンを二章分も？」

「そうです。いいじゃないですか。もし十八日より前に書き上げていただけたら、先生の作品もブックフェアに出すことができます。ちょうど間に合いますから。編集長も先生の新刊を一冊でも多くブックフェアに出したいって言ってました。そうだ！『無限《むげん》の呪《のろ》い』を再版するそうですよ」

「ほんとに？」

僕の表情は急に明るくなった。

出版社が僕のホラー小説を再版してくれるのなら、次のＢＬ小説の執筆までのあいだに書こうと思っていた次のホラー小説への意欲がいやが応でも高まる。

ホラー小説の書いてみたいプロットやスタイルもいっぱいある。

でも実際のところ、書いているうちに、僕はＢＬ小説を書くことを前よりも受け入れられるようになっていた。

さらに、同性愛者の人たちに対する新たな視点を手に入れることもできるようになった。男性同士についてだけでなく、女性同士についても同じだった。

いまは男性同士の同性愛をテーマにして書いているが、将来的には社会的なテーマを含めた人間ドラマを書いてみたいと思っていた。

これまでは苦手だと思っていた道も、試しに歩いてみれば、自分にとって新しい経験を積むことができるのだとわかった。

「そういうことなので、番外編もなるべく急ぎでお願いします。それから……」

「それから？」

「先生もわかってるとは思いますが、編集長が、番外編はいままでで一番刺激的になるように書いてほしいそうです」

「………………」

「そんな面倒そうな顔しないでくださいよ。仕方ないじゃないですか。番外編ですから、そういうシーンも一段レベルアップした刺激が必要なんですよ」

「わかったよ。なるべく急いで考えて書くようにするから。十八日より前に書き上がったら、休みが取れてほかの作品を書く時間も取れるしな」

「ですね。書き上がったら、送ってください」

僕はうなずいた。

「ああ、それから……ブックフェアのことですけど、先生も参加しますよね？」

「まだわからない」

「ぜっっったいに来てください。本を出すならなおさら、ちょっとでも参加してもらわないと。一日だけでもいいですから。ナップシップをブースに連れてきてもいいですから。そしたら本も飛ぶように売れますよ。第二版が出れば、その分お金も入るじゃないですか」

「そんなこと言って、おまえはシップに会いたいだけだろ。わかってんだよ」

ヒンは唇を尖らせたが、そのあと懇願するような目で言った。

「それならぜひこの私の希望を叶えてください」

「嫌だ。シップを連れていったら、みんな僕のサインじゃなくてシップのサインを欲しがるだろ」

「先生、自分の恋人にそんなに嫉妬《しっと》してどうするんですか」

僕は目をぱちくりさせたが、それ以上は言い返さなかった。代わりにヒンに尋ねた。

「それで、おまえはこれからどうするんだ？　会社に戻るのか？」

「いえ、また別の作家との打ち合わせがあるんです。わっ、もうこんな時間だ。急がないと」

「ああ、じゃあさっさと行けよ」

「ちょっとー、僕を追い出すんですか？」

ヒンはぶつぶつ文句を言っていたが、僕が気にしていないのを見て、奴は降参したように手を上げた。ヒンは会計をしてもらうためにスタッフを呼ぼうとしていたが、僕は手を振って今日は自分があとで払うからいいと言った。

ヒンの姿が見えなくなると、僕は自分のコーヒーフロートに向き直った。一人になっておちついたところでスマホを取り出した。最初に目に入ったのは、二十分ほど前に来ていたナップシップからのラインだった。

ナップシップ：(スタンプ)

笑顔のアライグマのスタンプ？

それだけかよ！　どういう意味だ？

僕はたしか、終わったら教えてってラインしたはずだ。

でもヒンとの話に夢中になっていたせいで、すぐに返信できていなかった。

二十分前に授業が終わったのかもしれないと思い、僕はすこし焦《あせ》り、急いで会計をして車に戻ろうとした。だが、カウンターのうしろにいるスタッフを呼ぶために手を上げようとした瞬間、その手をだれかに握られた。

僕は驚いて手を振り払いそうになったが、長身の人物を見て固まった。

「シップ？」

彼は手を放すと、代わりに僕の頰を優しくつまんだ。

「はい」

「きみ……」

僕は目をぱちくりさせた。

「なんで僕がここにいるってわかったの？」

「ジーンが写真を送ってくれたじゃないですか」

「あっちの通りの写真を送っただけなのに、なんで僕がこの店にいるってわかったの？」

「このあたりは大学の近くですよ。写真を見ればすぐにわかります」

彼はほほえんだ。

「それに……この小路にあるスイーツショップはここだけですから」

ナップシップは僕の隣に腰を下ろした。女性のスタッフがすぐに追加の注文を取りにやってきたが、彼は首を横に振った。彼は鋭い目で店内を見渡した。

「ヒンさんはもう帰ったんですか?」

「ああ。きみが来る五分くらい前に」

僕はそう言って、目の前にあるコーヒーフロートを飲んだ。

「きみはいいの? 授業終わったばかりで、おなか空《す》いてない?」

「僕は大丈夫です」

「ならいいけど。じゃあ、これでも飲めば」

シップは僕が彼の方にすべらせたグラスを見て、わずかに眉を上げた。

「アイスをすくって食べさせてくれないんですか?」

「しないよ。自分で食べなよ」

「ジーンが食べさせてくれないなら、僕は食べません」

僕はグラスを自分の方に戻して、不満げに言った。

「じゃあ食べなくていい。その代わりこれのお金払ってよ。ヒンの分も払って」

ナップシップは笑った。僕は彼がまたなにか言い返してくるだろうと思ったが、彼は素直に財布を手に取った。

「いいですよ。あと十杯頼んでも、僕が全部払いますよ」

「………」

寝室には、ベッドサイドのランプが放つ薄明かりだけがあった。

イヤホンから流れる音楽と、シャワーが床に当たる音が合わさって聞こえてくる。

僕はクリーム色の紙に印刷された文字を追っていた。本の上に置いた人差し指は、音楽に合わせてリズムを取っていた。考えごとをしているあいだだけ、その指の動きはとまる。

外で夕食を取って帰ってきてから、僕はまずシャワーを浴び、そのあと自分の部屋のクローゼットから以前編集長にもらった本を引っ張り出してきた。二、三冊選んでからナップシップの寝室に戻り、ベッドのヘッドボードに寄りかかるように座って、それを読んでいる。

昼間にヒンと話をしてから、僕の中でホラー小説を書きたいという気持ちに火が点《つ》いていた。しかし、その前にいま執筆中の作品を完成させなければならない。

番外編をなるべく早く書き上げるために、一番難しいセックスシーンから始めようと考えたのだった。

僕はいままで、ほかのＢＬ小説のそういうシーンからインスピレーションを得て執筆していた。ときには漫画から着想を得ることもあった。

読んだものをそのまま真似したりはしなかったが、たくさんの作品から得た知識を自分の中にストックしていた。編集長は、この作品で刺激的なセックスシーンを書いてほしいとたびたび言っていた。なので、リアルな描写と読者を引きつけるようなオーバーな演出を混ぜながら、番外編のセックスシーンを書こうと思った。

リアルな描写の方がその世界に入り込みやすいということはわかっていたが、読者もやはり目新しいものを読みたいだろうと思ったのだ。


〝太くたくましい屹立《きつりつ》に突き上げられて、ナオトは体をくねらせた。彼は目を細めていたが、自分の体の下でうめくような声がしたとき、目を開けずにいられなかった。自分の体が持ち上げられているのが見えた。体の中心にある熱い塊《かたまり》は、痛いほどにピクピクと打ち震《ふる》えていた。彼は手を伸ばしてそれを触りたくなったが、手首をきつく縛られていたせいで、思うようにできなかった。〟


「うーん」

「『中がずっとひくひくしてる。襲われるみたいにされると、いつもより感じる?』」

「わっ!」

僕は跳び上がった。その恥ずかしい台詞を声に出して読み上げられたとき、僕は慌《あわ》てて本を閉じた。いつから隣に座っていたのかわからないナップシップが、口角を上げた。

「こういうのが好きなんですか?」

「こ……こういうの?」

「縛るの」

彼はからかうように、すらっとした指先で僕の手首をなぞった。

「ジーンはマゾなんですか?」

「違う！　僕はただ、原稿を書くのに使えそうな情報を集めてただけだよ」

「またセックスシーンですか？」

僕はすこし恥ずかしくなった。

「み……見てたならわかるだろ」

僕は頻繁にそういうシーンを読んで知識を得ようとしていたので、それを見ていたナップシップは、当然のごとく僕がセックスシーンで悩んでいることをすぐに察したようだ。

「僕が手伝いましょうか？」

また……おなじみの展開だ。

僕はすぐに首を横に振った。

「必要ない。今回は、そんなにリアリティを持たせたいわけじゃないんだ」

ナップシップは残念だというように小さく息を吐いたが、それは冗談半分という反応だった。

僕が彼のがっしりした肩を押し返すと、彼はクスクス笑いながら仕方ないといったように僕からすこし離れた。

ふたたび手元の本を開いて、さらに数ページ読み進めた。しかしスマホのメモ帳アプリは真っ白のまま、自分の小説の登場人物に合ったスタイルも見つけられず、僕は小さくため息をついて本を閉じ、サイドテーブルにそれを置いた。

だがうしろを振り返ったとき、鋭い目が僕のことをじっと見つめているのに気づいて、僕は固まった。

「まだ寝てなかったの？　明かりが邪魔だった？」

ナップシップはほほえんだまま、なにも言わずに手招きをした。僕はそれを見て困惑《こんわく》した。

「なに……んむっ」

僕の声は突然途切れた。目を大きく見開くと、ナップシップの濃い眉とうらやましいほど高く通った鼻が目の前にあるのが見えた。そして彼の柔らかく温かい唇が自分の口に当たっているのを感じた。

僕はとっさに歯を食いしばった。

まだ状況を把握できていないうちに、僕は下唇をついばむように吸われ、それから舌でなぞるように舐《な》められた。ナップシップの舌が中に侵入しようとしてきたとき、僕が歯を食いしばっているのを見て、彼は大きな手で僕の頬からあごにかけての輪郭を優しく撫《な》でた。

顔の角度が変わると、二人の唇がさっきよりもぴったりと重なり合う。僕は無意識に歯を食いしばる力を緩めてしまっていた。

その隙に熱い舌が中に入り込んできた。彼の舌が僕の舌に触れたとき、僕は声を上げた。

「ナップ……！」

彼の体がいったん離れたが、僕が口を開けて文句を言う前に、世界が急に回転した。

ベッドの上で向かい合って座っていたはずが、突然見える景色が変わった。ナップシップにうしろから抱きかかえられ、僕の背中と腰がナップシップの胸と太ももにくっついていた。彼のたくましい腕が背後から僕の腰を抱きしめていた。

僕はとっさのことに体が硬直してしまった。彼の唇が耳のうしろに押し当てられたとき、ビクッとなって首をすくめた。

「シ……シップ、なにするつもり？」

僕は目を見開き、まぬけな質問をした。

「ジーンがセックスシーンを書くのを手伝うんですよ」

「ちょっと待って。どうやって……」

「だから……」

ナップシップはそこで言葉を切った。僕は熱い吐息がかかるのを感じて、ゾクッとした。

「ちょっと……あっ」

彼の熱い舌が耳のうしろからうなじへと下りていき、甘噛みするようにキスを落としていった。

僕の脳は口を開けてなにか言おうとしていたが、奇妙な感覚が襲ってくるせいで、下唇を噛むことしかできなかった。

僕がパジャマとして着ていたクルーネックのTシャツはすっかりまくり上げられていた。ナップシップの熱い手のひらが肌に触れる。手のひらが肌の上で動くたびに、僕はくすぐったくて体がピクンと跳ねた。

ナップシップの指先が僕の脇腹を揉《も》むようにまさぐった。それはマッサージのようで、そうではなかった。

「これをくわえてください」

ナップシップが耳元でそっとささやいた。

彼は僕のTシャツの裾《すそ》を引っ張って、口元に持ってきていた。頭がぼんやりした中でそれを見たとき、僕は首を振って拒否するつもりだったが、ナップシップが親指で僕の下唇を何度も押してくるので、結局口を開いてくわえざるを得なかった。

こんな姿でいることが恥ずかしくて、頬が灼《や》けるように熱くなるのを感じた。

「あっ……んんっ」

ナップシップがふたたび手のひらを僕の肌の上に這《は》わせた。おなかから胸の方へ、手をすべらせるように優しく撫でる。爪で軽く引っ掻《か》くように、彼が指先で僕の胸の突起をこすった瞬間、僕の体はピクンとのけぞった。

最初は短く切り揃えられた爪で胸の突起を引っ掻くだけだったのが、彼が指先でその敏感な部分をつまみ上げたとき、僕は思わず声を漏らしてしまった。下腹部がゾクゾクして、無意識のうちに前かがみになっていた。

「んんっ」

チュッ！

「こういうのがいいんですか？」

「…………」

僕は首を横に振った。シャツの裾をさっきよりも強く噛んだ。ナップシップのハスキーな声がすぐ近くで聞こえる。

「よくないのに、そんなにやらしい顔するんですか？」

「…………」

「さっき読んでた小説みたいにしましょうか？　縛ってほしい？」

「んん、んうっ……」

僕は快感に襲われて、眉を寄せているのか上げているのか、自分でもよくわからなくなった。わかるのは視界がすこしぼんやりしていることだけ。まるで熱気の中にいるかのようだった。

さっきまで僕は小説を読んでいたんじゃなかったか？　それがなんでこんな……。

背後に座っている人物が、僕のパジャマのズボンのウエスト部分を引っ張って、そこから手を差し入れた。僕の下半身にある器官が、強すぎも弱すぎもしない力で握られる。体が熱くなるのを感じ、下肢がこわばった。

僕は無意識のうちに、ナップシップのズボンの布地をぎゅっと握りしめていた。

彼が僕のものを握る手を動かした瞬間、僕はじたばたしたが、ナップシップの腕から抜け出すことはできなかった。

彼はまだ僕の首筋にキスを落としていた。一方で彼は僕の肩越しに、その魅力的な鋭い瞳で、自分の手が握っているものを見つめているようだった。それはまだ僕のズボンの下に隠れていた。見えるのは、ズボンの中で手が動く様子だけだ。そこが露《あらわ》になっていないのが、逆に僕を恥ずかしくさせた。

下腹部に電流が走った。あっという間に快感がせり上がってきていた。彼の手が僕のものをしごくにつれて、僕はどんどん上り詰めていき、つま先がベッドに沈むほど足を突っ張った。

「ん……ああっ」

「…………」

「僕……」

くわえていたTシャツの裾が口から外れた。僕は声を出さないように唇を結んだが、それでもくぐもった喘《あえ》ぎ声が漏れてしまった。僕は手を伸ばして、ナップシップの腕を強めにつかんだ。

しかしそこで、彼は動きをとめた。

乗っていたジェットコースターが急停止したかのようだった。僕はゆっくりと目を開けた。そこでようやく、自分が眉根をぎゅっと寄せていたことに気づいた。

「ナップシップ……」

「一人でイカないでください」

彼の方に顔を向けようとすると、頰に彼の高い鼻が押し当てられた。

僕はいま、自分の意識が体から離脱しているようなふわふわとした感じだった。

僕の体をしっかり抱きしめているナップシップの手は熱かった。

切羽詰《せっぱつ》まったような感覚が苦しくて、僕は体をもぞもぞと動かした。この苦しさをどうにか解消したかった。

「シップ」

「…………」

「んん……」

「続きをしてほしい？」

「…………」

「ねえ？　どうですか？」

「わ……わかんない」

「じゃあ、ローションを取って。そこの引き出しの中です」

僕は彼が指し示した方を見た。自分がなにをしているのかよくわからなかった。中途半端なところでとめられたせいで、なにも考えられずナップシップに言われるがままに動いていた。

手を伸ばして引き出しを開けると、ローションのチューブがほかの日用品に交ざって入っていた。それをつかんだとき、自分の指先がわずかに震えているのがわかった。自分ではしっかりつかんでいるつもりだったのに、途中で手からすべり落ちてしまった。

ナップシップがそれをキャッチした。そのあとで、彼はクスクス笑った。

彼は僕の両腕の下に手を入れて、僕の体を自分と向かい合うように持ち上げた。彼は僕の足を開かせて自分の膝の上に乗せた。二人の体のまんなかの部分が、ほとんど完全にくっついた状態になった。そんなふうにぴったりくっついていると、ナップシップのものが僕と同じように硬くいきり立っているのがわかった。

彼は一方の手で僕のズボンを太もものところまで引き下ろした。硬いみなぎりが露になったとき、ようやく僕の意識の一部が体に戻ってきた。

「すこし体を起こしてください」

「待って、これじゃあ……」

僕は体をうしろにずらそうとしたが、彼のたくましい腕が僕の体を抱き寄せて離さなかった。

僕がまだなにも考えられないでいるうちに、僕の屹立にどろっとした冷たいローションが落とされた。

僕のそれを握り込むナップシップの手が、また上下にしごくように動き始めた。

ローションですべりがよくなったせいか、さっきよりもさらに快感が膨れ上がった。

そのときナップシップのもう一方の手が僕のお尻の方に下りていって、割れ目のあいだの敏感な部分に触れた。

「ナップ……あっ」

僕が前の部分の刺激に耐えているあいだに、彼はうしろのすぼまりに指を挿し入れてきた。体をつなげることができるようになったとはいえ、まだその感覚に慣れていなかった。

「力を抜いてください。こんなにきついと動かせませんよ」

「待って……」

僕がなにか言おうとしても、彼は手をとめることなく、中をほぐすように丹念に指を動かしている。秘奥《ひおう》がローションでぬめっていく。僕は体を離して逃げ出したくなったが、そうすることはできなかった。

「やっ」

彼が中で指を回転させ、何度も内奥をこすり上げたとき、僕は思わず彼の首に腕をまわしてしがみついた。

そして同時に前の硬い屹立を刺激され、僕はもう声を抑えることができなくなった。

そこは……。

ナップシップは自分の唇を僕の胸に押し当てた。彼は僕の肌を吸い立ててから、優しく舌で舐め上げるように愛撫《あいぶ》した。それと同時に、彼は僕の秘奥の中で無遠慮に指を動かし続けていた。

僕は拳を握りしめた。一瞬、体が痙攣《けいれん》するようにビクビクと震えた。自分が吐精したと思ったが、下半身に目を向けると、ローションで濡れてはいたものの、まだ自分のものが相変わらずそそり立っている。

「そんなに気持ちよかった？」

ナップシップはそう言って笑った。

僕がまだぼうっとしているあいだに、彼は手を離した。

僕を見つめる彼の鋭い漆黒の瞳は驚きと感動に満ちていた。ナップシップは顔を近づけて、ふたたび僕の唇をふさいだ。

彼の一方の手のひらが、僕の臀部《でんぶ》を撫で回す。ぬめりを帯びた冷たいローションがもう一度注がれた。その一部が太ももにつたい落ちて、肌が粟立《あわだ》った。

ナップシップはすぼまりの縁を指の腹で優しくなぞり、そして焦《じ》らすようにしながら、何度か指先を浅く挿入してきた。

ナップシップは手の向きを変えた。僕の体のつくりに沿って、ゆっくりと中を揉みほぐした。そして次の瞬間、指よりも熱くて硬いものがうしろの蕾《つぼみ》に近づいてきて、くぼみにあてがわれるのを感じた。

最初は密着するように押し当てられ、それから菊口にこすりつけるように前後に動いた。僕はまだ目を閉じていた。ベッドについた膝が震えていた。ナップシップは僕の顔の輪郭に沿って唇を這わせ、キスを落とした。

「自分で入れてみる？」

「………………」

「ゆっくり……」

僕の脳は思考停止していた。腰のあたりに移動した彼の手が、僕がゆっくり腰を落とすのを支えるように動いた。

「ううっ……」

彼の硬いものがゆっくりと僕の中に入ってきて、それ以上ぴったりくっつくことができないほど僕らの体は密着した。

ナップシップが僕の体を強く抱きしめた。

僕はなるべく声を漏らさないよう必死でこらえていた。力が抜けていくと、体重の分さらに腰が落ちていき、腰を落とすたびに、彼のものがより深く僕の中に侵入してくる。

「痛い？」

「………」

もうほとんどよく聞こえていなかったが、僕は首を横に振った。

「じゃあ自分で動いてみてください」

「……やだ」

「恥ずかしい？」

ナップシップはわざとらしく腰を小さく振った。そのせいで、ぎちりと軋《きし》んでいる中がこすり上げられた。

「もう入ってるのに、まだ恥ずかしいんですか？　ここもうこんなになってる」

彼の指先が僕の前の硬い屹立にそっと触れた。

「あっ」

ナップシップは手のひらで握ったものを上下にしごいて、僕が耐えられなくなるまで刺激を与えた。

とうとう僕は彼の首に手をまわして、さっきよりも強い力でしがみついた。それからゆっくり腰を動かし始めた。

こんなふうに動くのは……恥ずかしい……。

「あっ……んっ……やあっ」

「喘ぐのか泣くのか、どっちかにしてください」

僕は唇を噛んだ。

「………」

「そんな顔してると……まるで僕がジーンを襲ってるみたいですね」

「そんなふうに……言うな……ああっ」

ナップシップはほほえんだ。彼は僕の体を支えるように、腰に手をまわした。彼はつながっている部分を出し入れしやすくするように、器用に腰を動かした。

動きが速くなるに従って、僕は彼の肌に爪を立てた。傷が残るのではないかと思うくらい強く引っ掻いてしまったが、彼は気にしていないようだった。

彼はまだ僕の胸に自分の唇を押し当てていた。

僕は宙に浮かんでいるような気分になった。突き上げられて中がこすれるたびに、しびれるような快感が湧き上がり、それが全身に広がっていった。動くほどに体が震えるのを感じた。

抽送《ちゅうそう》が速くなるにつれて、視界にあるものがどんどんぼやけていった。

「ジーン……」

「ああっ」

その瞬間、ナップシップは動きをとめた。僕は肩で息をしながら、必死に空気を肺に取り込もうとした。

彼の大きな手に頭をそっと撫でられて体の力が抜けた僕は、そのままベッドに倒れ込んだ。

ナップシップは枕を手に取って、それを僕の背中の下に置いた。彼はまだ同じ位置に座っていた。僕の臀部はまだ彼の膝の上に乗ったままだ。それはつまり、僕の腰と太ももが持ち上げられた状態になっていることを意味している。

彼のものはまだ僕の中に入ったままで、それがどれほど恥ずかしい格好かは、言うまでもなかった。

僕は肘をついて体を起こそうとした。しかし、ナップシップがふたたび体を動かしたとき、僕は必然的にまた仰向《あおむ》けになってしまった。

「ナ……ナップ……」

僕はベッドシーツをきつく握りしめた。自分の中に湧き上がる感情を解き放ちたかった。目を開けて目の前の人物を見つめながら、無意識のうちに僕は言葉を発していた。

「シップ……抱きしめて」

ナップシップは驚いたように一瞬固まった。彼はなにかを堪《こら》えるようにぐっと歯を食いしばり、僕の腰から手を離して、請うように差し出した僕の手をしっかりと握った。それから僕の腕をぐいっと引っ張って自分の体にまわした。彼は僕の耳元に顔を埋めた。

彼は僕をきつく抱きしめてくれた。僕も同じようにナップシップをきつく抱きしめた。

耳元でナップシップがなにかをささやいていたが、それはあまりにも小さくてハスキーな声だったので、その内容を聞き取ることはできなかった。

腰の律動が速くなるにつれて、淫《みだ》らな音と肉がぶつかり合う音が聞こえてきた。

僕は快感のうねりが駆け上ってくるのを感じた。それが頂点へと達したとき、僕は無意識に足を彼の腰に巻きつけていた。

ついに、解放感が温かさとともに全身を駆け抜けていった。

「………………」

すべてが静まりかえった。自分の心臓が早鐘を打つ音が耳の奥に響いている。

エアコンの音と、ハアハアという自分の息遣い……。

「すみません」

まだ僕の耳元に顔を埋めているナップシップが、低い声でそっと言った。

「うん？」

「シャワーはもうすこしあとで」

「………………」

「もう一回してからにしましょう」

閉じかけていた僕の目が、ふたたび開いた。

「待って……もう無理……っ」

ナップシップがいきなり顔を寄せてきたので、額がぶつかりそうになった。彼の鋭い目が僕の顔のすぐそばにあった。

その目が、僕を彼の世界に引きずり込んでいく。

「もう一回したら……きっと小説も書けますよ」

カウント27

「ジーン」

「なに？」

上半身だけ起こした状態で、ベッドのヘッドボードに寄りかかってパソコンを叩いているジーンが、わずかに頭を動かして僕の方を見た。この角度からだと、彼の柔《やわ》らかい頬の形がよく見える。

あまりにもかわいくて、僕は無意識のうちに手を伸ばしていた。もうすこしで頬に触れるというところで、色白の手が伸びてきて僕の手をつかんだ。

「なんでそんなにかわいいんですか」

「別にかわいくないだろ。いま仕事中だってば」

「昨日僕が手伝ったところですか？」

「ナップシップ」

彼がドスのきいた声で僕の名前を呼んだ。

「そういうこと言わなくていいから。どっか行ってて」

彼の頬が一瞬で赤くなるのを見ると、僕はクスッと笑わずにはいられなかった。

「どこに行くんですか。ここは僕の部屋ですよ」

ジーンはなにも答えず、僕をにらみつけた。けれどその顔がまたかわいかったので、ベッドに寄りかかるように座っていた僕は、彼のそばに移動してその手を握った。

ぶかぶかのTシャツを着てベッドの上に座っている彼の腰に腕をまわして、抱きしめた。体をくっつけたまま、小柄な彼を広いベッドに押し倒す。僕は彼の上に覆いかぶさったが、全体重をかけたりはしなかった。

唖然《あぜん》としている彼に顔を近づけると、彼はすぐに両手で僕を叩いて押しのけようとした。

「ちょっと！　なにしてんの。どいてよ。いたずらはやめろって」

「すみません」

「………」

「ちょっと手がすべって」

実際、僕は彼の邪魔をするつもりはなかった。しかし、寝室に来てジーンが座ってパソコンの画面を見つめているのを見て、そして彼の表情が変わるのを見ているうちに、僕は我慢できなくなってしまった。

彼が明らかに不機嫌な顔をしているのを見て、僕はわざとらしい嘘をつくのはやめた。それでもまだ離れたくなかったので、しばらくのあいだ彼をぎゅっと抱きしめていた。

セックスのとき、できるかぎり優しくしてあげようと思っていても、彼がかわいすぎるせいで結局は彼を泣かせることになってしまう。

赤く染まった頬に、目を細めたあの表情。それを見ると、もっと泣かせたい、もっと感じさせたいと思ってしまう。そのあいだずっと、本能のままに強引なことをしたり、勢い余って痛くしたりしないように、自分を抑えなければならなかった。

そこまで考えて、僕は小柄な彼の輪郭をなぞるように見つめた。細い首のところに赤い跡《あと》が点在しているのを見て、僕はほほえんだ。指先でその跡をそっとなぞる。

彼が自分のものであるとほかの人に示すことができないのなら、彼のことをずっと抱きしめていたかった。あるいは、ほかのだれにも見せないように閉じ込めてしまいたかった。

「シップ」

彼のささやくような声で、考えごとをしていた僕は我に返った。くりっとした彼の目に、ふたたび視線を戻した。

「なんですか?」

「きみ……」

ブーッ、ブーッ。

自分のスマホが振動して、僕は思わず顔をしかめた。

僕の体の下にいる彼が、ぱっと反応した。力を緩めていた手にふたたび力を込めて、僕を押しのけた。今度はさっきよりも本気な感じだったので、僕は仕方なく起き上がり、スマホを手に取って電話に出た。

「はい」

「なんでそんなに声が冷たいんだよ。なんか邪魔したか?」

「わかってるなら、僕が取る前に切ってくださいよ」

「わかったよ。すぐに切るから。雑誌の撮影のことで電話しただけだ」

電話の相手は続けた。

「結論としては、撮影日は十二月六日になった。場所はリペ島だ。チケットとかそのほかの手配は、こっちで先方と話をつけてるから」

「ありがとうございます。あの、もう一人分追加で予約してもらうことはできますか？」

「なんで？　ジーンにやるつもりか？」

「はい」

「わかったよ。手配しとく。話はそれだけだ。さっき俺が邪魔しちまった続きをゆっくりやってくれ」

一分も経たないうちにタムさんは電話を切った。僕はスマホを元の位置に伏せて置いた。ベッドの上に座っている人の方を見ると、ジーンも同じように僕のことを見つめていた。タムさんの声が漏れ聞こえていたのかもしれない。

「きみ、リペ島に行くの？」

「はい。ジーンもですよ」

彼は目をぱちくりさせた。

「僕？　なんで僕が行くの？　きみは撮影の仕事で行くんじゃないの？」

僕は笑った。彼の頭に手を伸ばして、柔らかい髪の毛に触れた。

「朝から晩まで撮影するわけじゃありません。だから、一緒に行きましょうよ」

「…………」

「海で泳ぎたくないですか？」

「海……」

彼は小さな声でつぶやいた。

「……ほんとは外に出るのは面倒だけど、わかったよ」

彼の表情と声はフラットで、仕方ないから行くという感じだったが、いつも考えがわかりやすく読み取れる無邪気な瞳は、言葉とは裏腹にキラキラと輝いていた。

僕は口元をほころばせて、彼が楽しそうにはしゃぐ姿を頭の中で想像した。


「まただれかが撮影現場で俺とおまえを隠し撮りした写真を載っけてる」

「…………」

「吐きそう」

「…………」

「バカ正直で顔のかわいいあの人が、俺と一緒に主演してくれたらよかったのにな」

僕は、近くに座って頬杖をつきながらむすっとした顔でスマホをいじっている人物を横目で見た。それからふたたび、自分の手元の台本に視線を戻す。

そのあともウーイがぶつぶつと文句を言うのが聞こえたが、僕はそれを無視した。

「あははっ」

「ほかのとこ座れよ。うるさいから」

僕はウーイの顔を見ずに言った。

先にここに座っていたのは僕で、ウーイはあとから来て不機嫌そうな顔で僕の隣に座ったのだ。宣伝のための戦略として一緒にいるようにというテレビ局からの依頼がなければ、僕らがこんなふうにそばにいることはおそらくほとんどなかっただろう。

ウーイが中指を立てているのを視界の端にとらえた。僕には見えないと思ったのだろう。けれどそのあとで、なにかを思いついたように彼はスマホの画面を僕に見せてきた。

「急に笑ったからってイライラするなよ。かわいい人からラインが返ってきたんだよ」

〝かわいい人〟という言葉が僕の注意を引いた。スマホの画面には、だれかとのラインのトークが表示されていた。ぱっと見ただけで、その相手がだれなのかすぐにわかった。そこに表示されているメッセージを目で追ったあと、僕は目を細め、口角を上げてほほえんだ。

「じゃあその人に自撮りを送ってもらうように言って」

ウーイは僕の顔を見て、一瞬驚いていた。

「………」

「ひまなんだろ？」

「ああ。ひまだよ」

ウーイは肩をすくめて笑った。それから彼はスマホに向き直ってなにかを入力していた。僕が表情を元に戻したところで、ウーイは突然立ち上がった。

「お茶飲みすぎた。小便してくる」

彼が慌《あわ》てて逃げていくのを見ても、わざわざ追いかけて、なんで僕の恋人にラインでちょっかいを出しているんだと問い詰めたりはしない。

ジーンがウーイとラインをしていることは知っていた。ラインをしていたとしても、なにかうしろめたい気持ちがあるわけではないとわかっていた。

ジーンが優しい人だからこそ、だれだって彼と親しくなると心が安らぐような気持ちになる。それに加えてジーンは正直な人でもあるから、彼と会話をするときは、その一言一言が真実なのか嘘なのかを考えたりする必要はなくなる。

ジーンは、そばにいる人を笑顔にしてしまう、かわいらしい人だ。

ウーイもきっと僕と同じように感じているのだろう。だからジーンとおしゃべりしたくなるのだ。

ジーンは客観的には見た目で人を引きつけるタイプではないだろう。しかし、その内面に触れれば、彼がどんなに魅力的な人なのかがわかる。

いま自宅でウーイにラインの返事を打っているだろう彼のことを考えて、僕は小さくため息をついた。

なにかがあるわけではないとわかっていても、ジーンに自分以外のだれかのことを気にかけてほしくないという嫉妬《しっと》で胸が苦しくなる。たとえ親しい人でも、友人でも、両親でも……。

「シップくん、いまちょっといいかな」

助監督の声が、僕を小さな暗い穴から現実に引き戻した。

「はい？」

「ちょっとスケジュールに変更があったんだよね。撮影日数が延びるわけじゃないんだけど。水曜日と木曜日の撮影時間が一時間だけ増えてます」

「………」

僕は、きれいに線が引かれているスケジュール表を受け取った。

「このとおりに進めば、十五日にクランクアップで、撮影終了のパーティーは十六日の夜になる予定です。シップくんはこのスケジュールで大丈夫そう？　急でごめんね。ウーイくんはもう学期が終わったから大丈夫だって言ってたけど。たしか二人は同じ大学だったよね。ただ、モークくんはほかの仕事との関係でちょっと問題があったりするから、シップくんももし都合が悪ければ言ってね。こっちでまた調整するから」

「大丈夫です。僕はほかの仕事はとくにありませんから」

僕がそう答えると、彼女はホッとした表情でうなずいた。僕にスケジュール表を取っておくように言ってから、彼女はまた自分の仕事に戻っていった。

撮影の最終日である十五日以降、僕にはほかの仕事は入っていなかった。そして一月の中旬までは大学も休みだ。

僕はもう一度手元にあるスケジュール表に目を落としてから、頭の中でいろんな観光地を思い浮かべた。

僕は〝外に出るのは面倒〟と言っていた人を見てから、ほほえんだ。

飛行機やミニバンに乗っているあいだは眠そうな顔をしていたジーンも、海の潮風を浴びたとたん、目をキラキラと輝かせた。

彼はホテルの部屋にスーツケースを置きにいったが、十分後にはその部屋から出てきていた。サングラスにアロハシャツ、短パン、サンダルという出で立ちで、手には日焼け止めと防水ケースに入れたスマホを持っている。

彼が茂みを歩いているのを見て、僕はガラス戸を開けて彼に声をかけた。

「どこ行くんですか？」

彼は一瞬驚いたが、振り返って僕を見ると、すぐに首をかしげた。

「きみ、仕事行かなくていいの？」

「行きますよ。ジーンはどこに行くんですか？」

「泳ぎにいくんだよ。さっきラインしたよ」

ワクワクしている彼の様子を見て、僕は首を横に振った。

「もうすこし太陽が隠れてからの方がいいんじゃないですか？」

「日焼け止め持ってるから」

「でも、まだ僕がいません」

「………」

「もうちょっと待っててください。五時には今日の撮影が終わりますから」

彼は不満げな顔をしてぶつぶつと文句を言っていたが、結局は僕の提案を受け入れてくれた。

僕はカメラマンや雑誌の編集部のチームと一緒に来ていたので、僕とジーンはたとえ同じホテルに泊まることができたとしても、同じ部屋に泊まることはできなかった。

僕はジーンの分も自分が泊まるのと同じビーチにある四つ星ホテルを予約してもらうよう、タムさんに頼んだ。タムさんはジーンと自分の分を二部屋予約したようだ。ホテルのスタッフも僕に気づいていたので、スーツケースを持って自分たちの部屋に向かう二人をただ見ていることしかできなかった。

夜になったらジーンにこっちの部屋に来てもらおう。

そう考えてから、小さく息を吐いた。彼と特別な関係ではないふりをしなければならないことに、苛《いら》立《だ》ちを覚えていた。

座りながら景色の写真を撮っているジーンの姿が見えるよう、そして彼の声が聞こえるよう、僕はガラス戸を開けたまま荷物の片付けを続けた。

「シップ、もう終わったか？　あれ、ジーン。おまえ泳ぎにいくんじゃなかったのか？　まだ写真撮ってんのか」

「シップのせいだよ」

「ははっ。なんだ。じゃああとで一緒に行こうぜ。撮影が終わったら遊ぼう」

「撮影はどこでするんだ？」

「そこのサンライズ・ビーチだよ。写真のコンセプトが日の出だからな。こっちはパタヤビーチより人がすくないし、ちょうどいいんだ」

「そうか。じゃあ適当に散歩でもして待ってるから」


日差しがいい感じに照りつけていた。撮影チームが撮影場所に借りたホテルのビーチに到着すると、チームのスタイリストがすぐに僕を呼びにきた。

仕事をしなければならない数時間、僕はジーンと一緒に過ごすことはできない。なので、タムさんにジーンの世話をするよう頼んだ。

ジーンは相変わらず、なにかを見つけてはスマホを取り出して夢中で写真を撮っていた。カニを見つけてはカニの写真を撮り、ココナッツの木を見つけてはココナッツの写真を撮っていた。

普段からあんなに家から出るのが面倒だと言っている人が楽しそうにしているのを見ると、僕は口元がほころんだ。

今回撮影するのは雑誌の表紙ではなく、来年の四月に発売予定の、夏をテーマにした海外ブランドの新作香水の広告写真だった。僕だけでなく、もう一人女性のモデルが採用されていた。

「女性用の方はトロピカルな香りだから、ピンクちゃんは明るくてフルーティーなイメージでお願いします。男性用の方はクールで爽やかな香りなので、ナップシップくんはエレガントかつリラックスした感じで。もともと二人のイメージが商品に合ってるっていうことでブランド側から指名があったので、普段どおりで大丈夫です。二人が一緒に写る写真もありますが、そんなに近づく必要はないので簡単だと思います。いい写真が撮れれば、早めに終われる予定です」

今日の撮影時間は二、三時間ほどしかなかった。撮影の方はとくに問題なく進み、使えそうな写真がかなりたくさん撮れた。

ただ、アロハシャツを着たジーンが向こうの方でうろうろしているのが見えて、気になって仕方なかった。きっと彼は写真を撮るのに飽きたのだろう。ビーチ沿いに歩いていき、砂を蹴ったり海水を蹴《いと》ったりしていた。彼の顔には、はっきりと〝つまらない〟と書いてあった。それを見て、僕は彼を愛《いと》おしく思った。

「好きなんですか?」

「はい?」

カメラマンが撤収作業の合図をしたあとで、メイクを担当した女性のスタッフが僕に話しかけてきた。

「タムさんのお友達のあの人。シップくん、ずっと見てたから」

その質問に僕はほほえんだが、なにも答えなかった。

彼女はピンときたのだろう。それほど驚くようなことでもなかった。芸能界で働いていれば、男性を好きな男性俳優や男性モデルと接することもよくあるのだろう。そういうことに興味を持たない人もいれば、興味を持って噂話をする人もいる。そして中には、そういうゴシップをマスコミに売る人もいる。

「口説いてみたら? シップくんはイケメンだし、がんばって」

「ありがとうございます」

僕はそう言ったが、なにに対するありがとうなのかは言わなかった。そして顔を洗って服を着替えるのでと言って、その場をあとにした。

ドアを開けて部屋から出ると、アロハシャツを着たかわいい人が僕を待ち構えていた。

「どう? もう終わった?」

「はい」

「じゃあもう泳ぎにいける?」

僕はにっこり笑った。

「行きましょう。日差しもちょうど弱くなってきましたから」

つまらなそうだったジーンの顔が、急に明るくなった。くりっとした目は大きなサングラスに隠れて見えなかったが、彼が喜んでいるのがわかった。僕は彼を誘い、ホテルの前のプライベートビーチに向かった。

このあたりはあまり人が多くなく、ほとんどが僕のことを知らない外国人観光客だった。白くて細かい砂が、寄せる波によってグラデーションをつくっている。海はどこまでも透き通っていた。

「きみも泳ぐ？」

「僕は荷物を預かってますよ」

彼は目をぱちくりさせた。

「じゃあなんで僕を待たせたんだよ……。それだったらタムを呼んで適当に泳いでたのに」

「待ってください」

ジーンは困惑《こんわく》した顔で振り返った。しかし僕が手を広げて出すと、彼はいつもの癖で反射的にそこに自分の手を置いた。

僕は彼の手を求めていたわけではなかったのだが、その手をしっかりと握った。そのまま彼を引き寄せて唇を重ねてしまいたかった。しかしここは外なので、彼の指を撫《な》でるだけにとどめた。

「日焼け止めが欲しかったんですが」

ジーンの表情がすぐに変わった。

「ならそう言えよ！」

恥ずかしがり屋の彼は手を引っ込めようとしたが、僕は彼の手をつかんだまま離さなかった。代わりにもう一方の手を伸ばした。僕は彼をパラソルの下のビーチベッドに座らせ、自分もその隣に座って、彼の細い腕に日焼け止めクリームを塗った。

向かい合うと、自分の方が身長が高い分、彼の薄いまぶたやきれいに揃ったまつげを見下ろすことになった。

ジーンは、日焼け止めクリームを塗られている自分の腕をおとなしく見ていた。

両腕と両足と首にしっかり塗り終わると、僕は日焼け止めの蓋《ふた》を閉めた。

「あんまり長く泳ぎすぎないでくださいね。僕はここに座ってますから」

目の前の彼はかわいらしく笑った。

「ありがとう」

ため息が出るほど……かわいかった。


それから一時間ほど経って、僕は彼に海から上がるよう呼びかけた。ジーンは海水を滴《したた》らせながら戻ってきた。泳ぎすぎて疲れているはずだったが、彼は満足したように満面の笑みを浮かべていた。

部屋に戻って、ジーンにシャワーを浴びるよう勧めてから、僕は彼のスーツケースを自分の部屋に運んだ。

疲れているだろうからすこし寝たいと言うのではないかと思っていたが、彼は新しいシャツを着ると、すぐ外に出かけたいと言った。

彼はクレープを食べながら、道の両側にある店をキョロキョロと見回していた。

「ジーン、気をつけて」

「うん」

僕は注意を促したが、彼はあまり真剣に聞いていないようだった。行き交う人たちとぶつかりそうになるので、僕は彼の肩に手を伸ばして自分の方に引き寄せた。

「シーフード食べる？　さっき通り過ぎたお店でもいいよ。僕、イカのライム蒸しが食べたい」

「僕はなんでも大丈夫です」

「食べたいけど、でもまだおなか空《す》いてないいんだよね」

「じゃあなんで先に甘いものを買っちゃったんですか」

「仕方ないじゃん。いい匂いだったんだから」

「なら、とりあえず散歩でもしましょう」

ウォーキングストリートはさほど混んでいなかった。ほとんどが外国人だったので、僕はまわりの人の視線を気にする必要もなかった。

「浅瀬でサンゴを見るシュノーケリングだって」

ツアーショップに入りながら、隣にいる彼が僕を引っ張ってそれを指さした。

「きみ、空《あ》いてる時間ある？　なかったら僕一人で行こうかな」

「僕がジーンを一人で行かせると思いますか？」

「きみが仕事だったら一人で行くしかないだろ。滞在を延ばすわけにもいかないし。きみは再来週、大学の試験があるだろ」

「明日は早朝の撮影しかありませんから」

「大丈夫なの？」

彼の顔に心配の色が浮かぶのを見て、僕はほほえんだ。かがんで小さな声でささやき返すと、彼は目を丸くした。

「ジーンとしたあと、次の日の朝に大学に行ったこともありますから、大丈夫ですよ」

「クソッ。それ以上そんなこと言ったら、刺してやる」

「つまり大丈夫ってことです」

彼は口を曲げたが、それ以上恥ずかしくなるようなことは言いたくないようで、ガラス一面に貼られたツアーの宣伝用写真に視線を移した。

僕はそこまではなかったが、ジーンが行きたい場所はどこでも連れていきたい。どこにでも付き合うし、なんでもやるつもりだった。

「ホテルでも手配してくれるみたい。宿泊者向けのプロモーションもあるし。あとでホテルで確認しよう」

「はい」

「じゃあ、ごはん行こう。イカのライム蒸しだ」

僕は相づちを打った。さっき通り過ぎたシーフードレストランに戻るあいだ、ジーンが人にぶつからないよう、彼の肩を抱いていた。

僕らは二時間以上ウォーキングストリートで過ごしていた。部屋に戻ると、ジーンは料理の匂いと煙が体についたからまたシャワーを浴びなきゃとぶつぶつ言った。

彼のあとで僕もシャワーを浴びた。バスルームから戻ると、彼がベッドに寝っ転がってスマホをいじっていた。どうやらだれかにメッセージを返しているようだ。テレビもつけっぱなしだったが、そちらに興味はなさそうだった。

僕はリモコンを手に取り、テレビを消した。柔らかい色のランプだけを残して部屋の電気をすべて消し、ベッドに上がった。

「シップ」

「はい?」

スマホをいじっていた彼が僕の方に寝返りを打ったので、僕は眉を上げた。

「一緒に写真撮って」

「インスタに載せるんですか?」

「ううん。家族のラインで父さんと母さんに送るだけ。ほら、早く横になって。起き上がるの面倒くさいから」

小さな手が伸びてきて、ベッドの上を叩いた。僕は言われたとおり彼の隣に寝そべった。自然とジーンが僕に近づいてくる。その拍子に彼の丸い頭が僕の頭とぶつかった。彼が使ったばかりのホテルのシャンプーの匂いを感じるほど、僕らは接近した。

ジーンは腕を上げながら、インカメラを起動した。

「いくよ」

「はい」

「僕の顔じゃなくてカメラを見てよ」

そう言われて、僕はふふっと笑った。

「あとあんまりかっこいい顔をしすぎないで。今日写真を送ったら、母さんはきみのことばっかり褒めてた」

「まだどんな顔もしてませんけど」

「わかった。じゃあちょっと感じ悪い顔をしてて」

「感じ悪い顔ってどんな顔ですか？」

「だから……」

彼は考え込むような顔をしてから、舌を出してみせた。僕に手本を見せるつもりでそうしたのだろうが、僕は我慢できなくなり、彼の首に手をまわして引き寄せ、彼の唇をふさいだ。

「ちょっと、痛いって、バカ」

僕は笑った。

彼と向かい合うたびに、僕はどうしても唇を重ねたくなってしまう。

彼はもうなにも言わなかった。僕がジーンの体を抱きしめたとき、彼の手の中にあったスマホがベッドに落ちた。

カウント28

僕はソファに横になって、指でスマホの写真を一枚ずつスワイプした。すぐそばのローテーブルの上に置いたノートパソコンから流れてくる洋楽に合わせて、その歌詞を口ずさむ。

旅行に行っていた三日間、僕は原稿にはまったく触れなかった。

番外編があと二章分残っていたので、ナップシップから海に行く日を聞いたときには、急いで残りの原稿を仕上げてしまおうと思っていた。

そうすれば仕事から解放され、もう悩むこともなく、思いっきり旅行を楽しむことができると思った。

しかし思ったように進むわけはなく、結局、原稿はそのままの状態で旅行に出かけることになった。

それでも数日間の休暇のあと、体は疲れているはずなのに、心は充電されたようにリフレッシュしていた。家に帰ってきてからわずか一日半で、原稿を完璧に仕上げることができた。

まさについさっき、僕は原稿を書き上げたのだった。

仕事を終えた僕は、横になってスマホをいじって、たくさん撮った海や自然の景色の写真を見ていた。この前もインスタグラムに写真を投稿したばかりだったが、もう一度投稿してもいいだろう。記録として残しておくというような感じだ。

僕は毎日自宅で過ごすばかりで、長いあいだ旅行に行っていなかった。僕の記憶が正しければ、最後の旅行は年明けに行ったシンガポール旅行だ。父さんが出張でシンガポールに行くというので、母さんが僕を誘ってくれて、ついていったのだった。

外に出て、なにか新しいものに出会うというのは、やはりいいものだ。

なにか新しいものや新しい環境に触れたとき、僕はそれをいつか小説に活かせるよう自分の中に蓄積していた。

今晩は、ナップシップが大学から帰ってきたら彼を連れてどこかへ食事に行こう。

原稿を書き上げた自分自身へのごほうびだ。お金に糸目をつけずに食べよう。

ピンコン♪　ピンコン♪

タム（連絡は事務所の番号に）：ジーン
タム（連絡は事務所の番号に）：いま時間あるか？　ちょっと大事な話があるんだけど

「………？」

僕は眉を上げた。バナーに表示されたラインの通知を見て、なんだろうと思った。タムとのトーク画面を開き、返信を打ち込もうとしていたところで、ライン電話の着信画面に変わった。タムが待ちきれずに電話してきたようだ。

「もしもし、どうした？」

「急に悪いな。いまなにしてた？」

「なにって……ゴロゴロしてただけだけど。なにかあったのか？」

タムの声が妙に真剣で、僕は驚いた。すぐに手をパソコンに伸ばし、音楽をとめた。

タムはため息をついた。

「ちょっと問題があったんだ。いまタータム姉さんの事務所のビルにいるんだけど、こっちに来てくれないか？」

「なんで⁉」

「姉さんがおまえと話したがってるんだ」

「俺と話す？　なんで俺と話すんだよ？」

僕は顔をしかめた。

今日のタムはビデオ通話ではなかったので、僕は声のトーンだけで奴の真意を探るしかなかった。横になっていた僕は混乱した顔で起き上がり、もっとよく声が聞こえるようにスマホを耳にくっつけた。

「シップのことと、テレビ局のことだ。姉さんはシップを呼んで話をしてる。で、おまえが俺の友達だって知って、おまえとも直接話したいって。俺は、おまえと話す必要はないって姉さんに言ったんだけど……」

タムの声は切羽詰《せっぱつ》まったような感じで、そこには苛立《いらだ》ちも混ざっていた。だが、僕に対して不満を持っているのはタムではなく、おそらくタムの姉さんなのだろうと思った。

タムがナップシップとテレビ局のことだと言ったのを聞いて、僕はすぐに言った。

「いまシップはおまえと一緒なのか？」

「いまは部屋で姉さんと話してる。俺はおまえに電話をかけるために部屋から出てきた」

「じゃあいまから行くから、おまえの姉さんの事務所の場所、ラインで送って」

タムがわかったと言うのを聞いてから、電話を切った。すぐにタムからピン留《ど》めされた位置情報が送られてきた。

シャワーは朝浴びていたが、服はまだ寝間着のままだったので、僕は急いで服を着替えてコンタクトを入れた。

どんな問題が起きたのかまだよくわからなかったが、電話で質問を浴びせかけるよりも、直接会って話した方がよさそうだった。

それに……ナップシップもそこにいると知って、ますます心配になった。

タムの姉さんはナップシップが所属するモデル事務所の社長だ。ということは、ナップシップの仕事に関する問題なのだろう。

地図を開いてから、スマホを車のコンソール部分に置いた。四十分ほどで目的地に到着した。

タムの姉さんのモデル事務所のビルは、六階建てだった。駐車場がなかったが、幸いそれほど遠くないところに有料の駐車場があった。

窓ガラスに書かれている宣伝を見ると、モデルや俳優のマネージメントだけでなく、それらの養成コースも開いていることがわかった。所属タレントの写真がたくさん貼られていた。

「ジーン」

ドアを押して中に入ると、応接用のソファに座って待っていたタムがすぐに立ち上がった。

タムの表情は険しく、眉間《みけん》に皺《しわ》を寄せていた。

「姉さんは上の階にいる。こっちだ」

「シップもいるんだろ?」

「ああ、いる。姉さんとしばらく話をしてた」

僕はうなずいた。タムはエレベーターで僕をビルの最上階に連れていった。何人かの人とすれ違った。おそらくモデルかスタッフだろう。

タムの表情を見て、僕も奴に引っ張られるように緊張し始めていた。

タムは廊下の突き当たりの部屋まで歩いていき、厚いガラスのドアを軽くノックしてから中に入った。

「姉さん、ジーンが来たよ」

僕は部屋の中を見渡した。

「………」

最初に目に入ったのは、ドアの近くの椅子に座っているナップシップだった。制服姿の彼を見て、大学が終わってすぐここに来たのだろうと思った。

彼は最初無表情だったが、僕を見るとすぐに眉を寄せた。

反対側の大きな仕事机の向こうには、おしゃれなスーツを着た巻き髪の女性が座っていた。僕はそこで初めてタムの姉さんに会ったが、彼女はモデル事務所の社長にふさわしく、美しい人だった。

僕はナップシップの顔を見てから、年長者である社長に手を合わせてワイをした。

「ジーン」

ナップシップが先に口を開いた。彼はタムに視線を向けた。

「なんでジーンを連れてきたんですか」

「電話して来てもらうように、私がタムに頼んだの」

タムの姉さんが弟の代わりにそう答えた。彼女はナップシップの隣にある椅子の方へ手を広げた。

「ジーンよね？　タムから大学時代の友達だって聞いてるわ。私のことはターム姉さんとでも呼んで」

「はい」

ターム姉さんはおちついた表情と声でそう言ったが、険しい雰囲気が漂っていた。

僕はその椅子に腰を下ろした。隣にいるナップシップを横目で見た。そのオーラは、彼がいつもまとっているオーラとは異なっていた。

タムは問題が起きたと言っていたが、この状況からすると、かなり深刻な問題なのだろうと思った。

「すこし大げさにしすぎだと思います」

「大げさじゃない。ここにいる全員に関係する話なんだから。こうすることがあなたにとっても、ジーンにとっても、テレビ局にとっても一番いいの」

「でもこういう話は契約には含まれてなかったはずです」

「それは私だってわかってる。でも、こういう話は仕事ともつながってるってことも忘れないで。あなただってもう見たでしょう」

「……？」

僕は混乱したまま、ナップシップとターム姉さんのやりとりを聞いていた。

ナップシップはターム姉さんが僕に話をするのを嫌がっているような感じがした。ナップシップの淡々とした声と態度が、彼がほんとうに不満を感じていることを明確に表していた。

僕は彼の腕をつかんでから口を開いた。

「なにがあったんですか？」

僕が途中から割り込むと、ターム姉さんはすぐに僕に視線を向けた。

「とにかくこのことは話しておかないといけないから。あのね……この前ナップシップがリペ島に仕事に行ったとき、ジーンも一緒に行ったでしょ？」

「はい」

「私もそのことを事前に聞いてたけど、あなたとタムが友達だって知ってたから、なにも問題ないと思ってたの。タムが友達を連れていくことはなにも問題じゃないんだから。だけど、そのあとでこういうことがあったの」

彼女はそう言って、ビジネスライクな表情でA４サイズの紙をまとめて僕に差し出した。

「いままでもナップシップがインスタに写真を投稿したりストーリーを更新したりしてたけど、それはまだ問題ではなかった。ファンはみんな、ジーンとタムが友人同士だってことも、ジーンがたまたまナップシップの部屋の隣に住んでることも知ってたから」

「………」

僕は差し出されたものを受け取った。

最初に目に入ったのは、ネットの芸能記事を紙に印刷したものだった。〝人気ＢＬドラマの主演俳優に恋人発覚！　その恋人はお隣さん⁉〟という見出しがついていた。

そして、ウォーキングストリートを一緒に歩くナップシップともう一人の男性を隠し撮りした写真が載せられていた。シップはなにかをささやくように、その男性の方に顔を寄せていた。シップの口元にはいつものほほえみが浮かんでいた。

その写真は遠くからズームで撮られたもので、写っている二人は人混みの中にいたが、それでも僕はそれが自分の顔だとわかった。

僕とシップだ……。

「こういう瞬間を切り取った写真が出ると、ジーンとナップシップがカップルだと想像する人が出てくるけれど、それはそんなに大したことじゃない。この業界ではよくあることだから。それに……ナップシップもいままで写真を投稿してたけど、それも許容範囲内だったと思う。親しく見えたとしても、それはあくまでも原作者兼自分のマネージャーの友人と親しくしてるだけなわけだから。それをどう解釈するかは、見た人次第よね」

「………」

僕は押し黙った。手元にある写真を見てからずっと、黙り込んでいた。

ターム姉さんはまだそれを直接口にしていなかったが、〝問題〟というのがなんなのか、僕はもう理解し始めた。

「ただ、ドラマの放送が始まったことで、すこし問題になってるの。ドラマを観てる人たちは、その物語の中に入り込んでるでしょう。テレビ局もそういうことをわかってて、宣伝活動をしてる。ナップシップと相手役の俳優の二人を、想像上のカップルから実際のカップルになったんじゃないかと思わせるようにすることで、視聴率を上げようとしてる。そんなときにこういう記事が出ちゃったから、テレビ局から、なんでこの話が大きくなるまで放っておいたのかっていう苦情がうちにきたの」

「………」

「いま、ネットでも話題になってる。それを見てちょうだい」

ターム姉さんはふたたび僕の手元にある紙を指さした。僕は最初の紙を一番うしろにまわして、次の紙を見た。

次の写真は、千以上の〝いいね〟がついたフェイスブックページだった。最近つくられたばかりのページのようで、トップページにはナップシップの写真があった。当然、彼だけでなく、僕の写真もあった。ページの名前は……ナップシップ・ジーンのまとめ、だった。

僕はそっと深呼吸してから、紙をめくった。次の紙は、ファンによるツイートの内容や画像をまとめたものだった。

Lukpeach ft. 試験後 @peetod

もー　シップのインスタフォローしてるとやばい　最初は原作者のジーンさんを見てもなんとも思わなかったけど　いまは一緒にいるだけでかわいく見える　ほんとにすごいかわいい　いまはもうシップウーイよりシップジーンにどっぷりです　#シップジーン　#バッドエンジニア　#BadEngineerTheseries

（動画）（画像）

シェフになる2019@lovejea

完全に乗りかえました　このカップルはリアルすぎる　作家と俳優っていうのがいいよね笑　ジーンさんを代わりに相手役にしてくれませんか　そしたら五百万回は観るから　#シップジーン　#BadEngineerTheseries

（画像）（画像）（画像）（画像）

Mxoldz@1fcikon
お隣さん兼マネージャーの友達からアップグレードして　いますぐ恋人になってください!!　もう我慢できないー　お願いです　#シップジーン
（画像）（画像）

僕はそれを読んで、いまの自分の気持ちをどう表現すればいいのかわからなくなった。ナップシップがインスタグラムのストーリーに写真を投稿していることは知っていたし、イベントで僕とシップのツーショットを撮らせてほしいと言ったファンがいたこともあったが、それはほんの数人だった。まさかそういうファンが増えて、#シップジーンというハッシュタグができるまでになり、それがドラマに影響を及ぼすなんて考えてもいなかった。

ナップシップ自身はツイッターをやっていなかった。パラゴンでイベントがあったあの日、僕はインスタのストーリーに写真を投稿することについて、ナップシップに一応注意をしておいた。シップもそれを理解してくれて、あの日以降、彼がインスタにたくさん写真を投稿することはなかったはずだ。

僕が写っている写真にコメントがつくこともまだ多少はあったのかもしれないが、これまでとくに問題はなかった。ただ単に、僕は部屋が隣同士の知り合いとしてファンに認識されていたはずだ。

しかし、ナップシップに恋人がいて、その恋人が僕だという記事が出てしまったことで、こんなことになってしまった。

「ドラマを観てる人たちの中には、残念な気持ちになったって言う人もいるの。シップジーンのハッシュタグとドラマのハッシュタグを一緒につけてる人がいて、そういうツイートが目に入っちゃうからでしょうね」
ターム姉さんが付け加えるように言った言葉が、僕の頭の中で響いた。手元にある紙にすべての意識が行ってしまったせいで、僕はターム姉さんの顔を見ることも、返事をすることもできなかった。

かんぬきをかける@TangmoxXx
シップジーンのシッパーの人　お願いだから原作とかドラマのハッシュタグつけないでもらえますか？　#バッドエンジニア　#BadEngineerTheseries　#シップウーイ

Mai kin pla :(@__pla65
正直あんまりほかの人のカップリングに文句言いたくないんだけど　目に入るとあんまりいい気がしない　ナップシップに恋人がいて　しかもそれがジーンさんだっていう記事を見てからますます嫌な気持ち　もうこれ以上見たくない　見るとがっかりする
#BadEngineerTheseries　#シップウーイ

Sweetie ハニーと呼んで @Artyoyo
ほんとに恋人なんですか!?　ナップシップにほんとに恋人がいるの？　やだー　写真の人ってウーイじゃないよね？　だれなの　なんでほかの人と恋人になってるの　やだよー　気分悪い　悲しい
(リンク)
#BadEngineerTheseries　#シップウーイ　#バッドエンジニア

FCチューンくん@naeaol
なんでナップシップに恋人がいるんですか？　その恋人ってだれ？　ウーイくんはどこいっちゃったの　がっかりした　なんでそんなことできるの　ファンの気持ちは考えてないの？　こんなことがあったらもう応援できないです　彼のドラマを追うのもやめます
#シップウーイ　#バッドエンジニア

とくに最後のツイートを読んで、僕は手足が震《ふる》えるのを感じた。

これはターム姉さんが僕に見せるために印刷した一部にすぎないのだろう。

「私はあなたを責めるとか、そういうつもりでそれを見せたんじゃないの。ただ、いま実際に二人のことが問題になってて、テレビ局もとても不満に思ってることをわかってもらうために、印刷しただけ」

「…………」

「論点はいろいろあるけど、ファンを不満にさせた大きな原因は、ナップシップに恋人がいるっていう記事が出たことね。ドラマにはまってる人ほど、実際の恋人がドラマで共演してる相手じゃなかったことにがっかりしてるみたい」

僕は黙り込むことしかできなかった。手元のＡ４の紙はただの薄い紙のはずなのに、まるで鉄の塊《かたまり》のように重たく感じられた。

僕とナップシップのことを不満に思っている人がいるのだと知って、僕は気持ちが沈んだ。

僕たちのことを目にしたせいでドラマに入り込めなくなったとしたら、それは僕の責任だ。

僕の考えが足りなかったせいで、テレビ局やまわりの人たちに迷惑をかけてしまった。ナップシップのドラマを追うのをやめるとか、もう応援できないというコメントまで書かれるようになってしまった。そこまでファンの気分を害してしまったことが、なにより僕を落ち込ませた。

「ジーン」

僕は隣に座っているナップシップの方を向いた。彼は僕の気持ちを理解しているように見えた。

彼は手を伸ばして、僕の手から紙を引き抜いた。そして膝の上に置いたままの僕の手をそっと握った。

彼が自分自身の動揺は見せず、僕を慰めようとしてくれるのを見れば見るほど、僕はますます申し訳ない気持ちになった。

「気にしないでください。ジーンのせいじゃありません」

「僕……」

僕はなにかを言いたかったのに、なにを言えばいいのかわからなかった。

「私だって口出しはしたくない。でもこういうことになってしまった以上、どうにかしないといけない。ナップシップを呼んだのは、結論としてこれからどうするかを伝えるためで、ジーンにも来てもらったのは、協力してほしいことがあったからです」

「………」

僕はターム姉さんを見て、ゆっくりとうなずいた。

「私の方でテレビ局の人と話をしてきた。向こうからは、今後はあなたたちは一緒にいるべきではないというふうに言われました。これからは近づかない、話をしない、写真を投稿しない、コメントもしない。そうすればニュースになったりはしないから。この問題がおちついたら、テレビ局が改めてドラマを宣伝することになる。ナップシップに恋人がいるっていう記事の方は、明日の夕方に記事内容の訂正を発表します。あのときはタムも一緒にいたけど、写真には写ってなかったっていうことにするから」

「………」

一緒にいるべきではない？　話をしない？

僕の頭の中でそれらの言葉が繰り返された。僕がまだなにも言えずにいるうちに、隣のナップシップが代わりに口を開いた。

「ジーンは僕の恋人です。一緒にいられないなんて、考えられません」

「だから恋人をつくるべきじゃないって言ったでしょう」

「ドラマの放送中は写真を投稿しないとか、人目につく場所で一緒にいないようにするっていうことなら……まだ理解できます。でも噂が消えてなくなるまでっていう話だったら、同意できません。さっきも言いましたけど、契約書には恋人をつくってはいけないとは書いてありませんよね」

「恋人をつくってはいけないとは言ってない。つくるべきじゃないと言っただけ」

「意味は同じじゃないですか」

「同じじゃない。若い俳優、とくにBLドラマに出演する俳優は、人気を保ちたいなら恋人をつくるべきじゃないことくらい、あなただってわかってるでしょう。想像上のカップルを守らないと。あるいはもし恋人が欲しいなら、ファンが受け入れられる人じゃないと」

「へえ！　僕はファンに恋人を選んでもらわないといけないんですか？」

「応援してくれてるファンのことを考えないといけないって言ってるの。ファンがいるおかげで仕事があって、お金がもらえるんだから」

「僕はただモデルとして契約を結んだだけです。このドラマに出ることにしたのは、ジーンの作品だったからです。ほかのドラマの仕事を受けるつもりはありません」

「………」

「このドラマの放送が終わったら、契約を解除します」

「ナップシップ！」

「シップ⁉」

僕とタムは、ほぼ同時に彼の名前を呼んだ。

僕の脳は完全に混乱していた。なんとか頭を回転させて、みんなにとって一番いい解決方法を考えようとしても、なにも思いつかなかった。おそらく、ターム姉さんとテレビ局から求められていることがあまりに衝撃的な話だったからだろう。

オブラートに包んではいたが、ターム姉さんは僕らに別れてほしいと言っているように聞こえた……。

仕事机の向こうに座っている彼女は背筋を伸ばした。その表情はさっきよりも険しかった。

「そんなことしたら、話がややこしくなるってわかってる？　もし恋人のことだけが理由で契約を解除するっていうなら、契約期間はまだ十カ月残ってるから、その分の……」

「わかってます。違約金は払います」

「ナップシップ！　なんでそこまでするの？　恋人と別れるだけじゃない。いませっかく全部うまくいってるのに、自分の将来をここで捨ててしまうの？」

「姉さん、ちょっとそれは言いすぎ……」

ターム姉さんは手を上げた。

「あんたは黙ってなさい、タム。とにかくいま一番いいのは、連絡を取り合わないようにして、これ以上騒がれないようにすること。二人のあいだにはなにもないっていうふうに記事の内容を訂正すれば、あとは全部うまく収められるから。テレビ局がドラマの宣伝に力を入れることになったら、ドラマの中のカップリングの人気を利用することもできる。いまドラマを観てる人はたくさんいるし、そういうふうにすればファンも納得するはずだから」

「ずいぶん勝手な話ですね」

ナップシップが淡々とした声で言った。彼はさっきよりも冷たい表情をしていた。その顔を見れば、ナップシップがどれほど怒っていて不満を募らせているかがわかった。

「すみません、もうすこしはっきり言うべきでした。社長が僕に恋人をつくらせたくないのは、ほんとうに僕のためなのか、それともその方が事務所に仕事が入ってくるからなのか、ご自分に問いかけた方がいいと思います」

ターム姉さんは、椅子がうしろのキャビネットにぶつかるほどの勢いで立ち上がった。

「なんであなたはそんなに……！」

「わかりました」

「………」

僕が発した言葉で、みんなが静かになった。

「僕とシップは……人目のある場所では一緒にいないようにします。写真も撮らないし、もうSNS

でコメントしたりもしない」

「……ジーン」

僕はシップの方を見なかった。

「これからは、タムがいないときは撮影現場にも行かないようにします」

そう言って、僕は目の前に立っているターム姉さんと視線を合わせた。僕の言葉を聞くと、怒っていた彼女もすこしずつおちつきを取り戻した。彼女は大きなため息をつき、手で鼻をこすった。

それからナップシップの方を向いた。彼の鋭い目が僕を見つめていた。

僕には彼の考えを読み取ることはできなかった。僕が彼の同意を得ずにターム姉さんの提案を受け入れたことで、ナップシップは不満を持ったのではないか。

しかし、それぞれが違う主張をしていて、ほかにどうすればいいかわからなかった。

僕もこの問題の当事者である以上、こんなふうに問題になっているのを知ってなにもしないわけにはいかない。

テレビ局の主張もわかるし、一方でナップシップの主張も理解できた。けれど、僕はこれ以上だれも困らせたくなかった。

「すくなくともあなたは理解してくれた」

ターム姉さんの声はさっきより小さかった。彼女は椅子を引っ張ってきて、元どおりに座った。

「とにかく、いまはそれが最善策だから。ほんとうは私だってこんなふうにはしたくないわ。わかってくれるでしょう?」

僕はうなずいて、つくり笑いを浮かべた。

結局、話はそれで終わりだった。ターム姉さんは、ナップシップに明日も会社に来るように言った。この問題について釈明するために、ライブ配信をする予定とのことだった。

有名な芸能人がやるような大きな記者会見ではなくても、記事の内容を訂正する場をつくらなければいけないのだ。

そのあとの会話は、僕にはほとんど聞こえていなかった。ターム姉さんはこのあとも自分の仕事があるらしく、話が終わったら部屋を施錠するようにとタムに言い残し、先に部屋を出ていった。

「おまえら、すこし話していけば。俺は一時間後に戻ってくるから」

タムが空気を読むかのように、沈黙を破った。奴はため息をついてから、身を翻《ひるがえ》して出ていった。

ドアが静かに閉まる音がした。最終的にターム姉さんのオフィスに残ったのは、僕とナップシップだけだった。

僕は同じ位置に座ったまま、そばにいる彼の方をちらっと見た。

「ナップ……」

「意味がありませんよ」

「……？」

「ああいうふうに提案を受け入れたことです」

「どういう意味？」

「事務所は、僕とジーンが人目につく場所で一緒にいたり、写真を撮ったりコメントしたりすることを禁止するだけじゃなくて、僕らに別れることを間接的に強要してるんですよ」

彼は低くおちついた声でそう言いながら、鋭い目で僕のことをまっすぐ見つめてきた。

ナップシップの態度に、僕は黙り込むしかなかった。彼が賛成していないこと、不満に思っていることは明らかだった。

「でもそうする以外にどうすればよかったの？　そうしないとテレビ局が納得しないことはきみだってわかるだろ。彼らはドラマに出資してるわけだから、そこから利益を得たいと考えるのは当然だよ。それが突然こういうことになったら、彼らが文句を言いたくなるのも仕方ないよ」

「それは僕もわかってます。僕だって、ジーンが原作を書いたドラマを問題のある作品にはしたくありません」

僕は急いで首を横に振った。

ナップシップの気持ちはちゃんとわかっていた。彼が僕のドラマのことを考えていないと思っていたわけではない。しかし実際、テレビ局は頭を悩ませているのだ。

「テレビ局の言うとおりにすれば、問題はないでしょう。問題を解決するために、僕がジーンといられるのは家の中だけということになっても、それは構いません。でも僕が納得できないのは、社長はほんとうはドラマの放送中だけじゃなく、そのあとも僕らにそういう振る舞いをさせようと考えていることです。社長の言うとおりにしたら、この先もずっと、なにかと理由をつけてそういうことを強制してきますよ」

「でもそれは仕方ないことじゃない？　きみは芸能人なんだから、そういうふうにしないといけないんだよ」

僕は、ナップシップの仕事にとって邪魔な存在になりたくはない。

こういうことになってしまったのは自分のせいだと思ったし、シップが契約を解除して違約金を支払っても構わないと言ったのを聞いて、心底申し訳ない気持ちになった。

「そういうふうにしないといけない？」

しばらく黙っていたナップシップが、僕の言葉を繰り返した。

「僕は、ドラマに出ているほかの俳優が、恋人とは隠れてこそ付き合って、ネット上ではドラマの相手とカップリングだかなんだかで宣伝してもらうようなことを受け入れているのかは知りません。でも僕は、そういうことはしたくないんです」

「………」

「ジーンはきっと、僕のことを身勝手だと思うでしょう。でも僕がこのドラマの仕事を受けたのは、ジーンが理由です。だからもし仕事のせいで僕らがこんなふうに揉《も》めることになるなら、僕はこの仕事を続けたくありません」

「そういうつもりじゃ……」

僕は首を横に振った。

言おうとしていた言葉が喉に引っかかって、どうがんばってもうまく出てこなかった。

「きみはどうするつもり？」

「さっき言ったとおりです。ドラマの放送が終わったら、事務所との契約を解除します」

「ダメだよ！」

僕はすぐに言い返した。眉を寄せて言葉を続けた。

「きみはこの仕事を通じて、ずっと自分の力でお金を稼いできただろ。今回のことで仕事をやめる必要はないよ。それに……契約を解除したら違約金を払わないといけなくなる。違約金は数万、数十万バーツじゃ済まないよ」

「じゃあジーンは、僕らがそういう付き合い方をすることに同意するんですか？　付き合ってることをだれにも知られないようにして？　世間には僕とウーイが付き合ってると思わせて？」

「…………」

僕がその質問に答えずにいると、僕のことをじっと見つめていたナップシップが首を横に振った。

「ジーンはいつもそうですね。だれか困っている人がいて、その人からこうしてほしいって頼まれると、その人の言うとおりにしてしまう。ほかの人のことは考えるのに、どうして僕のことは考えてくれないんですか？」

「考えてるよ！　ただ、きみにお金を無駄にしてほしくないし、仕事もなくしてほしくないんだよ」

「ジーンはわかってません。契約書には僕が恋人をつくってはいけないとは書いてありません。だけど、ドラマの放送が終わったら、事務所は僕とウーイのカップリングを利用して、僕らの関係に口を挟んでくるはずです。僕とウーイが親しくしてる姿がＳＮＳ上に流れ続けるかぎり、ファンはずっとそれで盛り上がりますよ」

「…………」

「もし事務所を満足させたいなら、僕らは別れるしかありません」

「…………」

僕の体は硬直した。

別れる……。

僕の頭の中にあったものすべてが、その言葉に置き換わってしまった。

関係者の中のだれかが不利益をこうむるか、それとも全員が損をするかはわからないが、とにかく問題を解決する方法はきっとあるはずだと思っていた。しかし、僕らが別れるという選択肢は、考えもしなかった。

「きみは……別れたいの？」

僕は消え入りそうなほど小さい声で言った。

「………」

目の前の彼はなにも答えなかった。ただ僕の顔をじっと見つめていた。

彼はなにを見つけようとしているのか？　それとも僕がなにを考えているのか当てようとしてるのか？　ナップシップはなにを考えているのだろう。どうしてそんなことを口にしたのだろう。ただの例として挙げただけなのか、それともこの問題を解決するには別れるのがいいと思っているのか？

僕の頭には次から次へと疑問が浮かんできた。

ナップシップと別れたくない……。

僕にわかるのはそれだけだった。

恐怖と不安が押し寄せてきて、僕はとっさに立ち上がった。すでに口に出してしまった問いかけに、僕は後悔した。どんなものであっても、ナップシップの答えを聞く勇気が僕にはなかった。

「またあとで……話そう」

結局僕は、一言だけ残してその部屋から立ち去った。

さらに後悔することになるなんて考えもせずに……。

「はぁ……」

広いバスルームの中に僕のため息が大きく響き渡った。両手を鏡の前の洗面台の縁に置いた。その状態のままもう何分も立っている。もう一度ため息をついてから、蛇口を開けて水で手を濡らした。

昨日部屋に戻ってきてから、頭が締めつけられるような鈍《にぶ》い痛みが続いていた。それでも無理矢理考えごとをしようとしたせいで、さらに頭がズキズキした。

ナップシップは僕と一緒に戻ってはこなかった。僕は、昨日の彼の撮影が夜九時か十時までかかる予定だと知っていた。何時ごろに帰ってくるか予想できたので、僕は先にシャワーを浴びて、ベッドに上がって柔《やわ》らかい布団の中にもぐり込んだのだった。

目を閉じて眠ろうとしたが、眠れなかった。

十一時過ぎにドアのロックが解除される音と静かな足音が聞こえたとき、僕の体はこわばった。寝室のドアが開いた瞬間、僕は慌《あわ》てて目を閉じ、眠っているふりをした。

ナップシップはほとんど音を立てずにベッドに近づいてきて、僕のそばで立ち止まったような気がした。しばらくしてから、彼はバスルームの方へ歩いていった。

僕は……明らかにナップシップのことを避けていた。

心の中では、起き上がって彼と話をして、僕らのあいだのことについて結論を出すべきだと思っていた。

ただ、その一方で、それを全力でとめようとする自分もいた。昼間自分が投げかけた質問に対してナップシップは僕が聞きたくない答えを出すのではないかと恐れている。

「…………」

僕は、蛇口から流れる冷水で濡らした自分の手をうつろな目で見つめた。自分の意識が遠くに行っていたことに気づいた。鏡を見ると、睡眠不足で目の下にクマができた自分の顔が映っていた。それを見て僕はまたため息をついた。

今回のことについて、ナップシップの考えを理解できないわけではない。彼がすることはすべて、僕と彼のためにやっているのだということはわかっている。彼がほんとうに僕のことを愛してくれていることも、ちゃんとわかっていた。それは間違いない……。

もちろん僕だって、ナップシップのことを愛していた。

ターム姉さんに言われたように距離を取るなんて、僕だってしたくない。僕らは恋人なのだから、どんなときも彼のそばにいたかった。

……でも仕方がなかった。あのとき僕はなにも考えられず、ターム姉さんの提案を受け入れることしかできなかった。

しかしナップシップが言ったように、まだ契約が有効であるかぎり、事務所はいろんな理由をつけてこの先も僕とナップシップを離れさせようとするのかもしれない。

芸能事務所は若いタレントを育成して、所属タレントに仕事を持ってくるわけだから、だれかが売れてたくさん稼ぐようになれば、事務所がそのタレントを手元に置き続けたいと考えるのは当然だ。

そうだとすれば、僕が彼の仕事の邪魔になっているんじゃないのか？　そこまで考えて、僕はひどく嫌な気持ちになった。

水を両手で受け、顔を洗った。それですこしさっぱりすることができた。

顔を洗って歯を磨いてから、僕は忍び足で寝室に戻った。寝室の時計を見ると、もうすぐ朝の九時になるところだった。

ガチャッ。

リビングにつながるドアを開けた。だが、長身の人物がちょうどキッチンから出てきたのを見て、僕は固まった。

「シップ……」

一歩分離れたところに立っていたのは、この部屋の持ち主だった。

もう大学に行ったと思っていた。

僕はどんな顔をすればいいかも、いま自分がどんな表情をしているかもわからなかった。

「起きたばかりですか?」

彼の声はおちついていた。

「うん……」

「…………」

「…………」

お互いなにも言わず、気まずい沈黙が流れた。

僕はただ立ち尽くすだけで、次になにをすればいいのか、なにを言えばいいのか、わからなかった。

ナップシップも同じようにじっとしていた。僕は心臓が混乱したように鼓動するのを感じたが、それが速いのか遅いのかさえもよくわからなかった。

「昨日の話ですけど……」

突然ナップシップが沈黙を破ったので、僕はビクッとした。心臓が跳ねて、不安が押し寄せてきた。

「…………」

「昨日僕が言ったことは、すこし身勝手すぎたと思います」

彼はわずかに体を動かした。そう言われて、僕はすぐに彼の顔を見た。彼の言葉を聞いて、僕はホッとした。

彼の方に歩み寄った。自分を責める必要はないと伝えるつもりで、首を小さく横に振った。しかし僕が言葉を発する前に、彼が口にした言葉がすべてをひっくり返した。

「ジーンが事務所の言ったとおりにしたいなら、僕もそうします」

「…………」

「僕らが同じコンドミニアムに住んでることは知られています。記事が出てしまった以上、もし僕らが同じ部屋にいることがバレたら、また問題になるでしょう」

ナップシップの声は淡々としていて、なんの感情もこもっていないような感じだった。

「当分のあいだ、ジーンは自分の部屋に戻った方がいいと思います」

「…………」

僕は足が鉛《なまり》になったように、その場から動けなくなった。

玄関の方へ歩いていく彼の広い背中を目で追うことしかできない。

……なにかで頭を殴られたときのような、そんなめまいがした。

カウント29

気持ちが落ち込むと、ほかのこともそれに影響されるように調子が悪くなっていく。ほんとうにそうなのかはまだわからないのに、関連するほかのことも次から次に悪い方向に向かっているような気がしてしまう。

昨日、僕は大事な荷物をまとめて、自分の部屋に運んだ。それらをすべてソファの上に積み重ねるように置いた。荷物の山ができたが、そのままの状態で放置した。

僕は抜け殻のようになり、なにもする気が起きず、ずっとソファに座っていた。日が落ちると、寝室に行って横になった。

嗅ぎ慣れた匂いのする自分の部屋は、以前は気持ちがおちつく場所だったのに、いまはなにか靄《もや》がかかっているような感じがした。

僕は、ナップシップと付き合うことはほんとうに正しいのか、ということをずっと考え続けていた。ナップシップはなにも言わなかった。しかし考えれば考えるほど、僕は自分が彼にとって邪魔な存在なのではないかという気がしてきた。

悲観的な見方はしたくない。だが、嫌な気持ちから出てきた黒い沈殿物が僕の心を浸食し、なにを見てもすべて悪い方向に解釈するようになっていた。

〝もし僕らが同じ部屋にいることがバレたら、また問題になるでしょう〟

昨日シップが言ったのはつまり、別れなければならないということだ。

彼は僕に対して怒っていた……。

コンコン！

玄関をノックする音が、深いところへ沈み始めていた僕の意識を引き戻した。僕はソファからパッと立ち上がった。

ナップシップだろうと思い、急いで玄関に向かった。慌《あわ》てていたので、ドアスコープをのぞかずにドアを開けた。

だが、そこにいたのはタムだった。

「おまえ……」

「………」

エントランスの暗証番号を知っていたから、上まで上がってこられたのだろう。僕は顔を下に向けて、奴と目を合わせないようにした。

すこし気まずかった。タムはナップシップのマネージャーなのだから、僕と彼のあいだにあったことも知っているはずだ。

いまの状況で、だれにも会いたくなかった。一人で考えたかった。

しかし一方で、一人でいるとどうしても気が滅入《めい》ってしまうので、友達の顔を見られてよかったと思う自分もいた。

「おまえ、大丈夫か？」

「ああ。そっちは仕事は休みか？」

僕はなんでもないように訊《き》いた。

「おまえ、声がかすれてる。具合悪いのか？」

僕は眉をわずかに寄せて、小さく咳払《せきばら》いをした。

「わからない」

昨日の朝から今日のいままでだれとも話していなかったので、声を出すのが久しぶりだった。僕自身、自分の声がこんなふうになっているとは思わなかった。もし風邪だとしたら、きっと疲れているせいだろう。

「俺、薬持ってる。とりあえず中に入ろう」

タムは僕の肩を叩くと、一緒に部屋の中に入ってきた。ソファまで行く途中で、奴がなにかぶつぶつ言っているのが聞こえた。ソファの上の散らかり具合に唖然《あぜん》としたようだった。しかし奴は、それ以上はなにも言わなかった。

タムは僕をソファに座らせると、キッチンへ行って、常温の水をコップ二杯分持ってきた。

「ほら、薬とのど飴《あめ》だ。とりあえず薬を飲め」

「ありがとう」

薬と水を飲むと、声の調子はすこしよくなった。

タムは僕がコップの水を飲み干すのを見てから、首を横に振った。

「これからは毎食後に薬を飲めよ」

「ああ。それで、おまえ今日は仕事ないのか？」

僕はまだ答えを聞いていない質問をもう一度した。それを訊いたのは、ナップシップの様子を知りたかったからだった。

ナップシップに自分の部屋に戻った方がいいと言われてから、僕は彼に会っていなかった。ナップシップも、なるべく僕と顔を合わせないようにしているようだった。ベランダに出て隣を見ても、彼の部屋の電気はずっと消えていた。

「これから仕事なんだよ。六時から、ショッピングモールでテレビ局が追加で手配したドラマのイベントがある。イベントだけじゃなくてファッションショーもあって、若手俳優たちがたくさん出る予定だ。おまえを誘って一緒に行こうと思って来たんだよ」

コップをテーブルに置こうとしていた僕の手がとまった。

「俺を誘いにきた？」

「ジーン」

タムは僕の名前を呼んだ。

「昨日姉さんがおまえとシップに話したこと、俺はすこしも賛成してないから」

「…………」

「俺だって、姉さんがああ言ったのは、シップが会社に大きな利益をもたらしてくれて、事務所を有名にしてくれる存在だからってことくらいわかってる。姉さんは、シップみたいなトップタレントを失うのが怖いんだ。でもそもそも、シップは芸能界の仕事に百パーセント力を注ぐわけじゃないっていう内容で契約してたんだ。なのにシップがおまえのドラマに出たいって言い出したから、姉さんはたぶんシップにこれからもっと仕事をさせるつもりだったんだと思う」

「うん」

僕はゆっくりとうなずいた。

「それは当然だろうな」

「でもおまえは姉さんの部下でもないんだから、それに従う必要はない」

「………」

「それよりおまえ、シップとなんかあったんだろ?」

僕がなにも答えず、手に持ったままのコップを見つめていると、奴が言った。

「おまえの様子を見ればわかる……ケンカしたのか?」

ケンカ?　僕はその言葉を反芻《はんすう》した。そうだ……。

「違う。ケンカはしてない」

「なんだ。ならおまえらは問題ないってことだな?」

タムはすぐに顔をしかめた。

僕は奴をちらっと見てから、またコップに視線を戻した。なんと答えればいいのかわからなかった。

僕らはケンカをしたわけではない。それよりも大きな問題に直面している。そしてそれに対する僕らの意見が食い違ったままなのだ。

テレビ局と事務所から行動を制限されたことに加えて、昨日のナップシップの態度が僕にダメージを与えた。

彼は怒りや不満を露《あらわ》にしていたわけではないし、むしろ自分が身勝手すぎたと言って僕の提案に従うことに同意してくれた。だが、彼の淡々とした冷静さが逆に僕の気持ちを暗くさせた。

僕は……、クソッ。

「俺が悪いんだ」

タムは眉を寄せながら僕の顔を見た。

「俺がシップの意見を聞かずに、おまえの姉さんの提案を受け入れたから。シップだってこの先のことを考えて言ってくれたのに……」

そこまで言って、僕は口をつぐんだ。

「なんだよ、全部言えよ。俺は姉さんとは違うから。さっきも言ったけど、今回のことについては姉さんのやり方が間違ってると思ってる」

ここまで話すあいだ、僕はタムの顔を見ることができずにいた。しかしタムからそう言われて、僕は大きくため息をつき、勢いよくソファに背をもたせかけた。

「シップは全部お見通しだったわけだ」

「え?」

「俺も知らなかったんだが、姉さんは今回の契約期間が終わったら、シップに契約を延長させるつもりで動いてたんだ」

タムは僕の顔を見た。奴は罪悪感が混ざったような目をしていた。

「テレビ局の方は、ドラマの放送が終わればもうそれ以上はなにもないんだ。だが内々に聞いた話だと、シップとウーイをまた別のプロジェクトで使おうとして連絡してきた会社があるらしい。どうやら有名な監督の映画なんだと。だから姉さんはなんとかしてシップにその仕事を受けさせようとしてるんだよ」

僕は思わず顔をしかめた。

「おまえの姉さんは……」

「ああ、わかってる。ほんとはシップがおまえと付き合っててもなにも悪くないんだ。契約書にはそんなこと一言も書いてないからな。ただ、ファンの評判と、さらに大きな仕事に結びつけるためにテレビ局のことを気にしてるんだ」

タムの言葉を聞いて、僕は小さく息を吐いた。

「おまえ、シップともう一度話をしろよ」

「俺は……」

「………」

「話したい。けど……」

「なんだよ？」

「シップが俺と話したいかどうかわからない。もしかしたら……」

僕はそれしか言えなかった。

「おまえの気持ちはわかる」

タムはうなずいた。

「だけど、シップがおまえと話したくないってことはまずないから。あいつはただ拗《す》ねてるだけだよ。あんな性格だけど、拗ねることだってあるんだよ。メロドラマ風に言うなら、惚《ほ》れた弱みってやつだ。シップは本気でおまえのことを愛してる。だからわざわざドラマの仕事を受けたり、おまえの隣の部屋を買ったりしたんだろ。これ以上本気の愛があるかよ」

僕はタムと目を合わせてから、またうつむいて手元のコップを見た。つるつるしたコップの表面を指先で撫《な》でる。コップをテーブルの上に置いて、手持ち無沙汰でおちつかなくなるのが嫌だった。

タムが言ったようなことを、僕も考えなかったわけではない……。

「楽観的に考えろよ。愛し合ってる恋人同士でも、すれ違いでケンカすることはある。普通のことだろ。ケンカしない方がおかしい。おまえは考えすぎなんだよ」

「うん。そうかも」

「おまえがそんな状態だと、俺だっておちつかない。おまえとシップにちゃんと話をしてほしいんだよ。でも、まだシップと話す準備ができてないんだったら、とりあえず俺と一緒に飯でも食いにいかないか？　俺がおごるから」

「………」

「ただ、俺はこれからさっき言ったイベントに行かなくちゃいけない。だから飯は会場の近くで食べる感じになるけど、それでもいいか？　おまえも一緒に行って、すこしだけ待っててもらえればいい。そんなに長くはかからないから」

僕はすこし間を置いてから答えた。

「テレビ局は、俺とシップに外で会ってほしくないんだろ」

「大丈夫。俺と一緒にいれば、だれに見られてもどうってことない。原作者兼俺の友達っていう立場で行くんだから、テレビ局だってなにも言えないさ。むしろそういうところを見せた方が、俺と親しいって噂が広まるだろ。どこに行くにも俺と一緒にいれば、シップとの写真のことだって信憑性《しんぴょうせい》が増すだろうし」

それを聞いて、僕は黙り込んだ。脳がふたたび動き始めた。

「…………」

「…………」

「わかった」

タムはなぜか驚いたように目を大きく見開いた。

「おまえも行くんだな？」

「ああ……。どう話せばいいのかはわからないけど、それでもシップに謝りたい。それからもう一度話をしたい」

タムは立ち上がって、僕の肩を叩いた。

「ああ、そうした方がいい。そしたらもうこんなゾンビみたいな状態でいなくて済むだろ」

「ああ」

「…………」

タムは僕の顔を見てため息をついた。おそらく、奴が僕を励ましてくれているにもかかわらず、僕がまだ元気な様子ではなかったせいだろう。

「じゃあ俺はまず軽く食べるものを買ってくる。イベントは六時からで、まだ時間があるから、おまえにもなにか買ってくるよ。そのあいだに、おまえはシャワーでも浴びて準備しといてくれ。いいな？」

僕はそう言ったタムの顔を見た。それからうなずいて、その提案に同意した。タムが歩いていこうとしたとき、僕は手を伸ばして奴の腕を軽く引っ張った。

「どうした……」

「ありがとう」

奴の表情はすぐに柔《やわ》らかくなった。

「気にするな。友達だろ。まあ、そのうち飯でもおごってくれよ」

タムは、数日間ずっと笑っていなかった僕を初めてすこし笑わせてくれた。

シャワーを浴びて服を着替えると、気分もさっぱりした。

髪の毛が完全に乾くまでブローしてから、リビングに戻ってきてソファに腰を下ろした。目の前にはいつものＭａｃＢｏｏｋがあった。昨日この部屋に戻ってきてそこに置いたまま、まだ一度も開いていなかった。

実際、原稿を書き終えたあとの休暇中、パソコンを開くことはほとんどなかった。スマホですらこの二、三日は見ていなかった……。

視聴者から批判されても仕方がない部分もあるとわかっている。僕は視聴者の気持ちも理解できるし、彼らが間違っているとは思わない。

たとえ彼らがどんなに僕やナップシップやテレビ局に不満をぶつけたとしても、それでも彼らはこのドラマが成立するためになくてはならない存在なのだ。

ここにきて、僕は父さんの言葉を思い出した。

父さんは、付き合うというのは愛だけじゃなく、ほかにもたくさん考えなければいけないことがあると言っていた。

与えられた役割や仕事をこなすだけではなく、ときには妥協したりなにかに従ったりしなければならないこともある。

僕らが住んでいる場所は、僕ら二人だけの場所ではなく、大きな社会なのだから。

嫌な気持ちかと訊かれれば、嫌な気持ちだった。小説を批評されているときと同じような気持ちだ。いろんなタイプの読者がいるように、いろんなタイプの人がいる。理解してくれる人もいれば、理解してくれない人もいる。そして理解の仕方も人それぞれだ。彼らには意見を言ったり批評したりする権利がある。

僕のインスタグラムにも、きっと文句を書き込んだ人がいるはずだ。でも僕はナップシップのことばかり考えていたので、そのことをあまり考えていなかった。

しかしネット記事の内容が訂正されたあと、どんな状況になっているかまだわからなかった。

視界の端にある時計をちらっと見た。タムはまだ戻ってきていなかった。イベントの開始時間まであと二時間ある。

……もしかしたら、僕は自分の悪評を探すことをやめられない人間なのかもしれない。結局僕はＭａｃＢｏｏｋを開くことにした。ツイッターにログインして、ドラマのハッシュタグを検索した。

向きを変える神鳥 @IamkanP_amp

新しいニュースが出てましたね　結論としてはナップシップは独り身みたいです　それでウーイと

一緒に出る仕事が増えてる　これ友達が撮った動画だけど　お互いの反応がかわいい　#シップウーイ　#バッドエンジニア　#BadEngineerTheseries

（動画）（画像）

僕は無表情のまま、そのツイートにある二分ほどの短い動画を見た。なにも口には出さなかったが、無意識のうちに心の中に一つの感情が湧き上がった。僕にはそれがどんな感情なのか、わかっていた。

動画と画像の中で、ウーイくんがかわいらしくほほえんでいた。ファンにからかわれた瞬間、彼は楽しげに笑った。隣に立っているナップシップもクールにほほえんでいた。それはいつも彼がファンの前で見せる顔だった。

いいな……。

僕は決してウーイくんに嫉妬《しっと》しているわけではない。直接話をしたあの日から、ウーイくんとは頻繁にラインでやりとりをしていた。昨日も彼からラインが来て、今回のことについて訊かれたが、僕はまだそれに返事をしていなかった。

以前なら二人のことを怪しんでいたかもしれない。けれどいまは、二人はただの友達なのだとわかっている。

それでも、二人が公の場で一緒にいることができ、それをだれかに監視されたり非難されたりしないことがうらやましかった。

自分たちを想像上のカップルにしてもらったり、自分たちのファンになってもらったりしたいと思っているわけではない。ただ、だれの目も気にすることなく、どんな場所でも好きな人と一緒にいたいだけだった。

FrostBebe<3@epaBentoDIE
やっぱり #シップウーイ だよー　記事読んだけど　ナップシップはリペ島に仕事の撮影で行ってて　ジーンさん（原作者）はナップシップのマネージャーのタムさんの友達として一緒に行っただけみたい　ナップシップのインスタにも出てくるくらい親しいし　だれかに撮られたあの写真も　ほんとはタムさんがいたけど切り取られたんだってー　タムさんつながりだったんだね
#バッドエンジニア　#BadEngineerTheseries
（リンク）

Fcマイラヤープ@Tontal659
ねえー　なんで #シップジーン のシッパーをこんなふうに沈めるのー
#BadEngineerTheseries　#ジーンさんは運転手じゃない

最愛の人@SIPESER3
もうこれ以上騒いだりつぶやいたりしない　私たちが乗ってる舟《シップ》は幽霊船かステルス船みたいなものので　ニュースを見るたびに嵐に遭《あ》って舟が壊れて丸太だけにされるみたいな気分　でもこっちのカップリングを批判する人たちに言っておくけど　写真とかストーリーをちゃんと見れば　#シップジーン がリアルな関係だってわかります　だれが見てもわかるはずです

#BadEngineerTheseries　#ジーンさんは運転手じゃない

Ichiichi@ichi-nii77
今回のことはジーンさんはなにも悪くないです　彼はなにもしてないんだから　ナップシップも悪くない　問題はカップリングを押しつけてる私たちの方にあると思う　もうドラマ観ないとか文句言ったり非難したりしてる人たちいたけど　恥ずかしいよ　彼らに謝るべきだよね
#BadEngineerTheseries　#ジーンさんは運転手じゃない　#バッドエンジニア

戦車潜水艦 @zeofkEE
ドラマのカップリングとか想像上のカップルとかって　ただの流行りにすぎないってことをみんなちゃんと意識すべきだと思う　目に見えることがほんとうのこととはかぎらないし　ほんとうのことなんて見えないかもしれないし　それはわからない　思ってたのと違うときにがっかりするのは私もそうだけど　でも作品とか彼の演技は相変わらず楽しんでる　だからもう決めました　シップがだれかを好きなら私もその人のことが好きです　以上！笑
#BadEngineerTheseries　#ナップシップ

ネット記事が出た最初の日よりも、いろんな意見がそこにはあった……。

ざっと見たところ、記事による炎上は初日よりもだいぶ収まっているようだった。

僕はしばらく座ったままツイッターをながめていた。僕がシップと親しくしていることに不満を持っているツイートもまだいくつかあったが、リツイートの数はそれほど多くなかった。彼らは僕がナップシップと特別な関係ではないという記事の訂正を見て、だいぶおちついたようだった。

マウスを動かしてツイッターを閉じる。ＭａｃＢｏｏｋをたたみ、代わりにスマホを取り出してインスタグラムを開いた。リペ島から帰ってきて以来、まったく更新していなかった。

コメントが来ているのがわかった。僕が最後にアップした写真に、たくさんのコメントが追加されていた。僕はその一部を読むことにした。多くの〈いいね〉がついていて上位に上がっているコメントがあった。

GubGib88　ジーン先生　私はグップギップといいます　ジーン先生がキンとナムチャーの話をウェブサイトに載せてたときからずっと先生の作品を読んでます　正直私はナップシップのファンではなくジーン先生のファンです　あの記事が出てからドラマを観るのをやめると言っている人がいるのを見て　ほんとに嫌な気持ちになりました　またほかのことも問題になるんじゃないかと心配でしたでもジーン先生はもっとたくさんストレスを感じていたと思います　私は応援してます　小説を読んだときからこの作品が好きなのでこれからもドラマを観ます

__tdkdtlg　ジーン先生がんばってください　だれがなんと言おうと気にしないでください　ドラマも楽しく観てます

JyudoShippy　#シップジーン　のあいだにはなにもないっていう記事が出ても　それでも私は二人が好きですよ　ふふふ

僕のフォロワーの多くは、僕のことを励ましてくれる人たちだった。それらを読んで、僕は心が癒やされていくのを感じた……。

「ジーン、飯買ってきた」

「………」

僕はインスタグラムを閉じて、スマホを元の位置に置いた。

一時間近く買い物に出ていたタムが、渡したカードキーでドアのロックを解除して部屋に入ってきた。外は暑かったのだろう。奴はすこし顔をしかめていた。空《あ》いている方の手でVネックのTシャツの胸元をつまんで風を通すように前後に振った。それを見て僕はすぐに申し訳ない気持ちになった。

「悪かった」

「気にするな。遅くなっちまったのは、肉骨茶《バクテー》が食べたくて、あっちこっち店を探してたんだ。ほら、一緒に食おうぜ。揚げパン《パートンコー》もある」

「ありがとう。次は俺がおごるから」

「いいよ、気にすんなって」

僕はキッチンの棚からどんぶりを取り出し、タムと一緒にビニール袋の輪ゴムを外して、スープをどんぶりに移した。

食べているあいだもずっとタムが話しかけてくれた。くだらない話ばかりだったが、奴は僕の気持ちを落ち込ませないよう気を遣ってくれていた。

だれかと話をするだけで、僕の気分はさっきよりもよくなった。

イベントの時間が近づき、タムが僕を連れて会場まで車を運転してくれた。僕はあまり考えすぎないようにして気持ちを立て直したつもりだったが、また不安になり始めた。地面を踏む足は、歩数を重ねるごとに一歩一歩重くなっていった。

それでも僕は歩き続けた。

ナップシップが僕に自分の部屋に戻るように言った日のことを思い出すと、やっぱり気持ちが落ち込む。

まずは相談せずにターム姉さんの提案を受け入れたことをナップシップに謝ろうと思った。もっとほかにいい解決策があったはずなんだ……。

気づかぬうちに僕の足はとまっていた。

「ジーン」

「…………」

「ジーン！」

パチン！

「いたっ！」

僕は額に手を当てた。

「なんで通路のこんなとこでぼけっと立ってんだよ。客が大勢いるだろ」

タムが僕をにらんでいた。僕の額をはたいた手はまだ目の前にある。

そのとき初めて、僕は自分がタレントのために用意されたレッドカーペットの前に立っていることに気づいた。両側にはカメラマンとファンたちがいた。

まわりを見回すと、このイベントがそれほど大きなものではないことがわかった。スナック菓子のメーカーがスポンサーになっているようだ。

ショッピングモールの一角でやる規模のイベントで、開催情報を知っているファンが集まってきていた。

「ぼけっとすんなって言ったそばから、またぼけっとしてただろ」

「ああ、悪い。それでおまえはどこに……」

「あっちのステージ裏だ。シップもたぶんいると思う」

「………」

「どうした？　気が変わったか？」

「そうじゃない」

タムはため息をついて、首を横に振った。奴は僕の隣に立つと、僕の肩に腕をまわして一緒に歩くように促した。その瞬間、奴は顔を近づけてささやいた。

「笑えよ、バカ。来たくなかったんだなって思われるだろ」

「ああ……」

タムにそう言われて、僕は無理矢理笑顔をつくった。しかし、目はまったく笑えていなかっただろう。

まわりの人が僕のほんとうの気持ちに気づくのではないかと思うと怖くなり、すこしうつむきながら歩いた。

小説のファンの子たちが僕のことを呼ぶのが聞こえた。僕はそっちを向いて、手を振り、ほほえんだ。好意的な声をかけてくれる人を見て、すこしホッとした。

僕とタムはステージ裏まで歩いていった。ショッピングモール内に設置されるステージというのはオープンな場所なので、イベントによってはステージ裏がない場合もある。

だが今回は出演者が多かったこともあり、記者が寄ってきたり許可なしに舞台裏を撮られたりしないようにするため、主催者側が黒い布を使ってその場所を区切っていた。

中に入ると、スタッフが出演者を一列に並べているところだった。その邪魔をしないようにしながら、タムは僕に一緒に待つように言った。イベントが全部終わったらナップシップに会えるから、それまで待てということだった。

「そうだ、そのあいだに俺たちで写真を撮ろう。それを俺のインスタにアップするから」

僕は静かに座ったままタムの方を見た。

「なんで撮るんだよ」

「俺たちが一緒にいる証拠になるだろ。フィードだけじゃなくてストーリーにも投稿するから。ほらこっち来い」

「…………」

写真を撮るような気分ではなかったので、僕の表情は冴えなかった。

タムは写真に写った僕の表情にぶつぶつ文句を言っていたが、ちょっとキャプションを書くからと言って、顔を上げずにスマホの画面に集中していた。

僕はじっと座っていた。司会の声が外のスピーカーから聞こえてきた。ファンの歓声と、アップテンポの洋楽がそれに加わった。楽しそうな雰囲気だった。しかし気持ちが沈んでいるいまの僕には、それを聞いているだけでもきつかった。

しばらくして、隣に座っていたタムに電話がかかってきたらしく、奴は通話ボタンを押してから僕に手で合図した。

「ああ、俺はここにいるから」

ここだとうるさすぎるため、タムは慌てて立ち上がり、黒い布をくぐって外へ出ていった。

僕は座ったまま、ナップシップがステージ裏に戻ってきたら、どんなふうに話しかけるのがいいかを考えていた。

まだ不安な気持ちはある。ナップシップの反応を見るのが怖かった。一方で、ここまで来たのだからとにかく彼と話すべきだと思う気持ちもあった。

「ジーン兄さん」

突然明るい声が聞こえたかと思うと、急にうしろから抱きしめられて、僕はびっくりした。

「お久しぶりです。だれと一緒に来たんですか?」

「ウーイくん……」

ウーイくんは僕の首を抱きしめるようにして顔を近づけ、自分の頬を僕の頬に軽くこすりつけた。僕は一瞬混乱した。

だがウーイくんがステージ裏に戻ってきたということは、ナップシップもそろそろ戻ってくるかもしれない。

僕は急いで体を離した。立ち上がって、すぐに彼の姿を探した。

「だれを探してるんですか？　シップですか」

「うん」

僕は否定しなかった。

「シップならまだ外でインタビューを受けてます」

ウーイくんは肩をわずかにすくめた。

「もうすこししたら戻ってきますよ。ジーン兄さんはだれと来たんですか？」

「タムだよ。いまは電話しにいってる」

「ああ」

彼はうなずいたが、そのあと不満げな表情になった。僕のそばまで来て、僕の腕に抱きついた。

ウーイくんは僕より小柄なため、この距離だと彼が僕の肩に頭を乗せて頬をくっつけることも簡単だった。

「長いあいだ会ってませんでしたね。寂《さび》しいだけじゃなくて、心配してましたよ。それにあの記事が出てから、ラインに全然返信してくれないし」

ウーイくんとラインで頻繁にやりとりするようになってから前よりも親しくなり、互いのことを知るようになっていた。ウーイくんは気さくで、甘えん坊だった。僕はまるで弟ができたような気持ちになっていた。

「ジーン兄さんは大丈夫ですか？」

僕は一瞬固まった。

「大丈夫ってなにが？」

「ナップシップとケンカしたんでしょ。顔を見ればわかります」

彼は僕が奇妙に思うのをわかっているかのように、最後の言葉をつけ足した。

「そうじゃない」

「でも問題はあるんですよね？」

「…………」

ウーイくんは首を横に振って、ため息をついた。

「もう、だから言ったじゃないですか。あっちはやめて僕と付き合った方がいいですよって」

「…………」

「冗談ですよ。そんな顔しないで。そんな顔されたら困っちゃう」

僕は苦笑した。彼は不満げな顔を見せた。

「僕はシップにも訊いたんですよ。でもあいつは嫉妬深いから、いつものようにジーン兄さんのことはなにも教えてくれなかった。昨日から怖いくらい冷たいオーラを放ってて、大学でもだれもあいつに話しかけられないいんです」

ウーイくんはそう言った。それを聞いた僕は、ますます不安になった。

ナップシップが不満に思っていることはわかっていたが、彼がそんなにイライラしているとは思っていなかった。

シップは……ほんとうに僕に怒ってるんだ。

「事務所がシップを離さないようにしようとしてるのは、僕も知ってます。僕にはそんな問題がなくて心底ホッとしてます」

「ウーイくんも事務所の意向を知ってたの？」

「シップが僕に話したからですよ。最近、僕らをセットで使おうとする仕事の依頼がかなり増えてるんです。映画のプロジェクトの話までありますよ」

ウーイくんの話は、タムから聞いた話と一致していた。

「でもシップは断ってます。僕とシップのあいだではもう結論が出てます。僕も、カップリングを利用してファンを増やそうとするような仕事は全部断るって事務所に伝えました」

僕は目を丸くした。

「なんで？」

以前、ウーイくんはお金が必要だと言っていた。それなのに高い報酬をもらえる仕事を断ったりしたら、チャンスを無駄にしてしまうことになる。

もしかして、ウーイくんはナップシップを助けるために一緒になって仕事を断ったのかもしれない。そうすれば事務所は、シップに仕事を受けるように強制したり、契約更新にサインさせたりすることはできなくなるだろうから。

そう考えれば考えるほど、僕の顔は曇っていった。

「ああ、別にジーン兄さんのせいじゃありませんよ。実際、僕もシップとカップリング売りされるのには困ってたんです。最近、テレビ局がもっとたくさん一緒にいるところを見せてほしいって言ってきてたし。それでシップは、事務所になにか別の提案をしにいったみたいです」

「別の提案？」

「はい。でも僕も詳しいことはわかりません。あいつはいろいろ説明してくれるタイプじゃないんで」

「……」

僕はまだ混乱していた。彼の話を聞いて、自分に想像できる範囲で考えてみた。

ナップシップはあの日のあと、もう一度ターム姉さんと話をしたのかもしれない。

「シップが戻ってきたら、ジーン兄さんから訊いてみて……」

「ウーイくん」

ウーイくんの話が終わらないうちに、スタッフカードを首から下げたスタッフが彼を呼んだ。

スタッフは慌てた様子で駆け込んできて、次の出番について知らせた。ウーイくんは眉を寄せて嫌そうな顔をしつつも、うなずいていた。

彼は振り返って、仕方ないのでここで失礼します、またラインしますから返事してくださいねと僕に言って向こうへ歩いていった。

イベントのタイムスケジュールがわからないので、ナップシップがいつ戻ってくるかもわからない。

だが、ウーイくんから話を聞いたことで、ナップシップと顔を合わせることへの不安は消えていった。

ナップシップはターム姉さんに別の提案をしにいった……。

それがどうなったのか、大丈夫だったのか、問題はなかったのか。いまナップシップに一番訊きたいことはそのことだった。

これから別の解決策を彼と一緒に考えるつもりだったが、彼が先に行動してくれたのだ。

僕はいままでのようにじっと座っていることはできなくなった。ぐるぐるその場を歩き回りながら、ナップシップが戻ってくるのを待った。ステージの正面へと続く通路の方を定期的にうかがう。

十分……十五分……二十分。

ついに僕は我慢できなくなり、ステージの方へ歩いていってみることにした。外でなにが起こっているのか、すこしのぞいてみようと思い、黒い布に手を伸ばした。が、僕の手が触れる前に、先に布が開いた。

「すみませ……！」

僕はびっくりした。

こっちに入ってこようとしていた人も、同じようにびっくりしていた。しかしそれがだれだかわかると、僕はすぐに相手の名前を呼んだ。

「シップ」

彼も僕に気づいた。二日間見ていなかった彼が、僕を見て表情を変えた。

ナップシップはカジュアルなスーツに身を包んでいた。髪もセットされていて、額がわずかに見える。それが彼の顔をさらにシャープに見せていた。

彼の目は僕をまっすぐ見つめていた。だが、彼が放つオーラは冷たいものだった。

きっといつものようにほほえんでくれると思っていたが、彼は逆に眉間《みけん》に皺《しわ》を寄せた。

「ジーン」

彼の反応が予想外で、僕はなにも言えなくなってしまった。

「えっと……」

「どうして来たんですか」

僕は言葉に詰まった。

「僕……」

ナップシップがもう一歩近づいてきた。だけど僕が行く手を阻《はば》んでいるせいか、彼は僕を避けるように動いた。彼は黒い布を引っ張って、しっかりと閉めた。

彼の態度は、僕に自分の部屋に戻るように言った日よりもさらに冷たかった。

僕はまるで頭を大きなハンマーで思いきり殴られたようなめまいを感じ、すべてがぼやけて見えた。

しばらくなにもできなかったが、このままだとこの前と同じになってしまうと思い、僕は言葉を絞り出した。

「僕は……きみと話をしにきたんだ」

「話？」

「………」

「ここには記者がたくさんいます。スタッフもいます。ジーンも見ましたよね」

ナップシップはあたりを見回してから、淡々とした声でふたたび言葉を発した。

「ジーンは社長の提案を受け入れるって言いましたよね。このイベントには事務所の人も来てますから、いまは帰った方がいいと思います」

「………」

彼の表情を見て、僕は手足の先がしびれるのを感じた。

僕が見たくなかったのは、まさにこれだ。

シップは僕に怒ってる？

彼は僕がここに来たことに苛立《いらだ》っているように見えた。しかし彼にそう言われた以上、僕は拒否するわけにはいかなかった。

僕は唇をぎゅっと結んで、ほんのすこしあとずさりした。本心が顔に出ないように、必死に取り繕う。僕は小さくうなずいて、なるべく声が震《ふる》えないようにしながら言った。

「わかった」

「話がしたいなら、部屋でしましょう」

「……ああ、わかった」

僕はうつむいた。なにも聞こえなくなるくらい耳鳴りがしていた。急いで身を翻《ひるがえ》して、その場をあとにした。

心の中で、うしろから僕を呼びとめる声がするのを期待していた。けれど十歩以上歩いても、なにも聞こえなかった。

僕は歩みを速めた。

タムに電話するのも忘れた。不安定な気持ちのまま、どうやってタクシーを呼んで部屋に帰ったのかもわからなかった。

カウント30

僕は手を伸ばしてジーンの細い腕をつかもうとした。だが、結局手を動かすことはせず、すこしずつ遠ざかっていく彼の姿を見ていた。

視線を戻して、自分のまわりを見ると、近くにいるスタッフが興味を持ったようにこちらを見ていた。

のぞき見するようなその態度に、僕はさっきよりも無表情になった。目が合うと、彼らはそれぞれ視線をそらした。

僕は歩き出し、椅子のあるところで立ち止まった。すぐにスマホを取り出してある人に電話をかけた。

社長の提案を受け入れた彼が、わざわざここに来るとは思わなかった。

ジーンがここに来たことが間違っていると言いたいわけではない。なぜなら僕の方がずっと自分勝手だからだ。

ジーン以外のだれかがどれだけ困ろうとも、僕にとってはどうでもいい。

なによりも大事なのは、ジーンがトラブルに巻き込まれないようにすることだ。

視聴者を離れさせてしまったことについて、責任を取る姿勢をテレビ局に示すために、僕らが離ればなれにならなければいけないことは理解できる。

しかし社長が唯々《いい》諾々《だくだく》とテレビ局の言うことを聞くためにその提案を受け入れようとしていたことに、僕は腹が立っていた。

テレビ局がそういうことを求めてくるのは当然だ。だがジーンにも説明したように、事務所はそのことだけを考えているわけではない。一度それに同意すれば、次もまた別の理由をつけて圧力をかけてくることは目に見えていた。

ここで解決しておかなければ、また同じようなことが起こるだろう。

「シップ、なんで俺に電話したんだ？」

立ったままスマホの画面を見つめ、折り返しの電話がかかってくるのを待っていると、ちょうどその相手であるタムさんが急いで駆け寄ってきた。

「もう全部終わったのか？　それより……」

彼は左右を見回した。

「ジーンはどこ行った？　おまえもう会ったか？」

「タムさんがジーンをここに連れてきたんですか？」

「え……ああ」

「どうして連れてきたんですか。僕はただ、様子を見てきてほしいってお願いしただけですよね？」

僕は思わず眉をひそめた。追い返してしまったものの、ジーンのことが心配になった。いますぐ電話すべきかとスマホを見ながら考えていると、タムさんが手を上げて言った。

「俺から電話した方がいい。ジーンは俺と来たんだし。おまえは先に着替えてこいよ」

タムさんはそう言って向こうへ歩いていった。焦《あせ》りと不満を感じながらも、僕はいつもどおりの表情になるよう自分をコントロールした。着ていた衣装を脱ぎ、私服に着替えた。

スタッフがメイクを落としにきてくれたが、僕はその申し出を断った。

「ジーンはもう部屋に着いたらしい」

タムさんが走って近づいてきた。その言葉を聞いて、不安になっていた僕の心はおちついた。

「どうやって帰ったんですか？」

「タクシーで」

僕はいま聞いたことについて考えをめぐらせた。タムさんの顔から視線を外し、スマホをズボンのポケットに入れた。それから隣のテーブルに置いていた車の鍵と財布を手に取った。

「帰るのか？　ジーンに会いにいくのか？　おまえらさっきここで話したんじゃないのかよ」

「ここが話をするのにふさわしい場所だと思いますか？」

僕がそう言うと、タムさんは口ごもった。

「お……俺はただ、おまえらが揉《も》めてるから、直接話した方がいいんじゃないかと思ったんだよ。とにかくあいつを連れてきたのは俺だ。俺とジーンが友達だってことは知られてるんだから、記事になることもないって」

「でも社長が知ったらどうなると思いますか？」

「…………」

タムさんはようやくそのことに思い至ったようだった。顔を上げて僕と目を合わせると、彼の表情は険しいものになった。

「そうだな。おまえが新しい契約の話をしにいったこと、いま思い出した。悪かった」

「…………」

「それで、おまえはまだジーンに怒ってんのか？」

「違います」

ほんとうは、ジーンが言ったことに怒っていたし、傷ついていた。僕が二人のあいだのことを気にしているのに対して、ジーンは他人のことを気にしているように思えた。けれど何度も考えるうちに、僕にも理解できた。

ジーンはそれぞれの立場の人たちを困らせたくなくて、僕らが距離を取ることが最善の方法だと考えたのだろう。

それだけでなく、ジーンは自分が僕の仕事の邪魔になることを心配していた。

しかし、僕はそこまで仕事を重視していないということをジーンにわかってほしかった。

むしろジーンが行動を制限されて嫌な気持ちになっているのを見ることの方が、僕には耐えられなかった。

社長がドラマの放送中だけでなく、この先も僕らに距離を取っていてほしいと思っていることを、ジーンもわかっているだろうと思っていた。その上で彼は社長の提案を受け入れたのだろうと。

だから、その提案に同意するとどういうことになるのか、彼に身をもって知ってもらうしかないと思った。

もちろん、こんなふうにすることについて僕がなにも感じていないわけではない……。

「それで新しい契約の件は？　これから……」

「ジーンに話しにいきます」

「そうか……」

タムさんの顔の緊張がわずかにほぐれた。

「それならよかった」

「大事な出番は全部終わりました。あとのことはよろしくお願いします」

いつものタムさんならすこしくらい文句を言うはずだが、今日は何度もうなずくだけだった。

「ああ、行けよ。さっさと行って、ジーンとちゃんと話してこい。おまえらがこんなふうになったままだと、俺も申し訳ない気持ちになるから」

僕はなにも言わず、ただうなずいて感謝を伝えた。駐車場に戻る人があまりいない道を選んで歩き、車に乗り込んだ。アクセルを踏んで僕はコンドミニアムにまっすぐ向かった。

思ったよりもずっと早く、見慣れた建物が視界に入ってきた。自分がかなり速いスピードで運転していたことに気づいた。

昨日、僕は新しい契約の話を事務所にしにいった。だが事務所の結論を聞いたのは今朝のことだったので、僕はあとでジーンと話をしようと思っていた。

僕は距離を取るためにジーンに自分の部屋に戻るように言ったが、一日考えた結果、離れて過ごすのはもう十分だと思った。

こんなふうに離れるのは僕にとってもジーンにとっても耐えられないことだと、彼もきっと理解してくれたはずだ。

僕は廊下を一歩一歩進んでいった。しかし角を曲がったところで、さっきと同じ服を着た見慣れた人物が僕の部屋のドアの隣に寄りかかるように立っているのが見えた。

「…………」

その瞬間、僕の足がとまった。

その人は、自分のつま先を見つめるようにうつむいていた。彼はゆっくり静かに息を吸ったり吐いたりしている。

一人でなにか考えごとをしているようで、僕の足音も聞こえていないようだった。彼のまわりに漂う寂《さび》しげなオーラが、僕の心をおちつかなくさせる。

僕はひと息ついてから、彼に近づいていって彼の目の前で立ち止まった。

「なんでここに立って……」

「…………」

「…………」

僕は目を大きく見開いた。ジーンが顔を上げた瞬間、すべてのものが静止したようだった。言いかけた言葉が違う言葉に変わった。

「泣いてたんですか?」

「あ……」

彼は僕が目の前に立って初めて気づいたようで、顔を上げて僕を見た。彼はくりっとした目を大きく開いた。僕は彼の目が泣き腫《は》らして赤くなっていることに気づいた。

目が合うと、彼は我慢できなくなったように言った。

「もう帰ってきたんだ。僕……話したいことがあるんだ。部屋でって言ったけど、ここでも大丈夫?」

胸の中のなにかが締めつけられるような気持ちがした。

僕はその質問に答えなかった。自分がどんな顔をしているかわからなかったが、胸が苦しくなって、思わず拳を固く握りしめた。

「なんで泣いてるの」

「………」

彼はそれまでは涙を見せていなかったが、僕がそう質問すると、ほんとうに涙を流し始めてしまった。

彼はゆっくり頭を振って、手で涙をさっと拭《ぬぐ》った。

泣いているジーンを見たくなかった。とうとう彼の体を引き寄せて、きつく抱きしめた。

「ジーン、泣かないで」

「………」

体が密着していることで、なにもしゃべらなくても、彼が気持ちを抑えようとして体を小刻みに震《ふる》わせているのがわかった。

僕も人に見せられないような顔をしているだろうと気づいた。発した声も震えていた。

「泣かないで……ください」

まさか部屋の前で泣いているジーンに出くわすとは思っていなかった。彼の赤い頬と顔全体を濡らす涙を見て、さらに怒りがこみ上げてきた。

その怒りはジーンに向けたものではない。自分自身に向けてだ。

「きみ……僕と別れようと思ってる？　別れるしかないってきみが言ったのは……」

僕は眉を寄せて、すぐに言葉を発した。

「まさか。なんで別れるんですか。僕がジーンと別れることなんてありえない」

「僕に自分の部屋に戻るように言ったし……」

彼は消え入りそうな声で言った。その声はわずかに震えていたが、自分がどんなに悲しい気持ちでいるかを僕に悟られないようにするために声を抑えているような感じだった。

「きみは……僕の顔を見たくないみたいだったし。僕がターム姉さんの提案を受け入れたことを怒ってるんだろ？　僕と話したあと、きみはやっぱり僕と別れた方がいいと思ったんじゃないの……」

僕はジーンの体をさらに強く抱きしめた。彼の後頭部を手で支えるようにして、涙で濡れた彼の頬を自分の頬にぴったりとくっつけた。そしてまぶたを閉じた。

「ありえません。僕がジーンと別れることは、絶対にありえません」

「………」

「この先なにがあっても、別れることはありません」

「………」

「こんなにジーンのことを愛してるのに、別れられるわけないじゃないですか」

彼がだんだんおちついてくるのがわかると、僕は腕の力を緩めた。両手で彼の柔《やわ》らかい頬を挟んで上を向かせ、目を合わせた。

「だから、もう泣かないでください」

彼の鼻と目は赤くなっていた。僕の手がその小さな涙を拭った。

それはいま僕が最も見たくないものだった。

「ごめん」

ジーンはその言葉を繰り返した。

「いいえ。僕の方こそ……あんな態度を取ってごめんなさい。僕が悪かったです」

「………」

僕は首を横に振った。そのあいだも、僕はジーンの大きな目から視線を離さなかった。おそらく自分もひどい顔をしているだろう。普段なら僕はそんな顔を好きな人に見せたくはないのだが、いまはまったく気にならなかった。

ジーンは僕の顔をじっと見ていた。その数秒後、彼は突然僕に抱きついてきた。僕の鎖骨のところに顔を埋めて、細い腕で僕の腰を抱きしめてきた。

ジーンの腕の強さに比例するように、僕はさっきよりもさらに強く胸が締めつけられた。


僕は小柄なジーンを連れて部屋の中に入った。お湯を出して彼の顔と目を洗ってあげた。そのあいだも、ジーンは僕にくっついていた。さっきまでの不安がまだ消えていないのかもしれない。

彼の不安を代わりに全部自分が引き受けられたらいいのに。

赤くなっている彼のまぶたの片方を、親指でそっと撫《な》でた。

ジーンの様子を見て、僕はため息をつかずにはいられなかった。

「もう泣いたりしないでくださいね」

「きみが怒ってるって思ったら、勝手に涙が出てきたんだよ」

ジーンはぼやくように言った。

ジーンが感動する話で泣いたりするタイプだということは知っていた。別に男だからといって泣いてはいけないわけでもない。実際に、ドラマを観ている彼が悲しいシーンや感動的なシーンで泣いたり、小説の原稿を直しているときに悲しいシーンで泣いたりしているのを見たことがあった。

だが、僕のことが理由で泣いているのは別だ。

二度と僕のせいで泣かせることはしたくない。

「きみは、僕と話したくないわけじゃないんだよね？」

「そんなことは絶対にありません」

「うん」

僕は彼に視線を向けた。彼の柔らかい髪の毛をそっと梳《と》かす。ジーンは僕を見て、念を押すようにもう一度質問してきた。

「きみが僕を部屋から追い出したのは、僕がターム姉さんの提案を受け入れたのが気に入らなかったからじゃないの……」

「そうじゃありません。僕はジーンが寝たふりをしてるのを見て、僕と一緒にいるのが嫌なんだと思って、怖くなったんです」

「でも、きみは僕に怒ってたよね？」

「最初は……たしかに腹が立ちました」

そう言いながら相手の顔を見た。彼をまた嫌な気持ちにさせたくなかったので、僕はすぐに言葉を続けた。

「僕は、ジーンが自分のことをないがしろにしてまで他人のことを考えて、つらい気持ちになっている姿を見たくありませんでした。だから一度離れれば、次はもう自分を犠牲にしたりしなくなるんじゃないかって思ったんです」

「ごめん。僕はきみの仕事に迷惑をかけたくなくて、ターム姉さんの提案を受け入れた……。きみが僕のせいで契約を解除して、違約金を払ったりするようなことになってほしくなかったんだ。僕はただ……」

「わかってます」

一生懸命気持ちを伝えようとして、それでもどう説明すればいいのかわからず困っているような彼を見て、僕は慰めるように相づちを打った。

「ちゃんとわかってます。僕が間違ってました」

「…………」

彼がまっすぐ僕を見て、それから首を振った。

「きみは間違ってない。最初から……」

「もういいんです。ジーンは間違ってません。ただ、もうこんなふうに自分がつらくなるほどお人好しにはならないでください」

「…………」

「ジーンはどう思ってますか？　僕の気持ちはいま言ったとおりです」

彼は手を伸ばして僕の手を握った。それからすこしずつ近づいてきた。彼はそれまでとは違う真剣な声で言った。

「まわりのことはもういい」

「…………」

「僕はただ、きみと別れたくない」

「…………」

そんなジーンの姿を見て、握った手にもう一方の手を重ねた。

「僕は自分にできる範囲で責任を取るよ。ターム姉さんがどう思おうが関係ない。ただ、ドラマの放送が終わるまでは、テレビ局に対しての責任を取るよ。きみのファンが僕のことを嫌いでも別に構わない。でも僕は、きみともうこんなふうにすれ違いたくない」

「はい……僕もです」

ファンは不満に思うかもしれないし、僕が契約を解除すれば、多くの人を残念な気持ちにさせてしまうかもしれない。しかし、そうしなければ僕は自分が最も愛する人を嫌な気持ちにさせてしまうかもしれないのだ。

どちらかを選ばなければならないのなら、僕は絶対にジーンを選ぶ。

「僕らのことについて、ジーンは自分の気持ちを優先してくれていいんです。心配はいりません。僕は最初から契約を更新するつもりはありませんでしたから」

僕は彼の小さい手を握った。

「契約の修正についての話もしてきました」

「うん、ウーイくんからもそのことを聞いた。大丈夫だったんだよね？　ターム姉さんはきみになにか文句を言ったりした？　僕も一緒に行って力になりたかったよ。今度は自分の主張をはっきりターム姉さんに伝えるから。そうすればきみは……」

「大丈夫です」

彼が矢継ぎ早にしゃべるのを見て、僕は彼の背中をそっと撫でた。

「もう僕が話してきましたから」

二度目に事務所に話をしにいったときは、ジーンを心配させたくなかったので、僕は彼に言わずに自分一人で行くことにした。契約の問題が片付いたいま、ジーンを事務所に関わらせたくないと思う気持ちが強くなっていた。

「僕は、契約期間を残り十カ月から四カ月に短縮することと引き換えに、ウーイともほかのだれともカップリングにはならないけれど社長が希望する仕事を二つ引き受けることにしました」

それを聞いたジーンは、混乱した顔になった。赤くなった目と柔らかい頬を見ると、可哀想《かわいそう》だという思いと愛《いと》おしさが湧き上がってきた。

「ターム姉さんはそれで納得したの？　契約期間が六カ月短くなるってことは、その分収入が減るってことだろ」

「もともと僕の契約は、モデルとファッションショーの仕事だけの契約だったんです。そういう仕事でもらえるお金は、そもそも映画やドラマみたいな大きな仕事でもらえる額よりすくないんです。今回のドラマのおかげで、事務所としては予想より多くの利益を得たはずです。だから、二つの大きなショーに出るのと引き換えに、契約はあと四カ月だけにしてもらいました。計算だと、それで元の契約期間で得られるのと同じくらいの収入になりますから」

「じゃああと四カ月のあいだ、僕らは……」

「大丈夫です」

僕はほほえんだ。また不安になりつつある彼を安心させるために、笑顔でそう言った。

「ちゃんと話してきました。まだほかの人に言ったり、大っぴらにしたりすることはできませんが、それはこれまでとそんなに変わらないはずです」

「………」

「ドラマが終わるまで、あと一カ月ちょっとです。僕と一緒に我慢してもらえますか？」

彼はうなずいた。それまで彼の顔にあらわれていた不安が消え始めた。僕自身も、ジーンが泣いている姿がまだ頭の中に残ってはいたが、すこし心が軽くなった。

僕は目の前の彼を改めてじっくり観察した。ジーンを構成するすべてのパーツを頭に焼きつけた。それから彼の体を抱き寄せて、こめかみのところに鼻と口を押し当てた。僕は深く息を吸って、吐いた。

「ごめんなさい」

「………」

「ジーンを泣かせて」

彼は一瞬固まったが、すぐに腕をまわして抱きしめ返してくれ、僕のことを慰めるかのように、手でそっと背中をさすってくれた。

「きみが謝る必要はないよ。僕の方こそ……ターム姉さんにどう返事をするか、きみとちゃんと相談もしないで、とっさにああいう提案を呑《の》んじゃったから。これからはなにかあったら、ちゃんと話そう。どうすべきか、一緒に考えよう。僕はもう二度ときみを困らせたくない」

僕はほんのすこし体を離して、見慣れた彼の顔を見た。

「…………」

「…………」

いままでよりももっと彼のことを愛して大切にしようと僕は強く心に決めた。


僕は隣にいる人物から熱っぽさを感じて、目を覚ました。

「ジーン？」

彼の腰を抱きしめていた腕を動かした。手のひらを彼の柔らかい頰に当てる。肌に伝わってくる熱さに、僕は眉をひそめた。急いで体を起こして、ベッドサイドにあるランプのスイッチを入れた。

「うー……」

僕が体を動かすと、彼がうめくような声を出した。

具合が悪そうだ……。

部屋が明るくなったとたん、ジーンの顔が赤くなっていて、眉を寄せているのがわかった。息苦しいのか、つらそうだ。体は熱を帯びているのに、彼は寒そうに首をすくめている。すぐに彼の肩まで布団を引っ張った。

時計を見ると、午前一時を過ぎたところだった。ジーンが眠りに就いてからまだ数時間しか経っていない。

部屋の前で待っているジーンを見つけてから、僕らはお互いの気持ちを理解するためにしばらくリビングで話をしていた。

どれくらい長い時間お互いの足りないところを埋めるように話していたのか。ふと気づくと、隣に座っていた彼がこくりこくりと頭を揺らして眠りに落ちていた。疲れている様子の彼を起こしたくなかったので、僕は彼を抱きかかえて寝室に運んだ。

どうして具合が悪くなったんだろう……。睡眠不足だったから？

考えながら、僕は眉間《みけん》の皺《しわ》を深くした。ふたたび自分に対する苛立《いらだ》ちを感じた。おそらく彼の睡眠不足は、そもそも今回の問題と僕の振る舞いのせいだ。

もう一度手のひらで彼の額、頬、そして喉に触れた。どこに触れても熱かった。

僕はジャケットを手に取って袖《そで》を通し、それから車の鍵を持って下に降りていった。もう遅い時間だったが、コンドミニアムからすこし離れたところにまだ開いているナイトマーケットがある。僕は車でそこへ向かい、彼のために消化によさそうな食べものを買った。

薬や冷却ジェルシートはメイドが用意してくれたものがすでに部屋にあったので、食品を買い終わると、僕は車を飛ばして部屋に戻った。

「ジーン、ちょっと起きられますか」

おかゆといくつかの食べやすいおかずと薬を揃え、それを部屋に運んでから、ベッドに寝ているジーンに声をかけた。

「ん……」

「おかゆを食べて薬を飲みましょう。それからまた寝てください」

「シップ」

彼はそう言ってすこしだけ目を開け、一瞬僕を見てから、枕に顔を埋めた。

「ジーン」

「……うーん」

彼はくぐもった声を出すだけで、動かなくなってしまった。

僕はため息をついた。起こしたくはなかったが、薬を飲ませないわけにはいかない。

僕はじっと横たわっている彼を見つめてから手を伸ばして、赤くなっている彼の頬と耳をそっと撫でた。

すると顔を伏せて寝ていた彼がこちらを向いた。彼は自分の頬を僕の手のひらにこすりつけるようにした。僕の手が冷たいからだろうが、彼は小さな手を動かして僕の手を握った。

「頭がふらふらする」

「わかってます。だからおかゆを食べて薬を飲みましょう」

僕はベッドの縁に腰を下ろした。彼の脇の下に手を入れて、体を持ち上げ、ヘッドボードにもたれるように座らせた。

力は入っていなかったが、その体勢がつらいようで、彼は僕の手を払いのけようとした。それで仕方なく、僕もベッドに上がって彼の背中側に座ることにした。

彼が僕の胸に寄りかかれるようにしつつ、小さな枕をジーンの太ももの上に置き、彼がそこに腕を置いて楽な体勢でいられるようにした。

「ジーン、どうぞ」

「ごめん」

僕が彼の口の前にスプーンを差し出すと、彼は小さな声でつぶやいた。

「なんで謝るんですか？」

「ほんとに食べたくないんだ。いまは寝てたい」

僕は顔をしかめた。僕らのあいだに問題が生じて以来、ジーンは僕の気持ちを気にしすぎているようだった。食べたくなくて、でも僕を不快にさせたくなくて謝ったのだろう。

「すこしだけ食べましょう。そのあとゆっくり寝てください」

「無理だよ。ほんとに食欲がないんだ」

「でも食べて薬を飲まないと、治りませんよ」

「…………」

「ほんのすこし食べるだけでいいですから」

「食べられないよ。はぁ……元気だったら普通のごはん食べられるのに。豚足煮込み《カーオカームー》のせごはんとか」

「それは治ってから食べましょう。いまはこれを食べてください。はい、あーんして」

「…………」

彼はうめくような声を出したが、結局は僕がすくったおかゆを食べるために口を開いた。一口ずつゆっくり咀嚼《そしゃく》していたが、五、六口食べただけで、彼は首を横に振った。手を上げて僕の手を押しやった。

「もういらない。吐きそう」

僕はもうすこし食べさせたかったが、ジーンのつらそうな様子を見て、ため息をついた。

「わかりました。じゃあ薬を飲んで」

彼が小さな口に錠剤を入れて飲み込むのを見ると、僕はようやくすこし安心した。タオルを持ってきて、彼の顔と喉を拭《ふ》いてあげた。彼はとにかくただ眠りたそうだった。より快適に眠れるよう、体の汗も拭き取ってあげた。

ジーンの額に冷却ジェルシートを貼ったあと、彼が寝ているあいだに僕は静かに片付けをした。彼に合わせて部屋のエアコンの温度を調整する。茶碗を片付けてキッチンに運んでから、ふたたび寝室に戻った。一定のリズムで呼吸しながらジーンはぐっすり眠っていた。

彼のそばまで歩いていって腰を下ろした。手を伸ばして、彼の頭と柔らかな茶色の髪の毛を撫でた。

「………」

ジーンがこんなふうに体調を崩したりすることはいままでほとんどなかった。

彼がここ数日満足に眠れていなかったことは明らかだった。僕はまた胸が締めつけられるような思いがした。

しばらく彼のかわいい顔をながめていたが、結局僕はベッドの中に体をすべり込ませ、彼の体を引き寄せて抱きしめた。

彼はもごもごつぶやいていたが、体をくっつけることには抵抗しなかった。頭と頬をちょうどいいポジションに収めると、彼はまた眠りに落ちていった。

僕はジーンの頭をそっと撫でた。それから自分の鼻と口を彼の柔らかい髪の毛に埋めるようにして抱きしめた。

早く元気になってほしい。

くりっとした目と丸いほっぺで僕ににらみをきかせるような、あの顔が早く見たかった……。


「シップ……」

「はい」

「おまえ、十分置きにジーンの様子を見にいくのはやめろって。もう大丈夫だから。熱も下がったんだし。俺との話が終わったら、あとで好きなだけ見にいけばいいだろ」

半開きにしたドアの方からタムさんの声が聞こえてきた。僕はジーンの額から手を離し、リビングに戻るために寝室を出た。寝室のドアをうしろ手にそっと閉める。

「なんだよ、その顔は。俺は別に、おまえとおまえの恋人の邪魔をするつもりはないよ」

「…………」

「話が終わったら、すぐに帰るから」

「すこし声を落としてもらえますか」

「はいはい、わかったよ」

ソファに座っている彼は不満げな顔をして、文句を言っていた。

「なんでおまえの愛情はそんなにオーバーなんだよ」

僕はそれには答えず、彼の向かいのソファに腰を下ろした。

昨夜、僕は一晩中ジーンの看病をしていた。ジーンは普段はあまり体調を崩さないからか、一度具合が悪くなると症状がかなり重くなった。

一晩中体が熱くなったり寒がったりを繰り返していた。薬を飲んだにもかかわらず、深夜になると熱がさらに上がった。

眠っていても顔は苦しそうで、何度か目を覚ましては、頭が痛いのと胸のあたりが苦しいのとでうまく眠れないと訴えた。

心配になった僕は、父さんの友人の医師に電話をかけた。

今朝、その医師が看護師を派遣してくれた。看護師が注射を一本打つと、ジーンの症状はだんだんとよくなり始めた。午後になったいま、熱もだいぶ下がって微熱程度になった。それでもまだ倦怠感《けんたいかん》が残っているようで、ジーンは眠ったままだ。

「これが新しい契約書のドラフトだ。確認してくれ」

「………」

僕はうなずいて、タムさんから紙を受け取った。

お昼ごろ、ジーンの状態がおちついたことに安心して、僕はすこし休もうと思っていた。だがそのとき、タムさんから新しい契約書のドラフトを見せにいきたいと電話がかかってきた。

タムさんはジーンにも会うつもりだったらしく、ジーンが熱を出して寝ていると知ると、心配そうな顔を見せた。だがそれほど驚いてはいなかった。

僕はそこで初めて、ジーンが食事も睡眠もあまり取れていなかったせいで昨日から体調が悪かったのだと知った。

「それでいいか？　それでよければ、俺が姉さんに持っていって、問題は解決だ」

「はい。どうもありがとうございます」

「ああ」

タムさんは書類を閉じた。彼はめがねのレンズ越しに、寝室のドアの方をちらっと見た。

「それで、もうよくなったのか？」

「朝の六、七時くらいからだいぶよくなってきました」

「よかった。おまえがいれば、俺も心配しなくて済む。ジーンを悲しませた分、ちゃんと償えよ」

「………」

僕はなにも答えなかった。

自分でも心の中で同じようなことを考えていたから。

「今日が日曜でよかったな。一日中ジーンといられるだろ。でも明後日はクランクアップだからな。問題ないよな？　大学の試験はいつだ？」

「十七、十八、十九日です」

「近いな。でもちょうどパーティーが終わったあとだな」

タムさんは書類をファイルに入れてから立ち上がった。

「よし、じゃあ俺は帰った方がいいな。ジーンにお大事にって伝えといてくれ。また今度時間を見つけて会いにくるよ。それか、外で待ち合わせて会うことにするから」

僕はうなずいた。

「一人で降りていけますよね？」

「ああ、大丈夫だ。心置きなく妻の様子を見にいってくれ」

僕がドアを閉めにいく必要もなく、玄関のドアは静かに閉まり、自動的にロックがかかった。タムさんがいなくなると、僕は立ち上がってキッチンに向かった。今朝買ってきた薄味のおかゆをレンジで温める。看護師が医師から預かって持ってきてくれた薬がまだ残っている。

ジーンは何時間も眠ったままだったので、一度起こしてすこし食事を取らせる必要があった。

寝室のドアをもう一度開けた。ベッドの方に視線を向けた僕は、眉を上げた。

「ジーン……」

「うん」

一晩中寝込んでいた人が、体を起こして座っていた。

膝の上にはまだ布団が乗っていた。柔らかい髪の毛はぐしゃぐしゃだったが、それはそれでかわいい。目を細めている彼の頬はまだすこし赤かったが、それでも起き上がれるくらいには快復していた。

「大丈夫ですか？　ふらふらしますか？」

「大丈夫。まだちょっと頭が重いけど」

彼の声はすこしかすれていた。僕は近づいていって、ベッドの縁に座った。

「おかゆを食べて薬を飲んでください」

「まだおなか空《す》いてないよ。それよりシャワー浴びたい。体がベタベタで……」

「まだダメです。もうすこし熱が下がってからじゃないと。いまは僕が拭きますから」

「……」

「拭かないと体がべたつきますよ」

「じゃあ自分で拭く」

「意地張らないでください」

僕はおかゆをすくって彼の口元に運んだ。

ジーンは寝ぼけ眼《まなこ》で僕を見ていたが、結局おかゆを食べるために口を開けた。

起き抜けの顔が、すぐにふてくされたような顔になった。彼はゆっくりと咀嚼してから飲み込むと、不満げな声を出した。わかりやすい反応だ。

「病気のときは先に食べないとダメですよ。元気になるまでの辛抱です」

「…………」

なにか言い返したそうな顔だったが、彼は僕を嫌な気分にさせないために、我慢して僕の言うとおりにしていた。僕が次の一口を差し出すと、彼は素直に口を開けた。その姿はかわいらしかった。

彼が食べられる分だけ食べて、薬を飲み終わると、僕は彼の頭をそっと撫でた。それから顔を寄せて彼の頬にキスをした。

「よくできました」

「やめろ。きみにもうつるだろ」

「大丈夫ですよ。一晩中抱きしめて寝てましたけど、なんともありませんから」

僕は笑いながら言った。

「体を拭きますね」

僕はタオルなどを用意するためにバスルームに向かった。寝室に戻ってきて、彼のパジャマを脱がすために上着のボタンに手を伸ばすと、彼は逃げるように体をひねった。

「自分でやる。きみに面倒かけたくないし。体を拭くだけだし」

「面倒なんかじゃないですよ。やらせてください」

「きみはもう休みなって。昨日も僕が熱出したせいであんまり寝てないんじゃないの？」

「ジーンのお世話が終わらないと、僕は休めません。ほら、早く」

僕は彼の手を引っ張って、それからパジャマのボタンを外した。

病気のジーンのためにあれをしたりこれをしたりすることを、面倒だと思うはずがない。昨日までのすれ違いがなかったとしても、僕は同じように彼の世話をしていたはずだ。

小さめの柔らかいタオルを彼の色白な胸の上ですべらせる。薄い肌がほんのりと赤くなるのを見ても、僕はあまり気にしなかった。

彼のかわいい顔に視線を向けると、彼が唇を結んでいるのが見えた。両方の頬が体のどこよりも赤くなっていた。

からかうつもりはなかったのだが、僕は思わずクスッと笑ってしまった。

「どうしたんですか？」

「別に」

「僕にはいつも見られてるのに、まだ恥ずかしいんですか？」

「違う。きみが体を拭いてくれて、二人のあいだの問題もなくなって、その……つまり」

「………」

「嬉しいんだよ」

ジーンはささやくように小さな声で言い、タオルを持っている僕の手を見つめた。

彼が小さく笑うのを見たとき、僕はまるで進み続ける時間が一瞬とまったかのように思えた。

カウント31

「シップ」

「はい」

背後から魅惑的な低い声の返事が聞こえてきた。

「もう部屋に帰る時間だよ」

「………」

今度は彼からの返事はなかった。ＭａｃＢｏｏｋをシャットダウンしていた僕は、思わず振り返った。寝間着姿の長身の彼が、僕のベッドで布団にくるまっているのが見えた。彼は柔《やわ》らかい枕に頭を乗せて、手に持ったスマホの画面を見ている。

僕は椅子から立ち上がり、彼のところへ行って布団をめくった。

「聞いてる？　僕もう寝るから」

「はい。おやすみなさい」

僕は手を伸ばしてスマホの画面を覆ったが、その手をナップシップにつかまれてしまった。彼は僕の手を取って優しくキスをしつつ、まだスマホを見ている。

「おい！　もう約束の時間だって」

「一緒に寝ちゃダメなんですか？　恋人同士は一緒に寝るものでしょう」

「なんで一緒に寝られないのか、わかってるだろ」

僕はなだめるような声でそう言った。

「ジーン……」

彼は僕を見つめて、小さな声で僕の名前を呼んだ。懇願するような態度だったが、僕は彼の演技力が高いことを覚えていたので、自分の手を引っ込めた。

「ダメだって」

「一晩くらいいいじゃないですか。ジーンを抱きしめながら寝たいです」

僕は首を横に振った。彼のたくましい腕の一方を引っ張るためには両手を使わなければならなかった。

「きみだってわかってるだろ。こんなふうに僕らが同じ部屋で寝ているのをほかの住人に知られたら、また問題になるかもしれないんだから」

僕とナップシップのことが記事になるまでは、同じ部屋で寝ていても問題はなかった。だが海に行ったときの写真が流出して以来、僕らのことを知っている人が増えてしまった。いままでは気づかれなかったようなところでも、気づかれてしまうかもしれない。

記事の内容の訂正が発表されたとはいえ、もしもう一度記事になったりすれば、さらに厄介《やっかい》なことになるのは間違いなかった。

「じゃあ明日、業者を呼んで壁にコネクティングドアをつくってもらいましょう」

僕はあんぐりと口を開けた。

「バカじゃないの」

彼がクスクス笑った。

「ほんとは僕だって、きみと一緒にいたいよ。でもドラマの放送が終わる前にまた問題が起きたりしたら、一緒にいられない状態がもっと長引くかもしれない。だからいまは、こうするしかないんだよ」

「…………」

「…………」

「ジーン」

一瞬間があったあとに、ナップシップが口を開いた。

「なに？」

「いま、自分が驚くくらい素直になってること、わかってますか？」

「…………」

僕は固まった。

ナップシップの腕を引っ張っていた僕の手が空中でとまる。彼の言葉を聞いて、いま自分がなにを言ったかようやく気づいた。

僕は口を開けたまま固まった。ナップシップは笑っている。

彼は体を起こしてベッドから立ち上がった。身をかがめるように顔を近づけ、僕のうなじに手をまわして、僕の顔を上に向かせた。それから自分の唇を僕の唇に押し当てた。

ナップシップめ……。

彼はそっと唇に温もりを残して、自分の部屋へと帰っていった。

僕は寝室の電気を消した。リビングの方の電気は、ナップシップが自分の部屋に戻る前に全部消してくれたようだ。

ベッドに体を横たえた。久しぶりにパソコンの画面の前に座っていたせいで体が凝《こ》っていたので、背中を伸ばしたり体をひねったりした。

今朝すっかり体調が快復してから、僕は自分の部屋に戻ることにした。どうしてあのとき彼が僕に荷物をまとめて自分の部屋に帰るよう促したのか、その理由はもうわかったし、僕らはあらゆることを話し尽くした。

そしてドラマの放送が終わるまでは、別々に寝るという結論に至った。ところが夜になると、ナップシップがカードキーを使って僕の部屋に入ってきたので、僕は彼を追い出さなければならなくなったのだ。

ドラマが終わるまでは我慢しなければならないが、それも残り一カ月を切っている。もうすこしの辛抱だ。

タムと一緒にイベントに行ったあの日、僕はナップシップが僕と別れたいと思っているのだと誤解してしまった。頭が混乱していて、それ以上のことを考えられなかった。部屋に戻ってきたとき、彼がどうしたいのかを知りたいという気持ちだけでいっぱいだった。

別れなければいけないのなら、ナップシップの口から直接聞きたいと思い、僕は部屋の前に立って彼を待つことにした。

ほんとうはそのときから、頭がズキズキと痛み、体がふらつくのを感じていた。

どうして泣いてしまうほど感情が高ぶったのか、自分でもわからなかった……。

ラブストーリーを読んでいて悲しい展開に出くわしたときも、そんなに泣いたりはしなかった。ただし、家族の話やペットの話になると涙もろくなる自覚はあった。

いつの間にか自分とナップシップとのあいだの問題についても、同じように涙もろくなってしまっていた。

それだけ彼が僕に与える影響が大きくなっているということだろう。

僕が泣いているのを見たときのつらそうなナップシップの表情が、まだ頭から離れない。

シップも僕と同じようにつらかったのだということがわかった。

「はあ……」

そのときのことを思い返して、僕は小さくため息をついた。泣いてしまったことを思い出し、恥ずかしさがこみ上げてくる。

いい年した大人なのに。もう二十六になるっていうのに……クソッ。

しかも僕はもう何年も病気になることもなかったのに、このタイミングで風邪をひいて寝込んでしまうなんて……。

自分の体調がそこまで悪くなっているとは思っていなかった。すこし休めばすぐ元気になるだろうと思っていたが、熱が下がるまで時間がかかり、ずいぶんナップシップの世話になってしまった。

ピンコン♪　ピンコン♪

枕のそばに置いていたスマホの音に、僕はびっくりした。頭の中で考えていたことがすべて吹き飛んでいった。

タム（連絡は事務所の番号に）：ジーン
タム（連絡は事務所の番号に）：明日撮影現場行かないか？　最終日だから

ジーン：おまえは行くのか？
ジーン：おまえが行かないと俺は行きにくい
タム（連絡は事務所の番号に）：ウーイと一緒にいればいい　そしたら問題ないだろ
タム（連絡は事務所の番号に）：……
タム（連絡は事務所の番号に）：あー！　忘れてた
タム（連絡は事務所の番号に）：それだとおまえが部屋に帰ったあとで嫉妬《しっと》深いシップに押し倒されちまうよな
タム（連絡は事務所の番号に）：（スタンプ）

タムは連続でラインを送ってきた。最後のスタンプは、人を苛《いら》つかせるような表情のおじさんのスタンプだった。

ジーン：おまえは行くのか行かないのか　どっちなんだよ？
ジーン：どっちでもいいけど　最終日なら俺だって行きたい
タム（連絡は事務所の番号に）：ほんとは別の子の仕事の付き添いがあったんだけど　そっちはほかのスタッフに頼むよ　用事が終わったら行けると思う

最終日だからこそ僕も原作者として、ドラマの出演者やスタッフと同じように熱意と関心を持っているのだということを示したかった。

撮影の最後の方にあまり顔を出せなかった理由をみんなが知っているとしても、それでも構わなかった。

僕はしばらくのあいだタムとラインをしていた。そのうち眠くなり始めて、おやすみというスタンプを送って会話を終わらせた。

画面をロックしてから充電器を挿し、眠りに就こうとした。だがそこで新しいメッセージが来たので、僕はふたたびスマホを手に取った。

ナップシップ：おやすみなさい　ラインに夢中になっちゃダメですよ

「…………」

なんでわかるんだよ……。


翌朝、目覚ましのアラームが鳴るおよそ三十分前に目が覚めた。

シャワーを浴びてコンタクトを入れ終わったところで、ちょうどタムからラインのビデオ通話がかかってきた。通話ボタンを押したが、まだ自分の準備が整っていなかったので、カメラを部屋の天井に向けておいた。クローゼットを開けて着る服を選ぶ。

「結局、俺はおまえを迎えにいけばいいのか？」

スピーカーからタムの声が聞こえてきた。

「おまえ、そんな時間あるのか？　シップはもう迎えにいったのか？」

「シップは自分で行くから」

「そうなのか。じゃあ頼むよ。おまえいまどこにいる？」

「用事があってランナム通りに来てる。あとちょっとしたらおまえのコンドミニアムに行けると思うから」

「わかった。近くなったらまたラインしてくれ。そしたら降りていって待ってるから」

僕がそう言ったあと、タムは通話を切った。僕はシャツを着てズボンを穿《は》き、身なりを整えた。

タムがアヌサワリーのあたりにいるということは、到着するまでまだもうすこし時間がかかるはずだ。僕はパンを探し出してトースターに入れ、それでおなかを満たすことにした。

そのあいだに、ナップシップにラインを送った。起きたときに彼からメッセージが来ているのを見ていた。そのときにも今日撮影現場に行くと返事をしていたが、一人で行くかタムと行くかはまだわからなかった。タムが迎えにくることがわかったので、ナップシップにそのことを伝えた。

今週、ナップシップの大学の授業はもうなかった。期末試験が始まっていたが、彼の試験日はちょうど撮影終了のパーティーがある十六日より後のようで、日にちが重ならなかったことは幸いだった。

ナップシップと同じ部屋で寝ていたとき、彼が寝る前に授業のレジュメを読んでいるのを見たことがある。撮影やほかの仕事で授業を休んだときも、彼は大学にレジュメを取りにいって、休日にそれを読んでいた。

僕は彼の力になりたかったが、残念ながら人に教えられるほど勉強ができるわけではなかった……。

十五分後、タムからラインが来たので、僕は身の回りのものを持って下に降りていった。

僕らは撮影現場になっているいつもの大学に到着した。

車から降りると、タイの午後の強烈な暑さが襲いかかってきた。

「いまは休憩中だな。あそこに座るか。おまえ、どこか行くか？」

「おまえと一緒にいるよ」

僕は堂々とナップシップと話したり一緒にいたりすることはできない。撮影現場の中にはテレビ局の人もいるのだから、なおさらそんなことはできなかった。

以前まではそういうことをしても問題なかった。撮影現場に記者はいなかったし、スタッフはプロ意識を持っていて、キャストの写真を隠し撮りしたり裏で情報を売ったりするような人はいなかったから。

公表された記事の訂正について、それを信じていない人が何人いるのかはわからないが、スタッフはとくになにも言ってこなかった。

普通に挨拶《あいさつ》をしながらも、僕は罪悪感があり、どうしても笑顔がぎこちなくなってしまう。

「ジーン兄さん」

キャスト用の休憩テントの中で座っていたウーイくんが手を振った。

「こんにちは」

彼以外にもたくさんのキャストがいた。ナップシップとサーイモークくんもそこに座っていた。僕は手を振って挨拶に応えた。こちらを見ているナップシップには特別な仕草なしにうなずいて、それからサーイモークくんやほかのキャストに笑顔を向けた。

こんなふうに他人行儀に振る舞うのも、なんだか変な感じだ……。

タムがいたので、僕も彼らと一緒にそこに座ることができた。ウーイくんが小さな折り畳み椅子を僕の近くまで引っ張ってきて、親しげに話しかけてくれた。タムは僕の隣の空《あ》いている方に座った。ナップシップとサーイモークくんは反対側に座っていた。そのあいだには小さなテーブルがある。

「ジーン兄さん、ドラマの最新話はもう見ました？　僕かわいかったですか？」

僕は首を横に振った。

「まだ見てないんだ。初回だけは見たよ。残りは、ドラマが全部終わってから一気に見ようと思ってる」

「残念……でもそれはそれでよかった」

ウーイくんが僕に顔を近づけてささやいた。

「見なくてもいいですよ。僕、自分とシップがカップルを演じてるのを見ると、鳥肌が立つんです。それにジーン兄さんがまた僕に嫉妬したりしても、困っちゃいますしね」

僕は最初笑っていたが、後半の言葉を聞いてすぐに表情を変えた。

「それはない」

「ほっぺが膨らんでる」

ウーイくんは笑いながら、僕の方にさらに近づいてきた。

「かわいい。ちょっとつまませてください」

「ウーイ」

ナップシップの抑揚のない声に、僕とウーイくんは同時に固まった。振り返ると、ナップシップのハンサムな顔が見えた。

彼は口元に笑みを浮かべていたが、こちらを見つめる目には彼が伝えようとしていることがはっきりあらわれている。

ウーイくんはそのナップシップを見てもまだ笑っていた。彼は僕の腕を引っ張って抱きついてきた。

「なに？」

「こっちに座れよ」

「なんで？　僕らに妬《や》いてるわけ？　僕はシップ一筋だから心配しないでよ」

ウーイくんは小さな声で言って、わざとらしく眉を上げた。

ウーイくんのことをよく知らなかった以前までの僕なら、彼のことをかわいくて陽気で冗談が好きなタイプだと思ったに違いない。しかしいまは、彼がわざと会話相手であるナップシップを苛立《いらだ》たせようとしているのだとわかった。

「………」

シップはまだウーイくんに向かってほほえんでいた。

ウーイくんはそれでも素知らぬ顔をしていたが、結局ナップシップの圧に耐えられなくなり、僕の腕から手を放した。そして椅子をすこしうしろに動かしながら、小さな声で悪態をついた。

「チッ、ケチな奴め」

僕はしばらく困惑《こんわく》していたが、なにかほかの話をしようと思って口を開けた。だがそのとき、向こうに停まった車から監督が降りてきたのが見えて、すぐに立ち上がった。ちょっとごめんと言ってから、僕は監督の方へ歩いていった。

監督が忙しくなさそうなタイミングを見計らって、手を上げて彼にワイをした。

「あれ、ジーンさん？」

「こんにちは」

「どうもどうも。お元気ですか。最近は大変でしたね」

監督はそんなふうに言ったが、それがなにを意味しているのか、僕にはよくわかった。

「ええ……まあ」

僕が苦笑いをすると、監督は僕の肩をポンポンと叩いた。

「それで、どうですか。ドラマはもう観ましたか？」

「観ましたよ」

「僕の腕前はいかがですか。ぜひご意見をお聞かせください」

僕は笑い出しそうになったが、すぐにほほえんで答えた。

「ほんとうに素晴らしかったです」

監督は嬉しそうに大声で笑った。彼はもう一度僕の肩を叩いた。

「今日の撮影はもうすぐ終わります。明日は撮影終了のパーティーがありますから、ジーンさんも忘れずに来てくださいね。乾杯しましょう。待ってますよ」

「はい。ありがとうございます」

監督は体の向きを変えて向こうへ行き、それから大きな声で撮影再開を指示した。

僕はまた席に戻って、キャストの子たちが演技をするのを見ていた。

それからしばらくして、監督の最後の「ＯＫ」という声が響き渡ると、みんなが歓声と拍手とともに立ち上がった。スタッフ全員が中心に集まるように寄ってきた。

一人一人の笑顔を見ると、僕も嬉しくなった。何カ月にも及ぶ大仕事が完了したことが、ほんとうに嬉しかった。

そのとき、遠くに立っていたナップシップが僕の方を振り返った。目が合うと、彼は口角を上げてほほえんだ。

だれも見ていない隙に、僕も彼に笑顔を送り返した……。


打ち上げのパーティー当日。

僕はスタイリング用のジェルを手に取り、自分の髪をセットした。額が見えるようにすこし前髪を上げる。まだコンタクトを入れていなかったので、僕は顔を鏡に近づけて右を向いたり左を向いたりして確認した。

うん、いい感じだ。

「ジーン」

聞き慣れた低い声がドアの向こうから聞こえ、僕はそっちを振り返った。

寝室に入ってきたナップシップが、僕に視線を向けた。すこし距離が離れていたので、彼がどんな表情をしているのかは見えなかった。僕は自分の身なりを整えるのに集中していたため、彼が自分の隣に近づいてきて初めて意識がそっちに向いた。

「なんでそんなにめかし込んでるんですか」

棘《とげ》のある声を聞いて、僕は眉を上げた。

「なんで？　この髪型、変じゃないだろ？」

「変じゃありません。でもそんなにおしゃれしてだれを誘うつもりですか？」

僕は噴き出しそうになった。

「違うよ。パーティーに行くからちょっとおしゃれしただけ。写真撮られるときにかっこよく写りたいの」

「家の中でだけかっこよければ十分ですよ」

「家でかっこよくしてだれが見るんだよ」

「ほかの人に見せたくない」

「…………」

僕の手がとまった。隣にいるナップシップを一瞥《いちべつ》した。

「まだ時間があります。髪を洗いますか？」

「もうこれだけにしとくから。いまから髪洗ってたら間に合わなくなる」

ナップシップは眉を上げて、それから静かにほほえんだ。僕は髪を洗うために引きずられていくんじゃないかと思っていたので、彼のその態度に驚いた。

僕は鏡に向き直ってジェルの蓋《ふた》をしっかり閉めた。スーツを手に取り、ドラマのタイトルがプリントされた白いTシャツの上にそれを着た。それからバスルームに行って手を洗い、残りの身支度を整えた。寝室に戻ってくると、さっきまで座って待っていた彼が立ち上がった。

ナップシップの鋭い目がじっと僕を見つめた。頭のてっぺんから足の先まで舐《な》め回すように見て、それからふたたび顔に視線を戻した。彼のその仕草が、僕を妙におちつかなくさせた。

「なに……見てるの」

ナップシップの眉がわずかに動いた。

「不合格です。かわいすぎる」

「あのさ、男に対してかわいいって褒めるのはやめろ」

「はいはい。かわいいです」

ナップシップは笑いながら、腕をわずかに動かした。悪ガキにからかわれたようで僕はむすっとしたが、仕方なく彼の方に近寄っていった。シップが僕の腰に腕をまわし、顔を近づけて僕の頬にキスをした。

リビングに行くと、同じプリントの白いTシャツを着たタムが険しい顔をしてソファに座っているのが目に入った。タムはだれかと連絡を取っているところだったらしく、スマホでなにかを入力していた。おそらく仕事の用事だろう。

僕らが声をかけるとタムは顔を上げ、パッと立ち上がって言った。

「おまえら、準備できたか。俺を待たせておきながら、なんかこっそりやってたんじゃないよな？」

「アホ」

この悪友は、罵《ののし》られるのが好きなんだろうか。

「よし、じゃあ行くぞ。ああ、シップ、また新しい仕事が来た。詳しいことはあとで話すから」

タムが車の鍵を手に取り、それから三人一緒に下に降りていった。

パーティーの場所はとあるレストランで、夜の七時からだった。まだ公の場で親しくすることができない僕らを慮《おもんぱか》ってタムが運転手を買って出てくれた。親しい友人であるタムと一緒であれば、問題はない。

タムはまだ彼の姉さんの分まで罪悪感を抱えているようだった。僕がタムに気にしなくていい、おまえのせいじゃないんだからと言っても、彼の気は済まないらしい。

「一緒に店に入るから、おまえらはここで降りてちょっと待ってろ。俺は車駐めてくる」

車のタイヤが砂利の上を走る音を聞きながら、僕はあたりを見回した。このレストランにはエアコンが効いた屋内スペースと、木々に囲まれて涼しげな雰囲気のある広い屋外スペースがあるのがわかった。屋外スペースの方は、このパーティーのために貸し切りになっているようだ。音楽が大きなボリュームで流れている。

「明日は試験があるんだし、きみは今日は飲まなくていいからね」

僕は一緒に立っている彼に話しかけずにいられなかった。ただしだれかに見られたり写真を撮られたりしてリークされたくなかったので、僕らは一歩分離れて立っていた。

「ジーンは飲むんですか?」

「なんで? 僕は飲んでもいいだろ。特別お酒に強いわけじゃないけど、別に弱くもない。前にも言ったよね」

「でも酔うまで飲まないでください。そうじゃないと、今晩僕が眠れなくなります」

「はあ? なんの関係があるの?」

僕が混乱した顔で彼の方を見ると、彼は口元に笑みを浮かべていた。

「前にあったこと、覚えてないんですか? ジーンは僕になにをしたんでしたっけ?」

「…………」

僕は思わず目を剝《む》いた。ナップシップはそれ以上僕と目を合わせなかったにもかかわらず、彼の言葉で以前のことを思い出した僕は、顔から火が出そうになった。

「ジーン、シップ、行くぞ」

タムが救世主のごとく現れた。手招きしながら僕らを呼んでいるタムの方を見た。僕はすぐに足を動かし、タムの肩に腕をまわした。

スタッフたちはすでに到着していた。彼らは長いテーブルを三、四カ所に設置していた。中庭の前方にはもともとミュージシャンが歌ったり演奏したりするための小さなステージがあったようで、それが今日は大きなステージにつくり変えられていた。ドラマのタイトルの文字がでかでかと書かれたパネルが、ステージの上の部分に掲げられていた。

監督が言うには、満腹になるまで食べてから、あとで全員で集まって記念写真を撮るということだった。

僕とナップシップは離れた位置に座らざるを得なかった。彼はキャストなのでキャストたちのグループに、僕はスタッフさんたちのテーブルの一番端で、監督の近くに座ることになった。それでもタムが近くに座ってくれたのでよかった。

「経費ですから、おなかいっぱい食べていってください。最後ですからね、お別れの前にいっぱい食べて」

監督は楽しげに笑った。

「ありがとうございます」

「タムもいっぱい食べて。ジーンさんはお酒いかがですか？」

「僕は……」

「まあまあ～。すこしくらいいいじゃないですか。あっちはあっちで若者たちも楽しんでますから、こっちも大人同士で楽しみましょう。はい、どうぞ」

監督はそう言って僕のグラスに酒を注いでくれた。

僕はすこしだけそれに口をつけた。だがスタッフの人たちは自分の親しい友人ではないので、あまりたくさん飲まないようにした。幸い監督はしつこく酒を勧めるようなことはなく、ただあれやこれやとたくさん話しかけてくるだけだった。

監督は自分の次の作品にもナップシップを出演させたいようで、ナップシップを説得してほしいとタムに頼み込んでいた。次の作品はラブストーリーではなく、ホラー要素の入った家族ものだということだった。

そのとき、僕は我慢できずに向こう側のテーブルをちらっと見た。ところがその瞬間目に入ったのは、見慣れない顔の女性スタッフがナップシップに顔を近づけている場面だった。彼女が腕を伸ばしてスマホのカメラで自撮りをするあいだ、頬がくっつきそうなくらい顔が近づいていた。

「………」

「ジーン」

タムが肘で僕をつついた。

「なんだよ」

「そんなふうに見るな。まわりが怪しむだろ」

タムの言葉に僕はドキッとした。僕は慌《あわ》てて自分の目の前にあるたくさんの料理に視線を戻した。

自分の中に湧き上がった感情を抑えようとしたが、あまりうまくいかなかった。

なんとかして気を紛らわせるために、スタッフがまたグラスになみなみ注いでくれた酒に口をつけることにした。

「はーい、みなさん。じゃあ写真撮りますよ。ＳＮＳにもアップしますからね」


「ジーン」

「なに？」

「…………」

「…………」

「ほっぺが膨らんでるの、気づいてますか？」

コンドミニアムの小さな正方形のエレベーターの中に、ナップシップの低い声が響いた。

その言葉を聞いて、僕は無意識に自分の頬に手を伸ばしていた。いままで自分がどんな表情をしていたのかわからなかったが、彼にそう言われて、一人で考えごとをしていた僕は唇をきゅっと結んだ。

「なにを拗《す》ねてるんですか？」

僕はすこし黙ってから、眉を上げて首を横に振った。

「別になにも」

「僕のことですか？」

「違うよ」

そのときちょうどポーンという音がして、エレベーターのドアが開いた。時刻は午後九時を過ぎていた。多くの部屋の電気がまだ点《つ》いていたが、廊下を歩いている人はだれもいなかった。

パーティーが終わったあと、タムが僕とナップシップをコンドミニアムまで送り届けてくれた。タムは事務所に戻らなければならない用事があるらしく、駐車場で別れることになった。

パーティーで酒を飲んだせいで、体が熱くなり、すこしふわふわしていた。ただ、千鳥足になるほど酔ってはいなかった。

それに、僕はたくさん食べておなかを満たしていたので、アルコールの影響はそこまで強く出ていなかった。

僕は部屋のカードキーを取り出し、ロックを解除した。頭の中ではまだ考えごとをしていたが、玄関のドアを開けたとき、僕のうしろを歩いていたナップシップも一緒に体をすべり込ませてきた。

「ちょっと、なんで入ってくるの」

僕は彼のがっしりした肩を手で押した。だれかに見られていないか心配になり、左右を見回した。

「ジーンがまだ僕のことで拗ねてるからです。仲直りもしないで僕を帰すんですか？」

「違う。僕はきみのことで拗ねてなんかない」

「じゃあどうしてこんな顔してるんですか？」

彼のすらっとした指が僕の眉間《みけん》の皺《しわ》を突いた。僕は目をぱちくりさせた。ナップシップの大きな手のひらを見て、それから彼の顔へ視線を移した。

ハンサムな顔に笑みが浮かんでいるのを見ると、僕はなんとも言えない嫌な気持ちになった。

「当ててみましょうか」

「………」

「やきもち？」

「違うってば」

僕は彼の手を払いのけた。

「ジーンがやきもちをやいてても、僕は怒ったりしません……。むしろ嬉しいです」

ナップシップの心から嬉しそうな笑顔が、僕の気持ちをすこしおちつかせた。僕は視線をそらして、小さく息を吐いた。

「だから、やきもちじゃないんだって。きみは別に浮気してたわけじゃないだろ？」

「そうですね」

「僕はただ……」

「………」

「いろんな人がきみとあんなふうに写真を撮ってるのを見て……」

僕はそこで言葉を切った。恥ずかしさを軽減するために、間接的な表現で伝えたかった。けれどどう説明すればいいかわからず、結局声のボリュームを落として言った。

「……ちょっとうらやましかっただけ」

「うらやましかった？」

「そう。だからきみに怒ってるわけじゃないよ」

僕は早口で言った。だが僕はまだ彼を見ないように視線を外していたので、ナップシップがどんな表情をして、どんな反応を示しているのかはわからなかった。

僕らのあいだにしばらく沈黙が流れた。

正直な気持ちを口にしてしまったせいで、結局だんだん恥ずかしくなってきた。

僕が身を翻《ひるがえ》して寝室へ行こうとしたとき、クスクスと笑う声が聞こえてきた。

僕はさっきよりももっと深く眉を寄せた。

「なにがおかしい……⁉」

ナップシップが僕の体をうしろから抱き寄せた。僕の背中と彼の胸がくっつく。彼は僕の耳元に自分の顔を近づけた。

僕は耳のあたりに柔《やわ》らかい唇が当たるのを感じた。

「あとすこしです。もうすこししたら、ドラマの放送も終わります」

「………」

「そしたらいつでもどこでも、ジーンが写真を撮りたいときに、何千枚でも一緒に撮れますよ」

ナップシップは僕を慰めようとしてくれているのだろうが、それを聞いてなぜか僕は顔が赤くなった。

「そこまで言ってないけど……」

仕方ないことだと、僕だってわかっている。でも僕の中でそういう感情が湧き上がることも、またどうしようもなく抑えられなかった。

打ち上げパーティーだからこそ、ナップシップの仕事も終わったのだから、僕だってみんなみたいに彼とツーショットを撮りたかった。

お祝いだからという言い訳をすれば、写真を撮ることはできたかもしれないが、それがまた問題にならないともかぎらない。だからいまはなるべくそういうことを避けるのが最善策だと思った。

僕らはお互いなにも言わなかった。ナップシップは僕を抱きしめたままだった。彼の手が僕の体を優しく撫《な》で、僕もそれに抵抗したりはしなかった。

彼が息を吐くのが聞こえたかと思うと、突然ナップシップが言った。

「じゃあ……いまは二人のあいだでだけ撮っておきましょうか」

「は？」

彼は僕の腰にまわしていた腕を緩め、ジーンズのポケットから自分のスマホを取り出した。すらっとした指でスマホのロック画面をスワイプしてカメラを起動し、それから僕の方を向いた。

「ちょっと……」

僕はそれを遮《さえぎ》ろうとしてすぐに手を上げた。ナップシップは自分のスマホの画面を見つめていた。しかし彼が見つめている画面に写っているのが僕だとわかると、僕は嫌な予感がした。酒のせいで熱くなっていた顔が、さらに熱くなるのを感じた。

「手を下ろしてください」

「やめろ、いらないって。なんで撮るんだよ」

ナップシップは笑った。

「一緒に撮りたかったんじゃないんですか？　心配しなくて大丈夫です。だれにも見せませんから」

「ちょっと」

僕は手で相手を払いのけて一瞬避けることができたが、カメラはずっと僕の方に向けられていた。彼がシャッターボタンを押しているのは明らかだった。

「ナップシップ！　僕は別に……んんっ」

僕が言葉を言い終わらないうちに、ナップシップが空いている方の手で僕の頬とあごに触れ、動かないようにしてから、自分の唇を僕の唇に重ねた。

さっきまでしゃべるために口を開けていたせいで、彼の熱い舌は容易に僕の口の中に侵入してきた。恥ずかしい音が聞こえてくるまで、彼は僕の口の中を舐め回した。

彼のTシャツに触れていた僕の手は、知らぬ間にそのシャツをぎゅっと握りしめていた。

僕の視界はだんだんぼやけ始めたが、スマホがまだこちらを向いているのが見えた。キスしてるところを……。

「んっ」

ナップシップは顔を離してから、二人の唇のあいだで糸を引く唾液を拭《ふ》き取るかのように、僕の唇を丁寧に舐めた。

急に恥ずかしさが襲ってきて、僕は腕を伸ばしてスマホを奪おうとした。だがナップシップは僕の頬に触れたのと同じ手で、僕の体を床に押し倒した。そのあいだもカメラのレンズは僕にフォーカスしていた。

「いい感じですよ」

「………」

「めかし込んだ甲斐《かい》がありましたね」

カウント ∞

僕はカードをスキャンさせてロックを解除し、そっと玄関ドアを開けた。

ドアにはドアクローザーがついていて、開閉がしやすい仕組みになっている。僕はドアを押したまま、振り返ってジーンを呼んだ。

「ジーン、早く入ってください」

僕のうしろをついてきていた彼は、まだキョロキョロと左右を見回していた。車を降りてから廊下を歩いているあいだじゅう、彼のくりっとした目はありとあらゆるものを観察していた。

表情が変わり、彼がしばらく心の中で考えていたことがわかりやすくあらわれた。

「きみのコンドミニアム、ほんとに憎たらしいな」

彼はドアの前で立ち止まり、僕の方を向いてそう言った。

「コンドミニアムに憎たらしいって使うんですか？」

「使わない。正確に言うと、きみのことが憎たらしい」

僕はそれにはなにも言わず、ただ片方の口角をさらに高く上げた。

なにをしていてもかわいいジーンを見ていると、ついその頬に吸いつきたくなったが、なんとかその衝動を抑えた。僕は空《あ》いている方の手のひらを彼の腰に伸ばして、部屋の中に入るように誘導した。

中に足を踏み入れてからも、ジーンは相変わらず興味深そうにあっちに行ったりこっちに行ったりしていた。まるで新しいケージに引っ越してきたハムスターのようだ。

ここは僕が前に住んでいた部屋だった。

僕の実家は不動産業を主なビジネスの一つとしていて、このコンドミニアムも実家が所有している物件だった。

留学から帰ってきたとき、大学に一番近いコンドミニアムの中から空いている部屋を選ぶことになり、ここに住むことになった。

自分の大事なものは実家には置かず、この部屋にすべて持ってきていた。ジーンの隣の部屋を買ってからも、動かしたくないものはこの部屋に置いたままにしていた。

「ほんとにプールまである」

彼がバルコニーにつながるガラス戸を開けると、すぐに涼しい風が入り込んできた。水面が波打ち、その波がプールの縁にぶつかって柔《やわ》らかい音を立てた。

「入りたいですか？」

僕は彼のあとをついていった。

ジーンがプールのまわりを歩き回るあいだ、僕はガラス戸の横に立っていた。

「まあね」

彼は子供っぽいことには興味がないふうを装っていたが、そんな態度がさらに彼をかわいく見せていることには気づいていないようだった。

「ちょっとだけ足つけてもいい？」

「僕のものはジーンさんのものです。なんでも好きなようにしてください」

彼はむすっとしてるような笑っているような表情をしたが、結局なにも言わなかった。プールの方を向いて、温度を測るかのように、きれいなつま先をそっと水の中に入れた。それからかがんで手で水をパシャパシャして遊んでいた。

僕とジーンのことが記事になった件は、話し合いでお互いの気持ちを確認することができ、僕らのあいだでその問題は解決した。しかし、まだ同じ部屋で寝るというわけにはいかなかった。

コンドミニアムの住人が僕とジーンが毎日同じ部屋に出入りして泊まっていることに気づいた場合、たとえ前回の記事の内容を訂正してあったとしても、前よりも厄介《やっかい》なことになるのは間違いなかった。

そしてもう一つ……。ジーンに荷物をまとめて自分の部屋に戻るように言ったことが、なによりも愚《おろ》かな選択だった。

ジーンは一人で寝ることができたとしても、僕はジーンを抱きしめることなしに一人で寝ることができなくなっていた。

僕はなんとかして彼に別々の部屋で寝るのではなく同じ部屋で寝ることに同意してもらうため、ドラマの放送が終わるまでのあいだ、代わりにここで一緒に過ごすことを提案した。

このコンドミニアムは僕の実家のもので、高度なセキュリティシステムを備えており、写真を撮られて記事にされるリスクはなかった。

僕はまだ彼のことを見つめていた。

手で水をすくって遊んでいた彼は、ズボンの裾《すそ》を折り返し、プールサイドに腰かけて色白の足で水を蹴っていた。

風が吹く方向に顔を向けて、気持ちよさそうにほほえんでいる。それを見ると僕も気分がよくなった。彼が嬉しそうにしていると、僕も嬉しくなる。

「あんまり長く風に当たらないでくださいね。また具合悪くなりますよ」

「大丈夫。僕はそんなに体弱くないよ」

「この前風邪をひいたばかりですよね？　とにかく気をつけてください」

ジーンは心配しすぎだと文句を言っていたが、僕は気にしなかった。もう二度とあんなふうに彼が病気で苦しむ姿を見たくない。

「ねえ、それより今日はここで寝るの？　ほかの荷物は？」

「いまから人に頼んでもう一回運んでもらいます。でももしジーンが自分で運びたいものがあれば、それでも大丈夫です」

「そう、わかった」

「僕は中にいますね」

定期的に掃除に入ってもらってはいるものの、ここに戻ってくるのは久しぶりだったので、いろんなことをチェックする必要があった。

この部屋はコンドミニアムの最上階にある。寝室はいくつかあったが、ほとんどすべての寝室に鍵をかけていて、実際に使っているのは眺めがよく日当たりのいい一部屋だけだ。そこは一番大きな寝室ではなかったが、二人で寝るのには十分な広さがあった。

僕は引き出しの鍵を開けてカードキーやほかのものを取り出した。カードキーはジーンの名前を刻印してから彼に渡そう。

「さ、さむい……」

寝室からリビングに戻ったとき、彼がつぶやく声が聞こえた。

僕は外のバルコニーにいる彼のところへまっすぐ向かった。ジーンはすでにプールから上がって立っていたが、なぜかズボンの裾だけでなく全身が濡れていた。水色のシャツが体に貼りついていて、彼は濡れたシャツを引っ張って水を絞っていた。

「プールに入って泳いでたんですか？」

「違うよ……」

彼は苦笑しながら言った。

「プールの縁に座ってたんだけど、立ち上がったときにすべって落ちたの」

「………」

僕はどんな顔をすればいいのかわからなかった。

「とりあえず急いでシャワーを浴びて着替えてください」

「ちょっと待って。このままじゃ床が濡れるから」

僕はふうっと息を吐いて、手に持っていたものを近くの棚に置いた。それからガラス戸の前で首をすくめて立っている彼のそばに行って、彼の脇の下に手を差し込み、体を持ち上げて部屋の中へ運び入れた。彼は驚いたように大きな声を出した。

彼は身長が低いわけではなかったが、その体には脂肪も筋肉もあまりついていなかったので、僕が持ち上げて運ぶことは難しくなかった。

「自分で歩けるよ。たったこれだけなのに、なんできみが運ぶんだよ」

僕は清潔で乾いたバスルームの床にジーンを下ろした。

「床を濡らさないようにするには、こうするしかありません。早くシャワー浴びてくださいね」

新品のタオルや僕の服がまだ寝室にたくさん残っていたので、僕はその中からいくつか見繕ってバスルームに持っていった。

彼が小さな声でお礼を言うのを聞いて、僕は笑顔になった。それからうしろ手にバスルームのドアを閉めた。

こんなにサービスしたからには、今晩報酬をちゃんともらわないと。

彼がシャワーを浴びているあいだ、僕はほかのことを処理した。こっちに戻ってきて泊まるということをまだだれにも伝えていなかったので、ここの冷蔵庫には生鮮食品や牛乳、ジュースなどがなにも入っていなかった。そこで僕はメイドに電話をしてそれらを依頼した。その連絡が終わってから、また寝室に戻った。

「シップ」

ドアが開く音を聞いて、部屋の隅のテーブルのところに立っていた彼が振り返った。

ジーンはすでに着替えていて、さっき僕が渡した新品の清潔なシャツを着ていた。そしてさっきまでと同じめがねをかけていた。

「これって」

「はい?」

「きみの車に置いてあったのと同じクマだろ」

僕は彼が指さした方を見た。彼の隣まで歩いていくと、ジーンが言ったクマがなんのことなのかわかった。

テーブルのまんなかに、三階建ての人形用のおもちゃの家があった。その家は片側がオープンになった状態で、中にある小さな家具が見えるようになっていた。

ジーンが興味を持ったのは、その家に置かれた三、四体のクリーム色のクマの人形だった。

そのときのジーンの表情を見て、僕はほほえんだ。

「またクマにやきもちやいてるんですか?」

「そんなわけないだろ」

隣にいる彼はむすっとした顔をしたが、よく見ると口角がわずかに上がっているのがわかった。

「僕はただ、きみにも子供っぽいところがあったんだなって思っただけだよ。こんなふうに家族をつくるくらい、このクマが好きなんだろ」

僕は笑った。なにも答えずに、その家の中から一番小さなクマの人形を手に取って、彼に差し出した。

ジーンは素直にそれを受け取った。彼は僕の車の中にあるクマを見るたびに、いつもそれを触りたそうにしていた。実際に手にすると、彼はそれをくるくるまわしてから、光沢のある黒いビーズでできた目の部分を撫《な》でた。

「この家も全部きみが買ったの?」

「違いますよ。これはほんとは僕のものじゃないんです」

「きみのものじゃない?」

「はい。人からもらったものです」

小顔の彼が振り向いた。彼は眉をひそめた。

「人にもらった？　きみの昔の恋人がくれたの？」

「そんなのどこにいるんですか」

「………」

「ジーン、覚えてないんですか？」

「覚えてないってなにを？」

「昔、僕たちはこのクマの人形をめぐってケンカをしたんですよ」

「は⁉」

彼は高い声を出した。すぐに手元のクマに視線を戻し、右に転がしたり左に転がしたりしたあと、またパッと顔を上げて僕を見た。

「そんなの嘘だよ」

彼が信じてくれなくても、僕は驚かなかった。僕は大きな家の中にいる残りのクマの人形に視線を向けた。

「このクマは、子供のころにジーンのおばあさんがジーンにあげたおもちゃなんです。クマの家族とこの大きな家を、ジーンは自分の部屋のキャビネットの上に飾っていました」

「クマの家族とこの大きな家を、おばあちゃんが僕にくれた？」

ジーンは僕の言葉を繰り返した。

僕は手を伸ばしてテーブルの上にあるランプのスイッチをつけた。ランプから放たれる柔らかい光が、目の前のものをよりはっきり見せてくれた。

「そのころ、僕はよくジーンの部屋に遊びにいっていました。ジーンがこの人形と家にすごく夢中になっているのを見て、僕はそれが欲しくなったんです。でもジーンはくれませんでした。それでランおばさんが、僕に一体か二体分けてあげなさいと言ったんです。でもジーンは怒ってしまって、だったら全部あげる、もういらないからって叫んだんです……」

僕の声はおちついていたが、当時人形に対して抱いていたみっともない嫉妬《しっと》心を隠していた。

「覚えてないんですか？」

「うん……でもきみから聞くと、なんとなくそんなことがあったような気もする」

「………」

「それで、きみはなんで僕のおもちゃを奪いたかったわけ？」

僕はさっきよりも顔をほころばせて笑った。ジーンと一緒にいると、僕はいくらでも自分の幸せな気持ちをあらわすことができるような気がした。

たとえ幸せが消えてしまうくらいの悩みごとがあったとしても、ジーンがいるだけで、僕は簡単にまた幸せを感じることができる。

「僕もわからなかったんです。でも大人になってから気づきました……」

「………」

「ジーンがそれを大切にしていたことが、僕は気に入らなかったんです」

「………」

「僕は嫉妬してたんです」

いつから自分のあらゆる感情がジーンに結びつくようになったのか、自分でもわからない。

子供のころは、自分のことを理解していなかった。ジーンが自分以外のなにかに興味を持つのを見て、僕はどういう方法でその嫉妬を表現していいかわからず、彼を怒らせるようなやり方を選んでしまったのだろう。

当時から、ジーンにほかのなによりも自分に興味を向けてほしかったのは変わらない。僕にとってジーンはずっと特別な存在だった。僕らが出会った最初の瞬間、彼は僕を驚かせるような存在だった。そのあと僕をピアノのレッスンから逃がしてくれ、一緒に走って遊んだときには、彼はヒーローのような存在だった。

それからもうすこし大きくなると、世界で一番かわいい兄になった。

そしていま、彼は僕の愛する人であり僕だけのものになった。

「きみは……」

彼が声を出した。彼はうつむいていたので、頬骨と薄いまぶただけが見える。

「怒ってますか?」

「そんなわけないだろ。きみがこんなふうにちゃんと取っておいてくれてて、怒ったりなんかしないよ」

ジーンは相変わらず僕に対して優しかった。

「これはジーンのものになったも同然ですから、いつでも好きなときに遊んでください」

「………」

「でも、僕よりクマに夢中になったりはしないでくださいね」

「きみはなにもわかってない」

「いまの僕は、ほかのなによりもきみに興味を持ってるんだ」

そう言ったジーンの声は大きくなかったが、僕の耳にはちゃんと届いた。

彼のその言葉に、僕は一瞬固まった。

沈黙した瞬間、頬が赤くなるのを隠していた彼がぎこちなく顔を上げた。それからその顔は満面の笑みに変わった。

それはあまりに魅力的な笑顔で、僕は彼の柔らかい頬にキスをせずにはいられなかった……。

カウント……（もうカウントする必要はない）

金曜の夕方のショッピングモールは、とても混雑していた。とくにさまざまなレストランが集まっている階は、ほとんどすべての店に順番待ちの列ができていた。店を選んで予約表に名前を書いておこうかと思ったが、まだなにを食べたいか決まっていなかったので、先に映画のチケットを買いに上の階に上がった。

今日、大学から帰ってきたナップシップを映画に誘った。

先日、僕らは二月中に一度実家に帰ろうという話をした。そして今日がよさそうだということになり、僕は荷物を準備して待っていた。映画を観て食事が終わったら、そのまま車で実家に帰る予定だった。

実家に二、三日泊まれば、休養も取れるし、両親を安心させることができる。今週はナップシップの仕事もなかった。

「なにが観たいですか？」

「うーん……」

僕は上映スケジュールが表示されているパネルを見た。その表の中には、ホラー映画が二つあった。一つはタイ映画で、もう一つは洋画だった。頭の中で双方の魅力を比較した。僕は振り返って、すぐうしろに立っている彼に訊《き》いた。

「ホラー映画大丈夫？　たしかきみ、幽霊は怖くないって言ってたよね？」

「たとえ怖くても、ジーンが観たければ僕も一緒に観ますよ」

低い声でそう言った彼に、僕は一瞥《いちべつ》を投げた。それから肩をすくめながら言った。

「僕はおちついて映画が観たいだけ。隣にいるきみがキャーキャー叫んだりするのを聞きたくないんだよ」

突然、僕は頬を引っ張られた。

「もし僕がキャーキャー叫んだら、慰めてくれないんですか？」

「慰めないよ」

僕はふざけて言ってから、映画のチケットを買うために券売機の前に並んだ。幸い並んでいる人はそれほど多くなく、すぐに自分の番が回ってきた。

「普通の席にしよう。お金もったいないから」

隣に立っている彼はうなずいて、手に持っていたクレジットカードを差し出した。僕は座席を選び、その場所を指でタッチした。

ドラマの放送が三週間前に終わり、僕とナップシップは公の場での行動に注意する必要がなくなった。

これまではナップシップとウーイくんのカップリングのファンのことを考えて遠慮していたが、いまはそこまで気にしなくてもいい。

とはいえ、外に出てなにか人目を引くようなことをするわけではない。ただ僕とナップシップは、親しくないふりをしなくてもよくなり、ありのままの僕らでいられるようになったというだけだ。

「なにが食べたいですか？」

「今日はきみが選んで。僕がおごるから」

「いいですよ。恋人の分くらい、僕が出します」

それを聞いて僕は思わず顔をしかめた。

「お金はちゃんと貯めときなよ。もうすぐ仕事も辞めるんだから」

ナップシップはターム姉さんとのあいだで契約の修正に合意したが、契約期間が終了するまで、彼はまだあと二カ月仕事をしなければならなかった。スケジュールが詰まっているせいでかなり疲れているはずだと、タムが僕に教えてくれた。

ただしナップシップは要領のいい人間だったので、仕事のせいで勉強に影響が出るということはあまりないようだ。

「じゃあ、韓国料理にしましょうか」

「それはこの前僕が食べたいって言った……」

「シップさん⁉」

彼の名前を呼ぶ大きな声で、僕の声はかき消された。

僕とナップシップはほとんど同時にその興奮した声の方を振り返った。

「ナップシップさんだ。本物だ！　ジーンさんもいる。すごい。こっちこっち。こんにちは！」

走り寄ってきたのは、高校の制服を着た女子学生のグループだった。興奮した様子の彼女たちは、ナップシップをちらっと見たとたん、頬を赤く染めた。

僕は目をぱちくりさせた。そばに立っている彼を横目で見ずにはいられなかった。

あと数カ月後には芸能の仕事から引退することをすでに発表しているにもかかわらず、彼の人気はいまだ高く、いままでと同じように注目を集めていた。写真や動画を投稿すれば、相変わらずたくさんの反応がある。

外出先では、だれにも気づかれないこともあるが、オーラが強すぎて今回のようにファンの子たちに気づかれてしまうこともすくなくなかった。

「一緒に写真撮ってもらえませんか。ちょっとだけ。五分でいいので。お願いします」

「私たち、シップジーンのページをフォローしてるんです。初めて本物のジーンさんに会えました。かわいいです。今日はピンクのめがねなんですね」

「…………」

僕は笑顔をつくって見せる。

結局ナップシップは彼女たちと写真を撮った。そしてモデルでも俳優でもない僕も、その写真に一緒に写る羽目になった。

「どうもありがとうございました。写真アップさせてください」

「シップさん、インスタのライブまたやってくださいね〜。待ってます〜」

彼女たちはかわいらしく手を振って、嬉しそうにキャッキャとはしゃぎながら去っていった。

僕はそれに応えるようにすこしだけ手を振った。こういう状況にまだあまり慣れていないので、僕の笑顔はさぞぎこちなかっただろう。

僕らは、自分たちが特別な関係だと公言してはいなかったが、そうではないと否定したわけでもなかった。シップと僕に関するページをのぞいたりすることはほとんどなかったが、そのページを好きな人の多くが、僕とシップが付き合っていることを確信しているだろう。

僕はもう一度隣にいる彼を見た。彼は咎《とが》めるような視線をこちらに向けていた。

「かわいい格好をしないでって言いましたよね？」

「だって……リリーさんがわざわざ送ってきてくれたんだよ。僕はそれを着ただけ」

リリーさんは、去年のクリスマスに初めてタイの市場に参入したファッションブランドのオーナーで、トランスジェンダーの女性だった。ナップシップがそのブランドのファッションショーに出たことがきっかけで、僕も彼女と知り合うことになった。

ピンクのフレームのおしゃれめがねも、今日僕が着ている服も靴も、それらはすべてリリーさんから送られてきたものだった。

「彼女は、間接的に服の宣伝ができるから送ってくるんですよ。わかってます？」

「はあ？　どうやって？」

「僕がジーンの写真を撮るのが好きなことを知ってるんです」

僕は混乱した。

「じゃあきみが撮ってインスタに載せるのがいけないんじゃないの」

「僕だって撮りたくないんです。人に見せたくありませんから」

「…………」

「でもほかの人に見せたい気持ちもあるんです……」

彼の鋭い目が僕に向けられた。

「ジーンが僕のものだってことを」

ナップシップはわざと僕をからかっているようだった。そしてそれは成功していた。

「僕……」

「………」

「おなか減った……」

彼はふふっと笑った。彼の嬉しそうな表情が、ますます僕の頬を赤くした。


最近は実家に帰ると、自分の家に泊まって食事をするのはもちろんだが、オーンおばさんに顔を見せるためにナップシップの実家の方にも行って、一泊はするというのがあたりまえになっていた。実際のところ僕の父さんはそういうことをあまり好ましく思っていないようだったが、父さんとワットおじさんは付き合いが長いので、父さんが口うるさく文句を言うことはなかった。母さんとオーンおばさんも同じような感じだった。

おそらく父さんは、僕ら二人に四六時中くっついていてほしくないのだろう。その証拠に、母さんがシップにうちに泊まるよう誘ったとき、父さんはシップを僕の部屋とは別の部屋に泊まらせたのだ。

実家に帰る日は、僕にとっては休日のようなものだ。最近は二週間に一回くらいのペースで帰ってきていた。

実家に帰ったときは、パソコンを開いて原稿を書くことはほとんどしなかった。母さんと一緒に映画を観たり、市場に行ったり散歩に行ったりして過ごしていた。

最近僕が書いているのは、ＳＦファンタジーの小説だった。エイリアンに関する話なのでＳＦ風ではあるのだが、決して重厚すぎるものではなく、腐女子にも読んでもらえるようなものにしようと思っていた。

例えば、深い関係にある二人の男性キャラクターを登場させるとか、そんなふうにするつもりだった。

僕の小説のファンの多くは、僕が以前別のペンネームでホラー小説を書いていたことを知っている。ふたたび自分が得意なジャンルで書くようになって、僕はスムーズに筆が進むのを感じていた。

「ジーン」

考えごとをしながら小さな庭を歩いていた僕は、突然声をかけられてびっくりした。

振り向くと、気楽な家着を着たジェップ兄さんが、東屋《あずまや》でカームおじさんと座っているのが見えた。

木製テーブルのまんなかには、マジックで線を引いた手製の将棋盤が置かれている。駒はコーラの瓶の蓋《ふた》だった。

「どこ行くんだ？　またシップに会いにいくのか」

ジェップ兄さんはこちらを見ずに、将棋盤を見つめたままそう言った。

「父さんが知ったら、今日もまた夕食のあいだずっと怖いオーラを向けられるな」

「違うよ。母さんの代わりに荷物を受け取りにいくだけだよ。配達業者から電話があったから」

「ああ、じゃあついでに俺とカームおじさんに一缶ずつチャーンビール持ってきて」

「…………」

僕は目を見開いた。

「いいですよ、ジェップさん。イムを呼んで持ってきてもらいますから」

カームおじさんがパッと立ち上がった。

「大丈夫です。ジーンに持ってきてもらいましょう」

僕は下唇を突き出してジェップ兄さんをにらんだ……。仕事に行かずに家にいる日はいつも弟をパシリにしやがって。

配達業者から荷物をたしかに受け取ると、僕はその箱を先に母さんのところに持っていった。

ジェップ兄さんをもうすこし待たせてやりたかったので、母さんがカッターで箱を開けるのを手伝う。

箱の中には、母さんがネットで注文した子供用のおもちゃが入っていた。友達の娘さんがもうすぐ出産するらしく、訪ねていくときにこれを持っていくということだった。

数分経ってから、僕はゆっくり立ち上がり、冷蔵庫を開けてビールの缶を手に取り庭に向かった。

「いまの一局はなしだよ、なし。最初は私が勝ってたのに。ジェップさんがシップさんに手伝わせたら、結局私の負けだもの」

「おじさんは将棋の名人じゃないですか。さっき僕が一局負けてますし。今回はシップを助っ人にしたから、力が五分五分になっただけですよ」

「ええ、二対一なのにですか。老人に容赦ないなあ」

「………」

僕は目を細めて、東屋で将棋に興じている三人を見た。

さっきまでは僕の兄さんとカームおじさんが向かい合って座っていた。しかしいまはなぜか、カームおじさんの向かいにナップシップが座っていた。

ジェップ兄さんの方は、高齢者に不公平な手段での勝利に恥ずかしげもなく大喜びしていた。

僕は東屋の前の小さな階段のところで立ち止まった。

「ジーン、おまえ遅いよ。やっと持ってきたのか」

「母さんを手伝ってたんだよ。きみは？　なんでいるの」

後半は、ナップシップの方を向いて訊いた。僕が東屋に上っていくと、彼は僕の手を取って自分の隣に座らせた。

「会いたかったです。ところで、これはなんですか？」

彼は僕が持っていたビール缶に鋭い視線を向けた。

僕を咎めるような彼の視線を見て、すぐにそれをテーブルの上に置いた。

「僕のじゃないよ。ジェップ兄さんとカームおじさんに持ってきたの」

「ああ」

ジェップ兄さんはビールを手に取り、プルタブを開けた。

カームおじさんが庭の植物に水をやらないと、と言って立ち上がったことで将棋はお開きになった。

東屋には僕ら三人が残った。ここに座ると、いつも涼しい風に当たることができる。僕がいつも寝ているハンモックと同じくらい心地よかった。

「今日はうちに泊まるのか？」

ジェップ兄さんがナップシップに訊いた。

「いえ、今日はジーンが僕の家に泊まりにきます」

「……今日の夕食も間違いなく父さんが氷を貼りつけたみたいな顔になるな」

その言葉に、ナップシップは小さく笑った。

「兄さんからティープおじさんに、あんまりジーンに過保護にならないように言ってください」

「ふん、俺なんか長男だからそんなにチヤホヤされなかったっていうのに」

「嫉妬《しっと》してたんですか？」

「ああ、そうだよ。ケッ」

兄さんが笑った。ビールをもう一口飲んでから、ナップシップの肩を叩いた。

「…………」

僕はしばらく考えにふけった。僕とナップシップが付き合ってることを僕の家族が知ってから、ナップシップはよくうちに来るようになった。

彼はジェップ兄さんともいつも親しげに話をしていた。ジェップ兄さんは人をからかうのが好きだったので、僕らのことをひやかすこともあったが、だいたいはナップシップと冗談を言い合うだけだった。二人はこっちが驚くほど仲がよかった。

僕とヌン兄さんですら、ここまでの親しさはないのに。

「自分の兄貴の顔をそんなに見てどうした？　俺はナップシップを奪ったりしないって」

「バカじゃないの。だれもそんなこと考えてないよ」

ジェップ兄さんはナップシップを挟んだ反対側に座っていた。まんなかにいるナップシップは、僕の腰に腕をまわしていた。なので僕が兄さんに話しかけるときには、顔を突き出すようにして相手に牙を剝《む》かなければならなかった。

「兄さんがシップを奪いたいなら奪えばいい。僕はチョンプー姉さんを奪ってやるから」

「おい、俺の妻だろ」

僕は頬を軽く引っ張られた。

「ジーンの夫である僕のことは？　夫がほかの人に奪われてもいいんですか？」

からかうようにそう言ったナップシップの顔を見て、僕は彼の手を払いのけた。

「ジェップ兄さんがイライラさせるから」

「なんだよ。不満ならナップシップに言えよ」

「兄さん、ビール返して。飲まなくていい。飲みたいなら自分で取ってきて」

僕らはしばらく東屋で座って話していたが、暑くなってきたこともあり、兄さんはシャワーを浴びて部屋で休むと言ってその場をあとにした。

昨日は丸一日ナップシップの顔を見ていなかったが、今晩はオーンおばさんの招待で向こうの家に泊まることになっていた。そんなわけで、僕は自分の部屋に行って荷物を準備した。

日曜日のタナーキットパイサーン家は、しんと静まり返っていた。ヌン兄さんはオーンおばさんを病院の健康診断に連れていっていた。ワットおじさんは友人とゴルフに出かけているらしい。

「なんできみはオーンおばさんと一緒に病院に行かなかったの？」

「母さんがジーンを迎えにいきなさいって言ったんですよ。早く迎えにいかないとティープおじさんがこっちに泊まらせてくれなくなるからって」

僕はそれ以上なにも言わなかった。二階に上がって荷物を置いたあと、一階に戻るために階段を降りていった。

残りあと数段というところで、ドアが開けっぱなしになっている一階のとある部屋の中が目に入った。

さっきまでだれかがその部屋を掃除していたのだろう。普段そのドアは閉まっていたので、この場所を何度も通ったことがあるにもかかわらず、僕はいままでその部屋に気づかなかった。

いまは部屋の中がはっきり見えた。見覚えのある家具が、僕になにかを思い出させた。

「この部屋……」

「はい？」

「きみのピアノの部屋だろ」

僕はその部屋の前で立ち止まり、顔を出して中をのぞいた。

広々とした部屋で、ドアの向かい側の壁は一面鏡張りになっていて、天井はかなり高かった。部屋の一角にオーディオスピーカーがあり、テーブルの上にはアンティークのレコードプレーヤーが置かれている。持ち主はおそらく、骨董品を集めるのが好きなワットおじさんだろう。

部屋の中で一番目立っているのは、窓の近くに置かれた光沢のある黒いグランドピアノだった。

窓から降り注ぐ光がグランドピアノを照らし、それはまるで美しい城の中の貴族の部屋のようだった。

昔、僕はこの部屋で遊んだことがある。それはかなりおぼろげな記憶だったが、それでもまだ覚えていた。

オーンおばさんは、ナップシップがまだ小さなころから彼にピアノを習わせていた。彼がよくピアノのレッスンをサボって僕と遊んでいたことを覚えている。彼のレッスンは土曜日と日曜日の午後で、ちょうど僕も自由な時間だった。

「覚えてたんですか？」

「覚えてる。きみがピアノを弾いてた。まだこれくらいだったとき……」

僕は子供のころの彼の身長を手であらわしてみせた。

「きみはレッスンをよくサボる意地っ張りな子だった」

「僕はジーンのためにサボってたんですよ」

「それできみがレッスンを受けてるあいだ、僕もこの部屋にいるようにオーンおばさんに頼まれたんだ。覚えてる」

「…………」

ナップシップはほほえんだ。

彼がそれ以上なにも言わないのを見て、僕は部屋の中に足を踏み入れ、グランドピアノのそばまで行った。鍵盤蓋は開いていた。白い鍵盤の一つを指で押すと、ポーンという音が部屋全体に響き渡る。

「きみ、いまでも弾くの？」

「たまに弾きます。でもそんなに頻繁ではありません」

「なんで？　好きじゃないの？」

「好きじゃないわけじゃないです。まああっていう感じです」

僕はピアノを見ながら小さくうなずいた。それから彼の方を振り返って言った。

「なにか弾いてくれる？」

ナップシップは驚いたように眉を上げたが、すぐに僕に訊いた。

「なんの曲がいいですか？」

「なんでもいいよ。きみの好きに弾いて」

それを聞いて、ナップシップは僕の希望に応えてくれた。彼はこちらに歩いてきて椅子に座り、鍵盤に手を置いてゆっくりと弾き始めた。

ピアノの音色が部屋全体に響き渡っていく。それはゆっくりしたメロディーの曲だったが、重々しいとか悲しげとかいった雰囲気の曲ではなかった。

僕はあまりこういう音楽を聴かないので、彼が弾いているのがなんの曲か、だれの曲かはわからなかった。

だがその曲は美しく、僕は瞬きもせずに目の前の彼をただじっと見つめていた。

ナップシップはほほえみながら、目の前の鍵盤に視線を向けていた。

シップは日常的に僕にほほえみかけてくれるが、彼の表情はいつもおちついていて穏やかで、その分すこし近寄りがたく見えることもあった。

それがこうしてピアノを弾いていると、僕の中での彼のイメージがずっと温かいものになった。

光が当たっていない方の横顔に影ができていた。彼のすらっとした指は、鍵盤の上で動くのにこれ以上ないほど美しくふさわしかった。

以前、僕はナップシップのことを王子のようだと思っていたが、いまは……。

僕は無意識のうちにポケットからスマホを取り出し、カメラのシャッターボタンを押していた。

子供のころのナップシップの姿がよみがえり、目の前の彼に重なって見えた。

僕は昔、部屋の隅に座って、ナップシップがピアノを弾くのを見ていた。初めて見たとき、なんてすごいんだと思った。毎日ボールを蹴ったりゲームをしたりするだけの自分とは比べものにならないと思った。

あのときの子が、いま僕の目の前にいるナップシップになったんだ。

そう思うと、信じられないような気持ちだ。でも僕は、嬉しかった……。

ナップシップがまた僕のところに来てくれたことも、ナップシップがこんなふうにそばにいてくれることも、彼にまつわるすべてが嬉しくて仕方ない。

「きみ……」

「…………」

曲が終わると、僕は彼に近づいていった。自分が笑っていることにすら気づかなかった。

「きみは僕の新しい小説の主人公になったよ」

「ジーンが相手役ならいいですよ」

ナップシップは僕の腕をつかんで引っ張り、同じ椅子の上に僕を座らせた。

「……かっこよかったよ」

僕は彼を褒めた。しかしその声はかなり小さかった。

「そうでしょうね。じゃなきゃ、こっそり写真を撮ったりはしないでしょうから」

「…………」

僕は口をぽかんと開けた。だがどう言い訳すればいいかわからず、僕は顔をそむけた。頬が熱くなるのを感じた。

窓の外に、花や木々が植えられた庭が見える。音は聞こえなかったが、葉っぱが揺れる動きで風が吹いていることがわかった。

僕はふたたび隣に座っているナップシップの方を向いた。きっとクールな表情と視線に出会うだろうと思っていたのに、僕の予想に反して、彼は自分の思いをすべて伝えようとするかのような温かな笑みを浮かべていた。

そんな雰囲気につられてしまったのかもしれない。僕は唐突に言った。

「シップ。きみが僕のことをどれくらい好きなのかはわからないけど」

「…………」

「僕はきみが好きだ」

「…………」

「これからますます好きになる。いままでよりもっと好きになる。きみが僕のことを好きな気持ちを追い越すくらい、好きになると思う」

目の錯覚だろうか。ナップシップがいままでにないくらい嬉しそうに笑っていた気がした。

窓から差し込む光が、部屋を暖かくしていた。それは、隣にいる彼の唇と同じくらい温かかった。

THE END

Special 1　ジーンの写真とナップシップ

当時、ナップシップは中学三年生だった。

中学のはじめから、両親は彼を兄と同じようにアメリカに留学させていた。実家が裕福だったおかげで、ナップシップの留学に不便という言葉は存在しなかった。

生まれ育った場所ではないところでの一人暮らしは、彼をいろんな面で成長させた。

すべてのことを自分でやること、見たことも聞いたこともないものを学ぶこと、それらはタナーキットパイサーン家の教育方法の一つだった。

ナップシップが留学先の文化に慣れるまでにさほど時間はかからなかった。彼は遊びに行ったり、パーティーに行ったり、スポーツクラブに入ったり、アルバイトをしたりした。

さらに、アメリカの典型的なティーンエイジャーと同じようにセックスも経験した。

身長の高さと整った顔立ちのおかげで、ナップシップが優しくほほえむと、金髪の女の子が何人も彼の虜《とりこ》になった。そしてそういう子たちとベッドを共にした話を、経験談として友達に自慢することもあった。

しかしある時期から、彼は試しにやってみたそれらのことがもはや自分の心を震《ふる》わせるものではないことに気づいた。

「シップ」

「はい？」

名前を呼ばれて、ソファに背中をもたせかけていた彼はスマホの画面から顔を上げた。

グレーの厚手のセーターにマフラーを巻いた兄のナップヌンが階下に降りてきた。

「俺、ちょっと友達のところに行ってくるから。おまえは今日どこにも行かないんだろ？」

「うん」

「帰りは夜になるかもしれないから、荷物の受け取りを頼む。恋人とも出かけないのか？」

「もう別れたよ」

「は⁉」

ナップヌンは眉を寄せた。

「また別れたのか？　おまえ、顔は女たらしには見えないのにな」

「…………」

「まあいいけど。荷物のことよろしく。なにかあれば電話してくれ」

ナップヌンは玄関のドアを開けて出ていった。その瞬間、外の冷たい風が吹き込んできて、ヒーターで暖まった空気を飲み込んでしまった。しかしナップシップはあまり気にせず、元の姿勢のままスマホの画面を見続けていた。

女たらし？　俺は女たらしなんかじゃない。

だれかと付き合うときには毎回、話が合って、うまくやっていけそうだと思って恋人になるのだ。無論、女の子の方もだいたいみんな同じだった。彼女たちも、ただ腕を組む相手が欲しかっただけなのだろう。だけどしばらく付き合うと、その相手を取り替えたくなって、別れるのがいつものパターンだった。

ナップシップはたしかにまだ中学三年生だったが、アメリカにいるティーンエイジャーの考え方はかなり大人びたものだった。

セックスもありふれたことだった……。あたりまえすぎて、彼自身も飽きていた。それは普通の行為であり、もはや興奮するようなものではない。

オーンウマー：（写真を送信）
オーンウマー：タイの調味料を送ったから　そっちに着くまで待ってて
オーンウマー：今日母さんはランおばさんの家に行ってきました　お隣さんのことまだ覚えてる？　今日は彼女の誕生日で息子たちも帰ってきてたの
オーンウマー：彼らを見てたら母さんもヌンとシップに会いたくなっちゃった

ナップシップは地球の反対側にいる母から届いたメッセージを見た。

いまの時間、アメリカはもう真っ暗だ。向こうはおそらく真っ昼間で、ちょうど食事を取っているころだろう。

オーンウマー：ジーンのこと覚えてる？　ジーンとジェップ　二人ともすっかり大人になってたわよ

ジーン？

母からのメッセージを読んで、頭の中で昔のことを思い返す。ナップシップは、よく遊びにいっていた隣の家の次男が、ほとんど毎日のように自分と遊んでくれたことを思い出した。

あれからもう何年も経っていたが、ナップシップは〝ジーン兄さん〟の顔をまだはっきりと覚えていた。

ナップシップとジーンは五歳ほど年が離れていたが、実の兄よりも仲がよかった。だがジーンが実家を出てからは、ほとんど会うことがなくなった。さらにナップシップが海外に留学してからは、もう連絡もしなくなっていた。

母が彼の話をしたことで、ナップシップはジーンのことを懐かしく思い出した。

母に写真を送ってくれというメッセージを入力しようとしたが、一方でそこまで興味があるわけでもないような気がした。結局、ごく普通のスタンプを返すだけにした。

リビングのソファにしばらく座ったあと、ナップシップは立ち上がって寝る準備をするためにシャワーを浴びにいった。


夜の外の空気とは違って、寝室の中は暖かい。

彼はすらりとした長身の体をベッドに横たえ、もう一度スマホを手に取った。タイにいる友人たちの近況を知るためにたまに見るフェイスブックを開いた。

すこしずつ眠くなり始めていたが、眠りに落ちる前に、彼はある投稿を見つけた。

ナップシップはその投稿主とフェイスブック上で友達ではなかったが、その人は投稿にタグ付けされている自分の母親と友達同士だった。

Jeb Jarernpipatさんが写真を追加しました
今年も母さんがまた一つ年を取りました（笑）

その写真は六人の集合写真だった。背景は広い庭で、テーブルとベンチが写っている。ナップシップの両親と、隣の家のおじさんとおばさんがいた。

ただ……、一番ナップシップの目を引いたのは、写真の右端にいる一人の青年だった。

その人は目が細くなるほど大きく笑い、片手でピースサインをつくっていた。もう一方の手には、おいしそうなフォーイトーンケーキのトレイを持っている。

口の端には、まるでだれかにわざと塗られたかのようにケーキのクリームがついていて、笑った彼の顔は、両方の頰が丸く膨らんでいた。

ナップシップはその人から目を離すことができなくなった。一瞬、手足の先がなぜかしびれるような感じがした。

人に訊《き》くまでもなく、ナップシップにはそれがだれなのかすぐにわかった。

あの〝ジーン兄さん〟だった。

その人は白い学生服を着ていた。もう何年も会っていなかったが、彼は大学三年生くらいのはずだ。

普段、ナップシップはまわりの人間にあまり関心を持たない。でもこのときは自分の指先をコントロールすることができず、ジーンの兄であるジェップのページを見るために画面をタップした。

下にスクロールしていくと、自分が興味を持っている人物をタグ付けした投稿を見つけた。

Jeb Jarernpipatさんが写真を投稿しました

弟に誘われて映画を観てきた。なんかわけのわからないエイリアンの映画。観たら吐きそうになった。でも俺のフェイスブックを見てるみんなは好きかもOrz

写真が投稿されたのは三日前で、一つはバンコク中心部のモールの最上階にある映画館のチケットの写真だった。そしてもう一つは、私服のTシャツとジーンズを着たジーン兄さんの写真だった。彼は一方の手でポップコーンの箱を抱えながら、もう一方の手に持ったビッグサイズの飲みものをストローで飲んでいた。

なんてことのない瞬間を撮ったその写真には、たくさんの友達がジェップの弟を面白おかしくからかうようなコメントがついていた。

……しかしナップシップの頭に浮かんだ言葉はただ一つ。〝かわいい〟だった。

脳の中のどの部分がそう思わせているのかはわからない……。

ナップシップはその写真を長押しして、保存した。

Jeb Jarernpipatさんが写真を投稿しました

弟のアホめ。おまえのせいで家がひどいことになった。

それは映画を観た日からもう一日前の投稿だった……。

家の庭の一角が写っていた。花の茂みは四角く切り揃えてあった。ジーン兄さんが地面にお尻をついて座り込んでいた。すぐ隣に水色のホースがあり、それとは別の場所に散水ノズルが落ちていた。ホースの中の水が勢いよく飛び散って、あたりを濡らしていた。庭に転んでいる彼の学生服もびしょ濡れになっていた。

薄い生地のワイシャツが、それを着ている人物の体にぴったりと貼りついている。両腕をうしろについて体を支えているせいで、胸と喉元を前に突き出すような体勢になり、白い清潔なシャツから小さな二つの乳首がはっきりと透けて見えていた。

その瞬間、ナップシップは眉を寄せた。

この写真を見ただけで自分の体が奇妙に反応するのを感じ、心の中で自分を罵《ののし》った。

その投稿のコメント数がかなり多いのを見て、コメント欄を押した。

Jiranon Jarernpipat　ジェップ兄さん、人の写真を勝手に投稿しないで。バカじゃないの。

(返信) Jeb Jarernpipat　(動画を添付)

ナップシップは迷わず再生ボタンを押した。

『ちょっと、ジェップ兄さん、水をとめて』

『ははっ、なんだって？　水やりを手伝うって言ったのはどこのどいつだ？　おまえ、手伝いどころか、尻もちついて草を踏んづけてんじゃねえかよ』

『いいから水をとめてって。それになんで動画撮ってるんだよ』


ジーンは色白の手で顔についた水滴を拭《ぬぐ》うと、よろよろと地面から立ち上がった。服はまだ体に貼りついていて、体のプロポーションがはっきり見て取れた。聞こえてくる声は男性のものだったが、かわいい声だった。彼が声を張るようにして文句を言っていた。

そして動画は終わった。

ほかにも、ジェップが弟をからかっている写真の投稿がたくさんあり、ナップシップはそれを飽きずにずっと遡《さかのぼ》って見た。そしてすべての写真を自分のスマホに保存した。

保存した写真が多くなり始めたので、ほかの写真と分けるために新しいフォルダをつくってさらにそこに保存した。

その夜、もう何年も会っていない近所のお兄さんの姿で頭をいっぱいにしながら、ナップシップは眠りに就いた。


ある日の朝。

部屋の主は、眉間《みけん》に皺《しわ》を寄せながら目を覚ました。昨晩もジーン兄さんの夢を見たことに気づき、小さくため息をついた。あの夜に写真を見て以来、ナップシップはジーンの姿を頭から振り払うことができなくなっていた。

ジーンのフェイスブックもチェックするようになったが、ジーンはたまにプロフィール写真やカバー写真を変える以外、あまり更新していなかったし、自分の写真もほとんど投稿していなかった。

一方で、彼の兄であるジェップのページは、ジーンの写真であふれていた。

そのためナップシップは、もはや病気ではないかと思うくらい毎日ジーンの写真や生活をチェックするようになった。

眠っているときですら、ときおり相手の姿を夢に見た。

ナップシップはすべて無意識にやってしまっていて、潜在意識をコントロールすることはできなかった。

ジーンがナップシップの広いベッドに横たわって、かすかにほほえみながら柔《やわ》らかい頰を赤くしていた。ジーンが手を伸ばして自分を抱きしめ、唇を動かして小さく〝シップ〟とささやいて……。

それは十代の男の子が恋をしたときに見る典型的な夢だった。

ただし彼の場合、相手はセクシーなくびれのある女性ではなく、ずっと兄のように慕っていた近所のお兄さんだった。

ナップシップは毎日、ジーンの写真を繰り返し何度も見た。相手への気持ちが、巨大な雪山のように募っていく。

本物の彼に会いたい……。

抱きしめたい。

頰にキスしたい。

夢の中でやっているように強く唇を押しつけたい。

写真を見た日から今日まで、そういう考えや願望が、ときには自分でも怖くなるほどどんどん膨らんでいった。

ナップシップは、いつの間にかこの問題にどう決着をつけるかばかり考えるようになっていた。

「おまえ、高校を卒業したら大学はどうするんだ？　こっちの大学に入るのか？」

帰国のためにスーツケースに荷物を詰めていたナップヌンがそう訊いてきた。彼は部屋の前のドア枠にもたれて立っているナップシップをちらっと見た。

「実際、ここも悪くないけどな」

「いや、僕は帰るよ」

「おいおい、結局心変わりしたのか」

ナップシップはなにも言わず、ただうなずいた。

「そうか、まあ実家も悪くない。父さんと母さんもおまえに会いたがってるしな」

「………」

「俺がいなくなっても、女の子を連れ込んだりするなよ……って言っても、いまはだれとも付き合ってないんだったな。いいことだ」

ナップシップは、先日大学を卒業して帰国するために空港へ向かう兄を見送った。ナップシップ自身は、留学期間がまだあと三年残っている。

これまでは時間が過ぎるのが早いか遅いかなんて、気にしたことはなかった。だがいまは兄のことがうらやましかった。
ナップシップは家の中に戻って、スマホを手に取った。そのまましばらく立ち尽くす。兄がタイに帰ったことで気を紛らわすものがなくなり、好きな人の写真を見ているだけではもの足りなくなってきていることに気づいたのだ。
ナップシップはある人にメッセージを送ることにした。

Nubsib tanagijpaisarn　ジェップ兄さん
Nubsib tanagijpaisarn　僕のこと覚えてますか?

ナップシップは、〝ジーン兄さん〟についてあらゆることを教えてくれる人を欲していた。

Special 2　カウント31.2　タムと彼の任務

「この手の仕事はもう引き受けないって言いましたよね」

そう言われたタムは顔をこわばらせて、うなずいた。

「それは俺もわかってる。でもこれは連絡が来たばかりの仕事なんだ。ほんとにこれで最後だから」

タムは、長身でスタイルがよく、頭のてっぺんから足の先まで完璧なナップシップをじっと見つめた。必死に同情を誘うような視線を送ったが、ナップシップはそんな表情を一瞥《いちべつ》することもなく、手に持ったスマホの画面だけを見ていた。
二、三日前、事務所の社長で彼の姉でもあるターム姉さんからタムに電話がかかってきた。
彼女が借りている物件のオーナーに、トランスジェンダーでファッションデザイナーをしているリリーさんという女性がいて、その人がナップシップとウーイのペアにファッションショーに出てほしいと連絡をしてきたらしい。

だが、ナップシップとは新しい契約書を交わしたばかりだったので、この仕事を強制することはできない。そこでターム姉さんは、タムから〝お願い〟するという方法を使うことにしたらしい。

若者をターゲットにしたそのファッションショーは、あと一週間後に迫ったクリスマスイブの夜に、都心のショッピングモールで行われる予定だった。

すでにウーイにも連絡していたが、彼も最初は乗り気ではなかった。二人とも、カップルとして扱《あつか》われるような仕事をしたくないことを、タムもよくわかっている。

しかし二時間ばかりかけてあの手この手で説得した結果、ウーイはオーケーを出してくれた。あとは……。

残るはナップシップだけだった。

ターム姉さんは、賃貸物件のオーナーであるリリーさんとの関係を維持するためにこのオファーは断りたくなく、今回が最後だから助けてほしいとナップシップにお願いするしかなかったのだ。

「今回はおまえとウーイくんの二人だけじゃないから。向こうは主演級の俳優に何人も声をかけたみたいだから、なにも問題はない。俺からもターム姉さんに確認して、これがほんとに最後だって約束させたから」

「タムさんは社長のことを信じるんですか？」

「俺は……」

タムは言葉に詰まった。ナップシップが疑う気持ちもよくわかるが……。

「まあな。もしこれ以上なにかあれば、そのときは俺がどうにかする。ちゃんと契約書も交わしたしな。ただ……今回のショーは、ほかの人気ドラマの俳優たちにも一斉に声をかけてるわけだから、おまえが出なかったりすると体裁が悪くなるんだと思う」

「……………」

「な、シップ。頼むよ。小柄なこのマネージャーをどうか助けてくれ」

「……………」

「ジーンの友達を助けると思って」

タムが友人の名前を出すと、黙ってスマホを見ていたナップシップが、一瞬視線を上げてタムを見た。

「ジーンも文句は言わないはずだ。あいつは話のわかる奴だから」

口ではそう言ったものの、タムの心の中は頼むから今回だけ受けてくれと懇願する気持ちでいっぱいだった。

ナップシップは芸能の仕事がやりたいわけではなく、実家も金持ちときている。たとえどんな理由をつけて説得しても、彼にオーケーと言わせるのは至難の業だ。

「じゃあ、こうしませんか」

「こうするって⁉」

タムは慌《あわ》ててナップシップの向かい側のソファに腰を下ろした。

「最近、ジーンは僕の部屋に戻ってきて寝ようとしないんです……」

「…………」

「タムさんがジーンに僕の部屋で寝るように仕向けてくれたら、僕はその仕事を受けます」

一瞬、タムは面食らった。それから意味がわからないという表情になる。

「なんで自分でジーンに戻ってくるように言わないんだよ？」

それを訊《き》かれたナップシップは顔を上げて、まるでピエロを見るかのようにタムのことを見た。

「僕がまだそうしてないと思いますか？」

「でもジーンは首を縦に振らなかった？」

……それはそもそも、おまえがあいつに自分の部屋に戻るように言ったからだろ。タムはそう言いたかった。だが、言えなかった。

「それはそっちでどうにかした方がいいと思うけど。やり方はいろいろあるだろ？　その方が俺が言うより効果があると思う」

ナップシップは今度は鋭いまなざしでタムをにらんだ。

「今回はタムさんにお願いしたいんです」

「なんで？」

「なんでって」

ナップシップはおちついた声を出しながら、また顔を下に向けてスマホの画面に視線を戻した。

「僕に契約外の仕事を受けさせようとしてるのに、こっちがお願いすることは聞いてくれないんですか？」

「ちょっと待って、わかった」

タムは手を上げて降参した。

「わかった、やるよ。この件は俺に任せとけ」

ナップシップが何事もなかったような顔で小さくうなずくのを見ると、憎たらしいと思う気持ちが出てきた。

でも考えてみれば、責められるべきなのは姉さんの方だ。姉さんは欲しがるばかりで、なに一つ失いたくないという気持ちが強すぎる。

その結果どうなったかといえば、すべての負担がナップシップ一人にいってしまった。

それでも、タムはナップシップのマネージャーをやれてよかったと思っていた。

彼は口数がすくなく、すこし怖いところもあったが、一緒に仕事をすると、ほかの人よりも気持ちよく仕事ができた。

取り決め以上のことをやらせないかぎり、ナップシップは文句を言うこともなく、時間にも正確で、プロとして完璧に仕事をこなす。

そう考えると、彼が近々この業界の仕事を辞めることはやはりもったいなく思える。

だが、まあそれは仕方ない……。

タムは座っていたソファから腰を上げた。

「おまえ、試験がまだあと二日あるんだよな？」

「はい」

「だったら、今晩は俺がおまえの部屋に泊まる。いまからちょっとジーンに電話するから」

そう言うと、タムはナップシップの返事を待たずにズボンのポケットからスマホを取り出し、ジーンにラインのビデオ通話をかけた。寝ていなければ、いつものように映画かドラマを観ているはずだ。

思うに、ナップシップが話をしにいってもジーンが同じ部屋で寝ようとしないのなら、それはつまり、ジーンに対して普通のやり方で説得してもうまくいかないということだ。

タムは事務所の部屋を出て、給湯室へ向かった。そこはスタッフが来客のための飲みものを入れる場所だった。

タムは紙コップを手に取り、自分のためにコーヒーを入れた。そのあいだに、ちょうど相手を呼び出していた画面がビデオ通話の画面に切り替わった。

「あー、どうした？」

「ジーン、いまなにしてる？」

「起きたばっかり。おまえ、なんでビデオ通話かけてきたんだよ」

手がふさがっていたので、タムはスマホをそばのカウンターに置いて、画面を天井に向けた。自動的に、相手の画面には天井が映ることになる。

「悪い、いまちょっとコーヒーを入れてるんだ」

「シップと一緒か？」

「ああ。大学が終わったばっかりで、事務所に仕事のスケジュールを見にきてる」

「試験はどうだった？　シップはなにか言ってたか？　ちゃんとできたかな」

「自分でラインして訊いたらどうだ」

タムは言った。コーヒーに砂糖を入れ終わると、ようやくスマホを手に持って話せる状態になった。寝間着のゆったりしたTシャツを着ているジーンが映っている。髪の毛がすこしはねていた。まだ眠そうな顔で、たしかに起きたばかりのようだ。

ジーンはカメラを見ていなかった。スマホを前に持ったまま歩き回っているせいで、こっちまで目がまわりそうになる。どうやらバスルームと寝室を行き来しているようだった。

「だから、起きたばっかりなんだって。ラインをチェックしようと思ったら、おまえから電話がかかってきたんだよ。ちょっと歯を磨くから」

「ああ」

ジーンが歯磨きを済ませるあいだ、タムはコーヒーを飲んで待っていた。

「それで、なんの用だ？　なんで電話してきた？」

「ちょっと疲れたから、コーヒー飲みながら友達と話したくなっただけだ」

彼は堂々と嘘をついた。

「へえ、めずらしい。電話といえば昔、おまえが女の子とサイアムでデートしようとして、緊張しすぎて電話に出られなくて、代わりに友達を返事の電話に出させたことがあったな」

「クソッ。おまええまだ覚えてんのか」

「あんなおかしい話、忘れるわけないだろ」

電話の相手の顔を見て、タムは大学時代のジーンのまぬけな話でもして仕返ししてやりたくなった。だがいろいろ考えた結果、いまジーンの機嫌を損ねるべきではないと思い、話題を変えることにした。

「ところで、おまえいまは自分の部屋で寝てるのか？」

「はあ？　そうだけど」

「まだシップの部屋に戻らないのか？」

「ああ」

ジーンは戸惑《とまど》っているようだった。

「おまえだってわかってるだろ」

「ああ……そうだった。ちょっと仕事が忙しくて忘れてた」

「ドラマの放送が終わるまでは、距離を取らないと。予防は治療に勝る、だろ。もしコンドミニアムの住人が、俺がシップの部屋に出入りするのを写真に撮ってマスコミに売ったりしたら、この前よりずっとまずいことになる」

「テレビ局は外で一緒にいるなって言っただけだろ。コンドミニアムの中なら問題ない。ちょっと用心すればいいだけだ」

「いや、それでも危ない」

ジーンはスマホを持ったままキッチンに入った。戸棚を開けて食べられそうなものを探しているようだ。タムは、ジーンがサンドイッチにかぶりつき、もぐもぐと咀嚼《そしゃく》して頬を膨らませるのを見ていた。

「いまは別々に寝た方がいい。もうちょっとの辛抱だし」

「でもナップシップはおまえの部屋にしょっちゅう遊びにいってるんだろ？　だったら同じことだと思うけど」

「違う。泊まっていくのはまた別の話だ」

タムは目を瞬かせた。なんで今回は思ったようにいかないんだ。

「おまえらがこんなふうに苦しまなくちゃいけないのを見てると、俺もつらいんだよ。一緒に寝るだけなら、大丈夫だ。そう深刻になるなよ」

「………」

「おまえらが同じコンドミニアムに住んでることは、もう知られてるんだし」

「タム、おまえ変だな」

「な……なにが？」

「なんで俺にシップの部屋に戻って寝た方がいいなんて言うんだ？」

タムの手が震《ふる》え、紙コップを落としそうになったが、幸い電話の相手には見えていなかった。タムは焦《あせ》りを隠しながら言葉を続けた。

「俺はおまえとシップに同情してるんだよ。すこしは俺を信用してくれよ。俺が最初から姉さんの肩を持ってなかったことはおまえも知ってるだろ」

「おまえが突然そんなこと言い出すから、変だと思っただけだ」

「シップは俺が面倒見てきた奴だし、おまえは俺の友達だ。だからおまえらに幸せになってもらいたいだけだよ」

「なるほど」

「…………」

「タム、そこまで考えすぎなくていい。あと一、二カ月でドラマも終わるんだし。俺は大丈夫だから」

「…………」

おまえは大丈夫でも、おまえの夫は大丈夫じゃないんだよ！

タムはそう叫びたかったが、実際には小さな声で次のように言った。

「ああ、それならよかった。でももし寂《さび》しくなったら、我慢しなくていいんだからな」

ジーンは瞬きをした。

「ああ。それよりそろそろシャワー浴びにいきたいんだけど、もういいか？　髪を洗いたい」

「えっ……ああ、もちろん。俺もちょうどコーヒー飲み終わったし。ありがとな」

「ああ、よかった。じゃあまたな」

電話が切れた。タムは大きなため息をついた。

コーヒーを飲み終わったと言ったが、実際はほとんど残っていた。スマホをポケットにしまってからようやく紙コップを手に取って口をつけた。

タムが頭に描いていた最初の計画には、あっという間に×印がついた。ジーンを説得するのはナップシップに比べればたやすいことだろうと思っていたが、実際はそんなに甘くはなかった。

話を聞くかぎり、ジーンはふたたび問題が起きないようにするために我慢しているようだった。とにかく我慢して、最終的に快適に過ごせるようになる日を待っていた。

ナップシップも、そのことをよくわかっているはずだ。それでもやはりジーンを抱きしめながら寝たくてたまらず、胸が張り裂けそうなくらいつらいのだろう。

事情をわかっている人間の助けを借りて、この状況をどうにかしたいというのはわかる。だが、ずるいやり方でジーンを騙《だま》して、また一緒に寝させるようにするというのは……。

クソッ。

タムは理解した。自分は悪事に手を貸す役をやらされているのだ。

ナップシップは、ジーンを騙してあとで自分が怒られることになるのを避けたいに違いない。だから代わりにこっちに投げたのだ。

タムはだんだん不機嫌な顔になっていったが、とりあえず手にしていたコーヒーを飲み干した。紙コップをゴミ箱に捨ててから元の部屋に戻る。

もう引き受けたのだから、仕方ない。頭の中に二つ目の計画が浮かび始めていた。

「今晩、おまえの部屋に泊まるからな」

タムはまだソファに座ってスマホをいじっていたナップシップに言った。

「どうぞお好きに」

ナップシップは、タムが部屋を出てジーンと電話で話したことについてなにも訊かなかった。おそらくこういう結果になるとわかっていたのだろう。

タムはすっかりふてくされた……。

その日の夜。

タムはやるべき仕事をすべてばっちり終わらせた。さっき部下に近所の注文屋台に買いにいかせた豚バラのカリカリ揚げ《ムークロープ》のチャーハンを夕食に食べた。スマホで時刻を確認すると、夜の十時になるところだった。

ナップシップの方は、六時にはコンドミニアムに帰ってジーンと一緒に食事をしているはずだ。

タムは事務所から車を出すと、おなじみの道を走って彼らの住むコンドミニアムに向かった。

ジーンと再会して以来、かなり頻繁にそのコンドミニアムを訪れるようになっていた。あまりにもしょっちゅう行くせいで、守衛に顔を覚えられたほどだ。

到着したタムを見て守衛はなにも訊かずにゲートバーを上げてくれた。タムはゲスト用の駐車スペースに車を駐めて、暗証番号を入力し上の階に上がった。

彼はどっちの部屋のドアをノックすべきか一瞬迷ったが、結局ナップシップの部屋の前に立った。

「おまえ、自分の部屋にいたのか」

部屋の持ち主が出てきてドアを開けたので、タムはそう言った。

「ジーンに帰るように言われたから」

「………」

タムは同情するような目でただ相手を見つめた。

思わず笑ってしまいそうになったが、自分の立場が悪くなるのを恐れてやめた。

ナップシップはまだ制服のままで、手には紙を持っていた。おそらく授業のレジュメだろう。ジーンがナップシップを自分の部屋に早く帰らせたのは、明日も試験があるのだから試験勉強に集中してほしいということだろうと思った。

「俺のことは気にしなくていいから。おまえはそのまま勉強してろよ」

「別に気にするつもりはありませんけど」

「……そうかよ」

タムはソファまで歩いていって腰を下ろした。ナップシップは自分の寝室へと戻っていった。

タムは、ひとまず疲れを取るために三十分ほどソファに座って休んでいた。それから三十分はスマホでSNSをチェックし、それからさらに三十分、メイドが常にいろんな味のアイスを補充している冷蔵庫をあさり、その中の一つを食べた。

時刻が午前零時になったところで、タムは長々と休んでいたソファから起き上がり、リビングのガラス戸を開けてベランダに出た。

もちろん、自分がこれからなにをするかをナップシップに悟られないために、ガラス戸は完全に閉めた。

隣のベランダは、ジーンの部屋のベランダだ。部屋の明かりが点《つ》いていたので、ジーンはまだ起きているようだ。さらに幸運なことに、ジーンの部屋のガラス戸は開いていて、網戸だけが閉まっている状態だった。

タムはユーチューブから探してきた女性の泣き声の動画をジーンの部屋に向けて小さな音で流し始

めた。あまりにもバカげた計画だという自覚はある。

「………」

助けてという叫び声も入っていて、タムは鳥肌が立った。

夜風が断続的に吹きつけ、ジーンの部屋のカーテンをかすかに揺らす。

下を見下ろしてほかのコンドミニアムに明かりが点いていたり車が走っていたりするのを確かめなければ、自分でやっているにもかかわらずタムは恐ろしさのあまり足が震えて失神してしまいそうだった。

しかし仕事のため、そして姉にうるさく文句を言われないようにするため、必死に我慢するしかない。

タムは、ジーンが恐怖のあまり慌てて部屋を飛び出して隣の部屋のドアをノックするのではないかと思い、そのときを待っていた。

ナップシップと一緒に寝させてくれと言いにきて、一晩中体を震わせながらナップシップの胸に抱かれて眠ってくれれば……、自分の任務は無事に終了する。しかし……。

ギーッ。

隣の部屋の網戸が開く音がした。

タムは驚いて心臓がとまりそうになった。慌ててベランダの隅に隠れ、急いで動画をとめる。

「だれだ、こんな夜中に助けてなんて言ってるのは」

「………」

「幽霊か？」

あまりに普段と変わらないジーンの様子に目を丸くしながら、タムはこっそり顔を出して様子をうかがった。

ジーンは向こうのベランダに立って、困惑《こんわく》した表情というよりもすこし怒ったような表情で、左右を見回して幽霊を探しているようだった。それを見たタムは口をぽかんと開けた。

怖がっている様子はまったくなかった。

どうやら音の発生源を確認するために出てきただけのようだ。

「幽霊でもなんでもいいけど、ちょっと静かにしてくれ。映画を観てる人の邪魔をするな」

「…………」

それからジーンは身を翻《ひるがえ》して部屋の中に戻っていった。ガラス戸もぴったり閉められ、鍵をかけられた。

タムは困惑したまましばらくその場にとどまっていたが、やがて隠れていた場所から出てきて周囲に視線をやった。

もう一度動画の音を流しても、向こうの部屋にいるジーンには聞こえないだろう。もし聞かせたいのであれば大きなスピーカーを買ってくるしかない。だがそんなことをすれば、隣近所の住民に取り囲まれて蹴られることになるかもしれない。

結局……二つ目の計画も失敗に終わった。

タムは首を横に振り、部屋に戻るためにガラス戸を開けた。しかし顔を上げたとたん、驚いて跳び上がった。

「シ……シップ」

「…………」

シャワーを浴びて寝間着に着替えたナップシップが、目の前で腕を組みながら立っていた。鋭い目はいつもと同じように静かでおちついたものだったが、今回はタムを牽制《けんせい》するかのような視線を向けていた。

「な……なんでここでじっと立ってるんだよ。びっくりするだろ」

たったいま自分で流していた動画の音がまだ頭に残っていたので、タムは心臓がとまりそうになった。

「なにしてるんですか？」

「えっと……」

タムは言葉に詰まり、視線を別の方向にそらした。たったいまジーンを脅《おど》かすために幽霊の泣き声を流していたことをシップが知ったら、自分は間違いなくボコボコにされるだろうと思った。

「ジーンを脅かすために幽霊の泣き声を流したんですか？」

知ってるなら、なんで訊くんだよ！

「あ、ああ」

タムはずり落ちそうになっていためがねのフレームを指で押し上げた。

文句を言われるかと思っていたが、返ってきたのは呆《あき》れたような視線だった。

「ジーンは幽霊なんか怖がりません。そんなのとっくに知ってると思ってました」

「……は!?」

タムはその言葉に驚いた。だが、説明してもらうまでもなくすぐにあることを思い出した。

そうだ……普段ジーンが観る映画は、ホラーとかエイリアンとかサスペンスとか、そんなものばかりだった。最近はＢＬの作品に転向していたが、以前まではそういうジャンルの小説を書いていたはずだ。

それらを怖いと言っているのを聞いたことはない。深夜に暗い部屋でホラー映画を観られるくらいなのだから当然だ……。

だからさっきタムが流した幽霊の泣き声は、ただ映画を観ていたジーンを苛《いら》つかせただけだったのだろう。

うまくいくはずがない……。

実際には幽霊じゃないとわかっていてその泣き声を流したタムの方が、おしっこを漏らしそうなほどびびっていたというのに……。

タムはジーンをすごい奴だと思った。


三つ目の計画に行くしかない……。

ジーンを幽霊で脅かすことができないなら、ナップシップが幽霊に怯《おび》えていると言ってジーンを騙すのはどうだろう。

最初、タムはゴキブリをつかまえてジーンの部屋に放り込むことを考えたが、それもあまりうまくいきそうにないと思った。ジーンがそれを知ったら怒るだろうし、それに大学時代のことも思い出した。夜遅くに大学前の店で飲んだとき、そのあたりの下水道からゴキブリが飛び出してきたことがあった。ジーンも驚いて大声を出したが、すぐに足で踏みつぶして殺していた……。

なので、わざわざコンドミニアムの下に降りていってゴキブリをつかまえてくるのは時間の無駄だ。

タムはジーンにラインを送った。

タム（連絡は事務所の番号に）：ジーン
タム（連絡は事務所の番号に）：いまなにしてる？　ちょっと話があるんだけど
タム（連絡は事務所の番号に）：超大事な話

しばらく返信を待っていると、十分後にスマホが鳴った。

ジーン：なんだ？
ジーン：いま映画観てる
タム（連絡は事務所の番号に）：シップだよ
タム（連絡は事務所の番号に）：真剣な声で俺に電話してきた
ジーン：は？
ジーン：なんで？　シップになにかあったのか？

すぐに連続で返事が来たので、タムはにんまり笑った。
この心配ぶりなら、今晩ジーンは必ず枕と毛布を持ってきて、自分の恋人を慰めながら一緒に寝てくれるはずだ。

タム（連絡は事務所の番号に）：あいつ　幽霊に脅かされたみたいなんだ

タム（連絡は事務所の番号に）：女の泣き声が聞こえたらしいんだけど　どこからその声がするのかわからないって

タムはなるべく第三者的に見えるようにそう書いた。

おそらくナップシップ自身もなんの音かはわからなかったはずだ。とすれば、これはそこまでひどい嘘にもならないだろう。さっき幽霊の泣き声を流したことをうまく利用することにした。

ジーン：ああ　それなら俺も聞いた

タム（連絡は事務所の番号に）：えー　マジかよ!?　おまえらの家　幽霊が出るのか

タム（連絡は事務所の番号に）：怖すぎるだろ

ジーン：いや　たぶんどっかの部屋のテレビの音だと思う　もう聞こえなくなったし

ジーン：幽霊なんかいないって

「…………」

クソッ。

タムはこの部屋を飛び出してあっちの部屋のドアを壊し、ジーンを抱きかかえてナップシップのベッドに放り投げてやりたくなった。

もうどうにでもなればいい。

タム（連絡は事務所の番号に）：ほんとにいるかどうかは俺にもわからない　わかるのはシップが怖がってるってことだけだ
タム（連絡は事務所の番号に）：勉強に集中できないらしい　でもおまえの邪魔はしたくないんだと
ジーン：ほんとに？
ジーン：じゃあこっちでどうにかする

最後のメッセージを見て、タムはにやりとした。すぐに座っていたソファから立ち上がり、キッチンに身を隠した。

こうすれば、ジーンがスペアキーでナップシップの部屋のドアを開けて入ってきても、自分の姿を見られることはない。

細身の体を冷蔵庫の横に隠した。そこからなら、キッチンの外も観察することができる。

突然、ナップシップが勉強をしている大きな寝室のドアが開いた。彼が寝室から出てきたので、タムは眉を寄せた。ナップシップはベランダへとまっすぐ向かい、ガラス戸を開けて外に出た。

待てよ。そっちじゃないだろ？

話し声がかすかに聞こえてきたので、タムは忍び足でキッチンから出て、ガラス戸のすぐ近くに身を隠し、耳をそばだてた。

「ちゃんと勉強に集中しなよ。なにもいないんだから」

「…………」

ナップシップは黙っていた。

「ね、幽霊はどこにもいないから。たぶんどっかの部屋のテレビの音だよ。もしほんとに幽霊がいるなら、もっと前からきみと僕を脅かしてたはずだろ。今日になって突然出てくるなんてことはないよ」

「……ええ」

「もしどうしても不安なら、これあげる。知り合いのおばさんに昔もらったんだ」

「…………」

「そんな顔しないで。こっち来て……」

それからタムの耳に聞こえたのは、服がこすれ合うような音だった。たぶん二人は抱き合ったり頰にキスをしたり、そういうことをしているのだろう。普段は見せない顔をしているのだろうということはわかった。

数分もしないうちに、ナップシップがふたたび部屋の中に戻ってきて、ガラス戸をぴったり閉めた。彼は振り返ってタムを見た。その視線になにかがあらわれているわけではなかったが、ナップシップがまとうオーラはタムをアリのように小さく縮こまらせ、タムはその場から逃げ出したくなった。

ドサッ。

ナップシップの大きな手が、なにかをソファの前のローテーブルに放った。彼はもう一度タムを一瞥してから、すぐに自分の寝室へ戻っていった。一言も発しなかったが、その代わりに視線がすべてを物語っていた。

タムは自分が立っていた場所から移動した。テーブルの上に放られたものを見たとたん、タムの顔はこわばった。

それは魔除けの呪文の本だった。

ジーンのクソやろう……。

ジーンはバカ正直で不器用な人間だったが、ときにそのバカ正直さは人を苛つかせる。

三つ目の計画もまた失敗に終わった……。

この状況では、だれであっても間違いなく腹立たしい気持ちになるだろう。口で言うのは簡単だが、実際にやってみるとなかなかうまくいかないものだ。

タムは舌打ちをした。スマホを手に取って、苛立った気分のままジーンにもう一度ラインを送った。

タム（連絡は事務所の番号に）：おまえは自分の恋人のことが心配じゃないのか？

タム（連絡は事務所の番号に）：おまえの恋人は幽霊が怖いんだ　なのにあいつを一人ぼっちで寝させるのか？

タム（連絡は事務所の番号に）：俺はおまえを信じてたんだ　ジーン

ジーン：ちょっと待て

ジーン：どうしたんだよ？

タム（連絡は事務所の番号に）：どうもしない　ただおまえがシップのところに行って一緒に寝ればそれですべて丸く収まる

ジーン：なんなんだよ　なんで俺がシップと一緒に寝なくちゃいけないんだ

ジーン：おまえ昼間からそんなこと言ってたな

タム（連絡は事務所の番号に）：ああ　おまえにシップと一緒に寝てもらいたいからだよ

ジーン：なんで？

タム（連絡は事務所の番号に）：おまえがシップのところに行って寝てくれたら　あいつがある仕事を引き受けることになってるからだ

タムは次の計画を考えるのが面倒になった。おそらくいままでの様子からして、どれだけ手を尽くしてもまた失敗するような気がした。わずらわしいことをするくらいなら、諦《あきら》めて小一時間ほどターム姉さんに怒られる方がまだましだ。

それで、すべてを正直に伝えることにした。幽霊の声を流したのは自分だということから、ナップシップが真剣に幽霊を怖がっているという嘘をついたことまで、洗いざらい打ち明けた。

ジーン：クリスマスイブにファッションショーの仕事？
タム（連絡は事務所の番号に）：ああ　でももういい　俺も面倒になってきた
ジーン：ならなんで最初から言わなかったんだよ？
タム（連絡は事務所の番号に）：最初から言ったって　どうせおまえはこっちに戻ってこなかっただろ

リビングに一人で座っているタムは憮然《ぶぜん》としていた。ジーンに送ったラインは既読にならなかった。それがタムをますます苛立たせる。タムはさらに何行かのラインを送ったが、それも同じように未読のままだった。

クソが……。

心の中で罵詈《ばり》雑言《ぞうごん》を吐き、自分の家に帰ってシャワーを浴びてゆっくり休もうとソファから立ち上がろうとした瞬間、突然玄関のロックが解除される音がして、ドアが開けられた。

「ジーン？」

「おまえほんとにいたのか」

そこにいたのは、気楽な寝間着姿のジーンだった。一方の手は長い抱き枕を抱え、もう一方の手にスマホと充電器といつものＭａｃＢｏｏｋを持っている。

「おまえ……」

タムは口をあんぐりと開けた。

「なにしにきた？」

「おいおい、ナップシップと寝るためだろ」

「はあ⁉」

「俺がこっちに寝にきたら、シップは仕事を引き受けるって約束したんだろ？」

「ああ、そうだ」

「だから来たんだよ。シップの部屋に出入りするときに注意しないといけないから面倒だけど、まあ仕方ない」

「マスコミのことだったら心配しなくていい。それよりおまえ……」

ジーンは首をすこしかしげて、眉を上げた。

「俺がなんだよ？」

「おまえ、ずいぶんあっさり受け入れるんだな」

「おまえが最初から言ってくれれば、俺だってとっくに来てたよ。あんなふうに幽霊の声を流す必要なんかなかったんだ。映画観てたのに邪魔しやがって」

「それは……おまえがそんなに簡単に了承してくれるとは思わなかったから……」

そう言うと、ジーンは口元に笑みを浮かべた。

「まあ、シップがちゃんと仕事を引き受けたら、俺は自分の部屋に帰って寝るけどな」

「………」

まったく。一緒にいるとお互い似てくるっていうのはどうやらほんとうらしい。

しかしタムは、ジーンが自分の部屋に戻れる可能性は低いんじゃないかとは言えなかった……。

「よし。じゃあ俺は映画の続きを観るから」

ジーンはそう言うと、寝室のドアを開けてすたすたと中へ入っていった。

ソファに座っていたタムは、その背中をただ見つめることしかできなかった。

すこししてから脳がふたたび回転し始めた。パッと立ち上がって、閉まりかけている寝室のドアを急いでつかんだ。そこから顔を出して中をのぞくと、ジーンが空《あ》いている方のサイドテーブルに自分のものを置きにいくのが見えた。

一方ナップシップは、ベッドのヘッドボードに寄りかかりながら静かに授業のレジュメを読んでいた。それからジーンがベッドに上がり、布団の中に体をすべり込ませる。

ジーンはナップシップに寄りかかるようにして、スマホで映画の続きを観始めた。ナップシップも腕を伸ばしてジーンを抱き寄せた。

じつに簡単だった。

タムはその一部始終を見てから、心の中で「クソったれ」とこの日何度目かの悪態をついた。

Special 3　カウント31.3　メリー・クリスマス

十二月二十四日。

今日、有名なスタジオのショーチームは、一日中みんなでにぎやかに仕事をしていた。

タイ人にとってクリスマスイブの夜は、クリスチャンが考えるような大きなお祝いごとや重要な行事というわけではない。

それでも、このイベントの時期をだれもが楽しみにしていた。

幸い、今日は年末年始の長期休暇前の最後の仕事日だった。なので、多くの人はとくに張り切って仕事に取り組んでいた。

都心にある有名なショッピングモールでは、今日のファッションショーの準備のために、早朝から一部のエリアを封鎖していた。

まだ開演前で、しかも何カ所かに険しい顔の警備員が立っているにもかかわらず、こっそり近づいてきて写真を撮ったり、そこに立ったまま見物しようとしたりしている人が大勢いた。

タムは、舞台裏とレッドカーペットのあいだのパーティションのところに立ち、ときおりその場を行き来するスタッフたちにほほえみかけ、手を合わせてワイをした。

突然、向こうからキャーという歓声とざわめきが聞こえてきて、タムは自分が待っていた人物がやってきたことがすぐにわかった。

数人の警備員の助けを借りながら、タムは急いでその人物と舞台裏に入った。

「今日は出演者のタレントも多いけど、それにしたってなんでこんなに人がわんさかいるんだ。俺はもう頭が痛いよ」

「…………」

ナップシップはなにも言わずにほほえんでいた。だが周囲に人がいなくなると、すぐに無表情になった。

「それで、なんでおまえは約束より遅くなったんだよ？　昨日言ったよな。リリーさんがおまえの出番を増やすことにしたから、追加の衣装合わせをしないといけないって」

タムはそう言いながら、モデルたちが準備をしている舞台裏へとナップシップを連れていった。歩くあいだもタムの口はとまらなかった。

「当ててやろうか。おまえ、どうせまた朝っぱらからジーンといちゃついてたんだろ。仕事がある日は離れないといけないもんな。ほんとによく飽きないな」

「……はあ」

「人の話聞いてんのか、おい⁉」

振り返ると、うしろをついてきていたナップシップが、魅惑的な鋭い目でまわりを観察するように見回しているのが見えた。タムの言葉にはなんの興味も持っていないことは明らかで、タムは思わず口元を引きつらせた。

まったく、このクソガキは……。

タムは、ジーンの友人だからといって、ナップシップが自分の言うことを聞くわけではないとわかっている。十言って、一つか二つでも聞いてもらえれば御の字という状況だった。

タムは切り替えるように頭を振った。着替えをするためのエリアまで来ると、彼は挨拶《あいさつ》をした。

「リリーさん」

「ああ、タムくんとナップシップくん。やっと来たね」

リリーさんはトランスジェンダーの女性で、海外で学位を取得したファッションデザイナーだった。

彼女は最近タイに帰国し、タイの若者向けのファッションブランドを立ち上げたばかりだ。クリスマスイブの夜に有名なショッピングモールでファッションショーを開催することで、自分のブランドを市場にアピールしようとしていた。今回のショーには、若手俳優たちを男性モデル、女性モデルとしてそれぞれ招いている。

『バッドエンジニア』のドラマに出演した俳優も全員、今回のショーに招待されていた。

ナップシップはもうウーイと一緒の仕事には出ないという新しい契約を結んでいたが、今回は最後の出番に組み込まれていたので、致し方なかった。

「なんでそんな冴《さ》えない顔してるの？」

リリーさんは不思議そうな顔をしたが、すぐに手招きした。

「ナップシップくん、こっちに来て。ショーの最後にスーツを着てもらって、あなたとウーイくんの二人に一緒に歩いてもらいたいと思ってるの。だからいまからちょっと着替えて、私に見せてくれるかな？」

「はい」

タムは、ナップシップが目にも鮮やかな衣装が並ぶハンガーラックに近づいていくのをながめていた。

着替えスペースに入り、ナップシップは上質な生地のイタリア製のスーツと中に着ている白いワイシャツを脱いだ。しかし、彼が衣装を取ろうと身を翻《ひるがえ》したその瞬間、タムは目を剝《む》いた。

シャッ！

タムはとっさにものすごい勢いでカーテンを閉めてナップシップを隠した。

「わっ！」

リリーさんは顔を上げて、目をぱちくりさせた。

「いやあ、えへへ」

「ちょっと、なんなの？　私は男じゃないけど、別に視線だけでだれかを誘ったりするタイプでもないわよ」

リリーさんは横目でにらみながらそう言った。

「そうじゃないんです。ただちょっと……」

タムはナップシップの方をちらっと見た。

「この子はかなりシャイでして。なので、カーテンの中で着替えてからリリーさんに見てもらった方がいいかと思ったんです」

「そう。まあどっちにしろ私はここにいるから。なるべく早くお願いね」

「はい。すぐに終わらせます」

タムは真面目に返事をした。そしてナップシップの方をすぐに振り向いて目を見開いた。

「前に言ったはずだ。こういう仕事の前には、体に跡《あと》を残すなって。危うく見られちまうところだっただろ」

ナップシップは一瞬眉を上げたが、その意味を理解すると元の表情に戻った。そんなことはどうでもいいというようなナップシップの態度を見て、タムはイライラした。さらに文句を言わずにはいられなかった。

「ジーンは爪を切ってないのかよ。この仕事に……いや、文句を言ってる場合じゃない。さっさと着替えろ。メイクが間に合わなくなる」

ナップシップが一瞥《いちべつ》をよこしたのを見て、タムはすぐに文句を切り上げた。手を振って、カーテンの外に出ていった。

以前、小さめの撮影の仕事があったとき、あからさまな跡を肌に残したままスタジオ入りしたことについて、ナップシップに文句を言ったことがあった。しかし彼はわかったという顔をしただけだった。むしろ、自分の背中に爪の跡が残っていると知ったとたん、ナップシップの目には満足そうな色が浮かんだ。

無論、タムにはナップシップの思考様式がまったく理解できなかった。というか……初めて会ったときからずっと理解できていないのだが。

ナップシップへの注意がうまくいかなかったので、タムはお節介と知りながらも、代わりにジーンにビデオ通話をして注意するしかなかった。

ジーンはそれを知ると、困惑《こんわく》したような顔になり、申し訳なさそうに頭を下げた。友人の困った表情を見て、タムはそれ以上文句を言う気にならなかった。

ところがその次の日……申し訳ない気持ちになったのは今度はタムの方だった。というのも、ナップシップにものを渡すために彼がジーンと一緒に住んでいる部屋に立ち寄ったとき、ジーンの体にナップシップよりも濃い跡がついているのを見つけたからだった。

……ナップシップはジーンにいったいどんなハードなことをしたのだろう。タムはその答えを知りたくなかった。

「リリーさん、シップの準備ができました」

十分後、ナップシップは私服のスーツからダークグレーの一つボタンスーツに着替え終わった。中に着ている黒のタートルネックとの組み合わせも完璧だった。髪の毛はまだ家で簡単にセットした状態のままだったが、それでも十分きまっていた。

「わー、すごくかっこいい。ナップシップくんが着たのを見ると、私の服がいいのか、モデルのおかげでよく見えるのか、わからなくなっちゃう」

「じゃあ僕のマネージャーに着てもらいましょう」

「ええ……そ……それもありね」

「…………」

タムは押し黙った。ナップシップがさっきのタムの小言に対する仕返しをしてきたのは明らかだった。タムは見えないようにふてくされた顔をしたが、すぐにそれはどうでもよくなった。

スマホを取り出して、撮影の許可を取るためにブランドのオーナーであるリリーさんの方を振り返ったとき、ナップシップが不満げに声をかけてきた。

「なんで撮るんですか?」

「ジーンに送るんだよ」

「ならこっちで撮りましょう。いい感じに撮ってくださいよ」

数分後には、スーツ姿のハンサムな彼の写真が十枚ほど撮れた。ナップシップはその写真が自分の恋人にちゃんと送信されるかを確かめようとしてタムの方に近づいてきたが、ちょうどヘアメイクに呼ばれて、その場を離れなければならなくなった。

タムは、もうすぐ芸能界を辞めようとしている自分の担当タレントの写真を、本人がいないうちに、代理で管理している彼のインスタグラムのアカウントにこっそり数枚投稿した。


@Gene_1418さんがあなたの投稿にいいねをしました

〝いいね〟を押した人の中の一人を見て、タムはジーンがすでに起きていることがわかった。メイク用の鏡の前に座っているナップシップの方をちらっと見た。彼は目を閉じてじっとしていた。スマホにも触れていなかったので、おそらくまだこのことを知らないはずだ。

それからまもなくして、ショーの始まりを告げる司会の声が大きく響き渡った。男性モデルと女性モデルが一人ずつ順番に出てきた。

ナップシップの出番も滞りなく進んだ。彼は、スマートカジュアルな最初の衣装に身を包んでいた。ばっちりきまったヘアメイクが、ナップシップの存在をより際立たせていた。

アップテンポの曲に合わせて彼が歩くだけで、人々の視線を釘付けにした。

「さっきリリーさんが、ショーのあとの打ち上げパーティーに誘ってくれた。Sホテルだ。行くか？」

最後のウォーキングの前の休憩中、衣装を着替えたナップシップは隅の方に腰かけて出番を待っていた。タムは手に持った招待状を振りながら、ナップシップに近づいていった。

「いえ、行きません。帰って休みたいんです」

「なんだよ〜。明日ゆっくり休めるだろ。ちょっとだけ顔出せよ。おまえが行かないなら、俺が一人で行くわけにもいかないだろ。さっきリリーさんがいいシャンパンをたくさん用意したって言ってたし、俺は行きたいんだよ」

「シャンパンなら僕が用意してあげますよ。どの銘柄の、何年ものがいいですか？」

「家で一人でシャンパン開けても、寂《さび》しいだけだろ。だったら俺はジーンを呼んであいつと一緒に飲むよ」

帰って休みたいというのが、つまりはジーンと一緒にいたいということだと、わからないとでも思ったのか。

「ジーンは僕と一緒に飲みます」

「は⁉」

「タムさんも僕の家で飲めばいいじゃないですか。ヌン兄さんもいますから」

「アホか。なんでおまえの兄貴と一緒に飲まないといけないんだよ。もういい。俺も行かないから。帰って寝るよ」

タムの文句が終わったところで、ちょうどスタッフが呼びにきて、ナップシップは座っていた椅子から立ち上がった。タムはそれを見てから、パーティーの招待状をガラステーブルに置き、外に出た。

ショーの最後を飾るモデルたちは、いままでと同じように順調にランウェイを歩いていた。今回、ナップシップはウーイと一緒に歩くことになっていた。

ウーイはいま、ステージを挟んで向かい側にスタンバイしていた。ナップシップの姿を見ると、ウーイは一度ほほえみ、かわいらしい仕草で指ハートをつくって見せた。その瞬間、キャーと叫ぶファンの歓声がモールの二階から聞こえてきた。そこはガラスの手すり越しに下の階にある舞台袖とランウェイまでを見下ろすことができる場所だった。

だがナップシップの方はなにか特別な反応を示すわけでもなく、ただウーイを一瞥しただけだった。

「おまえとウーイくんのシッパーもたくさん見にきてるな。写真もいっぱい撮ってる」

「……………」

「ジーンの嫉妬《しっと》に気をつけろよ。下手すると、今夜シャンパン飲めなくなるからな」

「スタッフさん。ちょっとこの人どかしてください」

「クソガキめ……」

タムが言えたのはそれだけで、スタッフに引っ張られて、モデルたちが行き来する場所の邪魔にならないよう離れた場所で待機させられることになったのだ。

ショーのフィナーレでは、この日登場したモデルたちが最後に着用した衣装で、再びペアになってランウェイを歩いた。最後の衣装は、ブランドの自信作のコレクションだった。

そしてステージで花束の贈呈が行われるころには、ナップシップはすでに舞台裏に戻ってきていた。急ぎ足で更衣室へと直行する。

ナップシップは、早く家に帰りたくて仕方がなかった……。

イベントごとを気にするようなタイプではないが、それでも今夜はせっかくのクリスマスイブの夜なのだ。

クリスマスイブかどうかが重要なのではなく、ほかの人が特別な夜だというこの日に、ジーンとなにか特別な時間を過ごせるかもしれないということが重要だった。

そんな楽しいことを考えていたとき、一人の小柄なスタッフが駆け込んできた。失礼なくらい慌《あわ》ただしいスタッフの様子に、ナップシップは一瞬不快な顔つきになってしまう。そのあとリリーさんが嬉しそうにほほえみながら近づいてきた。

「ちょうどいまから最後の挨拶に出るところなんだけど、だれか一緒に歩いてくれる人が欲しくて。ナップシップくん、私と一緒に歩いてくれない？」

「…………」

ナップシップが答えようとしたとき、リリーさんがそれにかぶせるように言った。

「出てくれたら、明日発売予定の、私がデザインしたクリスマスコレクションをナップシップくんにあげる。ペアルックだから、ぜひ恋人と一緒に着てちょうだい」

「それなら喜んで」

リリーさんはすっと前に出されたたくましい腕を見て、その腕に自分の腕を絡ませた。そしてクスクス笑った。

「こんなふうにかわいいパートナー、私大好き。来て。ちょっとだけ歩くのに付き合ってね。今度はリラックスしてていいから」

ちょうどフィナーレを歩く人が戻ってきたのと同時に、司会が完璧なタイミングで、すぐにリリーさんの登場を発表した。ブランドのオーナーである彼女がモデルに引けを取らない足取りで登場すると、会場中が拍手喝采で迎えた。

さらにスーツを着こなした長身のナップシップが彼女と一緒に歩いているのがわかると、ますます観客の視線が釘付けになった。

小さなスポットライトが二人の動きに合わせて動く。リリーさんはほほえみながら、ありがとうと言って手を振り続けていた。

今日の招待客の中には彼女の知り合いもいたため、最後の挨拶のときに渡そうとプレゼントを用意してきた人もいた。レッドカーペットを歩くあいだ、さまざまなプレゼントがリリーさんに渡された。

身を翻してランウェイを戻ろうとしたところで、右手の方から小さな声がして二人は立ち止まった。声は小さかったが、手にプレゼントを持ってステージのそばに立っている姿は、すぐに見つけられるほど目立っていた。

「あの……」

「モデルさんに花をあげてもいいですか？」

「え？」

そう訊《き》かれたリリーさんは驚いていた。声をかけてきた人が、知り合いではなかったからだろう。だが彼に話しかけられた、隣で腕を組んでいるその〝モデルさん〟が満面の笑みを浮かべたのがすぐにわかった。

「まあ。ほんとは私がもらうところだけど、でもお好きにどうぞ。小さなトナカイさん。直接渡してあげて」

「…………」

〝小さなトナカイ〟は、かわいらしくお礼を言ってほほえんだ。大きなバラの花束を、じっと立っていたナップシップに差し出したとき、彼の頬にすこし赤みが差した。

「どうぞ。僕からです」

「…………」

ナップシップはまだ立ち尽くしていた。圧倒的な驚きが押し寄せてきて、さらにむずがゆいような気持ちにもなった。

ナップシップは優しくほほえみ返した。相手の体を引き寄せて思いっきり抱きしめたりしないように、ただ花束を受け取るだけにしておくように、全身全霊で堪《こら》えなければならなかった。

ナップシップは、目の前の小柄な相手の体を隅から隅まで観察した。

そこにいたのはいつものジーンではなかった。今日の彼は、真剣に花束を渡すつもりで来たらしく、かっちりしたスーツを着ていた。ヘアスタイルも普段よりフォーマルで、いつも撫《な》でている柔《やわ》らかい髪の毛はオールバックになっていた。小さくて丸いおでこが見えていて、とてつもなくかわいかった。

だがなによりもかわいくて予想外だったのは、頭の上に乗っているトナカイのカチューシャだ。

それはスーツに似合うものではないはずなのに、ジーンがそれを身につけると、なぜか不思議なくらいマッチしていた。

「今日のきみはすごくかっこいいよ」

そう言われたナップシップはほほえんだ。

「お好きですか？」

ジーンは一瞬固まったが、それには答えずに、代わりにリリーさんに笑顔を向けた。

「おめでとうございます。ブランドのご成功をお祈りしています。僕がもうすこし若ければ、売上に貢献できるのですが」

「ありがとう。小さなトナカイさんみたいにかわいい人にも似合いそうな服、私何十着もつくってるわよ」

小さなトナカイは一言二言さらにお礼を言ってから、ナップシップに向けて手を振った。それからその場には長居したくないとでもいうように身を翻して、ほどなく人混みの中に姿を消した。

「行きましょう。急いで着替えたら、ナップシップくんも彼を追いかけられるでしょう」

隣にいるナップシップがジーンの姿を目で追いかけているのを見て、リリーさんはそう言った。それを聞いたナップシップはわずかにほほえんだが、なにも言わず、舞台裏に帰るためにそのまま歩き続けた。

クリスマスイブの夜のファッションショーはこれで終わった。けれど、世界中の多くの人々にとってのお祝いのイベントは始まったばかりだった。

リリーさんは彼の腕から手を離した。しかしすぐにはモデルを解放せずに、部下を呼んで自分の私物を置いているところにあるものを取りにいかせ、それをナップシップに手渡した。

「これね、お礼。ナップシップくんは今夜のパーティーには来ないんじゃないかと思って。メリー・クリスマス」

ナップシップは素直にそれを受け取った。

「ありがとうございます」

「ほんとうにかわいい人だったね」

その言葉を聞いたナップシップは、いままでの倍くらい柔らかい笑顔を見せた。話題になっている人物のことを考えると、彼の瞳は輝いた。

「はい……かわいいです」

世界で一番かわいい。


リリーさんと別れたあと、ナップシップが最初にしたことは、ショーの会場に現れたかと思いきやすぐに消えてしまった人物に連絡を取ることだった。だが電話の発信ボタンを押す前に、ラインの通知が届いた。

ジーン：駐車場の四階で待ってる

図ったかのようなタイミングだった。メッセージを読んでそれに返信したあと、ナップシップは衣装を脱いで私服のスーツに着替えた。大きなバラの花束とお礼の品が入った袋を抱えて、駐車場につながっている出口へと向かった。

もうだいぶ遅い時間だったので、広い駐車場に残っている車は数えるほどしかなかった。柱のうしろからかすかにエンジン音が聞こえた。

近づいていくと、愛する人のおなじみのセダンがエンジンをかけたまま駐まっているのが見えた。フロントガラスにはカーフィルムを貼っていないため、ジーンがうつむいて暗い車内でスマホをいじっているのが見えた。

コンコン！

ナップシップはウィンドウをノックした。運転席に座っている人と同じ目線の高さになるよう、身をかがめた。こちらを見たジーンは、恥ずかしさと嬉しさが混ざったときにいつも見せるかわいい笑顔を浮かべた。

花束とお礼の品を後部座席に置いた。助手席に座ってドアを閉め、手をジーンの首にまわして上を向かせてから、その柔らかい唇をなぞるようにキスをした。

口づけは一分ほど続いた……。

「あのカチューシャはどこへやったんですか？」

ナップシップは鼻をまだくっつけたままで、ささやくように言った。

体を抱き寄せられているジーンは、鼻が触れているのがくすぐったいというように顔をそらして、ナップシップのがっしりした肩にあごを乗せた。赤くなった両頰を隠そうとしているようだ。

「もう取った」

「残念。せっかくあのトナカイさんと遊ぼうと思って戻ってきたのに」

「……そんなにずっとつけてるわけないだろ」

恥ずかしそうに口ごもりながらも、ジーンはなんでもないふうを装っていた。腕の中にジーンを抱いていたナップシップは、さらに強く抱きしめずにはいられなかった。

「だれにもらったんですか？」

「きみのファンだよ。会場に入ったときにくれたんだ」

「へえ……それはたしかに僕のファンのようですね」

「………」

「それで、いつからいたんですか？」

「きみがあのブランドのオーナーと一緒に出てくる前だよ。寝坊しちゃって、間に合わないかと思った。ちゃんと身支度しないといけないと思って、それですこし遅れたんだ。それに花束も二つ買わないといけなかったから。ウーイくんにもあげなかったら、また僕ときみの噂が記事になるだろうし」

それを聞いたナップシップは、ジーンの頬に慰めとごほうびのキスをした。

「ほんとうは来なくてもよかったんですよ。昨日も寝るのが遅かったんですから」

「最初は迎えにくるだけのつもりだったんだ。でもタムがラインで送ってきた写真を見て、本物を見たくなったんだよ」

彼の声はだんだん小さくなり、最後の方はかすかにしか聞こえなかった。ナップシップがわざとらしく耳を近づけると、ジーンは顔をしかめて、柔らかい手で顔を押し返してきた。

「そんなに好きなら、ジーンに特別に見せるために買ってきて着ましょうか？」

「そんなことしなくていい」

「好きなんじゃないですか？」

「……そこまでじゃない」

「かわいい」

「ふん……」

「見物料はちゃんと請求しますよ」

ジーンは驚いた顔をした。

「それならもう払っただろ。あの花束で」

「足りません」

「だったらタムとかショーを見てたほかの人にも請求しろよ。みんなも見てたんだから」

ナップシップはゆっくり頭を振った。自分の恋人の顔を見て、首をすこしかしげた。ジーンが見つめ返してきたので、ナップシップはいたずらっぽく笑った。

「ジーン一人からもらえればそれで十分です」

「………」

ジーンはなにも言わなかった。しかし、その顔には考えていることがいつもわかりやすく出るので、彼がいま心の中でナップシップのことを長々と罵《ののし》っているのがはっきりと読み取れた。

それを見ているだけでも思わずぎゅっと抱きしめたくなった。けれどいまジーンをつかまえて、自分の胸に押し込むように抱きしめるわけにはいかない。

「さっき、リリーさんが服をくれました」

「え⁉　なんの服？」

「んー……」

ジーンが目を丸くして見つめているのがわかると、ナップシップは言葉尻を長く伸ばした。

「恋人と一緒に着てほしい服って言ってたような……」

「恋人？　ちょっと待って。なんで彼女はきみに恋人がいるって知ってるわけ？」

「僕がクマのキーホルダーをぶら下げてるのを見たからじゃないですか」

ナップシップが低く柔らかい声で楽しげにそう言うのを聞いて、ジーンはすぐに視線を下に落とし、彼の腰の右側に目を向けた。座った状態だとスーツのジャケットの裾《すそ》がうしろに流れて、腰のあたりにクリーム色のベロア生地のクマがぶら下がっているのが見えた。それを見て、ジーンはゆっくり目を瞬かせた。

ジーンは家を出るときにナップシップがよくそのキーホルダーをぶら下げているのを覚えていたのだろう。

クールなナップシップがファンシーなクマをぶら下げているのは、人から見ると妙かもしれないが、ジーンにはそれが嬉しかったようだ。

ジーンは笑わないようにしようとしたが、ほとんどうまくいっていなかった。

「ほかの人が見たら、子供っぽいと思われるよ」

「かわいくないですか？」

その声はからかおうとしているような調子だったが、そう言ったときのナップシップの目はどこか弱さをにじませた。

「それは……」

「…………」

「かわいいけど」

「…………」

素直に返してくれるとは思っておらず、ナップシップは驚きに目を瞠《みは》った。

「肘掛けが邪魔ですね」

「うん？」

目の前のナップシップが嬉しそうに笑いながら突然そっとつぶやいたので、ジーンは驚いたように目をぱちくりさせた。

肘掛けがあいだにあるせいで、いつものように体をぴったり密着させることは難しかった。

「早く家に帰りましょう」

「ああ」

ナップシップはまたいたずらっぽく笑ってかわいい人にささやいた。

「帰ったら見物料も請求できますしね……」

Special 4　ジーンはやきもちやきじゃない

タイ人男性の標準的な背格好をしているジーンは、パステルブルーのパーカーと黒い七分丈のズボン姿で寝室を出た。薄茶色の髪の毛と丸い両頬が彼を実際の年齢よりも若く見せている。

彼はくりっとした目であたりを見回した。それからソファに座っているナップシップに向かってうなずいた。

「お待たせ。今日は僕の車で行こう。あとでモールで洗車してもらうから」

今月はナップシップが仕事をする最後の月で、今日は撮影の仕事が一件入っていた。

タムから聞いた話だと、ある有名なファッションブランドの撮影のようだった。撮影のコンセプトとセットがたくさんあるらしく、撮影には二、三日かかるかもしれないということだった。

ジーンは普段、時間があって、睡眠もたっぷり取れて仕事の原稿もない日には、現場を見にいくことが多かった。

今日は、夜にナップシップと外で食事をする約束をしていた。ナップシップの今日の撮影は三、四時間ほどだったので、ジーンはスマホとモバイルバッテリーを持って撮影現場に同行することにした。

撮影スタジオは、都心のとあるビルの上層階にあった。エレベーターで上層階に上がるとすぐに、指示を出す大きな声や機材の音が聞こえてきた。それからナップシップの現場でちょくちょく顔を合わせるなじみのスタッフたちがいた。

「ジーン、結局今日も来たのか」

先に来ていたタムが遠くから声をかけてきて、スタッフに挨拶《あいさつ》をしてからこっちにまっすぐ歩いてきた。

「ああ。このあと夕食に行くから。昨日は一晩中よく寝たし、ちょっと来てみた」

「いいことだ。部屋にずっとこもってるより、気分転換した方がいい」

「おまえも一緒に食べにいくか？」

「いいのか？　そっちのおごりなら……」

そう言いかけたタムは、ジーンのそばに立っているナップシップをちらりと見て首を横に振った。

「いや、やっぱりいい。おまえら二人で行け。お邪魔虫になりたくない」

「お邪魔虫ってなんだよ。だれもおまえをそんなふうに思ってない」

「……おまえの夫が思ってる」

「夫って言うな」

ジーンは手のひらでタムの後頭部を強めにパチンと叩いた。

「だっておまえら結婚してるも同然だろ。そしたら夫って呼ばずになんて呼ぶんだよ」

ジーンは顔を上げた。

「夫でいい。でも俺だってナップシップの夫だ」

「でもベッドでおまえが下なら、シップがおまえの夫になるだろ」

「じゃあ女性が上に乗っかってるカップルはどうなんだよ？」

「なら上か下かは関係なく、とにかく挿《い》れる方が夫ってことになるんじゃないのか」

「じゃあもしどっちも挿れないんだったら、だれが夫でだれが妻になるんだよ?」

タムの顔が険しくなり始めた。

「もういい。なんでこんなことで言い争ってるんだ。みんなに聞こえるだろ」

ジーンは不満げな表情を浮かべた。

「ナップシップくん」

男性スタッフの呼びかけで、会話が中断された。

やってきたのは、スタッフカードを首から下げた小柄な男性だった。そのうしろに、すらっとした長身で細身の女性がいた。そのオーラと歩き方、そして全身を包む雰囲気から、ジーンは彼女がモデルだろうと推測した。

「おつかれさまです。お仕事ご一緒できて嬉しいです。こちら、ミントちゃんです。このあとはずっとお二人にペアになってもらって撮影していきます。見開きの集合写真の撮影は明日になります。今日の分はナップシップくんとミントちゃんだけということで」

スタッフはそう言った。ナップシップへの挨拶を終えると、スタッフはうしろにいる女性の方を振り返った。

「ミントちゃん、こちらナップシップくん。お二人にはこれからヘアメイクに入ってもらいます」

「彼のことなら知ってます。ずっとシップに会いたかったんです。お仕事ご一緒できて嬉しいです」

女性モデルはにっこりほほえんだ。

ナップシップは、いつものように静かにうなずいて会釈《えしゃく》を返すだけだった。

ジーンは探るような視線で目の前の美人をこっそり観察した。

彼女はもともと長身だが、高いヒールを履《は》くと、近くに立っているジーンやタムよりもはるかに背が高くなった。目元は切れ長で顔は卵形、髪は巻き髪のロングヘアだった。メイクはすこし濃いめで、それが彼女を実際の年齢よりも大人っぽく見せていた。

「ではどうぞこちらへお願いします。あと一時間くらいしたら準備ができますので、撮影を始めます」

スタッフが手を広げて案内した。

「タムさんとここで待っててください」

ナップシップが身をかがめてそう言った。

「うん。がんばって」

ジーンがハンサムな顔から目を離して、もう一方を見ると、女性モデルが好奇心に満ちた表情でこちらを見ていた。

モデル二人はヘアメイクと着替えのために向こうへ歩いていった。ジーンはその背中を目で追ってから、タムのあとについて別の方向に向かった。そこには小さな古いソファが置かれていた。

二人はしばらくおしゃべりをしたあと、それぞれ自分のスマホを見るのに夢中になった。

「おいタム、ジムの奴が送ってきた写真見……」

「ん？　どれどれ」

ジーンの声は、言葉の途中で喉の奥に吸い込まれてしまった。彼がスマホの画面から顔を上げたとき、数メートル先のセットの光景が目に入った。

手はスマホを握ったままだった。

「どれだよ？　どんなアホな写真だ？　ちょっと画面こっちに向けろよ。見えないだろ」

「…………」

ジーンは聞いていなかった。撮影現場の方に興味を引かれ、そっちを見ながら眉を上げた。

ストリート風のセットになっていて、さまざまなサイズの木箱が重ねたり、傾けるようにしたりしてあちこちに置かれていた。さらに大きな車のタイヤが地面に置かれていて、キャンバスシューズを履いたモデルの足がそれを踏みつけている。

ブランドの服に身を包んだナップシップは、左側の前髪をうしろにかき上げていたので、鋭い目と額の半分が見えていて、それが彼を魅力的かつややミステリアスに見せていた。大きな手の一方は、ミントのくびれた腰にまわされていた。

ミントもお揃いの服を着ている。デニムスカートからすらっとした足が伸びている。ミントはナップシップの膝のあたりに自分の膝を乗せていたので、スカートがわずかに上に持ち上げられていた。

二人は互いに体を密着させていた。ナップシップのハンサムな顔がミントの大きな胸にくっついていて、ほとんどめり込みそうなほどだった。ミントの華奢《きゃしゃ》な手は、ナップシップのシャツのすき間から胸元のあたりに差し込まれていた。

「おい……あそこまでやらないといけないのか？」

「なにが？」

ジーンの方から話を振ってきたにもかかわらず、スマホの写真を見せようとしないので、タムは顔をしかめながらモデルたちの方を見た。

「そういうコンセプトなんだろ。別にシップのペアだけじゃない。ほかのペアもほかの日に同じような撮影をしてる」

そう言われてジーンは一応納得したような相づちを打ったが、視線は釘付けになったままだった。

「ふうん」

「けど……指示されたよりずいぶん近いような気もするな。シップは役得だな。顔をミントの胸に押し込んでやがる。あーあ、うらやましい。ミントもサービス精神にあふれてるな。腰をくねらせたり手を入れたりして。たぶんカメラマンが追加で指示したんだろ。砂漠のまんなかで車をドリフトするようなイメージで、ストリートスタイルに荒っぽさを足した感じで撮るって言ってたから」

「………」

タムはとまることなくしゃべり続けた。

隣に座っているジーンがなにも言わずにいると、タムは頭を動かして彼の方を見た。ジーンがむすっとした顔をしているのを見て、眉を上げた。

「なんだ、おまえやいてんのか？」

「違う」

ジーンはすぐに首を振った。

「シップは仕事してるだけだ。なんで俺がやくんだよ」

嫉妬《しっと》しているわけではない。最初に二人の姿を見たときは、たしかにすこし不愉快な気持ちになったが、タムの話を聞いてこれが撮影のコンセプトであることがわかったので、それ以上余計なことを考えたりはしなかった。

「まあ今回の撮影はいつもより近すぎるからな。やくのも当然だ」

「うるさい。俺はやいてないって言ってるだろ」

「口ではそう言っても、ほっぺが膨らんでるぜ」

「それはおまえがうるさいからだ」

ジーンは苛《いら》ついたように隣にいるタムの足を蹴った。

「はいはい。俺が悪かったよ」

タムは鼻に皺《しわ》を寄せた。だがジーンが仏頂面《ぶっちょうづら》になり始めたのを見て、それ以上茶化すのをやめ、さっきと同じように自分のスマホの画面に視線を落とした。

ほどなくしてカメラマンが手を上げ、休憩の指示を出した。準備ができたら次のセットで撮影を始めるという段取りだった。

モデルの二人には、ふたたびスタイリストがやってくるまでおよそ二十分の休憩時間が与えられた。ナップシップは、ジーンが座っているソファへとまっすぐやってきた。手にはプラスチックのコップに入ったオレンジジュースを持っている。

「退屈じゃないですか？」

彼はオレンジジュースのビニール蓋《ふた》に穴を開けるようにストローを挿して、それを手渡した。ジーンはそれを受け取って一口飲んだ。

「大丈夫。撮影はまだしばらくかかりそう？」

「あと二セットだと思います。おなか空《す》きましたか？」

「そんなに空いてない。まだそんな時間じゃないしね」

「じゃあ、なにを食べたいかもう考えましたか？」

夕食の話になると、いつもどおりの空気にジーンはすこしホッとした。

「ステーキはどう？　サラダも食べたい」

「いいですよ」

「あとケーキも買って帰る」

「わかりました」

希望を聞いてもらえて嬉しくなったジーンは目を輝かせた。手に持ったオレンジジュースを何口も飲んだ。そのかわいらしい仕草が、ナップシップの視線を引きつけてやまないとも知らずに。

「シップ」

甘く甲高《かんだか》い声が彼の名前を呼んだ。

それは今日のスタジオの中で最も美しい女性モデルの声だった。

ジーンはすぐに彼女の方を振り返った。静かにスマホをいじっていたタムですら、顔を上げて彼女の方を見た。

「さっき、私ちょっとポーズ変えちゃった。事前に言わなかったのに、うまく合わせてくれてありがとう」

「いや、全然」

ナップシップの返事はとても短く、ほかの人に対する態度とほとんど同じだった。

「私が手を胸に置いたとき、シップはその手を握ってくれたでしょ。あれすごくよかった。手を握り返してくれたら、絶対きれいに見えるって思ってたの。でもそれを伝える前に、シップがやってくれたから。私、ああいうふうにうまくやってくれる人と撮影するのがすごく好き」

「そう、よかった」

「…………」

シップが手を握り返した……。

そばでやりとりを聞いていたジーンは、無意識のうちに眉をぎゅっと寄せていた。さっきまでの笑顔と気分のよさは消えてしまった。

仕事熱心なのはいい。でもそこまで熱心にやる必要があるのか？　それともなにかわけがあるのか？　ジーンは隣に座っている人物に視線を向けた。ナップシップが女性モデルの方をまっすぐ見ていた。

なんでそんなふうに見つめてるわけ？　ねえ⁉

「じゃあ、私ちょっとお手洗いに行くから。後半もまたがんばろうね」

ミントはほほえみながら手を振って、その場を離れていった。

ジーンはその背中を目で追った。いまの言葉と態度からして、ナップシップに興味を持っているのは明らかだった。彼女の態度はわかりやすかったので、こっそり観察する必要もなかった。

彼女はたしかにセクシーで素晴らしい女性だった。だが、彼女がナップシップに興味を持っているのであれば、ジーンは彼女をそんなふうに褒めている場合ではなくなる。

ジーンは視線を引き戻し、自分の左側を向いた。

「ねえ、ちょっと」

「はい？」

「なんであんなふうに見てたの？」

「あんなふう？」

ナップシップは不思議そうに眉を上げた。しかしその意味がわかると、ほほえんでから首を横に振った。

「さっきの彼女とのことですね……話をするときに顔を見ないわけにはいかないでしょう」

「それはそうだけど……」

「…………」

「…………」

「やきもちですか？」

ソファにもたれるように座っていたジーンはパッと体を起こすと、すぐにまっすぐ座り直した。

またそれだ……。

「やきもちじゃない。意味もなくやきもちをやいたことなんかない」

「…………」

「きみは仕事をしてるだけで、彼女はモデルだろ。なんで僕がやきもちをやくんだよ？」

「こんなにむすっとした顔してるのに、やきもちじゃないって言うんですか？」

ナップシップの大きな手が、柔《やわ》らかい髪の毛で覆われたジーンの頭の上に置かれた。

「僕はそんなに心の狭い人間じゃない」

ジーンがそう言ったあとも、ナップシップはまだこちらの顔を見ていた。ジーンは自分の頭から彼の手を引き離した。

「なに見てるんだよ。次の撮影が始まるだろ。行きなよ。早く終われば食事に行けるんだし」

ナップシップの体を押して立ち上がらせ、ちょうど彼を呼びにきたモデル担当のスタッフの方に行くように無言で合図した。ジーンは努めていつもと同じような態度で振る舞った。

だが、ミントが振り向いてナップシップにこれ以上ないほどの笑顔を向けるのを目にすると、ジーンは思わず眉を寄せずにはいられなかった。

そこから視線を引き戻すと、今度はめがね越しにこっちを見ているタムの視線とぶつかった。

「なに見てるんだよ？」

「別に、なにも？」

タムはにやりと笑い、なにもなかったかのように自分のスマホに視線を戻した。

ジーンは、心の中のモヤモヤと戦っていた。すこしずつ溜まっていく嫌な気持ちを消し去ろうと努力していた。

これは仕事なのだから、そんなに心が狭くてどうするんだと自分に言い聞かせた。

これは仕事。仕事、仕事、仕事、仕事。

ジーンはただひたすらそう唱えた。もはや自分でもなにをやっているのかよくわからなくなった。


ようやく今日の撮影がすべて終わった。

ずっと待っていたジーンは、飛び跳ねて万歳しながら歓声を上げたいくらいだった。

ナップシップがセットから出て歩いてくるのを見ると、自分の身を整えて、すぐに彼の方に近づいていった。

「全部終わったよね？　じゃあ行こう」

「なんで今日はそんなに急いでるんですか?」

「おなか空いたんだよ」

ジーンの言葉を聞いたナップシップが柔らかい笑顔を見せた。

「わかりました」

ジーンは、一緒に食事に行くという幸せな気分以外の感情を頭の中から追い払おうとした。歩きながら、手を伸ばして彼のたくましい腕をすこし引っ張った。だが、まだスタジオの外に出ていないところで、二人を呼びとめる声がした。

「一緒にお帰りですか?」

美しい女性モデルが近づいてきた。

またミントか……。

彼女は撮影用の衣装から、白いフリルがついたベビーピンクの花柄のワンピースに着替えていた。その服装が彼女をセクシーな印象からガーリーな印象に変えていた。それでも自信に満ちた感じは変わらず、にっこりと笑っている。

さっきの質問がだれに向けてのものなのかははっきりしなかったが、彼女の切れ長の目はナップシップだけに向けられていた。

「食事に行くっていう話が聞こえたけど、私も一緒に行ってもいい?」

ナップシップは表情を変えなかったが、隣に立っているジーンはまた眉を寄せた。

「こうして一緒に仕事をすることになったんだし、仲良くしようよ」

「……………」

ジーンは黙ったままの隣に立つ人物を見つめた。ナップシップは見られていることに気づいたようで、ジーンと目を合わせてほほえんだ。

「撮影もまだあと二日あるし、食事をしながら仕事の打ち合わせもできればと思って。そしたら明日はもっとスムーズにできると思う」

彼女はさらに続けた。

「三人で食事に行くなら、もう一人女の子を連れていっても問題ないんじゃない？」

「………」

三人で食事に行くってだれが言ったんだよ！　二人だけで行くんだよ。タムが向こうでほかの人とおしゃべりしてるのが見えないのか！

ナップシップの腕を引っ張って、彼女を無視して連れ出してしまいたかった。しかしそばにいるナップシップの方を見ると、彼は相変わらず黙ったままなにも言わない。

ジーンはシップが断ってくれるのを待っていた。ミントが話しかけている相手はナップシップだろうと思ったからだ。

ところが、シップはただジーンの方を振り向いただけだった。

なぜナップシップは断らないのか。なぜジーンを見つめるだけなのか……。

一分近く沈黙が続いたあと、結局ジーンが笑顔を見せて答えることになった。

「いいですよ。ただこっちは男三人だけど、大丈夫かな？」

「ええ、もちろんです。大勢で食べた方が楽しいですから。私はそんなに性別を気にしたりしません。ただ楽しくおしゃべりできれば、それで十分です」

「それならよかった」

それだけ言うと、ジーンはすぐに歩き出した。ナップシップと並んで歩いていたのが、向こうにいたタムの腕をつかんで引っ張ってくるために先頭を切って歩くことになった。

タムは困惑《こんわく》したような顔を見せた。それもそうだ。彼は気づいたときには車に乗せられ、近くのショッピングモールに連れていかれることになったのだから。

目的地に到着した。モールのフロアの開けたところに立っていると、その四人の集団はかなり目立っていた。ハンサムな人物が一人で歩いているだけだったら、そんなに気づかれなかったかもしれないが、目立つ人が二人もいれば人目を引くのも当然だった。

身長百七十三センチのジーンは腕を組み、無意識に靴の先で光沢のある床をコツコツと叩いていた。

「なにを食べましょうか。タイスキなんかどうですか？　太らないし」

ジーンはしばらく自分の考えに沈んでいたが、顔を上げると、ミントが返事を求めるような表情でジーンを見ているのがわかった。ナップシップの方を向くと、彼は黙ったままジーンを見つめてきた。

ジーンは歯ぎしりをした。

「ええ、じゃあタイスキで……」

クソッ、なんでこんなことに。

ほんとうはミディアムのステーキを食べたかった。ナイフを入れると肉汁がこぼれ出してくるようなステーキを……。

だが結局、四人はさほど遠くないところにあるタイスキの店に向かうことになった。食べたいものが食べられない。そのせいでジーンはさらに不機嫌になった。

ジーンは自分の恋人の方をちらっと見た。

最初から断っていれば、僕はステーキを我慢しなくて済んだのに。

テーブルまで来ると、タムが最初に奥に入って座った。ジーンは、ミントがタムの反対側に行って、ナップシップを呼んで自分の隣に座らせようとしているのに気づいた。

「きみはタムと同じ側に座りなよ。仕事の話をするなら、向かい側に座った方が話しやすいだろ」

ジーンは先に座ったタムに苛立《いらだ》ちながら、すばやく移動し、ミントとシップのあいだに割り込んだ。

ナップシップを押してタムの横に座らせ、それから自分はミントの隣に座った。

なんでこうなるんだ……。

「ジーンさんはタムさんのお友達なんですよね？　前に記事で読みました。ナップシップともすごく親しいんですよね？」

「ええ……まあ」

「ジーンさんがシップの恋人だっていう記事が出てましたけど、あのときはびっくりしました。でもたぶん違うだろうなって思いました。同じ業界にいるので、なにがほんとでなにが嘘なのかはなんとなくわかります」

ジーンはわずかにほほえんで、トレイに載ったワンタンを鍋に入れた。

「そうですか。でももうだいぶ前の話ですからね」

ミントは小さくうなずいた。それからナップシップの方を向いて、にこやかに笑いながら話しかけた。

「ところでシップ、この仕事を辞めるって聞いたけど、ほんとなの？　もったいない」

「うん」

「どうして辞めるの？　私の知り合いの監督も、シップに映画に出てほしいって言ってたよ。でもきっともう辞めるまでのスケジュールはいっぱいだろうね。あ、そうだ。シップのライン教えて？　そしたらいつでも連絡できるし」

「…………」

ナップシップはしばらく黙っていたが、最後にうなずいた。

「ＩＤを入力してもらえる？　はいこれ」

ミントは鍋越しに自分のスマホを差し出した。ジーンはそれを目で追い、ナップシップが大きな手でそれを受け取ってＩＤを入力するのを見ていた。

……ラインを交換して仕事の話をするとかなんとか言ってるけど、ほんとに交換する必要あるか？それともナップシップも女の子と話したいってことか？

ジーンの頭の中はそんな考えでぐちゃぐちゃになった。

そしてついに自分でもなにをしているかわからないうちに、ニンニクと一緒に置かれている刻んだ青唐辛子をすくって、にこにこしながらナップシップのタレ用の小皿の中に入れていた。

「きみはこれが好きだったよね。僕の分も分けてあげる。ほら、タムもすこしシップにあげれば？」

「はあ⁉」

ずっと静かに座って黙々と食べていたタムが、茶碗から顔を上げた。

「唐辛子を……やるのか？」

「ああ。おまえだって知ってるだろ、シップは唐辛子が好きなんだよ。だからおまえも食べないならあげろよ」

「ああ、わかったよ。ほら、シップ。唐辛子だ」

「…………」

ナップシップは黙っていた。彼のタレ用の小皿はあっという間に青唐辛子でいっぱいになった。匂いを嗅ぐだけで口の中に辛《から》さが広がるような、強烈な匂いを放っていた。

〝唐辛子を食べるのが好きな人〟は、鋭い視線でタムを一瞥《いちべつ》してから、向かい側に座っているジーンを見た。ジーンは満足げににやりと笑う。仕返しできたことで苛立ちがすこし収まった。

なにを思っているのか、ナップシップはわずかにほほえんで、そのタレを使って食べ始めた。だが結局、小心者のジーンはそんなナップシップを見ていられず腕を伸ばして、青唐辛子でいっぱいのタレの小皿を奪い取り、代わりになにも入っていない自分の小皿を置いた。

ナップシップの口角がさっきよりも高く上がった……。

奇妙な食事のあいだじゅう、ミントがナップシップとの会話を一方的に続けていた。ジーンとタムに意見を求めることもあったが、二人の答えを欲していないことは明らかだった。

しかしナップシップもほとんどうなずくだけで、積極的に答えたりはしなかった。もともとナップシップはそういう性格だ。

もちろん……そのナップシップの反応によってミントは爆発寸前まで不満を募らせているようだ。

タムとミントをそれぞれの家まで送り届けてから、自分たちの部屋に戻ってくると、ジーンはシャワーを浴びると言って、タオルをつかんですぐにバスルームに入った。

ジーンが出てくると、次はナップシップがバスルームに向かった。

「…………」

ジーンは、ベッドの枕の近くに置かれたナップシップのスマホの前で立ち止まった。

じっとスマホを見つめた。

パスコードを知っているため、スマホを手に取ってロックを解除し、ラインを開いてミントのアカウントを確認したい衝動に駆られた。シップがメッセージを受け取る前に、彼女のアカウントを消してしまえばいい。

そうしたいとは思ったが……。実際にやるとなると、ジーンはためらった。

自分はたしかにナップシップの恋人だが、いまやろうとしていることは明らかに度を越した干渉行為だと自覚している。

あのミントという子がナップシップに興味を持っていることは間違いなく、その態度からも自信たっぷりに彼を口説こうとしているのはわかっていた。

彼女は、ジーンとシップがほんとうに恋人同士であるとは思っていなかった。そしてナップシップが彼女にラインのＩＤを伝えたのも事実だが、彼は彼女に特別な態度を取ったりはしていなかった。

ナップシップがどういう人間か、どれほど自分のことを思ってくれているかはわかっている。

ジーンのこわばった表情はすこしずつ元に戻っていったが、まだどこかおちつかない気持ちで、スマホをじっと見つめていた。ナップシップがなんとも思っていないことはわかっていたが、それでも彼のラインにミントのアカウントが追加されていることが心に引っかかった。

ナップシップが寝間着用のゆるっとしたズボンを穿《は》いてバスルームから静かに出てきたとき、小柄な恋人が鋭い目つきでスマホを見つめている姿が目に入った。ジーンは手を伸ばしたり、引っ込めたりしていた。

からかいたくなる気持ちがむくむくと湧き上がる。

「なにしてるんですか？」

「……！」

ジーンは驚いて跳び上がった。どぎまぎとスマホに伸ばしかけていた手を動かして、急いでベッドサイドのランプのスイッチを入れた。

「な……なにって？　部屋が暗かったから」

「僕のスマホになにか問題でも？」

「きみのスマホがどうしたって？」

ジーンの視線が泳ぐのを見て、ナップシップはただほほえんだ。どうして頑固なだけでこんなにかわいく見えるのだろう。

「実はさっきから見てました。僕のスマホが見たいなら、直接言ってくれたらいいのに。僕はそんなにケチな人間じゃありませんよ」

「別に見たくなんかないよ。なんで見なきゃいけないの。きみのスマホになにかあるわけ？」

「それです。まさにそれを、僕の方が訊《き》きたいんです」

ジーンはさっきよりさらにむすっとした顔になった。すこしからかいすぎたかもしれない。

ジーンは履いていたスリッパを脱ぎ捨てると、すぐにベッドに入り、ナップシップに背中を向けて横たわった。

「じゃあ話はやめだ。もう話さない。寝る」

ジーンは眉をぎゅっと寄せた。ナップシップがベッドに乗ってスプリングが沈んだ瞬間に、彼は今度は身をこわばらせた。

身構えているジーンが可哀想《かわいそう》でかわいくて、剝《む》き出しになった側の頰に優しく唇を押し当てた。

ジーンの顔はさらにしかめっ面になった。

「なんなんだよ」

「やきもちやきのほっぺにキスをしただけです」

「……はあ⁉」

「かわいい」

耳元でナップシップがそうささやくと、ジーンは逃げるように体をずらし、二度寝返りを打った。肘をついて体を起こし、こちらをにらみつけてくる。抵抗の意志を示すように、布団を引っ張り上げて防御の体勢を取った。

「これ以上きみが僕を苛立たせるなら、ぼくは別の部屋で寝るから。いや、それか自分のコンドミニアムに帰って寝る」

「………」

「僕、本気で言ってるから！」

ああ、かわいい……。

ナップシップはかすかに笑みを浮かべた。

からかわれていると察したのだろう。ジーンはますます不機嫌な顔になった。

「僕はあの女性に自分のラインのIDを教えてませんよ」

自分の恋人をこれ以上怒らせる前に、ナップシップはそれを伝えることにした。

「え？」

「入力したのは、タムさんのラインのIDです」

「タムの？」

ジーンは驚いたようにその名前を繰り返した。まだ眉を寄せていたが、目をパチパチさせている。

「あのときさみはタムのIDを入力してたの？」

「はい」

「ほんとに？」

ナップシップはわずかに体を動かした。自分のスマホを手に取ると、ラインのアプリを立ち上げ、ジーンに見せるために差し出した。

ジーンはナップシップの大きな手の中にあるスマホを見た。それからナップシップの表情をちらっと見た。ジーンは手を伸ばしてスマホを取り、スクロールして確認している。

小さな手がスマホを返してきた。

「じゃあ、なんでミントが一緒に食事に行きたいって言ったときにきみは断らなかったの？」

「ジーンが答えるのを待ってたからです」

「なんで僕の答えを待つの？　彼女は明らかにきみに向かって訊いてたのに」

「どんなことでも、僕はジーンの意見を優先したいんです」

いままでジーンはやきもちをやかないと自分で言い張っていたこともあり、寛大な姿勢を示そうとしているのを見て、ナップシップは恋人のそのイメージを壊さないようにしたかった。

結局のところ、ナップシップはジーン以外の人にはまったく興味がない。ジーンが心で思っているのとは正反対のことを言っているとわかっていても、思わずそれに便乗して彼をからかいたくなってしまうだけだ。

ただ、それとは別にジーンに自分の口ではっきりとやきもちをやいていると言ってほしいと思う気持ちもあった。

「きみのせいで僕はステーキを食べ損ねた」

「じゃあ、明日僕がVホテルに連れていきますよ」

ジーンは目を大きく見開いた。瞳がキラッと光ったが、口ではすぐに否定的なことを言った。

「高いよ」

「ジーンが食べたいなら、僕が払います」

さっきまでのからかうような言動とは異なるナップシップの態度を見て、ジーンの不安もすっかりなくなり、肩の力が抜けたようだ。ジーンはしばらくナップシップの顔を見つめてから、自分の笑顔を隠すようにうつむいて言った。

「うん、ありがとう」

彼はふたたび体を動かして、ベッドのまんなかに戻った。そしてナップシップの太い腕をつかんで、仰向《あおむ》けに寝転がらせた。そのままそっと抱きついてきて、いつもと同じトーンで言った。

「もう寝られる?」

「…………」

ナップシップは黙っていた。

普段、ジーンは抱きしめてキスをしたり、自分から誘ったりして愛情を示すことはあまりしなかった。なにか変なことを考えているときと、強い酒を口にしたときを除いては。

けれどいまは、ナップシップがベッドに仰向けになっていて、その上にジーンが覆いかぶさり、両腕でナップシップの腰を抱きしめていた。

目が合った瞬間、ジーンはかわいらしくほほえんだ。その笑顔だけで、ナップシップの心の中が一気に明るくなった。

「…………」

ナップシップはあふれんばかりの愛おしさでジーンを見つめ、手を伸ばして柔らかい頰に触れた。ジーンの顔を引き寄せ、唇を重ねた。

唇を吸ったり挟んだり強く押し当てたりしていると、まるで体に電流が流れたような感じがした。舌をすべり込ませながら、ジーンの下唇にそっと歯を立てる。ジーンは素直に口を開いてそれを受け入れた。

二人の舌がゆっくりと絡み合い、クチュ、クチュという音が部屋に響いた。

いつもは恥ずかしがり屋のジーンが今日は小さな舌を絡めてきたので、ナップシップは眉を上げた。まるで誘われているかのようで、彼の体は熱くなり始めた。

体のまんなかにあるそれが反応し始めている。ジーンが着ているパジャマのシャツの中に手をすべり込ませたとき、耳元で彼がささやいた。

「今日はしないよ」

「………」

「僕もう眠いから。このまま寝よう」

「先にしてから、あとでゆっくり寝ましょうよ」

ナップシップは絞り出すような声で言った。いま自分がどんな状態になっているかを相手に知らせるために腰を動かして、自分の上に乗っている人に体のまんなかにある器官を当てるようにこすりつけた。

「ダメ」

「夫がこんなに欲しがってるのにダメなの？」

そんな言葉を恥ずかしげもなく口にした。いつもならジーンは頬を赤くしてすぐに体を離してしまうのだが、今回はナップシップの裸の胸に丸い頬を押しつけるだけで、なにも言わなかった。

「ダメ」

「………」

「僕はきみを抱きしめたまま寝たいの。もしなにかしたら、明日荷物をまとめて自分の部屋に帰るから」

ジーンの声は、それが本気だということをはっきり示していた。

……ナップシップは小さなハムスターに完璧に仕返しされてしまった。

「なんだ。今日も来たのか？」

今日、タムは別の仕事の用事があったため、二日目の撮影が始まってから一時間ほど経ったころにスタジオに現れた。

知り合いのスタッフに手を合わせて挨拶を済ませると、ｉＰａｄを脇に抱えて昨日と同じソファに座った。そして先にそこに座っていた人物に視線を向けた。

「ああ。今日も外に食事に行くから」

「またかよ……金持ちはうらやましいな」

そう言って、タムは肩をすくめた。

「まあいいけど。俺は昨日タイスキを食べる恩恵にあずかったし」

タムはめがねのレンズ越しに、じっと座っている友人を観察した。今日は昨日のようにイライラした様子は見られなかった。

ナップシップたちが撮影をしている正面の方を見ると、ミントがまた昨日と同じようにナップシップに絡もうとしているのが見えた。

ハンサム、リッチ、スマート。それはたしかにナップシップの長所だ。でも、ジーン以外の地球上の全員に対してほとんどなんの関心もないような奴だぞ……。女子はそんな男のどこが好きなんだ？

タムは首を横に振った。昨日、帰ってからタムはラインに新しい友達が追加されているのに気づいた。それがあの女性モデルだとわかると、目をぱちくりさせた。おそらく自分のＩＤを入力したのはナップシップだ。

あのときタムは黙々とタイスキを食べながら、ミントがラインを訊いてもナップシップは教えないだろうと思っていた。だから、シップが彼女のスマホを受け取ったときは、密かに驚いていた。

「おまえ……もうイライラしないんだな」

「はあ？　なんでイライラするんだよ」

「いや、だって……」

ジーンはタムの方に顔を向けて、困惑したように瞬きをした。だがすぐに思い出したようで、ややぎこちない表情になった。

「ああ、もう大丈夫。今日は気分がいいんだ。たっぷり寝たからな」

「はあ⁉」

タムが混乱している一方で、ジーンはふたたび自分のスマホに視線を戻した。

もうそれ以上の答えはないのだろうとタムが思ったとき、ジーンはやや恥ずかしそうに小さな声で言った。

「ほんとは……」

「……？」

「俺だってイライラしたいわけじゃない。でも勝手にそうなるんだ」

「つまりおまえはやいてたってことだろ？」

「俺はいろんなものごとについての話をしてるんだ」

タムは思わず噴き出しそうになり、ジーンの肩をポンポンと叩いた。

「おまえはシップの恋人なんだ。恋人にちょっかいを出そうとする奴がいれば、それを不満に思うのはあたりまえだ。それに……おまえはだれよりもやきもちをやく権利があるだろ」

「それは俺だってわかってる。でもやいたりしたくなかったんだ。そんなの、器が小さすぎるだろ。シップは俺に対してそんなふうにやいたりしないし。俺が苛ついてたら、シップも嫌な気持ちになるだろう……」

「おまえは相変わらず人のことを気にかけてばっかりだな」

タムはそう言って笑った。しかし同時に、おまえはわかってないというように首を横に振った。

「シップはおまえに対してやいたりしないって言ったけどな、それは違う」

「え？」

「ジーン、おまえは知らないだろうけど、おまえがシップに対して感じたやきもちは、シップが感じてるやきもちの半分にも満たない」

「…………」

「シップのインスタに、ジーンが好きだとかジーンがかわいいとか話したいとか書き込む奴がいて、それが男だった場合、あいつは全部ブロックしてるんだよ」

そう言うと、タムはジーンの肩に腕をまわした。

「信じないなら、俺の命を賭けてもいい。ただし三回は飯をおごれよ」

ジーンは戸惑《とまど》った顔をしていた。彼が返事をする間もなく、タムは体を近づけてジーンの首元に顔を寄せた。

「おい、このクソ。おまえなにして……」

全部言い終わらないうちに、見慣れた長身の人物が目の前で立ち止まった。

わざとやったとはいえ、タムは足の先から頭のてっぺんまで氷水の中に浸《ひた》されたような感じがした。

振り返って目が合った瞬間、三回のおごりではまったく割に合わないと思った。

「あれ……もう休憩か」

「………」

「匂いを嗅いでたのは、今日ジーンが香水をつけてきたのかと思って、確認してただけだ。いい匂いがするからさ。はははっ」

それを聞いていたナップシップは無表情だった。

「僕の恋人なのに、あなたが匂いを嗅ぐ必要あります?」

ナップシップと話したいと思ってうしろについてきたミントは、その言葉を聞いて身を硬くし、表情を変えた……。

Special 5　役柄に入り込む（ジーン）

広い部屋には僕がかけた洋楽が流れていて、自分の小さなハミングの声がそれに重なった。

口では気分よく歌を口ずさんでいたが、いま僕の眉はぎゅっと寄せられていた。

僕は部屋の中をあっちこっち歩き回っていた。疲れているわけではないのだが、すこし考えをめぐらせたかった。

あと一週間ほどしたら、新しい原稿を書き始める予定だった。ほかの作家がどうかはわからないが、新しい原稿を書き始める前に、僕はいろんなことを具体的に決めておきたいタイプだった。

たとえば、プロットは完璧にしておく必要がある。普段から僕はストーリーを一番先に考えて、そのあとでそれに合うようにキャラクターを考えていくようにしていた。

いま、僕は二つのジャンルを融合させてみようと思っていた。書き終わったばかりの原稿はＳＦものので、これから書こうとしているのはＢＬのジャンルだが、今回の話はかなり重めになる予定だった。

受けは、警察官にしようと思っていた。攻めはカジノ経営者のようなグレーなビジネスをしている人物か、マフィアか、あるいは殺し屋か、どういう属性にするかまだ悩んでいた。というのも今回のストーリーでは、二人は対立する立場にあるか、それぞれ異なる立場にある必要があったからだ。

かっこいい殺し屋。金持ちの殺し屋……。それだったら読者の受けもいいだろうか。

「それでプロットに合うかな……」

僕はそうつぶやきながらドアを開け、部屋の外に出た。プールつきのバルコニーに面したドアを大きく開けると、涼しい風が顔に当たった。僕は周囲をぐるりと見渡してから、キッチンに移動し、ケーキを出して食べることにした。

元のコンドミニアムにいたときも快適だったが、ナップシップの瀟洒《しょうしゃ》な部屋に移ってからは、僕はもう前の部屋には戻りたくなくなっていた。

こっちの方がずっと快適だからな。ふふっ。

結局、新しい小説のあれやこれやを決めるのにほぼ一日を費やした。攻めは非合法ビジネスを行うマフィアにすることにした。そうすれば、殺人事件の話と関連させることができるし、警官である受けが攻めを監視する……といった展開にすることができるからだ。

実際、ストーリーの流れはまだ固まっていない部分もあったが、読者を引きつけて続きを読みたくさせるような展開にすれば、問題ないはずだ。

しかし……受けと攻めが一緒にいるときの雰囲気がまだいまいち想像できていなかった。

キッチンでケーキを食べたあと、僕はリビングでノートパソコンに向き合い、キャラクターのイメージを考え続けた。そこで座っているあいだに、いつの間にか空が暗くなり始めていた。

そのとき……。

ガチャッ!

部屋の持ち主が、玄関のロックを解除し、ドアを開けて入ってきた。振り返って彼の姿を見た僕は、飲んでいた水を噴き出してしまった。

それを見たナップシップはすぐに顔をしかめた。

「大丈夫ですか?」

「きみ……」

僕の咳《せき》はとまらなかった。ナップシップが靴を脱いで近づいてきて、僕の背中に手を乗せた。

「きみ……」

僕は同じ言葉を繰り返しながら、視線を上下に動かして相手の姿を観察した。

「どこ行ってたの?」

「父さんと出かけてきたんです。昨日の夜も言いましたよね」

ナップシップは完璧にきまったスーツ姿だった。

体にぴったり合うように仕立ててある黒いスーツ。ジャケットの前のボタンは留《と》めておらず、中に着ているシャツが見えた。モノトーンのスーツやシャツとは対照的に、ネクタイの色は鮮やかなワインレッドだった。

シップのスーツ姿を見たことがないわけではなかったが、ちょうどビジネスマンの姿をしたマフィアという攻めのイメージを考えていたところだったので、僕は思わずむせてしまった。

「もう食事はしましたか?」

僕はこっそり彼の姿を横目で見た。

「……もう食べた」

「さっきラインでなにが食べたいか訊《き》いたのに、なんで答えてくれなかったんですか?」

「え、ほんと? ごめん……充電中で見てなかった」

ナップシップはなにも文句を言わずに、小さくうなずいた。だが彼が身を翻《ひるがえ》して寝室に入ろうとしたとき、僕はパッと跳び上がって、彼の太い手首をつかんだ。

「ちょっと待って」

「はい?」

「どこ行くの?」

最初の数秒、ナップシップは眉を寄せたが、すぐに口元をゆるめて笑った。

「シャワーを浴びにいくだけです」

「待って、ちょっと待って。まだ服を脱がないで」

なにかいいイメージが浮かびそうだったので、僕はナップシップを引っ張って自分の代わりにソファに座らせた。それから急いで寝室に行き、整髪用のジェルと充電中だったスマホを手に取った。

不思議そうに見ているナップシップの前で立ち止まると、僕は持っているものを見せながら言った。

「ちょっときみの体を貸して」

「体を貸す?」

「ちょうど新しい小説の攻めのイメージを考えてたところなんだ。せっかくきみがスーツ着てるし、ちょっと写真撮らせて」

ハンサムで背が高く、スタイルのいい人間がこんなに近くにいるんだから、それを活用しない手はない。

最初ナップシップは驚いたような顔をしていたが、すぐに口元をほころばせた。

「報酬はもらえますか?」

「報酬は、僕があとできみの髪を洗う」

それを聞いたナップシップはクスクス笑った。

「体も一緒に洗ってくださいね」

「三歳児じゃないんだから」

僕は適当にそう言いながら、ソファの上にスマホを置き、ジェルの蓋《ふた》を開けた。そしてナップシップの髪の毛をセットし始めた。

彼の真っ黒な髪をうしろへかき上げた。自然に見えるように、すこしだけ前髪を残す。そうすると、彼の濃い眉、高い鼻梁《びりょう》、切れ長の両目が一層際立った。

僕は前かがみになって体を近づけた。彼の髪を撫《な》でたあとで視線を下に向けると、相手がこちらを見つめているのがわかった。

クールにほほえむ表情はいつものナップシップと同じだったが、僕がセットした髪型のせいで今回はすこし違って見えた。

「なに笑ってるの？」

「なんでもありません」

僕は視線をそらした。手についたジェルをきれいに拭《ふ》き取ってから、彼のワインレッド色のネクタイを緩め、シャツの上のボタンを二つほど外した。

それが済むと、数歩うしろに下がった。ソファに座っている人物を頭のてっぺんから足の先までじっくり見た。

ナップシップは、嫉妬《しっと》してしまうほど完璧だった。どんな格好をさせても、彼はそれを完璧に着こなす。こんなふうに見た目を変えて、その姿を見ると、なんだか不思議な感じがした。

ナップシップであることは間違いないのだが、雰囲気がいつもとは違う。

ドラマの主役のキンの格好をしたときのナップシップを見たときと同じだった。

「えっと……ちょっと写真撮ってもいい？」

僕はスマホを持ち上げた。

「どうぞお好きに」

許可をもらってからカメラのアプリを起動し、ソファでリラックスしている彼の方を向いた。自分の恋人を自慢していると思わないでもらいたいのだが、撮影者の腕がどんなに悪くても、あるいは撮る角度がどんなに微妙でも、ナップシップはなにも特別なことをしなくても、かっこよかった。

神様はどこまでえこひいきなんだ。

鋭い目がカメラを見つめていた。僕もシャッターボタンを押すために画面を見なければならなかった。

僕らはスマホを通して目を合わせた。

また不思議な感覚に襲われた。ナップシップはカメラのレンズを突き抜けてこちらを見つめているようだった。その視線が僕の動きを一瞬とめた。

「あのさ……」

僕は小さく咳払《せきばら》いをした。

「そういう表情をするのはやめてもらえる？」

彼の片方の眉が上がった。

「どういう顔ですか？」

「いましてた顔だよ」

「ああ……」

「無表情な感じにして。笑わないで」

「ジーンは僕をだれに見立てるつもりですか？」

「攻めだよ。なんていうか……カジノの経営者とかマフィアとかそんな感じ」

僕は簡単に答えた。スマホを左右に向けて、写真を撮り続けた。

そんなふうにしゃべっていると、奇妙な状況に対する気まずさが減っていくように感じられた。僕は話し続けた。

「受けは警察官で、今回の話は殺人事件に関連した話なんだ。受けは、失踪した女性の背後に攻めがいるんじゃないかと疑ってる。それで、私服警官として調査を進めることになる」

ナップシップは表情を変えず、おちついた顔で小さくうなずいた。

「でもまだキャラクターの性格が固まってないんだ。二人が出会ったとき、それと一緒にいるとき、どんな感じなのかまだイメージできてない」

僕は話し続けた。満足するまでいまのポーズを撮ると、彼に近づいていって手を取り、ポーズを変えた。

彼をすこし前かがみにして、大きく開いた両足の上に肘を置き、まんなかで手を組むようにした。彼が顔を上げた。

その姿は……。

まったく、笑ってしまうほどかっこいい。

世のカメラマンは、いったいどうやってモデルのオーラに耐えているのだろう。

「ジーン」

おちついた表情の彼が低い声で僕の名前を呼んだとき、僕はドキッとした。

「な……なに？」

「顔が赤い」

「え⁉」

ナップシップは笑った。

「そういえば、ジーンは僕のスーツ姿が好きなんでしたね」

「………」

ナップシップはいたずらっぽく笑ったが、その視線は鋭かった。まったく俳優にふさわしい。僕の名前を呼んだり僕と話したりしている彼はいつものシップに見えるのに、その表情や声色《こわいろ》はビジネスマンのキャラクターになりきったようだった。

「こっちに来て」

彼は僕を見て言った。

あまりにも長いあいだ彼に見とれていた僕は、ようやく我に返った。

「なに？」

「せっかくですから、僕が手伝いますよ」

「手伝う？」

また手伝うって？　こいつが小説のことを手伝うと言うときはいつも、普通の人がやらないようなやり方をするんだ。

「ここに座って」

ナップシップは自分のそばの床を指さした。

その様子を見て、僕は口をあんぐりと開けた。さっき彼が言った手伝うというのがどういう意味なのか理解した。

僕はそこまでやる必要はないと思い、すぐに眉を寄せて、首を横に振って拒否した。彼が恥ずかしくなくても、僕は恥ずかしい。どう考えてもおかしい。

だが、あとずさりしようとしたとき、僕の頭の中でもう一人の僕が〝やってみてもいいじゃないか〟と言った。

ナップシップの提案に乗ってみてもいい。彼がどうするのか見てみればいい。それでいいアイデアが手に入れば、行き詰まっている部分をどうにかできるかもしれない。

もう一人の僕にそそのかされた僕は体を動かした。

僕が床に座り込む前に、ナップシップが手を伸ばして僕の後頭部の髪の毛をつかむと、自分の方に引き寄せた。

「おまわりさん」

「…………」

僕は目を丸くした。

なんだその呼び方。

「なにを手に入れたんだ？」

ナップシップは僕の手の中にあるスマホに視線を這《は》わせ、もう一方の手でそれを握っている僕の指をそっと撫でた。

「ちょっと待て、ナップ……」

「このドアから入ってくる前に、捕まったらどうなるのかをよく考えておくべきだったな」

「いや、僕は……ちょっ」

僕の頬は彼の大きな手に押さえつけられて、それ以上話すことはできなかった。

顔を上げて相手を見た。彼もハンサムな顔を近づけて、鋭い目で僕を見つめた。僕も彼を見つめ返す。これから起こることへの恐怖で、心臓の鼓動が速くなった。ナップシップが手を伸ばして僕を小突《こづ》くのではないかと思った。

だが結局、彼もかがむようにして顔を近づけ、音を立てて僕の口に吸いついた。

「ジーン……」

「………」

僕は驚いて目を剝《む》いた。

「かわいい表情をしないでください。役柄を忘れちゃいますから」

僕は彼の手のひらから頬を引き剝《は》がし、ぎゅっと眉を寄せた。

「なにバカなことしてるんだよ」

「うーん、じゃあこういうのはどうです」

ナップシップは僕の言葉を聞いていなかったかのように、自分の首からワインレッド色のネクタイを外した。僕がまだ困惑《こんわく》した顔でその様子を見ていると、目の前の彼は僕の手を取って合わせ、ネクタイを使ってそれを縛った。

きつすぎも緩すぎもしない縛り方だったが、僕は両腕を思いどおりに動かすことができなくなっていた。

今度こそ、ほんとうに目玉が落ちそうになるくらい目を丸くした。

「ナップシップ！　なにしてる」

「………」

彼はなにも答えなかった。人差し指と中指を僕の手首を縛ったネクタイに絡ませ、僕を近くに引き寄せた。

「やめろ、シップ。ほどけよ！」

「ほどく？　人のヤサに入っておいて、簡単に解放しろっていうのはいくらなんでも無理なんじゃないか？」

「ふざけてるんじゃない」

僕はだんだん怖くなり始めた。ナップシップが手伝うと言い出して、カジノの経営者というキャラクターに合った台詞《せりふ》を口にしたところまでは、すこし耳がくすぐったくなるくらいで、まだ問題はなかった。

だが、いま彼は僕の手を縛った……。もう逃げることも隠れることもできなくなってしまった。

「ナップ……うあっ」

言いかけた言葉が小さなうめき声に変わった。彼は、床の上に膝をついていた僕の体を引っ張り上げて、柔《やわ》らかいソファの上に仰向《あおむ》けにした。

すべてがあっという間だった。僕は目をつぶっていたが、次に目を開けたとき、彼の顔がすぐ近くにあるのが見えた。

ナップシップの右腕が僕の耳の近くに置かれた。体重がかかって、ソファの座面が沈む音がした。外から帰ってきたばかりなのに、ナップシップの体からはまったく汗の匂いがせず、代わりに香水の爽やかな匂いがした。

「僕……真面目に言ってるんだけど」

「真面目に言ってる？」

「………」

「なにが真面目なんだ」

僕の体の上に覆いかぶさっているナップシップは表情を変えなかった。スラックスを穿《は》いた長い足を動かして、膝で僕の両足を大きく広げ、そのあいだに割り込ませるようにして体のまんなかに当てた。

僕は縛られている手を持ち上げて相手を押し、足を閉じて逃げようとした。だが……。

「あっ」

「………」

ナップシップはすぐに口元に笑みを浮かべた。

「………」

「すこしこすっただけで声が出るのか？」

「びっくりしただけだ！」

「頑固なおまわりさんだ」

このガキ、恥ずかしくないのか⁉

ナップシップの膝が動いて、僕の下半身の中心を優しくこすり上げた。心の準備もないままに敏感な部分に触れられて、僕は驚き、できるかぎり足を閉じようとした。

けれどナップシップの片方の足がまだ僕の足のあいだにあり、彼がその足を優しく動かすたびに僕は奇妙な感覚に襲われた。

男の体はみんな同じだ。その部分を刺激されると、たとえ感じたくなくても、感じてしまう。

「だんだん感じてきたみたいだな」

「ち……違う」

僕は唇をぎゅっと結んだ。

「こんなに硬くなってるのに、まだ認めないんだな。なら先に一回イカせておこうか？」

「………………」

僕はなにも答えなかった。もし口を開けたら、間違いなく恥ずかしい声が漏れてしまいそうだったからだ。

「どうだ？」

顔が火照《ほて》るのを感じた。それと同時に、こすられているその部分も熱くなってきた。僕が答えずにいると、ナップシップはさらに膝をこすりつけ、僕がそれ以上耐えられなくなるようなリズムで動かした。僕は相手の鋭い目をちらっと見た。

彼は上機嫌なだけでなく、楽しんでいるようでもあった。

クソったれ……明らかに僕のことをからかってやがる。

「だったら……」

「ダメ、あっ、ダメだって」

「うん？」

彼が眉を動かした。

「ダメってなにが？」

「僕……イキたくない。んっ」

「どうして？」

僕は歯を食いしばった。

「よ……汚れるだろ」

「ああ」

彼がクスクス笑うのが聞こえた。僕は受け入れられず、目をつぶって顔をそむけた。

ネクタイが外されたら、必ずこのハンサムな顔をぺしゃんこにしてやる。

ナップシップはようやく卑猥《ひわい》な動きをするのをやめた。僕はすぐに目の前に両手を突き出した。ネクタイを外させて、トイレに駆け込んでこの高ぶりを静めてから、戻ってきて彼に一発パンチを食らわせるつもりだった。

シップは僕の手を取った。だが、縛っているネクタイをほどく代わりに、彼は僕の手を持って頭の上で押さえつけるように固定した。そして僕が着ていたTシャツを鎖骨のあたりまで引っ張り上げた。

「警官なのに肌が白いな」

「…………」

「これは転職した方がいいだろうな」

「転職？」

僕は思わず流れで相手の言葉を繰り返した。

目の前の彼が僕の耳元に顔を近づけて、自分の愛人になればいいと小声でささやいた。

その言葉に僕は目を剝いた。さっきよりも顔が熱くなるのを感じた。その状況から逃れようとして、体をじたばたさせた。

「クソったれ！　もう十分だ。放せよ。さっきは放すって言っただろ」

「いつ？　そんなことは一言も言ってない」

「………」

僕は嫌な予感がして、いますぐこの状況から逃げ出したくなった。手は縛られて、頭上に押さえつけられている。足もナップシップの体の下に組み敷かれていて、動かすことができない。

仕方なく僕は、体を伸ばしてナップシップの首元に嚙みつくことにした。そこは唯一服に覆われていない露出した部分だったので、血が出るくらい思い切り嚙んでやろうと思った。

「あっ」

ところが、彼の大きな手が背中の下にすべり込んできたとき、逆に僕の方が声を出すことになった。

僕の胸がソファの上で剝き出しの状態になっていた。

ナップシップが顔を近づけてきて、温かい唇を僕の胸に押し当てた瞬間、僕はビクンと跳ねた。胸の突起を吸い立てられ、僕の表情はすぐに変わった。

そこから電流が流れたかのように体がしびれた。

ナップシップの舌は熱く、その舌が円を描くように乳首を舐《な》め回すあいだ、僕は目をつぶって歯を食いしばるしかなかった。

彼は僕が声を抑えていることを知っているようで、激しく吸い立てたり優しく転がしたりを交互に繰り返した。僕は自分の乳首が硬く尖《とが》っていくのがわかった。

「シップ……やめろ、あっ」

僕とナップシップがこういうことをするのはこれが初めてじゃない……。

以前は、僕はベッドの上でのこういうことに慣れていなかった。いまだって慣れているわけではない。

僕は小さく首を横に振り、眉を寄せ、快感が引いていくのを待った。まぶたを開けると、部屋の光とともに彼が舌先を出すのが目に入り、その瞬間さっきよりもさらに顔が熱くなった。

ナップシップは唇を舐めた。

「やっ」

すらっとした指が、僕の胸の頂《いただき》をつまみ上げた。

「本物の警官だな……」

「………」

「でも口で言うのとは裏腹に、やらしい顔をしてる。恥ずかしくないのか？」

僕は首を横に振った。

「うん？」

僕の体の上にいるナップシップがナップシップ本人であることは間違いない。

しかし、彼の発する言葉やその視線はいつもの彼ではないように僕には感じられた。なにかが彼の体の中を駆けめぐっているかのようだった。ナップシップがスーツを脱ぎ、ボタンを一つずつ外し、高価なベルトを外すときもそんな雰囲気だった。

ナップシップはふたたび顔を近づけてきた。彼は僕の頬と耳に唇を軽く押し当て、それから顔を首元まで移動させた。舌先を這わせてから、歯を立てる。わずかな痛みが走って、ゾクッとした。

彼の大きな手が腰のあたりにすべり込んできたかと思うと、彼は僕の体をひっくり返して、仰向けからうつ伏せにした。気がつけば穿いていたスウェットを脱がされていた。

下半身に残っているのは、ボクサーパンツ一枚……。

ナップシップは相変わらず片手を使って、ネクタイで縛った僕の手首をソファに固定していた。彼はもう一方の手で僕の腰を高く持ち上げ、お尻を突き出すような体勢にした。

その瞬間、最後まで身につけていたものが引きずり下ろされ、彼の大きな手がそこに下りてきた。

「おまわりさん、ほんとにほかの仕事に就いた方がよさそうだ」

「……んっ」

熱い吐息が背骨のあたりに吹きつけられるのを感じて、僕の指先が震《ふる》えた。ナップシップはすこしずつ下に移動していき、両手で僕の腰をつかんだ。

「動くな」

僕が体を伸ばそうとしたとき、すぐに鋭い声が飛んできた。

その言葉にすこし驚いてから、僕は体を動かすのをやめ、縛られた両手を顔の近くに持ってきて、腕に埋めるようにして顔を隠した。

もうなにも考えることができない。

「うっ……ああっ」

背中を熱い舌先で舐められるのと同時に、後孔に指先が挿入されるのを感じた。

中をいじられると、僕の足は震えた。ナップシップが一方の手で支えてくれていなければ、ソファに崩れ落ちてしまいそうなくらいだった。

体のまんなかに切羽詰《せっぱつ》まったようなうまく言いあらわせない痛みを感じた。

僕の中からせり上がってきたものが、我慢できないところまで来ていた。ネクタイで縛られたままだったが、僕はなんとか手を下の方へ動かそうとしていた。痛いほどの高ぶりをどうにかしたくて、硬くなっている部分を触ろうとした。

だが、その手首を押さえ込まれた。

「そんなに我慢できない？」

「んっ、ナップシップ……」

ナップシップは動きをとめた。

だが焦《じ》らされるほど僕はおかしくなり、頭の中が真っ白になった。ただ苦しいということしかわからなかった。

「シップ……」

「…………」

呼ばれた方は、わざと意地悪をするように黙っていた。

僕は軽く唇を噛み、とうとうそれを口にした。

「んっ、い……入れて……」

「…………」

「きみの……ああっ」

僕がそう言い終えたのと同時に、彼は硬くなったものを勢いよく挿入してきた。僕は中が熱くなるのを感じ、唇をぐっと噛んだ。

空気さえも入らないくらいにぴったり密着させようと、ナップシップの手は僕の腰をしっかりとつかんでいた。

彼がすこしずつ動き始めると、中がこすり上げられ、さらに熱くなるのを感じた。

下腹部に電流のようなしびれが繰り返し流れていく。

「やっ……はあっ」

今度はゆっくりとした動きになった。潤滑油はローションではなく愛液だったので、すこしきつい感じがあった。腰を打ちつけるスピードが速くなり、僕を絶頂へと導こうとするような動きに変わっていく。

しかし最後まで上り詰める直前で、ナップシップの動きがとまった。彼は手のひらで僕の腰や臀部《でんぶ》を優しく撫で回したかと思うと、僕の硬くなったものをこすっては、ひたすら僕を焦らした。

ナップシップがもう一度動くと、不意を襲われたように中が刺激され、体がビクンと跳ねた。

しかしなぜかわからないが、絶頂は近づいてきたかと思えばまた遠ざけられてしまう。劣情を焚《た》きつけられたままの僕は首を横に振った。

いつの間にか涙が流れていた。ソファに押しつけた頬が濡れる。

手を伸ばして自分のそれをつかもうにも、できなかった。

「もうダメ……」

うしろにいた人物が僕の耳元でささやいた。

「また動かしてほしい？」

「んっ……」

「なら、僕を説得してみて」

説得？　僕の視界はぼやけていた。後先なんてなにも考えられない。この甘美な責め苦から解放されたい一心だった。

「…………」

「ご……ごめんなさい。も……もうここに忍び込んだりしません」

「だから、う……動いて」

「…………」

ナップシップはまだ黙っていた。

こ……こういうことじゃないのか？

うつ伏せだったので、相手の表情や様子が見えなかった。わかるのは、彼が分厚い胸板を僕の背中にくっつけていることだけだった。

彼の大きな手が僕の頭を撫で、撫でられた部分が温かくなるのを感じた。シップは僕の耳に唇を這わせ、耳たぶを優しく噛んだ。彼が小さく笑うのが聞こえた。

「よくできました」

「…………」

「いま好きなところを突いてあげますから」

僕は膝を立てる力がなかったので、ナップシップは無理矢理腰を上げようとせず、ソファに寝そべったまま動いた。動くたびに中がこすり上げられ、僕は頬の内側を強く嚙まずにはいられなかった。

「ああっ」

「ジーン……」

耳元でかすれた声が僕の名前を何度も呼ぶのが聞こえた。

視界にあるものすべてがぼやけて見えた。腰の動きが激しく、体が前後に揺れる。

ナップシップが左手で僕のあごを持って自分の方を向かせ、唇を押し当てた。

それから何度か腰を打ちつけられたあと、最後に体がふわっと浮くような解放感が全身を駆けめぐった。

目の中がチカチカするほど頭がしびれ、顔も体もすべてが熱かった。僕はそれ以上動けなくなった……。


「…………」

僕は自分の手首に軟膏《なんこう》を塗っている人物を不満げに見た。

だれかさんのワインレッド色のネクタイで縛られたせいで、手首に赤い跡《あと》がついていた。そのネクタイは、いまはソファの前の小さなガラステーブルの上にしわくちゃのまま置かれている。

ことが済むと、まだぼうっとしていた僕はバスルームに運ばれた。当初の予定では僕が彼の髪を洗うはずだったのに、結局ナップシップが僕の髪を洗ってくれた。

それから彼は手を下に動かしてほかの場所もきれいにしようとした。そこで僕は慌《あわ》ててバスタブから飛び出した。

バスルームが広かったのは幸いだった。僕はその悪ガキにバスタブから出てこないように言いつけてから、シャワーカーテンを引いてシャワーヘッドの下に立ち、すべてを自分で処理した。こういう処理をするときはいつも、なんとも言えない気持ちになった。

そのまま眠ってしまうことが多いので、いつもそういうことを処理してくれるのはナップシップだった。恥ずかしかったけれど、僕がおなかを壊さないようにするために彼が親切でやってくれているとわかっていたから、文句を言うことなんてなかった。

だが今日は……、跳び蹴りを食らわせてやりたいくらいムカついていた。

「痛いですか？」

シップが優しい声で訊いてきた。

彼の指が手首の跡をそっと撫でた。僕はほとんどなにも感じなかった。自分の手を見てから、顔を上げてナップシップの顔を見た。彼がほんとうに心配そうな顔をしているのを見て、目をぱちくりさせた。

「痛がると思うなら、なんでやったんだよ」

「手伝ってあげたかったんです」

「それでわざと僕をからかったのか？」

「それはジーンがかわいすぎたからです」

「はあ⁉」

僕は顔をしかめた。

「なんだよそれ」

ナップシップはふふっと笑った。そしてすぐに鋭い目で僕を見た。

「ジーンも役に入り込んでましたよ。気持ちよくなかったとか嘘をついても、僕は信じませんからね」

「………」

僕をからかうような彼の目つきを見て、僕は自分の手をすぐに引っ込めた。そして拳をつくり、ナップシップの胸にパンチを食らわせようとした。大して強い力ではなかったが、彼は大きな手でその拳を受け止めた。

ああいうときは無意識なんだよ！

「それで、小説のイメージはできましたか？」

シップはそう訊いてきた。彼はすでにその答えがわかっているかのような表情をしている。

それは……そのとおりだ。

最初、僕はまだいろんな部分について悩んでいたが、いまはその問題が解決したことを認めざるを得なかった。さらに、受けと攻めとのセックスシーンを頭に思い浮かべることができ、話は膨らみそうだった。

若干、不本意ではあるが、懸念事項が解消されたことに僕はホッとして、息を吐いた。

自分の手を引き戻した瞬間、ナップシップが顔を近づけて、僕の唇と頬にチュッとキスをした。

「じゃあ今度は、医者と患者でどうですか？」

「いやだ！」

Special 6　ファンページ管理人の一日

グップギップは、がんばってお金を貯めて親友と日本旅行に来たことで、まさか別の収穫を得ることになるとは思ってもいなかった。

それは九段下《くだんした》駅で地下鉄を降り、千鳥ヶ淵《ちどりがふち》に向かってまっすぐ歩いているときだった。なにげなくまわりを見ていると、見覚えのある二人が視界に映り込んだ。

ナップシップとジーン先生⁉

そうだ。一緒に歩いている二人は、背の高い方がナップシップで、もう一人がジーン先生だった。

それはまさに、彼女がファンページを管理している想像上のカップルだった……。

グップギップはこの二人のコアなファンだった。韓国のアイドルや中国の俳優に夢中になることもあるが、彼女がシップジーンという舟《シップ》の船首に立つ代表的なシッパーの一人であることは間違いない。

最初のころ、この舟は大きくなかったし、二人が密かに付き合っているという記事が出たときはその小さな木造船も壊れてしまいそうな時期すらあった。だがいまはどんどん大きな舟になり、豪華客船並みになっていた。

来月ナップシップが芸能界を引退するという話は、多くのファンを動揺させた。

だがそれから彼がインスタグラムにふたたびジーン先生の写真を投稿したり、二人の親密さを示したりするようになると、このカップルのファンはますます増えていった。

シップウーイのカップリングを追いかけていた人の中には不満を持つ人もいたが、シップとジーンの仲睦《なかむつ》まじい写真を見ることが多くなるにつれ、彼らは別の舟に乗りかえていった。

多くの人が、この二人はどう見ても恋人同士だと言っていた。しかし彼らはそれをはっきり認めたわけでも否定したわけでもなく、ただ普通に生活をしていて、あとは想像に任せるといった感じだったので、いまにいたるまでファンはやきもきしていた。

季節は春でもうすぐ四月になるところだった。彼女の友人のソムオーは、去年の半ばごろから、来年（つまり今年）は絶対に桜の花見に行こう、そしてそれは日本の桜でなくてはならないと言って計画を立てていた。

グップギップはワクワクしながらその日を指折り数えて待っていた。彼女自身、日本の桜を見たことはなかったし、海外旅行も久しぶりだった。一カ月前から旅行用品を買ったりして準備をしていた。しかし、まさかここでナップシップとジーン先生に出くわすことになるなんて。

彼女は……失神しそうになった。

「ねえ……ねえ、ちょっと、ちょっと」

「なに、なんなのギップ。引っ張んないで！」

友人に怒られてもグップギップは気にせず、指で向こうをさした。

「あれってナップシップとジーン先生だよね？　そうだと思うんだけど、あんたどう思う？」

ソムオーも同じ方向を見た。すると、イライラしていた顔がすぐに興奮と喜びに満ちた表情に変わった。

「うっそー、ナップシップとジーン先生!?」

それから二人はその場でぴょんぴょん跳びはね、キャーキャー騒いだので、周囲の花見客から不審な目で見られた。

「写真、写真、撮ろ、撮ろ」

この時期の日本は十二月から二月までほど寒くはないが、それでもまだ暖かいとか暑いといった感じではなく、平均気温は十一度くらいだった。

ナップシップはやや薄手の膝丈の黒い二つボタンコートを着ていた。その下は黒のジーンズにスニーカーという出で立ちだった。タイでは見たことのない冬用のファッションで、そのかっこよさに心を奪われた。

隣にいる小柄な人物の方は、ずいぶん寒がりのようで、水色のダウンジャケットを着ていた。マフラーはしていなかったが、ダウンのファスナーを一番上まで上げていた。

グップギップは、ダウンジャケットを着るとだいたいの人がミシュランタイヤのキャラクターのようになると思っていたが、ジーン先生がそれを着るとむしろかわいかった。膨らんでいるのは上半身だけで、足はキャンディーの棒のように細かった。

二人はおしゃべりをしながら歩いていた。口元に笑みを浮かべているが、どんな楽しい話をしているのかはわからなかった。

「マナー違反かな？　こんなふうに撮るのは」

「撮って自分で見るだけならいいでしょ。あたし写真欲しい」

「じゃあ、こっち来て」

二人は、白や薄いピンク色の桜の花の下を緑道に沿って歩いていた。花見客はそれなりに多かったが、今日は押し合いへし合いになるほどの混雑ではなかった。

開花してしばらく経つ桜はすでに散り始めていて、風が吹くたびに小さな花びらがひらひらと舞った。

もちろん、グップギップもその美しい光景に見とれた。しかも、自分の好きなカップルが桜の舞い散る中を笑顔で歩いているとなると、なおさらその景色はピンク色に染まった。

彼女はスマホのカメラを向けて、腕を上げてシャッターボタンを押そうとした。だがその瞬間、手がとまった。

「……!」

「やだ、ナップシップがこっち見てる。あたしたちを見てる? バレたかな?」

「写真を撮ろうとしたことに気づいたのかも……」

二人は顔が青くなった。謝るために両手を合わせようとしたが、そうする前にナップシップが優しくほほえみながらうなずいた。

「シ……シップが笑ってる!」

「あたしもうここで死んで、この桜の木の養分にしてもらおうかな。タイなんかにもう帰らなくてもいいわ」

笑いかけられたということは、優しく気遣ってもらったのと同じだった。

ソムオーはグップギップの手からスマホを引き抜き、カメラを指して許可を求めるような仕草をした。だがその前に、ジーン先生がナップシップの服を引っ張って彼を呼んだので、彼は顔をそむけてしまった。

自分たちが写真を撮ろうとしたことには気づいているようだったが、とくに不満な表情は見せていなかった。

……彼は気にしていないようだった。

「ねえ、ちょっと、ファンページにアップしよ。さっきの写真、今すぐアップして」

シップジーンのアルバムに写真を追加しました
管理人は日本に旅行中です。でも今日は、旅行に来たことを自慢したいわけじゃありません。自慢したいのはこれです……
（画像）（画像）

Looknum Cartoon　ナップシップとジーン先生に会ったんですか!!
Mew nattatida　シップとジーンさん　うらやましいー　一緒に旅行中ってことですか？　なんでシップはインスタに写真上げてくれないのー
Thanida Chummat　二人がこんなにくっついて歩いてるなんて　ふふふ　管理人さん　もっとくださいたくさんアップして
Fah Wiwattana　避けてください　舟がすごい勢いで走りますよ

ほんの数分で、いろんな人からのコメントがついた。

グップギップはそれを読んでにやにやしたが、とくに、彼女のラッキーがうらやましいというコメントにほほえまずにはいられなかった。そうだ、グップギップは自分でもほんとうに幸運だと思った。緑道のルートはほとんど枝分かれしていなかったので、彼女たちはずっとナップシップとジーン先生のあとを追いかける形になった。そして、撮影スポットと言われている場所までやってきた。

グップギップは、ジーン先生が足をとめてナップシップの腕を取り、そこで立ち止まるよう促すのを見た。

そのあたりの桜は枝が低くしなだれていて、白や薄いピンク色の桜の花びらが地面の芝生の緑をほとんど覆っているような場所だった。

ジーン先生は通りかかる人を避けるようにナップシップを移動させ、まだ花がたくさんついている桜の木のそばに立たせた。そして自分のスマホを取り出すと、大きな笑顔を見せ、指をさしながら動かないように言った。それから写真を撮ろうとした。

しかしナップシップは首を横に振り、ジーン先生を引っ張って自分の代わりに立たせた。それから自分のスマホを取り出してうしろに下がった。

一瞬の出来事だった。彼はカメラ越しにジーン先生を見てから、もう一度近づいていって、一番上まで上がっていたファスナーをすこしだけ下ろした。

「やばい、もう無理」

「あんなの絶対恋人同士だよ。絶対そう。写真撮った？」

「撮った……」

グップギップは放心状態のままうなずいた。しかしソムオーに引っ張られて、さっきよりも二人に近づいていった。写真を撮るふりをした。ナップシップが自分たちのやっていることに気づいているとわかっていたが、ジーン先生はまだ気づいていなかった。

このままなんでもないふうを装っておいた方がいい。ジーン先生は恥ずかしがり屋なので、もし気づいたら、かわいい顔ではなくすました顔をするだろう。そうすると、おいしい場面を目にすることができなくなってしまう。

「じゃあ今度は僕がきみを撮ってあげる」

「大丈夫ですよ」

「ダメ、僕が撮る」

ナップシップが笑った。グップギップはその愛らしいほほえみをはっきりと見た。

写真を撮り終えると、ジーン先生が自分の写り具合を見るためにナップシップのすぐそばに寄っていった。小さな口をほころばせてから、うんうんとうなずいた。

「いいね、使えるよ」

「じゃあ、ごほうびをもらえますか?」

「きみが自分で撮りたいって言ったんだろ。なんでごほうびがいるんだよ」

「もらえないなら、もう写真を撮る気がなくなるかもしれません」

「わかったよ。で、なにが欲しいの?」

ナップシップはジーン先生の耳元に顔を寄せると、小さくなにかをささやいた。するとすぐにジーン先生の顔が唖然《あぜん》とした表情になった。

こちら側に立っている彼女たちは、ジーン先生の両頬がさっきよりも赤くなっているのをはっきりと目にした。きっと寒さのせいじゃない。

グップギップは友人の体につかまった。力が抜けたような気がした。

「ナップシップはなんて言ったと思う？」

「今晩楽しみにしてますよ、とかそんな感じじゃない？　そうであってほしい。写真急いでアップして！」

シップジーンのアルバムに写真を追加しました
なにをささやいたのかな。こちらはもう死にそうです。
(画像)

Sasipha Phuwadi　きゃー　まわりの桜がキラキラのピンクに染まっちゃう
Tiamfah sealiew　これまでも何回もフラグが立ってたけど　これはもう恋人同士　絶対に恋人同士　この写真を見て確信した

「ファンページのみんなも、あたしたちに続いて死んじゃうね」

「これがシッパーの生き様だよ」

彼女たちはそんな会話を交わしていた。それからナップシップとジーン先生が歩き出したのを見て、自分たちもそのあとに続いた。

彼らがプライベートな時間を過ごしているときに、こんなふうにあとを追いかけることにはすこし罪悪感もあった。けれどどうしても見たかった。

至近距離まで近づいてはいない。ときおり写真を撮るだけで、二人のプライバシーを侵害しない画像を選んだ上でファンページに載せていた。

手漕《てこ》ぎボートを借りられるところに着くと、ジーン先生がふたたびナップシップを呼んだ。

グップギップは、二人が恋人同士であると確信した。そしておそらくドラマの放送中からすでに付き合っていたのだろうと思った。というのも、二人の親密さはとても自然で、ぎこちなさが見られなかったからだ。

それから、ナップシップは自分より年上なのにまるで子供のような恋人を、どこまでも甘やかしていた。それを見ると心が温かくなった。

グップギップは、男性同士が愛し合っている姿を見るのが好きだった。

最初は普通のシッパーのように、ナップシップがインスタに載せる写真を追いかけていた。だが彼らがお互いにどんなふうに接しているか、どんなふうにしゃべっているかを見ているうちに、二人のあいだの愛情は触れることのできるたしかなものだと感じるようになった。

そしてそれは見ている人を幸せな気持ちにした。

グップギップとソムオーはボートを借りずに、陸から二人を見ることができる場所に立っていた。白と青に塗られた小さなボートはお堀の奥へと進んでいた。かなり離れていたので、うっかり目を離すと見つけるのが難しそうだった。

ソムオーはまだ写真を撮っていた。それだけでなく、ズームでビデオ撮影もしていた。

最近のスマホのカメラはかなり高性能だ。ナップシップが船首の方に座ってオールを漕ぎ、ジーン先生の方はスマホを持って写真を撮っていた。自分の恋人を写真に収めると、にっこり笑った。

「ほんとに愛し合ってる感じだね。祝福する気持ちだけじゃなくて、だんだんうらやましくなってきた」

「…………」

グップギップはうなずいた。

「あんなにクールで大人っぽいナップシップが、こんなふうにジーン先生にぞっこんになるとは思わなかった」

「お似合いだね」

「それは愛し合ってるからでしょ。もしお似合いじゃなかったとしても、愛し合うとああいうふうに見えるんだよ」

「なるほど」

ソムオーはまだスマホを掲げていた。カメラの中に写っている人がほほえんだのを見て、彼女もつられてほほえんだ。だがそのあとすぐにグップギップの方に顔を向けた。

「どっちが攻めでどっちが受けだと思う?」

訊《き》かれた方は驚いた顔をした。

「そんなのナップシップが攻めに決まってるでしょ」

「ベッドの上でのことは、だれにもわからない」

「やめて、ソムのバカ。逆カプにしないで。あたしたちがやってるページを見てよ。もう、怒るよ」

「なに、ちょっとからかっただけじゃん。ジーン先生がナップシップを押し倒したりするのは、あたしだって想像できないよ」

「そんなの想像しなくていいから。とにかく、ジーン先生が受けなのは百パーセント間違いないから。

ジーン先生が書いた小説からもわかるよ」

「え⁉　どのへんが？」

「あんたもバッドエンジニアは読んだでしょ？　いま投稿されてる最新の小説と比べてみなよ。いまのは前より描写がリアルになってる。ジーン先生が主に受けの側に立って書いてることもわかるよ。そっちの立場からの描写になってるってことは、実際にそういうポジションにいるってことでしょ」

長い分析のあと、グップギップはふふっと笑った。

「あんた、ほんとに分析好きだね」

気が済むまで二人の写真を撮ったあと、自販機で緑茶を買って飲むことにした。

それから自分たちの写真を撮ったりして楽しく過ごすうちに、夕方になった。今夜はおまつりがあるようで、日が落ち始めると、桜の木が美しくライトアップされた。

二人は去年のこのライトアップの光景を、SNSに投稿された写真で見ていた。実際に見た景色は画像なんかよりもずっときれいだった。

そのあと、ナップシップとジーン先生が靖国神社《やすくにじんじゃ》の方へ歩いていくのを見かけた。

当初、ここで桜を見終わったあとは皇居外苑《こうきょがいえん》のあたりに写真を撮りにいく予定だったが、急遽予定を変更して二人を追いかけて靖国神社に行くことにした。

神社に着くころにはさらに空が暗くなっていた。吊り下げられたランプが光を放っていた。昼間とは違う光の中で見る桜も美しかった。おまつりを見にきた花見客はかなり多かった。

神社の前の参道には夜店がずらっと並んでいて、おいしそうな匂いを周囲に漂わせている。

「おっと、またいい写真が撮れた」

「この背景はすごいきれいに見えるね。顔ははっきりしてて、うしろはぼやけてる」

シップジーンのアルバムに写真を追加しました
神社は人がいっぱい。でも座って食事できるテーブルもあります。私たちはいい場所を見つけられなかったけど、写真はどうにか撮れました。#ジーンさんとたこ焼き
(画像)

Sawapak kuglin　写真をアップすればするほどはっきりしますね　これは恋人だ!!
Lin Sora　賭けてもいい　もし人が多くなかったらお互いに口元を拭《ふ》いてあげてたはず
Looknum Cartoon　許可をもらって撮らせてもらった写真はありませんか？　カメラに向かって笑ってるような写真とか

グップギップは次々に入力されるコメントを見てにこにこしていたが、ソムオーに指で突かれて振り返ると、二人が向こうへ歩いていくのが見えた。彼女たちもそれに続いて移動した。

夜になると、気温はさらに低くなった。ソムオーはかばんの中からスカーフを取り出し、首に幾重にも巻きつけた。

「超寒い。ジーン先生も寒そうだね」

二人を応援する気持ちがあるせいか、ジーン先生が寒そうにしているのを見ると、グップギップはソムオーのスカーフを引き抜いて、代わりにジーン先生に渡したいという衝動に駆られた。

二人の様子を見ていると、ジーン先生は着ているダウンジャケットのポケットの中に手を入れて、長身のナップシップにくっついて歩こうとしていた。ナップシップがジーン先生の寒そうな手を握ったとき、それを見た方はほほえまずにはいられなかった。

ナップシップはジーン先生の手を握ったまま自分のコートのポケットに入れて、人混みの中を歩いていった。それを見ていた人はほかにだれもいなかった……。

彼らが笑い合うのを見て、グップギップもまた心が温かくなった。

神社の参道を奥の方まで歩いていくと、人の数がまばらになった。たぶんそのあたりにはなにもないからだろう。興味深いものはなくても、静かで厳《おごそ》かな雰囲気だった。

うしろを振り返ると、オレンジ色のランプが見え、人がしゃべっている騒がしい声が聞こえた。

二人は前方のカップルをもう一度見た。それからお互いに顔を合わせてうなずいた。

「帰ろう」

「そうだね。二人の邪魔をしないでおこう。あとでジーン先生に写真をアップしてすみませんでしたってメッセージを送っとくわ。ジーン先生がいつ見てくれるかわからないけど」

「うん、それがいい。ホテルに……あっ！」

二人は目を大きく見開いた。大好きなカップルから目を離して元の道を戻ろうとした瞬間、ナップシップとジーン先生が薄明かりの中で立ち止まるのが見えた。

チリンチリンという鈴の音と、風が葉を優しく揺らす音が聞こえた。

そのとき、ナップシップが隣の人に顔を近づけて、相手の柔《やわ》らかい頬に唇を押し当てた。

「……ねえ」

「うそ、ほっぺにキスしてる。やっぱり恋人なんだ！」

グップギップとソムオーが思わずキャッと声を上げると、ナップシップのハンサムな顔がこちらを向いた。

彼は片方の口角を上げて笑顔を見せ、人差し指を唇に当てた。

キャーという悲鳴がいまにも口から漏れそうだった……。

ファンページの管理人二人は、思いっきり叫ぶために急いでホテルの部屋に戻らなければならなかった。

観光旅行としては元が取れていなかったが、ほかのことで完璧に元が取れた一日だった。

Special 7　今年で二十一歳（シップ）

「なあ、シップ。明日はおまえの誕生日だろ」

「そういえばそうだな。俺たちと飲みにいこうぜ。もうしばらく行ってなかったし。ちょうど土曜日だし」

　ウィンとシンにそう言われて、小さいエレベーターの階数表示パネルを見ていた僕は、眉を上げた。脳みそがすぐに今日の日付を思い出した。そして、たしかに明日が自分の誕生日であることに気づいた。

　すこし間を空《あ》けてから、僕はこう答えた。

「来週にしてもらえるか」

「えー」

　二人とも怪訝《けげん》な顔をしたが、すぐにその表情は元に戻った。

「ああ、そうか。ジーンさんのことを忘れてた」

「たしかに。誕生日はやっぱり恋人といたいよな。まったく、うらやましいな。わかった。じゃあおまえの最愛のジーンさんの方を優先してくれ。俺たちは来週でいいよ。そんなに変わんないから」

　僕は否定しなかった。

　頭の中で、愛《いと》しい人のことを考えていた。

実際のところ、僕自身は自分の誕生日をそれほど気にする人間ではなかった。去年も一昨年もその前も、特別なことはなにもなかった。

そのときどきに僕が興味を持っているものを両親が知っていれば、たまに両親からプレゼントをもらうことはあったが、基本的には毎年笑顔でお祝いの言葉をかけてもらうだけだった。ヌン兄さんの誕生日も同じようなものだった。

おそらく僕らが男の子で、それほど誕生日に重きを置いていないことを知っていたからだろう。

だが……ジーンと暮らすようになったこの一年、僕はいろんな機会に恋人からなにかをもらうことを期待するようになった。

クリスマス、バレンタイン、そして誕生日だ。中身がなんであろうと、ジーンからもらえるだけで僕は嬉しかった。

「じゃあ、また連絡するから」

「じゃあまたな」

「ああ」

僕は車のキーを取り出して、運転席に乗り込んだ。

芸能事務所との契約がすべて終わって以来、僕の最近の生活はだいぶゆとりのあるものになっていた。

これまでは仕事で授業を休まなければいけないこともあったし、ロケのときは家に帰れないこともあった。

時間を管理しながら私生活と両立するようにしてはいたが、契約終了前のハードスケジュールの時期はかなりきつかった。

ただ、仕事をやめたことによるデメリットもあった。芸能の仕事をやめたあと、収入の一部がなくなった。なので、数カ月前からこれまでよりも真剣にビジネスの勉強を始め、とある企業の株を購入した。試験的に購入したあとで、将来はさらに買い増すことにした。一部はビジネスの買収を目的として購入し、それとはまた別に配当金を目的とした株も購入するつもりだった。

もう一つの新しい収入源は、実家の会社の仕事だった。父は以前から、僕に芸能の仕事をやめて家業に関心を持ってほしいと思っていた。そのため、最近は会社絡みのパーティーに行くことも増えていた。

部屋に戻ると、ロックを解除してドアをそっと押して中に入った。洋楽とそれに合わせてハミングする声がすぐに聞こえてきた。

バルコニーにつながるガラス戸の薄いカーテンが開いたままで、風が吹き込む音が聞こえた。まだ玄関にいるにもかかわらず、ジーンがバルコニーにいるのがわかった。

「ジーン」

寝間着姿の見慣れた人物が、プールサイドのリクライニングチェアに横になっていた。膝の上にはノートパソコンが置かれている。そばの小さなテーブルには、飲みもののコップと半分だけ食べたケーキの皿があった。

めがねの奥の大きな目が画面を見つめていた。その瞳はキラキラと輝いていて、それを見た僕は口元をほころばせた。

「なんだ、もう帰ってきたの？　今日はなんでこんなに早いの？」

「先生が早めに終わらせたんです」

彼の方に近づいていき、指の関節で柔《やわ》らかい頬に触れた。この角度からだと、かわいらしいつむじがはっきりと見える。

「そっか。それはよかった」

「こんなふうに画面の前で座って食べてばっかりいると、太っちゃいますよ」

「…………」

彼はむすっとした顔になった。

その様子を見て、僕も隣に横になり、彼の小さな肩に頭を乗せた。原稿のファイルを開いている画面に視線を向けた。どうやら今日は何ページも進んだようだった。

ジーンは毎日、原稿を書き始めるときに新規ファイルとして原稿を作成していた。そして修正まで済むと、それをメインのファイルに統合していた。

行き詰まったときには、なるべくリラックスするように努め、今日、明日、あさってで何ページずつ書けそうかを自分の中で計算しながらやっていた。

彼ののんびりした様子を見ていると、あまり悩んでいるようには見えないのだが、原稿を書くというのは実はとても大変なことだ。それを初めて知ったときは驚いた。

僕はジーンにあまりストレスを感じてほしくなかった。彼を一生養っていけるだけの蓄えはあるので、お金のことは問題ではない。そのことを真剣に話したこともあった。

ジーンはそれを素直に受け入れて、仕事としての執筆活動から自分が楽しむための執筆活動という考え方に変えてくれた。書きたいときに書くというふうにした結果、むしろ前よりも順調に進んでいるようだった。

ジーンが喜んでいるのを見ると、僕も嬉しくなる。

「僕だって歩いてるよ。きみが来る前にプールのまわりを歩いてたんだ」

僕は彼の頭の上に手を置き、近くに引き寄せた。恋人のいつもの香りがするのが心地よく、気持ちがおちついた。明日のことを思い出し、口に出した。

「ここを歩くだけじゃ足りませんよ。明日、一緒に外出しましょう」

「外出？」

「休日ですから」

最初ジーンはぽかんとしていたが、そのあと困ったような顔になった。彼の目がうろうろと泳いだ。

「えっと……」

僕は眉を上げげた。

「……？」

「昼間はタムと約束がある」

「タムさんと約束？」

「うん……」

「どうして今日にしなかったんですか？　どこに行くんですか？」

「大事な買いものだよ。この件は何週間も前からタムと約束してたんだ」

「……………」

買いもの？

僕はわずかに表情を変え、そばに座っている彼を見つめた。

明日は僕の誕生日なのに。ジーン……覚えてないの？

そう思うと、不満な気持ちが湧き上がってきた。

「でも！　夜は空いてるから」

ジーンは慌《あわ》ててそう言うと、体をねじって僕の方に顔を向けた。

「明日の夜はきみもどこにも行かないよね？　だから夜じゃダメかな？」

目の前の人物の困った顔を見て、僕は小さくため息をついた。

拗《す》ねる気持ちがどうしようもなく湧いてきた。これまでほかの人に対して感じたことのない見慣れぬ感情を、なぜかジーンに対してはいつも感じてしまう。

けれどジーンを困らせたくなかったので、僕はその気持ちをなんとか抑え込み、ゆっくりと首を振った。

「大丈夫です。僕はどこにも行きませんから」

それを聞いた彼の表情が明るくなった。

「じゃあ、夜ね。六時前には戻ってくるから」

「わかりました」

僕はそう答えた。柔らかい頬にキスをしてから、シャワーを浴びてくると言ってその場を離れた。もうすこしそこにいると、自分のわがままで相手を困らせることを言ってしまいそうだったからだ。

数分後、僕がシャワーを浴びて部屋着に着替え終わったとき、ジーンはまだバルコニーのチェアに座っていた。バルコニーへ出ようとしたところで、ちょうどスマホが鳴った。父さんからの着信だったので、その場に立ち止まって通話ボタンを押した。

「はい」

「シップか。明日は誕生日だな。家に帰ってくるか？」

「明日は帰りません。代わりに日曜日に帰ります」

僕はすこし移動して、すぐそばのソファの背もたれに腰かけた。

「新しい系列会社のオープニングパーティーがある。先週話したと思うが……」

「はい、覚えてます」

最近ヌン兄さんが父さんの仕事を全力でサポートするようになって、もう一つ新しい系列会社を立ち上げることになった。このプロジェクトについては昨年末から話し合いと準備が進められていた。だが父さんから聞いていた最初の予定では、オープニングパーティーは来週のはずだったので、それが明日になったと聞いて僕は驚いた。

「母さんが、おまえの誕生日に合わせてやろうって言い出したんだ。そしたら、会社の登記簿に書く設立日をシップの誕生日にできるからって。だからオープニングパーティーも明日やることになった。招待状も先週それで出した」

父さんはそう説明した。

「おまえはジーンと遊びにいくだろうと思って言わないでいたんだが、母さんがジーンも連れておまえもパーティーに参加すればいいって言ってな。どうだ？」

「明日ですか……」

僕はつぶやいた。

「都合が悪いなら、気にしなくていい。突然だからな。日曜日にジーンを連れて家に帰ってくればそれでいい」

僕はすぐには答えず、ジーンのことを考えた。彼は昼間は用事があると言っていたし、六時前までは帰ってこないはずだ。

「大丈夫です。でも六時前には帰らないといけません」

「ああ、それなら問題ない。パーティーは一時からだから」

「わかりました」

「ジーンはどうだ？　母さんが訊《き》いてる」

「ジーンは用事があって、たぶん行けません。母さんには日曜日に行くからって伝えておいて」

それだけ言うと父さんはわかってくれたようで、それ以上うるさく言ったりはしなかった。仕事の話をもうすこし詳しくしてから、電話を切った。

僕はスマホをソファの前の小さなテーブルに置いた。ガラス戸の方に顔を向けると、風でプールの水面が揺れるのが見えた。ジーンがノートパソコンで再生している洋楽が聞こえる。

僕はあえてジーンにオープニングパーティーに行きたいかどうかを訊かなかった。彼が明日の買いものは何週間も前から約束していた大事な用だと言っていたし、ジーンはうるさい場所が嫌いだからだ。

パーティーではいろんな人が自分の自慢を織り交ぜながらビジネスの話をするのを聞かなければならない。そういった場所は、ジーンにはあまり向いていない。

誕生日は一日中ジーンと一緒に過ごしたかったが、それができないのであれば、あまり考えないようにするしかない。

明日の夜、誕生日だということを伝えて、それを忘れていた分のお返しをたっぷりもらえばいい。


「今日はこの子の誕生日なんです。それで新しい会社の設立日を今日にしたんです」

「なるほど、いいアイデアですね。僕のパッタヤーの新しい会社の設立日も娘の誕生日にしようかな」

母さんの話し相手の中年男性がそう答えながら嬉しそうにこちらを見たとき、僕は型どおりの笑顔を浮かべ、隣で僕と腕を組んでいる母さんを見てから、なにも言わずに軽く頭を下げた。

午後のパーティーのあいだずっと母さんのお供をしていたので、すこし疲れていた。とはいえ、数時間前にパーティーの冒頭で挨拶《あいさつ》をしたヌン兄さんの役目に比べれば、僕のやっていることなんてまだましだった。

母さんと組んでいる腕と逆の腕をすこし動かして、手首の時計を見た。もうすぐ六時になる。ジーンも戻ってくるころだろうから、僕もそろそろ引き上げる頃合いだ。

「私にとって息子は自慢の子なんです。ほかの人の目にどう映るかはわからないけど、私の目に映るこの子はほんとに素晴らしいの。だから会社の設立日について話し合ってたとき、この子の誕生日にしたいと思ったんです。会社がこの子と同じように発展していきますようにっていう願いを込めて」

僕は小さくため息をついた。母さんがそんなふうに自慢するとは思っていなかった。

「私もシップさんのこと知ってますよ。以前はずっとドラマとか観てました。芸能界を引退されたときはすごくもったいないと思いました。でもまさか、父の知り合いのオーンおばさまの息子さんだったなんて」

そう言った相手の声は猫なで声だった。

僕は目をすこし動かした。彼女は笑顔でこちらを見ていたので、僕も礼儀として口角をわずかに上げた。

「ほう、ナップシップは芸能界で働いていたのか？」

「はい、すこしだけ」

僕がそれしか言わなかったせいか、母さんは我慢できないかのように追加で話した。

「シップにも自分でお金を稼ぐ経験をさせてみたんです。でも引退してよかったわ。忙しそうだったし。夫もこの子に仕事を手伝ってもらうつもりだったので、大学を卒業したらうちの仕事をしてもらう予定です」

聞いていた方の男性の目がパッと輝き、自分の娘とこちらとを交互に見た。僕はそれに気づいたが、見ないふりをした。

母さんも気づいたようで、表情がややこわばった。それ以上僕を自慢する言葉を口に出すのをやめ、それからすぐにその場を離れた。

それを見て、僕は笑顔になった。

僕の母さんはほかの人とは違い、ビジネス上の利益を重視した結婚を好まない。

それに、母さんの息子の嫁は、公に発表することはなかったとしても、その相手が変わることは絶対にないのだ。

「もう帰るんでしょ?」

それからもうすこし一緒に歩いてから、母さんは手を離した。

「明日もちゃんと帰ってきてね。料理を用意しておくから。ジーンくんによろしくね」

「はい」

それを聞いて、僕はさらに笑顔になった。

「はい。明日、到着する前にジーンに電話させます」

母さんは満足したような顔で僕を見て、僕が着ているいい仕立てのいいスーツの肩をしばらく撫《な》でた。誇らしそうなその顔を見て、僕は年を取って皺《しわ》が増えてきた母さんの手を取って握った。母さんは僕を正面の入り口まで送ると言ったが、手間をかけさせたくなかったので、中に戻るように説得した。

大規模でオフィシャルなパーティーということで、正面の車寄せに車を持ってきてもらうようスタッフに頼むこともできたが、面倒なことはしたくなかったので、遠回りだが自分で駐車場まで歩いていった。

車に乗り込んでドアを閉めてから、スマホを取り出した。しかしなんの通知も来ていなかった。あまり考えたくはなかったが、不満な気持ちがふたたび湧き上がってきた。

当日になっても、ジーンはまだ誕生日に気づいてくれない……。

でもジーンはまだ戻ってきていないのかもしれないし、自分の用事の途中なのかもしれない。僕は小さくため息をつき、車のコンソール部分にスマホを置いた。

手を伸ばしてギアを変え、ハンドルをまわして前庭に向かった。建物が路地の中にあり、大通りに出るには両側に運河が長く続く道路を走っていかなければならなかった。

道路のまんなかの安全地帯のところに大きな街灯が立っていて、一定の間隔で光を放っていた。パーティーはまだ終わっていなかったため、ほとんど車はなかった。

数百メートル走ったところで、まんなかの安全地帯のそばに一台の黒い欧州車が停まっているのが見えた。その車が行く手をふさいでいたせいで、減速せざるを得なかった。隣の車線に移ろうとしたが、車から出てきた人物を見て僕は車を停めた。

相手がカーフィルムを貼っていないフロントガラス越しに僕を見て、嬉しそうな表情を見せた。僕はイライラして、車内でため息をついた。

故障して停まっている車の持ち主は、四十分ほど前に母さんと話をしていた実業家の娘だった。ジーンに会うために急いで帰りたかったが、父さんの会社の取引先の人の娘である以上、その隣に車を停めるしかなかった。

僕が車のドアを開けて降りると、彼女はすぐに話しかけてきた。

「シップさん！」

「どうも」

僕は会釈《えしゃく》してから、彼女の車を見た。

「故障ですか？」

「ええ。私は家で急ぎの用があるので、父に言って先に失礼させてもらったんです。だけど道路のまんなかで急に停まっちゃって。電話して人を呼んだんですけど、来るまでにしばらく時間がかかるみたいなんです。私急いでるのに」

彼女の焦《あせ》った様子を見ても、僕はなにも言わなかった。歩いていって車の前のボンネットを開けた。

彼女は僕のすぐそばにやってきた。僕はエンジンを見ながら、車の持ち主の方をちらっと見た。

彼女が泣き出しそうな困った表情をしているのを見ても、僕はなにも感じなかった。まるで恋愛映画のように関心を引こうとする様子を見て、苦笑せずにはいられなかった。

ここで彼女につかまるとは思ってもいなかった。こんなドラマのような偶然がそう簡単に起こるわけもなく、さっき彼女の父がなにを考えていたのかもちゃんとわかっていた。

いまの時代に昔のような見合いはありえない。だが、政略結婚はいまでもある。こっちの会社の社長の息子とあっちの会社の社長の娘が会って、お互いそれなりに好きになる。そして資金援助の話がまとまると、結婚という運びになる。

いま遭遇している出来事もまさに……多くの副産物を期待したものなのだろう。

「私、とっても急いでて……」

「電気系統の故障みたいです。電話して人に来てもらうなら、レッカー車も呼んだ方がいいと思います」

「まあ、どうもありがとうございます。その……車のことは全然わからなくて。運転してたら変な臭いがして、そのあと動かなくなっちゃったんです」

「………」

僕はうなずいた。

「あの、でも……私すごく急いでるんです。人が来るまでにはまだ時間がかかるし……」

「ここはパーティー会場からそんなに遠くないので、僕の車でとりあえず戻りましょうか」

彼女は苦笑いした。

「えっと……さっき父に電話したんです。でも父も帰ってしまったみたいで。ちょっとのあいだに行き違いになっちゃったんです」

「………」

僕は目を細めた。

彼女の車が故障したのは事実だろう。だが、彼女はそれを口実にしようとしていた。

「私、ほんとに家で急ぎの用事があるんです。家はクローンソーンにあって、ここからだとかなり遠いんです。このあたりはタクシーも通ってないし……」

「………」

「もしご迷惑でなければ、どうか……」

「それなら、僕もここであなたが呼んだ人が来るのを待ちますよ」

「えっ！」

相手が唖然《あぜん》とするのがわかった。それだけではなく、彼女は口元を歪《ゆが》めた。彼女からのアプローチを受けようとしない僕がまぬけな男であると言わんばかりの表情だった。

僕は彼女を家まで送りたくなかった。タクシーが簡単につかまる場所まで送るとしても、距離がある。そこでさらに彼女がタクシーをつかまえるまで待つのは、ここで一緒に待つよりもさらに時間がかかりそうだった。

あまり話したくなかったので、僕は手を広げてエンジンをかけたままの自分の車の方を示した。マナーとしてそうするように見せたが、半分は彼女を強制的に車の中に座らせるためだった。

自分は故障した車をもう一度確認しにいった。エンジンの故障や部品が熱くなることで電気系統が発火したりしないことを確かめた。

「シップさん」

僕は動きをとめた。声のした方を振り向くと、彼女が車のウィンドウを開けて、僕のスマホを手に持ちながら顔を出しているのが見えた。

「電話が来てます。シップさんを出してほしいって。よくわからないけど急用みたいです」

「……………」

彼女の車を見るために降りたときから、なんの感情もあらわさず冷静さを保っていた僕の表情が変わった。近づいていってスマホを受け取ると、すでに通話の状態になっているのがわかった。画面に表示されている名前を見て、冷たい視線を彼女に向けた。

彼女になにかを言う前に、僕のことを待っている電話の相手のためにスマホを耳にくっつけた。

「もしもし、ジーン?」

「きみ、どこにいるの？　さっき電話に出たのはだれ?」

彼の声には疑念と不満が混じっていた。

「母さんの知り合いの娘さんです。車の中にスマホを置きっぱなしにしてたんです。いま、Jホテルのある通りにいます」

「Jホテル？　きみ、パーティーに行ってたの?」

電話の相手は驚いたようだった。

「それでなんでオーンおばさんの知り合いの娘さんがきみの車に乗ってるの?」

いつもなら、ジーンがやきもちをやくのを見ると、彼を苛立《いらだ》たせたくないと思いながらも、心の中では嬉しく思う気持ちもあった。ジーンが僕への愛情や嫉妬《しっと》を見せてくれると、それがどんな形であれ、僕はただひたすら嬉しかった。だが今回はそれとは違った。

ほかの女性がすこし近づいてきたとしても、それくらいはどうとでも対応できるので構わない。けれど本人の代わりに電話に出るというのは、僕がその女性にもう一段階上のレベルで近づくことを許したのと同じであり、ジーンがほんとうに誤解してしまったのであればそれは大問題だ。

僕はジーンに手短に事情を説明した。隠すようなことはなにもない。彼が小さくため息をつくのが聞こえた。

「シップ」

「はい」

「モテてるみたいだね」

「…………」

時間をかけずとも、ジーンがいまどんな表情をしているか、どれくらい頬を膨らませているかがすぐに頭に浮かんだ。そばにいたら思わずつねりたくなるくらいに、ぷっくりと頬を膨らませているだろう。

「僕は四時には帰ってたのに、きみはちっとも帰ってこないから。もう七時だよ。だから電話したんだけど……電話してよかったよ」

「もうすこししたら帰ります。ここからはそれほど遠くありません」

ジーンはわかったと言ってから、電話を切った。僕はスマホを下ろして、まだ自分の車の中から顔を出している人の方を振り返った。

僕は車のすぐ隣で電話していた。話し方や表情、ジーンに対する気持ちといったものが、彼女にもはっきりと伝わったはずだ。

僕に男の恋人がいると知っても彼女は驚いた様子を見せなかったので、彼女はジーンの存在を知っていたのだろうと思った。僕のドラマを観ていたと言ってたし、ほかのファンと同じように、いま僕がジーンと付き合っていることを知っていてもおかしくなかった。

「………」

「次からもうこんな失礼なことはしないでくださいね」

僕はそれだけ言うと、すぐに身を翻《ひるがえ》してその場から離れた。

彼女を車に乗せてしまったので、自分は別の場所に立って彼女を迎えにくる人を辛抱強く待つしかなかった。それでも、ジーンと話せたことでさっきよりもずっとおちついていられた。

しばらくして、車の音が近づいてきた。ヘッドライトのまぶしい光に目を細めた。その車が隣に並ぶように停車するまで、彼女を迎えにきた車だろうと思っていた。しかし、よく見るとそうではなかった。

「………」

僕は片方の眉を上げた。それは一般の乗用車ではなく、緑色と黄色のツートンカラーのタクシーだった。

ドアが開いたので、僕はすこしうしろに下がった。タクシーから人が降りてきた。頭の半分と薄茶色の髪の毛を見ただけで、それがだれなのかすぐにわかった。

「おじさん、ちょっと待っててもらえますか。交代で乗る人がいるので」

乗客は料金を払い終わると、振り返って僕の方を向いた。冷静な表情だったが、苛立ちを抑えているのは明らかだった。

「車の見張りか。転職でもしたの？」

僕はわずかにほほえんだが、相手の冗談に対する困惑《こんわく》が顔に出てしまった。

「どうして来たんです？」

「きみを連れて帰るためだろ。僕が来なかったら、きみがいつまで車の見張り役をしてるかわかったもんじゃないからね」

「そんなに大げさなことじゃありませんよ。部屋で待っててくれれば、僕は自分で帰ったのに」

「ごちゃごちゃ言わなくていいから。もうだいぶ時間を無駄にしてるんだ」

彼はそれだけ言うと、脇目も振らずに僕の車へ歩いていって、笑顔で運転席側のドアを開けた。中にいた女性に彼がなにかを言うと、腕を組んで座っていた女性は表情を変えた。彼女は大急ぎで車から降りた。すぐそばにタクシーが停まっていたので、彼女はそっちに乗り込み、大きな音がするくらい思いっきりドアを閉めた。

離れたところに立っていた僕は、目を瞬《しばた》かせながら恋人の行動を見ていた。

いま二人で暮らしている僕のコンドミニアムはパーティー会場からそれほど遠くなかったので、十五分か二十分ほどで帰り着いた。いつもの駐車スペースに車を駐めると、エンジンを切る前に、助手席に座っていた彼はドアを開けて先に車から降りていった。

僕は彼のあとを追った。ジーンはちらっと僕の顔を見たが、なにも言わなかった。車に乗り込んでから、彼は一言も発さなかった。

僕は何度も彼の表情を確認した。ジーンは朝から外出していたので、いまになってようやく一日中一緒に過ごしたかった人の顔を拝んだのだ。

ジーンがなにも言わないのを見て、僕もそれについてはなにも言わなかった。僕らは黙ったままエレベーターに乗り込んだ。

最上階に到着して、エレベーターがポーンと鳴った。足を踏み出そうとした瞬間、僕の手は温かい肌のぬくもりを感じた。

ジーンの四本の指が僕の手のひらに触れた。それから親指を絡ませてきた。

その突然の動きに僕は驚いた。たったそれだけで、僕の不満な気持ちの一部はいとも簡単に吹き飛んでいった。僕はすぐにその柔らかい手をぎゅっと握り返した。

隣にいる小柄な彼は僕の方を振り返りはしなかったが、自分が先に歩き出してから僕の手を優しく引っ張った。

ジーンは玄関のロックを解除して、キッチンのダイニングテーブルのところまで僕の手を引っ張っていくと、僕をそこの椅子に座らせた。テーブルには水色の大きなフードカバーをかぶせた料理があった。

「僕に……」

「きみ、もうごはん食べた？」

僕は彼の方を振り返った。

「パーティー会場ですこしだけ軽食を食べました」

ジーンは唇を噛んだ。

「きみは僕に外出先がパーティーだとは言わなかったよね。僕は、きみがただワットおじさんに用事があるだけだと思ってたんだよ」

「父さんとの用事があのパーティーだったんです」

「どうして先に言わなかったの？」

「ちょっとだけ顔を出して、ジーンが戻るより先に帰ってくるつもりだったんです。それで言わなかったんです。そうじゃないと、もしジーンが知ったら、パーティーが終わるまで僕に母さんのそばにいるように言うと思ったから」

相手の拗ねたような顔を見て、僕はほほえみながら言った。

「僕は早く帰ってきて、ジーンと一緒にいたかったんです」

彼は目を見開き、それからまた目を細めた。

「今日はそんなふうには言わないよ。僕はオーンおばさんからきみを奪ってたと思う」

「…………」

「もうすこし……食べる？」

彼は両手をフードカバーに伸ばして、それを持ち上げた。

そこにある料理の皿となじみのある料理の匂いに、僕は目をぱちくりさせた。

「…………」

「きみの好物だろ？　前にヌン兄さんに聞いたんだ。ヌン兄さんは、きみの好物はたくさんあるけど、小さいころ家でオーンおばさんがよくつくってた料理があるって教えてくれた」

ジーンはそう言うと、前かがみになって手のひらを料理の上にかざした。そしてつぶやくように言った。

「もう冷めちゃった。冷めたら味が変わるかな？」

「ジーン……自分でつくったんですか？」

僕はそれを訊くつもりはなかったが、なぜか震《ふる》えるような声で訊いていた。

彼は顔を上げて、しばらく僕を見つめてからうなずいた。

「うん。オーンおばさんのところに行って教えてもらったんだ。何週間か前に」

そう話すジーンを見つめながら、僕は目頭がだんだん熱くなるのを感じた。

予想していなかった展開が、すべての嫌な感情をまとめて吹き飛ばしていった。

ジーンは料理が苦手だ。なのに……。

僕は黙ったままじっと座っていた。嬉しい気持ちで心が満たされる一方で、手を伸ばして彼の体を引き寄せ、テーブルの上に押し倒してしまいたくもあった。

「シップ」

「………」

「食べてくれる？」

そう言った彼は、拗ねているような照れているような顔で、僕の目から感情を読み取ろうとしていた。

「それとももうおなかいっぱい？」

僕はほほえんだ。

「食べます。満腹で吐きそうになっても、食べます」

ジーンは一瞬驚いた顔をしたが、すぐに笑った。

「きみがそんなふうに言うと、鳥肌が立つだろ」

僕が答えるのも待たずに、あるいは僕が彼の顔を引き寄せて唇を重ねる前に、彼は料理の皿を持って電子レンジに入れた。それから皿とフォーク、ナイフを手に取り、さらにワイングラスを二つワイングラスホルダーから下ろした。

「ヌン兄さんからワインをもらってきたんだ。きみの誕生日に開けるワインだって言ったら、ヌン兄さんはワインセラーから一番古いヴィンテージものを出してくれた。だからワインはヌン兄さんからのプレゼント。こっちはタムからだ。今日の昼間、食材を買いにいって、あいつの家のキッチンを借りたんだ。だからタムからもプレゼントを預かった」

料理を温めているあいだ、ジーンは紺色の四角い箱を取り出した。箱の上部が透明なアクリル板になっていて、中身がネクタイであることがわかった。

僕はそれを受け取りながらお礼を言った。

言葉を続けようとしたが、ジーンはじっとしていてくれなかった。プレゼントを置き終わると、また立ち上がってあれこれと持ってきた。僕が手伝おうとしても、手を振ってそれを制した。電子レンジがチンと鳴ると、ジーンはそれを開けて、あつあつになった料理の皿を取り出した。

ジーンは向かい側に座った。僕らはしばらくのあいだ、お互いの顔を見つめ合った。それから彼は満面の笑みを浮かべた。太陽を思わせるような明るい笑顔だった。

「ナップシップ、お誕生日おめでとう」

「…………」

「なんで黙ってるの？」

僕は動けなくなってしまったかのように、テーブルの向かい側にいるジーンをただ見つめた。

しばらくしてから……ようやく口元をほころばせて笑った。

「ありがとうございます」

「まあ、とにかく食べてみて。おいしくなかったら……」

「…………」

「また来年つくらせて。来年もおいしくなかったら、また再来年も。その先もずっと。いつになったらおいしくなるかわからないけど、文句言わないでよ。いい？」

テーブルに両肘をつきながら有無を言わさぬように話すジーンを見ていた。すこしぶっきらぼうな声だったが、それは甘い言葉に聞こえた。

「はい。毎年味わえるのを楽しみにしてます。絶対文句は言いません」

今年が始まりで、力尽きる最後の年までずっとだ。僕が好きな料理のことではない。そうではなく、僕らがそれまで一緒にいるという意味で。

目覚めたとき、毎朝最初にジーンの顔を見る、そんな日々を……。

夕食を終えると、ジーンは僕にワインを何杯も注いでくれた。ダイニングテーブルから立ち上がったのは、午後九時か十時ごろだった。彼は僕に先にシャワーを浴びるように言った。僕が浴び終えると、彼が続いて入った。

僕はベッドのヘッドボードに寄りかかって、口元に笑みを浮かべながら、自分がインスタグラムに投稿した写真を見た。僕のフォルダにあるジーンの写真はどんどん増えていっている。留学から帰国して、彼と一緒に暮らすようになってからはますます写真が増え、四つ目、五つ目のフォルダをつくるまでになっていた。それらの写真は、僕らの歩みのようなもので、お互いの気持ちと親密さを示すものだった。

「ナップシップ！」

「………」

彼の大声が寝室に響いた。

座ったままスマホの画面を見つめているあいだに、どれくらい時間が経ったのかわからない。ジーンの写真とそこに写る彼の丸いほっぺを見ているだけで、僕はひたすら楽しかった。

そのとき、ぼくのあとにシャワーを浴びたジーンが脱いだ服を抱えて、勢いよくドアを開けてバスルームから出てきた。それと同時に、ワインの香りが漂った。

「ジーン……」

僕は驚いて彼の方を向いた。それから、僕の体は石のように固まった。

「うん、僕だよ」

彼はすこし呂律が怪しかった。シャワーのあと服を着るはずが、どうやらワインを飲んでいたようだった。一方の腕にネクタイが巻かれた空《から》のワインボトルを抱えている。

素っ裸の小柄な体は、黒いボクサーパンツしか身につけていなかった。傾いた体を支えようとするかのように、細い両足を広げて立っていた。

頬は赤く染まり、大きな目はいま半分しか開いていない。くりっとした薄茶色の目はアルコールのせいでとろんとしていたが、瞳はまるで星のようにキラキラと輝いていた。

白い喉元には……淡いピンク色のリボンが、かわいらしく蝶々結びで結ばれていた。

「…………」

僕はかつてないほど硬直したまま、恋人の姿を見つめた。

気づいたときには、彼がふらふらしながら近づいてきていた。そしてベッドに上がったかと思えば、僕の膝の上にまたがるように座った。シャワーを浴びた僕も、寝間着の下を穿《は》いているだけだった。

彼は僕の胸に寄りかかるように、体をくっつけてきた。近づけば近づくほど、ボディーソープのいい香りと、熱い吐息から漂うワインの香りを感じた。

片方の細い腕はまだワインのボトルを持ち、もう一方の腕を僕の首に巻きつけて、彼はそっとささやいた。

「どう？　このプレゼント……」

「…………」

プレゼント？

僕は自然とジーンの首に結んであるリボンに目をやった。そのリボンを最初に見たときから、体の中が熱くなるのを感じていた。僕はうまく返事ができないまま、目の前の〝プレゼント〟を上から下まで見た。体のまんなかがすぐにうずいてきた。

「プレゼント……」

僕は声がかすれて聞こえなくなってしまわないように、おちついた声を出そうとした。

「このプレゼントはだれからのものですか？」

「僕だよ」

「ジーンから？」

「そうだよ。ヒンに、自分の書いた小説に出てくるようなプレゼントにしたらって言われたんだよ。きみも喜ぶだろうって」

「………」

「気に入った？」

「気に入りました」

僕はすぐに答えた。

「とても気に入ってます」

僕はいじっていたスマホを放って、彼の柔らかい頬に触れた。しかし唇を押し当てて相手の口をふさぐ前に、僕の手は払いのけられてしまった。

ジーンはワインボトルをヘッドボードに置くと、あまり力の入っていない手で僕の両手をつかんで交差させた。しばらくそのままにして、ワインボトルに巻きつけていたネクタイを取って、僕の手首に何重にもぐるぐる巻きつけた。

僕は我慢できなくなり、彼の耳元に顔を寄せて言った。

「どうして縛るんですか？　これじゃあ動けない」

僕が動けないと言ったのを聞いて、ジーンは動きをとめた。

「縛られるのは好き？　きみが僕にやったのと同じだよ」

「…………」

僕は答えなかったが、答えないのは正解だと思った。酔っ払った彼は、僕に不自由だと感じさせ、支配下に置くことができたと思ったようで、満足そうにふふっと笑った。笑ったあと、僕の肩のところに顔を埋めた。彼の唇が肌に押しつけられると、それまでよりずっと体が熱くなった。

プレゼントをあげたい、でも恥ずかしくてワインに頼るしかない。僕は……そんなジーンがなにをしようとしているのか知りたかった。

仕方なく〝きつく縛られている〟状態に耐えることにした。

彼は頭を上げて顔を近づけた。もうすこしで口が触れ合うというところで、ジーンは僕の喉元に向かっていった。柔らかい唇がそこに触れると、熱いのとくすぐったいのとで鼓動が速くなった。そして唇が舌先に代わり、熱く濡れた舌先が僕の喉仏に触れた。

……その舌先はさらに下に降りていった。僕が眉を動かしたとき、彼が僕の鎖骨に歯を立てるように触れた。

「ジーン……」

僕が荒い息遣いで声を出すと、ジーンは満足そうに笑った。酔いのおかげで大胆になっている彼の手は、やや粗《あら》っぽく僕の体を撫でた。その手がすこしずつ下に降りていく。

ジーンが僕の膝の上からお尻をどかしたことで、体に密着していたぬくもりが離れていった。手首のネクタイが緩みかけた瞬間、僕は縛られたままの手を伸ばして彼の体を自分の方に引っ張った。

一瞬本能のままに動きそうになったが、彼が膝をついて四《よ》つん這《ば》いのような姿勢になったとき、僕はふたたび固まった。彼は僕が穿いていたズボンのウエスト部分に手をかけ、それをずり下ろした。

「ジーン⁉」

彼は僕の声に反応しなかった。まるで最初からやろうと決めていた目標があるかのようだった。ズボンを下ろすと、すぐに熱い手が僕の体の敏感な部分に触れた。

突然触れられたことで、体中の神経がビリビリした。

僕はなにかを言おうとした。しかし彼の顔がそこに近づいていき、とろんとした目で見つめながらかすかに息を吐くのを目にしたとき、息がかかった部分の皮膚の下に一気に血液が流れ込んだ。

あまりの衝撃に、僕はぐっとあごを引いた。

「ジーン……なにするつもりですか?」

「僕が……してあげる」

「…………」

してあげる……僕の頭の中でその言葉が何度も繰り返された。

もう一度彼に視線を戻したとき、僕は可能なかぎり意識を保って、自分自身をコントロールしなければならなかった。やめてと言おうとしたが、一方で嬉しく思う気持ちもあり、その先への期待が強くなればなるほど血流がより激しくなった。

恋人からこんなふうにされるのが嬉しくないわけがない。とくにジーンのような、恥ずかしがり屋でベッドの上での経験があまりない人ならなおさらだ。

彼がためらいなく手で僕の熱いものを握っているのを見て、僕はじっと横たわったまま、自分の体を彼の好きなように触らせることにした。

すべてを相手に預けるように……。

「………」

僕は、目の前の彼の行為をじっと見つめた。

ジーンは自分が手に握っているものを見ていた。彼がそれをゆっくり動かしたとき、僕はすぐに眉根を寄せた。

「こんな感じ？」

小さな手が上下に動く。彼はやや酔ってはいたが、なにも考えられないほど酔いつぶれてはいないようだ。ジーンが好きなように手を動かすあいだ、僕は体に力を込めて耐えなければならなかった。

しばらくして動きがとまった。視線を向けると、ジーンがいままでよりさらに顔を近づけているのがわかった。プレゼントである彼が次になにをするか、僕が考えているうちに彼は小さな赤い舌を出した……。

「ジーン……」

僕は強く歯を食いしばった。それと同時に、体のまんなかの部分がしびれるのを感じた。

舌先が優しくそこに触れた。最初は、小さな蝶が飛んできてそこにとまったかのような感覚だったが、それから快感が全身を駆けめぐった。彼は先っぽのところをちろちろと舐《な》めてから、右へ左へと舌を這《は》わせた。同時に、片手で竿を握ってその手を優しく動かした。

「ジーン……こんなかわいいフェラの仕方、どこで覚えたんですか？」

アルコールが入ると、彼はいつもこんなふうに小悪魔になる……。

舌先を引っ込めてから、まだふにゃふにゃしている声で答えた。彼は、褒め言葉をもらったことを嬉しく思っているようだった。

「小説とか、いろいろ。僕だって知識はいっぱいあるんだから」

「………」

「こういうの好き？」

彼の吐息がかかって、僕の体は震えた。

「はい……最高です」

彼は嬉しそうに笑って、また舌を出した。竿に沿って上から下へと舐めた。彼の舌の動きのせいで、僕の快感はまるで都心の高層ビルのようにどんどん高く上り詰めていった。彼がそれをするのは初めてであるにもかかわらず、僕は必死にこらえなければならないほど切羽詰《せっぱつ》まっていた。まるで初心《うぶ》な少年のころのようだった。

僕は目の前の人物をぼんやりした目で見た。彼が小さい口を開けて、硬くなった僕のものをくわえ込むのが見えた。熱く濡れた柔らかい口に吸われると、僕はさすがに吐精してしまいそうになった。だが残念ながらそこでジーンが口を離した。

「大きい……」

彼は顔をしかめた。

「ジーン、もう十分です」

僕の声はからからだった。

「………」

「起きて、ここに座って。もうしなくていいから」

「いやだ」

「僕がお願いしてるのに？　ほら、早く」

……僕が自分のずるさを自覚する前に。

「うるさい。せっかく僕がしてあげてるのに……」

「わかってます。それはまた今度にしましょう。とりあえずネクタイを外して」

「………」

彼は首を横に振った。

「ジーン……」

「僕がやる」

「………」

今日……もう何度驚かされたかわからない。

彼は体をややふらつかせながら、手を伸ばして引き出しを開け、中からローションを取り出した。細い足で僕の膝の上にまたがった。アルコールのせいで力が入らないのか、寄りかかるように体をくっつけてきた。

彼を抱きしめるためにネクタイを外そうと思ったが、そうするわけにはいかなかった。ジーンの様子を見るかぎり、僕がいまネクタイをほどいたりしたら、間違いなく怒るだろう。

僕の苦しみはさらに募っていった。相手を自分の下に押し倒して、僕の好きなようにするわけにもいかない。僕にできたのは、首をひねって彼に近づき、唇を押し当ててジーンの柔らかい口を吸うことだけだった。

彼の小さな手がふたたび僕の熱い屹立《きつりつ》を握った。それから彼はゆっくり自分の腰を落としていった。ジーンは、ほんとうに入れるところまで自分でやった。

「どうしてそんなに大胆なんですか?」

「んあっ……」

僕は何度も歯を食いしばった。

「そんなに大胆にして、恥ずかしくないの?」

「いいや。きみはこういうのが好きだって知ってるから」

「………」

今回ばかりは僕はほんとうにやられっぱなしで、仕返しもできなかった。

僕らの肌が完全に密着するまで、彼は腰を落とした。上にまたがっている彼は、困惑したようにわずかに顔をしかめた。当然ではあるが、重力がかかるのと彼が上にいるのとで、いつもよりも深くまで入り込んでいた。

ジーンの細い両腕が僕の首にまわされた。僕に抱きつきながらゆっくり動き始めると、彼は小さく喘《あえ》ぎ声を漏らした。

最初は、初めてその行為をする人のようにぎこちなかったが、だんだんリズムをつかんできたようで、彼は自分の望むように腰を上下に動かした。

「もっと、もっと……ジーンのいいところに当てて」

「わ……あっ、わかってるから。ちょっと静かに……してて」

片方の小さな手が、僕の肩に短い爪を立てた。僕は我慢できなくなり、思わず自分から腰を動かしてしまった。もっと悶《もだ》えて赤くなるジーンの顔が見たかった。

すぐ近くで腰を律動させている白い体を見た。彼の細い首にはまだリボンが結ばれていて、体を揺らすたびに、蝶の羽のように結ばれたリボンの両端も一緒に揺れた。それを見ていると、ほんとうに大きなプレゼントをもらったような気持ちになった。

「ジーン……」

温かい彼の中に精を放つ前に、僕はネクタイをほどいて、ジーンの体を強く抱きしめた。

自分の胸に沈めてしまいそうなくらい強く……。

喘ぎ声と激しい息遣いがすぐそばで聞こえる。僕は腕を緩め、両手で目の前の彼の手を握り、ベッドの上に仰向《あおむ》けになるように体を押し倒した。そして彼の上に覆いかぶさった。下半身はまだしっかりくっついていたので、そのまま腰を振れば、二回戦を始めることができそうだった。

「次は……僕にやらせてくださいね」

彼は口を開いてなにかを言おうとしたが、僕はまずその口をふさぐことにした……。

Special 8　コインの裏側（ウーイ）

〝ウーイくん、この前の撮影の報酬は口座に振り込んでおいたから〟

知り合いの先輩からそう言われて、僕はマスクをしてサンダルを履《は》き、財布を手にオンボロの寮を出た。

向かったのは、斜め向かいにあるさほど遠くないコンビニだった。すぐにＡＴＭにキャッシュカードを入れて、口座の残額を確認する。

画面には五桁の数字が表示された。

「足りない……」

僕は眉間《みけん》に皺《しわ》を寄せ、イライラしながらカードを引き抜き、財布にしまった。

クソッ。授業料はどうすりゃいいんだよ。

大学の授業料、寮の家賃、水道代、電気代、それから食費や雑費といった支出について、月末になるといつも苛立《いらだ》ちを感じた。請求書を持って、階下の寮母のところに支払いにいかなければならないのだ。

支払わなければいけないとわかっていても、お金が自分の手から離れていくのは耐えがたい苦しみだった。さらに、この月末は大学の授業料を支払わなければいけない時期でもあった。

僕は身を翻《ひるがえ》してＡＴＭから離れた。せっかく外に出てきたので、ついでに食べものを買って帰ることにした。

寮の部屋に戻ると、僕は床に座り込んだ。買ったものはすべて日本風の低い座卓に置いた。

僕の住んでいる寮は狭い小路の中にある三階建ての建物で、決して広い部屋ではないが狭すぎるということもない。一人暮らしにはぴったりで、家賃は三、四千バーツといったところだった。

実家を出て、ここにしようと決めるまでには時間がかかった。別の小路にもっと古ぼけた寮があって、そこの家賃は二千バーツ強という安さだったが、見た目のオンボロ具合や虫が多いのが嫌で、家賃がすこし高いこの寮を選んだのだった。

あれから一年以上経った……。

一人暮らしを始めてから、およそ一年と四カ月が過ぎた。

最初のころは、ちゃんとやっていけるかどうかわからなかったが、なんとかここまでやってこられた。ときおり、僕はほんとうに立派だと自分で自分を褒めることもあった。

それでも、肩にのしかかってくるものはどれも、自分が想像していたよりずっと重かった。

家賃や光熱費だけならそれほどでもなかったが、そこに授業料が加わると、出費は何倍にも膨らんだ。芸能界の仕事は、一度にまとまった金額がもらえるのはたしかだが、月額にならすとそれほど多くはなかった。仕事がないときはもちろん収入はゼロだ。

ジーン兄さんのドラマに出ていた時期は、おそらく最も収入に恵まれた時期だった。仕事が次から次へと来たし、将来の自分の夢のために別の口座に収入の一部を移しておくこともできた。

しかし、潮目は変わるもので、ドラマが終わるとナップシップとのペアでの仕事はなくなった。それはつまり、もっと稼げるはずの仕事がなくなったということだった。

だがそうなったのはナップシップのせいではなく、むしろジーン兄さんが理由だった。

以前、自分のくだらない感情にまかせてジーン兄さんをからかったことがあり、それで彼はとても悩んでいた。彼がそのことにストレスを抱えていたのを見て、僕はこの先自分に手伝えることがあれば手伝おうと思った。

いまはモデル事務所や芸能事務所とは契約を結んでいなかった。実際のところ、僕は撮影や演技の仕事がちっとも好きになれなかった。僕が好きなのは、そういう仕事でもらえる多額のお金だけ。

通常、そういう仕事をもらうには自分で連絡をして面接を受ける必要があったが、シップとのカップリングの人気を手放してからは、仕事はあまり見つからなかった。

やっぱりあの口座からお金を下ろさないといけなくなるだろうか？　……いや、それだけはダメだ。

ブーッ、ブーッ、ブーッ。

「……！」

そばに置いていたスマホが振動して、僕はびっくりした。考えごとを邪魔されたことにムカついて、僕は舌打ちした。だが画面に表示されている名前を見て、嫌な胸騒ぎがした。

〝ウーン姉さん〟

僕は振動しているスマホをしばらく放っておいたが、結局出ることにした。

「もしもし」

「ウーイ、私よ。明日は家に帰ってくる？」

「なんで？　ウーン姉さんは僕がいなくて寂《さび》しいの？」

「あたりまえでしょ。父さんも母さんもあなたに会いたがってる。もし帰ってくるなら、私と母さんとでウーイが好きな料理をたくさん用意するから」

そこまで聞いて、僕は笑わずにはいられなかった。父さん、母さん、姉さんが僕に会いたがってるって？　鶏に恐竜の卵を産ませるっていう話の方がまだ信じられる。

「いまのは、父さんと母さんがほんとに言ってたこと？」

「当然でしょう。父さんも母さんもあなたに会いたいに決まってるじゃない」

僕は一人で首を横に振った。姉さんの言葉を聞くほどに笑顔が消えていく。ベッドに寄りかかって顔を上げ、天井を見ながら淡々とした声で言った。

「姉さん、そういうことを言うのはやめて。嘘っぽい話にしか聞こえないから」

「………」

「とにかく僕が行けばいいんでしょ。僕の好きな料理は、無理してつくらなくていいから。じゃあね」

僕はそれだけ言うと、相手の返事も待たずに通話を切ってスマホをベッドの上に放った。

顔はまだ天井を見上げていた。蛍光灯の光をじっと見ていると目が痛くなったが、ほかになにを見ればいいかわからなかった。

実家の人間からの電話に出ると、昔の出来事が濁流《だくりゅう》のように僕の頭の中に流れ込んできた。

『父さんはおまえをきちんと育ててきたはずだ。私立の名門学校にもずっと行かせてきた。それなのにいまさら、母さんが選んでくれた大学の医学部に出願しないって⁉　その代わり製菓の専門学校なんかに行きたいってどういうことだ⁉』

『でも、お菓子づくりのことは自分で調べたんです。タイム兄さんが紹介してくれたんです。そこに通いながら……』

『そんな言い訳は聞きたくない』

『父さん……僕は医者にはなりたくないんだ……』

『父さんと母さんがそうしろと言ったら、おまえはそうしないといけないんだ！　すこしは姉さんを見習ったらどうだ!!』

『僕とウーン姉さんは違います！　僕はお菓子をつくりたい。自分の好きなことをしたいだけなのに、どうしてやっちゃいけないんですか』

『おまえのやりたいことは意味がないことだからだ。せっかくここまで来たのに、キッチンで菓子をつくるだけなんて。おまえは父さんに恥をかかせるつもりか？』

『僕がお菓子をつくることが、そんなに父さんに恥をかかせることになるんですか？』

『いまさらなにを言ってる。そんなことで反抗して、言うことを聞かないつもりか。それじゃあ父さんと母さんは、いままでなんのためにおまえを育ててきたんだ⁉』

『………』


そういうことだ。

子供のころ、自分が家でどんなふうに生活していたのか、ずっと息苦しさを感じていたのか、僕ははっきり覚えていない。僕が感じていたのは、なにをするにしても両親が満足するようなやり方でやれば、彼らは僕のことを認めてくれるということだった。

僕はすべて両親が望むとおりにやった。毎日塾に通ったし、土日も遊びにいったりはしなかった。自分の意見や考えを表明したことはなかった。

だが高校のとき、僕は学校の前のあるケーキ屋で一人の男性に出会った。彼の名前はタイムといって、穏やかで優しく、そしてお菓子づくりがとても上手な人だった。夕方、学校の授業が終わると僕はよくそこに行くようになった。

タイム兄さんが生地をこねたり、焼いたり、デコレーションをしたりしてお菓子をつくるのを見ていた。彼の両手が目の前で忙《せわ》しなく動き、お菓子をつくっているのが僕にはとても魅力的に見え、目が離せなかった。そこにあるお菓子の材料の甘い匂いが、たまらなく好きだった。

タイム兄さんは、僕にお菓子づくりを教えてくれた。初めて自分でつくったとき、もっともっとやってみたいと思った。その結果、僕は塾をサボるようになった……。

自分でも楽しいと感じていたし、教科書の前に座って勉強しているときよりもずっと笑顔でいられた。僕は毎晩タイム兄さんと時間を過ごした。そのうちなぜか……僕はタイム兄さんのことを好きになっていた。

タイム兄さんはハンサムではなかったが、からかわれると一瞬とぼけた顔になり、それから小動物のように頬を赤くするので、それがかわいくて僕はまたからかいたくなった。

そう、僕はゲイだった。

最初はあまり確信が持てなかった。けれど、僕は自分のまわりの女性にまったく興味を持てなかった。それは僕が出会う女性が二種類のタイプしかいなかったからかもしれない。

一つは僕の顔が好きではないというタイプ、そしてもう一つはかわいい顔の男ならだれでもいいというタイプだった。

自分がゲイであることは、だれにも言わなかった。最初そのことを自覚したときは、はっきり言って怖かった。

それは、いままで自分が見聞きしてきた〝普通〟なことではなかったからだ。両親が反対し、毛嫌いすることはわかっていた。

僕はそんな檻《おり》の中にいた。だが、その檻はいつの間にか、だんだん自分を圧迫する装置に変わっていった。棘《とげ》こそなかったが、もはや立つ場所もほとんどないほど窮屈だった。

もしお菓子づくりがなくて、牛乳やバター、小麦粉の匂いでワクワクすることがなかったら、いまでも僕はまだ自分を閉じ込めている檻から抜け出せていなかっただろう。

高校の最後の年である三年生になったとき、僕はタイム兄さんに告白することにした。

……そして、僕に自分が好きなものを気づかせてくれたその人が、僕の気持ちに応えてくれるとわかったとき、最高に幸せを感じた。

僕は彼と付き合い、なにかあれば彼に相談した。両親が僕にこの国の有名な大学の医学部を受験させようとしていることについても、意見を求めた。

僕はむしろお菓子づくりを学びたいのだと言うと、タイム兄さんは製菓を教えている専門学校の名を挙げて、そこの資料をもらって出願してみてはどうかと勧めてくれた。

それから僕は、すこしずつ両親に面と向かって自分の気持ちを伝える決意を固めた。

僕自身は、恋人からの応援もあって前向きになれていた。しかし僕のところに返ってきたのは、両親の怒りだった。

その夜、僕は家に帰らず、ケーキ屋の前のベルを鳴らし、ドアを開けて出てきたタイム兄さんに抱きついた。

なぜです？　なぜ？

その言葉を僕は震《ふる》える声で何度も繰り返した。

両親が理解してくれないことで、僕は八方ふさがりになってしまった。僕のほんとうの気持ちを理解してくれるのはタイム兄さんだけだと思った。

けれど、もし時間を戻せるのなら、その夜彼に会いにいくことはもうしないだろう。なぜなら、それから数分後に、見慣れた車が角を曲がって出てきて、父さんが僕の体をタイム兄さんの温かい胸から引き剝《は》がし、僕の頰を叩いたからだ。

「……はあ」

僕はそのとき叩かれた方の頰に手を当てた。

不思議だ。あれはもうずいぶん前のことだし、頰に傷はなにも残っていない。それでもあのときのことを思い出すたびに、痛みを感じた。

「ほんとクソだな」

あのとき、僕がそこにいることを父さんが知っていたのは、ウーン姉さんが告げ口したからだった。姉さんは、しばらく前から僕が塾をサボって、毎日学校の前のケーキ屋に通い詰めていることを知っていた。

父さんはタイム兄さんを指さして、息子をこんなふうにしやがってと罵《ののし》った。財布を取り出し、一枚の小切手に金額を書き込むと、それを地面に放り投げた。そして僕の体を引っ張って車に戻った。

いま思い返すと……まるでドラマのようだった。

両親は、僕がゲイであることを知った。彼らはそのことに強い抵抗感を示した。僕を押さえつけるために使えるものはなんでも使った。

僕がいままで自分は鉄の壁のようなもので囲まれていたのだと気づいたのは、そのときだった。そこから脱出したあとも、僕はずっとロボットのように両親が望むとおりにしていただけなのだと気づいた。

ある夜、僕は家から逃げ出した。タクシーに乗って彼のケーキ屋へ飛んでいったが、そこで見たのは別の店の看板だった。

『あのゲイは、もうよそへ行ったんだ。父さんからたっぷり金をもらってな』

『………』

『あいつは金をもらったらすぐに店を畳んで消えた。これでおまえもわかっただろ。ああいうゲイの連中は、だれも本気で愛しちゃいないってことが』

『でも僕は彼を愛してる！』

『あいつはおまえを愛してない！　どうしてわからない？　こんなふうにおかしいままでいたら、だれもおまえのことなんか愛さないんだぞ！』

僕はおかしい……だれも僕のことなんか愛さない……。

それは胸を突き刺すような辛辣《しんらつ》な言葉だった。ほんとうにつらかった。なぜなら僕は両親を愛していたからだ。自分が愛している人の口から罵詈雑言《ばりぞうごん》が飛んでくれば、それはナイフで刺されたり銃で撃たれたりしなくても、死ぬのと同じくらいの痛みだった。

結局、父さんと母さんでさえ僕を愛してくれないんだね？　僕が二人の望みどおりにしなかったら、僕には価値がないんだね？

それ以来、父さんのその言葉が頭から離れなくなった。それによって、僕のまわりにある道が真っ暗な道になった。

だけど、たとえその道がどれほど暗くとも、僕はもう二度とクソみたいな鉄の檻の中には戻らないと決めた。自分の好きなお菓子づくりに関わる学校に行くことはできなかったが、ビジネス関係の学部に行くことにした。

もちろん、いまでも男性のことが好きだ。遊びにも行ったし、やりたいことはなんでもやった。

僕は、たとえ両親が望むことであっても、それで自分を苦しめるようなことはもうしないと彼らに示した。

それから実家を出て一人で暮らすようになった。勘当されたも同然だった。授業料も食費も生活費も、実家からは一バーツも出してもらわなかった。

引っ越した当初は、求人が出ているところに手当たり次第に応募しにいった。しかし、僕はそれまで皿洗いや掃除、給仕といったことを経験したことがなかったので、どこへ行っても試用期間だけで終わってしまった。

何度もやらかしては雇用主を呆《あき》れさせた。慣れるまで時間をくださいと訴えると、同情はしてくれたが、仕事は仕事である以上どうしようもなかった。

それでもなんとか、自分に向いていると思える仕事に出会えた。それが芸能界の仕事だった。

「………」

僕は蛍光灯から視線をそらした。視界がぼやけているように感じた。

昔のことを考えると、いつも気持ちが落ち込む。額が痛くなるほど深く眉を寄せた。それでも僕は思い出さずにはいられなかった。固い意志を持ち続けるためには、思い出すのも必要なことだった。

重たくなった足を動かして立ち上がり、バスタオルを取ってバスルームに行こうとした。だが、ベッドに投げていたスマホがふたたび振動した。

ブーッ、ブーッ、ブーッ。

「………」

僕の表情は硬かったが、手に取って画面を見ると、電話をかけてきたのは姉ではなかったので、顔のこわばりが緩んだ。

「もしもし、チ兄さん」

「ああ……いまなにしてる?」

恥ずかしがっているような優しい声を聞いて、僕はさらに笑顔になった。

「チ兄さんのことを考えてたって言ったら、どうする?」

「バカ、なんだそりゃ。ウーイはもっと若い子と一緒にいるんじゃないかと思ったんだよ」

電話で話すあいだ、僕はバスルームのドア枠にもたれた。

「チ兄さん、そんなふうにネガティブに考えないで。僕はだれかと話すときにはその人のことしか話さない。いまの僕の相手はチ兄さんだけだよ」

「ほんとかよ……」

「来てみればわかるよ」

電話の相手は黙り込んだ。それだけで、僕はシャイな彼が顔を赤らめているに違いないと思った。白い頬が赤く染まっていくのを想像すると、笑わずにはいられなかった。すぐに相手の顔を見たいと思った。

「そうだ、ウーイ。モデルの仕事のことだけど、代理店に連絡しておいたから」

「ありがとう。ほんとに優しいね。いますぐチ兄さんのこと抱きしめたい」

「またバカなこと言って。それより……いまは困ってることはないか？」

「………」

「お金は足りてるか？　ちゃんと言えよ」

僕の笑顔はすこしずつ消えていき、自分の素足の先に視線を落とした。

「大丈夫。いつもどおりだよ」

「あのさ、ウーイ。本気で言ってるんだ。なにかあれば正直に言って。そんな沈んだ声出さないで」

「チ兄さんに迷惑かけたくないから。そんなに心配しなくて大丈夫だよ」

「迷惑なんかじゃない。ウーイこそ、これまで何度も友達として僕を支えてくれただろ。だからその分を返してるだけだ。そのうち仕事の手が空《あ》いたときに電話するから。飯でも食いにいこう」

「……ありがとう。チ兄さんがいなかったら、僕はだれに頼っていいかわからない」

僕らはそれからしばらくしゃべった。だいたいはお互いを煽《あお》り合うような軽口だった。

最後にチ兄さんが仕事に戻ると言ったので、僕は残念に思いながら通話を切った。

スマホの画面を見つめたまま立ち尽くしていると、ラインの通知が届いた。チ兄さんがアプリを通じて送金してくれた明細書の画像だった。その金額を見て、僕は口元をほころばせた。

チ兄さんは、僕がほんとうにお金を必要としているぴったりのタイミングで連絡をくれた。チ兄さんが大好きだ。

チ兄さんは受け側のゲイだった。今年でたしか三十歳になる。彼は芸能関係の会社で働いていた。強力なコネクションがあるわけではないが、チ兄さんが僕の名前をクライアントやプロデューサーに紹介してくれたおかげで、僕は何度も仕事をもらうことができた。

それだけでなく、彼はときどき僕に対するお礼だと言ってお金を振り込んでくれた。

僕らはたしかに親しい関係にある。ただそれは、おしゃべりをする友達としての関係であって、それ以上はなにもない。

チ兄さんは優しい。でも僕を愛しているわけじゃない。彼はさみしがり屋なのだ。彼は恋人に捨てられてしまったのだが、これまでにも控えめな性格のせいで恋愛が長続きしなかったらしい。

でも僕はチ兄さんが好きだった。冗談を言うときも控えめで優しく、彼はかわいらしい人だった。

チ兄さんを捨てるような奴は、間違いなくバカだ。もしチ兄さんが僕と付き合いたいのなら、僕はそれを受け入れるだろう。

僕は、付き合うときには愛し合わなければならないとは思ってはいないし、相手にも求めたりはしない。

……どっちにしろ、僕を愛してくれる人なんかいないいんだから。

日曜日の朝。

起きたとき、すこしめまいがするのを感じた。隣の小路の角にある屋台で目玉焼きとソーセージ、それと熱い紅茶を買ってきて朝食にした。それから外に出て散歩したり映画を観たりして、夕食の時間までのんびり過ごした。夕方になると、人がぎゅうぎゅう詰めになった路線バスに乗って実家に帰った。

路線バスはいつもと同じ場所に停まった。以前は路線バスを利用したことはなかったが、一人暮らしをするようになってから、公共交通機関の乗り方を覚えてよく利用するようになった。

そのバス停から僕の実家の前までは、そこそこ距離があった。守衛所を通り過ぎ、小さな広場を突っ切り、プールの入った建物の脇を通って、ようやく見慣れた大きな家の柵のところに着いた。

僕は鍵を持っていなかったので、ベルを鳴らして待った。すぐにミャンマー人の十代の女の子が走って出てきた。彼女は、母さんがメイドとして雇った子だった。

「ウ……ウーイさん」

彼女の様子を見て、僕は急いで不機嫌な顔をかわいい笑顔に変えた。

「こんにちは。また手伝いに来てたんだ？」

「は、はい！　わたし、雑誌でウーイさんを見ました。本物はとてもかわいい」

彼女の発音には不明瞭な部分もあったが、とにかく興奮しているようだった。

「ありがとう。すごく嬉しい。もう食事の準備はできてる？」

「はい、できてます」

僕はうなずいて、中に入っていった。

実家は以前と変わりなかった。庭があり、駐車場があり、警察官僚とその夫人が住むのにふさわしい広い敷地があった。あとそうだ……娘は立派な女医だった。

僕は皮肉な笑みを浮かべたが、二階のテラスに足を踏み入れたところで、ふたたび表情を戻さなければならなかった。

「おいしそうな匂いが家の前まで漂ってますね」

「………」

僕は、テーブルを囲んでいる人たちが固まったのを見た。

父さんと母さんが一方の側に座っていた。ついさっきまで楽しげにおしゃべりをして笑っていたが、僕の声を聞いたとたん、すべてが一変した。

そこにいたのは両親だけではなかった。その反対側に、姉と姉の親しい友人であるサーイモークがいた。

父さんが不機嫌な顔になった。

「おまえ、なにしにきた？」

「あれ、ウーン姉さん、僕が夕食を食べにくるって父さんに言わなかったの？」

「………」

僕は眉を上げた。ほんとうはわかっているのに、わざととぼけた。

「お皿もなにも用意してないんだね。まあいいや、大丈夫」

僕は隣で静かに立っているもう一人のメイドの方を向いた。

「僕の分のお皿を持ってきてくれる？　ごはんもよそってね。大盛りでお願い」

夕食の雰囲気がたちまち気まずいものに変わったが、それは無論、僕のせいだった。

その状況を見て、僕は心の中で笑った。でもその笑いがどういう種類のものなのかは訊《き》かないでほしい。

表向きの僕の表情はまだ陽気で、ほかほかのごはんがのった皿を受け取ってから、フォークとスプーンを手に取った。

「もう食べないんですか？　じゃあ僕がいただきますね」

ガチャンッ！

父さんが大きな音を立てて皿の上にスプーンを置いた。

「金がなくなったからってておめおめと戻ってきて、ここで飯にありつこうっていうのか？」

僕は慌《あわ》てることなく咀嚼《そしゃく》し、飲み込んでから手を振って否定した。

「なにがですか？　僕には仕事もあるし、お金もあります。僕を養ってくれる人がいることは、父さんだって知ってるでしょう。いくらでも出してくれるから、心配ご無用です」

「おまえの心配なんかするか」

「…………」

僕は肩をすくめた。

それもわかってる……。

前にも一度実家に帰ったことがあった。そのときは、好奇心からだろうが姉かモークかだれかが、僕が男性からお金をもらっているということを話題にした。

結局その日は、年寄りのゲイに養ってもらって恥ずかしくないのかということを言われ、嘲笑《ちょうしょう》されただけだった。

いま現在についていえば、他人に対して恥ずかしいと思うことはほんとうになにもない。

だがそのときのパートナーとは、お互いに与えるものともらうものがある関係だった。僕は彼の友達になり、ベッドの上で相手に幸福を与えた。お金に関しては、彼がくれると言えば、僕はそれを拒否しなかった。

そんなわけで、実家を出てから、僕がお金をもらうほど親しい関係を持った人はチ兄さんだけではなかった。両親から見れば、僕は最低な人間で、とても受け入れられるものではないだろう。

「調子に乗るな。そんな仕事から得た金でフランスに行けるなんて思うなよ」

「………」

ごはんをすくっていた僕の手がとまった。

「いまのおまえには、自分の菓子だかなんだかをつくるキッチンすらないじゃないか」

父さんの言葉を聞いているうちに、無意識に指の関節が白くなるほど強くスプーンを握りしめていた。それでも口元にはまだ笑みを浮かべていた。

「父さんが心配する必要はないって言ったよね。そんなドラマみたいに深刻にならないでよ。それよりごはん食べたら？」

それだけは……たとえお金を貯めるのに一生かかったとしても、僕はやってみせる。

お菓子づくりは僕の夢のすべてだ。僕はその道を選んだ。僕は絶対にその夢を諦《あきら》めない。

プーッ！

車のクラクションの音がして、コンクリートの道路の端を歩いていた僕は振り返った。

一台の白いセダンが歩道のすぐそばまで近づいてきて停まった。相手がウィンドウを下げる前に、僕はそれがだれなのかわかった。

「乗れよ。送っていくから」

僕はため息をついた。明らかに不機嫌な顔をして見せた。

「おまえ、どうせウーン姉さんに頼まれたんだろ」

「俺が先にウーンにおまえを送っていくって言ったんだ。来るときはバスで来たんだろ？　いいから早く乗れよ」

「お情けはいらない。おまえにそういうことをされると、俺はますますうんざりするんだ」

「…………」

モークはなにも言わなかった。僕の皮肉の意味がわかっているかのようだった。

ウーン姉さんは、モークが僕のことを好きだと思っている。そんなメロドラマみたいなことはありえないのに。

モークが僕を性的対象として意識して変な態度を取ったり、あるいは避けたりするようなことはまったくないのに、モークの行動や仕草はいつも僕の姉を誤解させた。そしてその誤解によって、彼女は僕によかれと思ってバカな行動に出てしまうのだった。

だがその一方で、彼女は僕に不満を抱いていた。それで今日みたいに、モークを実家での食事に誘っておきながら、僕が父に罵倒《ばとう》されるのをわかった上で僕を食事に呼んだりするのだ。

まったく。モークの前で父さんに罵られたじゃないか。恥ずかしいったらありゃしない。

この手の誤解は厄介《やっかい》だ。モークは僕のことを好きなわけじゃない。彼はただ僕を憐《あわ》れんでいるだけだ。そしてそれこそ僕が一番嫌いなことだった。

彼は僕のことをわかっているような態度で、まるで僕の兄であるかのように振る舞うのが好きなだけだ。

「乗れって。それとも歩きたいのか？　バス停に着くころにはもう今日のバスもなくなるぞ」

僕は彼をにらみつけたが、結局拒否したりはしなかった。

空はすでに真っ暗だった。僕はウィンドウの外に視線を向けた。街路灯の光が一定の間隔で車内に差し込む。

「仕事はどうなんだ？」

「……仕事はどうってどういう意味？」

「仕事は入ってるのかって」

「まあまあ」

「金欠なんだろ。顔を見ればわかる」

「………」

ふん。

「貸してやろうか」

「必要ない。チ兄さんからもらったから」

「チ兄さん？」

モークはわずかに眉を寄せて、首を横に振った。

「また男を変えたのか？」

「………」

「こういうのはもうやめたらどうだ」

「関係ないだろ」

隣の席から大きなため息が聞こえた。

「何回も言うけど、俺はおまえに自分自身を見つめ直してほしい。愛に飢《う》えた子供みたいに振る舞うのはやめて、親父さんとちゃんと話し合えよ」

「………」

僕はなにも言わなかった。寮がある小路の角の商店の、見慣れたピンク色の鉄製の扉を見ていた。あともうすこし行けば目的地に到着する。

「ウーイ、おまえの気持ちはわかる。おまえは、だれも自分なんかに興味がないと思ってるんだろ。それでいつも一緒にいてくれる人を求めてる。口では利害が一致した関係だとか言ってても、ほんとはそうじゃないってわかってるんだろ」

「俺のことをよく知ってるみたいなふりはしなくていい。俺のことをわかってるって言うのはやめてくれ。吐きそうになる」

「つまり図星なんだろ？」

「違う！　クソったれ。俺に会うたびに説教しないと気が済まないのか？」

「………」

「俺のことに構わないでくれ。俺がなにをしようが、だれと寝ようが、だれの子供だろうが、それは俺の問題だ！」

僕は感情をうまく抑えられなくなり、苛立ちをぶつけた。車のドアを開けて降りると、思いっきり強くドアを閉めた。

僕は身を翻し、うしろを振り返らずに寮の建物に入っていった。モークはウィンドウを下げてなにか言ったり、車から降りて追いかけてきたりはしなかった。


両親に会いにいって嫌なことがあったせいか、この二、三日、気分があまり安定しなかった。

僕はチ兄さんからもらったお金で授業料を無事に支払った。今月の家賃と光熱費もなんとか支払うため、僕は懸命に仕事に取り組んだ。チ兄さんの紹介してくれた仕事の報酬でどうにか期限には間に合いそうだった。

別の口座に貯めているお金は絶対に使いたくない。それは僕がフランスに行くために必死に貯めているお金だ。大学を卒業したら、すぐに向こうへ行くことが目標だった。

なのでその日まで、貯めたお金に手をつけるわけにはいかないのだ。

……もっとたくさん稼がないと。

いまよりもっと働いて、いまよりもっとお金を貯めるんだ。

「ウーイくん！」

「……！」

口ひげをたくわえたカメラマンのおじさんの大声で、考えごとをしていた僕は跳び上がった。

「は……はい」

「集中して。ぼんやりしてるの、もう二回目だよ」

「す……すみません。僕……昨日あまり寝てなくて」

「仕事があるとわかっていたのに、どうしてしっかり寝なかったの？」

相手は眉を寄せ、明らかに不満そうな表情を見せた。

僕は頭を下げ、ゆっくり瞬きをしながら震えた声で言った。

「僕……すこし緊張してたみたいで。申し訳ありません」

このやり方はいつも効果があった。

口ひげのカメラマンの怒りはすぐに消えてなくなり、不満そうな顔も、それなら仕方ないといった愛情の混じった顔に変わった。その人が手を振って撮影再開を指示したので、僕はかわいらしいほほえみを返した。すると相手の頰が赤くなった。

一時間後、撮影は滞りなく終わり、僕はセットから降りた。

「ウーイくん、ウーイくん」

一人のトランスジェンダーの女性が冷たい水のペットボトルを渡してくれた。その人はじりじりと寄ってきて、肘で僕を小突《こづ》いた。

僕はそんな挙動をすこしわずらわしく感じたが、表面上は首をかしげてにこやかにほほえんだ。

「なんですか？」

「あっちよ、あっち」

「…………」

「ロームさんがまた来てる。ウーイくんが撮影に来たこの三日間、ロームさんは毎回このスタジオに来てるのよ」

「…………」

僕は彼女の視線の先を追った。そこで目に入ったのは……。

背の高い人がスタジオのドアのところにたたずんでいる姿だった。

その男性は高そうなスーツに身を包み、高そうな時計を身につけていた。顔はとてもハンサムだ。どこに立っていても、まとうオーラで人目を引くような人物だった。

僕が彼をまっすぐ見た瞬間、その人の鋭い目が先にこちらを見つめていたことがわかった。目が合っても、相手は視線を外さなかった。なんだか不思議な気持ちになった。

……なんなんだ、いったい。

僕はこういうリーダーっぽいオーラをまとった強そうな男が一番嫌いだった。相手にこちらをコントロールするかのような態度で見つめられると、僕は一発パンチを食らわせて倒してやりたくなるのだ。

「ロームさん、間違いなくウーイくんのことを気に入ったのね。ふふふっ」

彼女はそう言って、妙に目を輝かせながら笑った。

僕はその意味がわかったが、なにもわかっていないふりをして目を瞬かせた。

「ロームさんってどなたですか？」

「嘘！　知らないの？」

彼女は僕の肩を叩いた。

「ロームさんといえば、あのRSエンターテインメント社の社長に決まってるじゃない」

「社長？」

「そう。ハンサムで、お金持ちで、留学帰りで、もう完璧！」

「………」

お金持ち……。

僕の隣にいる彼女はうっとりした顔をしていた。それから僕の方に近づいてきて、耳元でささやいた。

「噂《うわさ》によると、ロームさんって両刀使いなんだって。たとえつまみ食いだとしても、そういう相手にしてもらえたら、お金には苦労しなくてずっと楽できそうだよね。あー。話してたら私もロームさんに気に入られたくなってきちゃった」

「そうですか？」

僕は相づちを打ちながら、相変わらず〝ロームさん〟の方をじっと見つめた。

相手も同じように僕をじっと見つめていた。

たしかにハンサムだ。でも僕の好みじゃない。

僕が好きな男性は、小動物のようにかわいくて、恥ずかしがり屋ですこし頑固で、からかわれたときには目を丸くするようなタイプだった。

ジーン兄さんみたいな……そんな感じの人が好きだ。

とりとめのないことを考えていると、別のスタッフが僕を呼ぶ声がした。急いで衣装を着替えてほしいということだった。その瞬間、僕は返事をするためにロームさんから視線をそらした。

身を翻して更衣室へ歩き出す前に、もう一度彼を振り返って見てしまった。

結局、僕は自分のキャラクターを守ることを選んだ。礼儀正しくかわいい笑顔を相手に送った。ただし一瞬だけで、すぐに別の方向を向いた。

噂が真実かどうかはわからない。

だがなによりも先に彼が知っておくべきことは……僕が攻めだってことだな。

番外編　おわり

著者／Wankling（ワーンクリン）
BL作家。女性。大学では日本語を専攻。学生時代から小説の執筆を始める。家にこもって過ごすこととゲームをすることが好き。これまで発表した作品に『ハニーミニスカート』『14日間の夏休み』などがある。最新作は『Apple Cider M.：匂いだけ』。本書が初の邦訳作品となる。

訳者／宇戸優美子（うど・ゆみこ）
1989年バンコク生まれ。明治学院大学ほか非常勤講師。著書に『しっかり学ぶ！タイ語入門』（大学書林）、編訳書に『シーダーオルアン短編集　一粒のガラス』（大同生命国際文化基金）、訳書にPatrick Rangsimant『My Ride, I Love You』（KADOKAWA）がある。

本書は、2023年1月14日にU-NEXTより刊行された電子書籍を紙の書籍としたものです。
また、この物語はフィクションであり、実在する人物・団体等とは一切関係ありません。

Lovely Writer 下
2023年2月1日 初版第1刷発行

著　者　Wankling

訳　者　宇戸優美子

発行者　マイケル・ステイリー

発行所　株式会社Ｕ－ＮＥＸＴ
〒141-0021
東京都品川区上大崎3-1-1
目黒セントラルスクエア

電　話　03-6741-4422（編集部）
048-487-9878（受注専用）

印刷所　シナノ印刷株式会社

Printed in Japan　ISBN 978-4-910207-40-7 C0097